眼睛游戏

Das Augenspiel

卡内蒂作品集

Elias Canetti

〔英〕埃利亚斯·卡内蒂 著

陈良梅 译

人民文学出版社
PEOPLE'S LITERATURE PUBLISHING HOUSE

著作权合同登记号　图字 01-2019-1722

Elias Canetti
Das Augenspiel

图书在版编目(CIP)数据

眼睛游戏/(英)埃利亚斯·卡内蒂著;陈良梅译.
—北京:人民文学出版社,2020
(卡内蒂作品集)
ISBN 978-7-02-015299-5

Ⅰ.①眼…　Ⅱ.①埃…　②陈…　Ⅲ.①自传体小说-英国-现代　Ⅳ.①I561.45

中国版本图书馆 CIP 数据核字(2019)第 103075 号

责任编辑　**卜艳冰　欧雪勤**
装帧设计　**汪佳诗**

出版发行　**人民文学出版社**
社　　址　**北京市朝内大街 166 号**
邮政编码　**100705**
网　　址　**http://www.rw-cn.com**

印　　制　**杭州钱江彩色印务有限公司**
经　　销　**全国新华书店等**

字　　数　**254 千字**
开　　本　**635 毫米×965 毫米　1/16**
印　　张　**21.5**
版　　次　**2020 年 6 月北京第 1 版**
印　　次　**2020 年 6 月第 1 次印刷**

书　　号　**978-7-02-015299-5**
定　　价　**65.00 元**

献给赫拉·卡内蒂

目　录

第四部　格林琴

第五部　召唤

第　一　部

婚　礼

灰烬中的毕希纳

《康德着火了》，那部将我折腾得形容枯槁的小说当时就叫这个名字。小说中的焚书之举，是我不能原谅自己的地方。我不认为自己还在为康德（后更名为基恩[①]）感到惋惜。在这部小说的整个创作过程中，他被捉弄得够呛；我费尽心机才抑制住自己对他的同情，才没有让别人察觉到，哪怕是察觉到蛛丝马迹都不行，站在我这个写作者的立场上，结束他的生命更像是一种解脱。

但为了这一解脱，所有的书籍都遭了殃。看着它们在烈火中燃烧，我仿佛自己置身其中，仿佛毁掉的不仅仅是我自己的书，而是全世界的书，因为对这个世界具有重要意义的一切书籍，尽在汉学家的藏书中：所有的宗教书籍，所有思想家的著述，所有关于东方文学的典藏，那些尚存于人间的西方文学书籍。如今，这一切都化作了灰烬，而我眼睁睁地看着这一切发生，却连想都没有想过要从

---

① 基恩是小说《康德着火了》（后更名为《迷惘》）中的主人公。他爱书成癖，藏书逾万卷，是醉心于汉学的著名学者。由于厌恶人们的虚荣心，他摒弃公职，离群索居。他的女管家台莱瑟贪婪狠毒，用尽心计骗取他的信任与好感，终于和他结为夫妻。婚后，台莱瑟从心灵和肉体上残酷地折磨基恩，直至将他赶出家门。孤苦无告的基恩为了弄回心爱的图书，竟将自称为高明棋手的犹太侏儒费舍勒引为至交，结果被愚弄欺骗，同时还遭到台莱瑟和她的情夫的毒打，并被诬为精神病患者。最后，基恩之弟从巴黎赶来，利用各种社会关系赶走了台莱瑟等人，收回了基恩的所有藏书。然而，这突如其来的变化使基恩陷于迷惘，他整天提心吊胆，唯恐再遭厄运。在一个白日梦魇之后，他堆积起全部藏书，坐在上面自焚而死。

中抢救出一部分。剩下的是一片灰烬，除了灰烬什么也没有，而这一切都是我一手造成的。因为，这样一部书中发生的事不是单纯的游戏，而是人们应为之负责的现实，它比任何从外部发出的批评以及对自我所做的批评都更重要。即使迫使我写下这些东西的是一种巨大的恐惧，但是，那令人生畏的事情的发生是否为这种恐惧所招致，还是值得思考的。

毁灭现在已经在我心中扎下根，并且我摆脱不了它。早在七年前，毁灭就已在《人类的末日》[①]中烙下了印记，而现在它已具备了非常有个性的外形，这种外形又源于我自己生命中的常数：火。认识到这一点，是七月十五日我在研究群体现象的时候，此外还要归功于我每日与之打交道的那些书。尽管小说的主人公与我有很多不同之处，但我出借给他的，都是最本质的东西，以至于在其达成目的之后，我无法完好无损、不受惩戒地将它们收回。

我为自己制造的这片灰烬开始覆盖一切。我们生活的世界所遭受的威胁，对此我的感知从来没有像基恩毁灭之后那样强烈。我又重陷焦虑之中，这种焦虑同我先前计划《疯子的人间喜剧》时的不安大体相同，区别在于，其间已经发生了某些重大事件，并且对此我心存愧疚。这是知其缘由何在的那种焦虑。夜深人静时分，我总是在那几条路上行色匆匆，白天也是如此。专心去写作另一部小说，或者着手做以前就计划好了的系列书籍，是想都不敢想的事。宏大的计划在焚烧书籍的浓烟中窒息。对此我丝毫不觉遗憾，相反，无论我身在何处，我目之所及，一切都面临着随时可能降临的

① 《人类的末日》(1918—1919)，卡尔·克劳斯写的一个剧本，抨击威廉二世等上层人物挑起第一次世界大战，毁灭人类和文明的罪恶行径，反映了战前德奥两国的腐败以及战争中的凄凉景象。

灾难。

任何一次交谈，虽然我只是在路过的时候听到其中的只言片语，在我看来都仿佛是最后的一次。在可怕而无情的压力下催生的事情，在最后一刻必然发生。人所遭受的威胁，与他自己密切相关。是他们将自己引入绝境。他们特别用心、不遗余力，以至于他们活该灭亡。我目之所及的每一对正在交谈的人，在我看来都是有罪的，如同我自己在放了那把火之后感到自己有罪那样。但是，如果这种罪责如同特殊的以太，渗透一切，使得任何东西都不能幸免，那么，人们就仍然是他们原来的那个样子。他们的说话声调以及外表是原来的，他们的处境也是自己所特有的，与观察和记录它的人无关。他所能做的，就是为他们指明一个方向，让自己的恐惧像燃料一样，灌注他们内心。观察者满腔热情地投入到观察之中，观察已经成了观察者的唯一意义所在。他观察到的任何一幕，都令他瞠目结舌，并都以毁灭告终。

他飞快地记录着，字母写得硕大无朋，犹如在一座新的庞贝城墙上涂鸦。他仿佛在为火山喷发或者地震的来临做准备：他感到它将爆发，很快就要来临，任何力量都不能阻挡它。因此，他将在此之前发生的事件记录下来，记录下那些因工作和种种原因相互分离的人在此之前所做的一切。对于即将降临的命运他们一无所知，以习以为常的呼吸方式吸入窒息的气氛。正因为如此，在命运真正降临之前，才执着而急促地呼吸。我扼要记录下这一幕幕，每一幕都自成一体，没有一幕与另一幕发生关联，但每一幕都以惨烈的毁灭告终。惨烈的毁灭是联结它们的纽带。如果今天我将每一幕所残存的东西拿出来看，它们就仿佛是即将来临的世界大战中的空袭之夜残留下的。

一幕接一幕，已经记录下了无数幕。我动作神速，像是在飞奔。每一幕都导向毁灭，紧接着又开始新的一幕，另一拨人出现在其中。除了罪有应得的毁灭，他们同前面出现的那些人没有任何相同之处。犹如刑事审判庭，不加筛选，将一切囊括其中，而受到最严厉惩罚的，是那自诩高人一等的人。他想逃避惩罚，却反而受罚。他洞察了这些人的无情。他从他们身边走过，看到了他们，旋即又离他们而去。他听他们说话，这说话的声音从此就不再从他的耳中消失，并引领他走向同样冷酷的另一拨人。如果他的脑袋因记忆这些自私者的说话声而快爆炸的话，他就强迫自己把其中最要紧的部分写下来。

那几周，最折磨人的，要数坐落在哈根贝格街的那个房间。在这里，我同珂罗版印刷的《伊森海姆祭坛》厮守了一年有余。耶稣被钉上十字架上的细节，被无情地描绘出来，由此也使我对之烂熟于心。只要我在写小说，它们悬挂的位置就是正确的。它们如同无情的芒刺，刺激我，将我朝同一个方向驱赶。这些画面是我自愿承受的，但我并未因此而感到习以为常。我从没有放弃对它们的关注，它们已经转化成与之不相干的某个东西。谁会这么不知深浅、这么愚蠢，将汉学家的痛苦与耶稣基督所受的苦难进行比较呢。尽管如此，墙上的绘画和该书的某些章节还是产生了某种关联。我是那样需要这些画面，无论如何我也不会用其他的东西来代替它们。即使来访者，我在此接待的客人极少，对此表示震惊，也动摇不了我的决心。

然而，当图书馆和汉学家在烈焰中化为灰烬之后，一些我始料未及的怪事发生了。格吕内瓦尔德[①]重新恢复了他的全部气势。一旦我不再写小说，画家就只是自为地在那儿，在我一手制造的灰烬

---

① 马蒂亚斯·格吕内瓦尔德(约1480—1528)，德国画家，《伊森海姆祭坛》就是他的作品。

之中，他的作用只限于他自身；而一旦我回到家，就会为房间的这面墙壁所震慑。我感受到的一切蕴含着威胁的东西，都因格吕内瓦尔德而受到强化。

在这段时间里，阅读也不能为我提供帮助。我不仅失去了对书籍所拥有的权利，还为了创作小说将它们毁灭。即使我强迫自己克服这罪恶感，伸手去拿一本我的藏书，仿佛它还在书架上，还没有被焚毁；如果我接着强迫自己打开它，阅读它，那它就会令我心生厌恶。不仅如此，我最熟悉的、喜好时间最长的那些书，却成了我最厌恶的。我还记得那个晚上，我愤怒地将司汤达[①]扔掉，不是扔到桌上，而是扔到地上。他是那样令我失望，以至于我根本就不想去捡起他，而是就让他躺在地上，尽管这一年来每日引导我去工作的正是他。另一次，我突发奇想，去读果戈理，而我这次甚至觉得他的《外套》都显得漫不经心，且稚嫩可笑。我甚至问自己，这部小说当初怎么会令我怦然心动的。熟悉的一切都失去了效用，而今天的我却是由它们一手造就的。或许焚书真的将一切陈旧的摧毁了。那些书仿佛都还放在原来的位置上，但是书的内容都已被烧焦，在我的身上荡然无存。激活被烧毁之物的任何尝试，都引起愤怒和反抗。这样惨痛地尝试了几次之后，我不再伸手去拿任何东西了。本该摆放书籍、摆放那些我阅读过无数遍的书籍的书架，虽然还立在那里，但它们在我眼中仿佛不存在一样，我根本就不伸手去那里。如此一来，我的四周变得彻底荒芜。

那时，我的心境糟糕透顶，但就是在这段时间中的一个夜晚，在我早已拥有、却又从没有去触摸的一个陌生东西上，我找到了救

① 司汤达 (1783—1842)，法国作家，代表作有《红与黑》《巴马修道院》。

赎，那是一本大开本、大号字体印刷的毕希纳[①]，黄色亚麻布封面。该书所放的位置，是不会让人看不到的。摆在它边上的，是同一版本的克莱斯特[②]四卷作品。对于这四卷中的每一个字母，我都了如指掌。如果我说，我还没有读过毕希纳，这听起来可能有些让人难以置信，但事实确实如此。我当然知道，他是怎样重要的一个作家，并且我还知道，他对我的意义更重要。我在“维也纳”书店看到他、购买下带回家，把他放到书架上的克莱斯特边上，距今已经过去了大约两年之久。

推迟的相遇，属于一个人心中酝酿的最重要的事。相遇的可以是一些地方、一些人，可以是绘画，还可以是书。对于一些城市，我无限向往，仿佛我命中注定从一开始就要在那里度过一生。我千方百计地逃避去那里，躲过一再出现的每一个去那里访问的机会，这些都大大提升了它们在我心目中的地位。甚至可以认为，我完全是为着它们才活在这个世界上，如果没有它们对我的守候，我早就死去了。对于有些人，我乐意听别人议论他们，饶有兴致地去听关于他们的很多事。可以这么说，我所了解的他们，比他们对自己的了解要多得多——不过，我避免看他们的照片，避开对他们的任何视觉介绍，仿佛有一道特别而又合理的禁令，禁止我知道他们的脸庞。也有一些人，几年来我总在同一条路上与他们相遇，我琢磨他们，他们对我来说就像一个让我去解的谜，而我却从不搭理他们，悄然从他们身边走过，如同他们从我身边走过那样。我们疑惑地对视，却又让我们的嘴巴紧闭。我心里想象着我们的第一次交谈，一

---

① 毕希纳 (1813—1837)，德国剧作家，代表剧作有历史剧《丹东之死》、悲剧《沃伊采克》。

② 克莱斯特 (1777—1811)，德国戏剧家、小说家，代表作有悲剧《彭忒西勒娅》《安菲特律翁》、喜剧《破瓮记》、小说《智利地震》和《O 侯爵夫人》等。

想到我将会从中获悉多少出乎预料的情况，我就激动不已。还有一些人，我经年累月地爱着他们，他们对此却一无所知。我将走向老年，年纪越来越大。把这些说给他们听，一定像痴人说梦一样毫无意义，虽然我一直生活在对这一美妙瞬间的想象之中。没有这样烦琐的前期准备，我是无法面对未来之事的；它们对于我的重要性，如果我仔细拷问自己的话，就如同那些飘然而至、出乎预料的惊喜，让人顿时为之倾倒。

我不想列举我还在为之做准备的那些书籍，其中有一些是世界文学名著。关于它们的意义，前人已经达成共识，而这些人的观点对我又起着决定性影响。在此之后，我不应该对之有所怀疑。经历了二十年的期待，再与这样的一部作品相遇，将会导致某些难以置信的事情发生，是显而易见的。也许只有这样，才能达成精神的新生，从而使一个人免受俗套和毁灭带来的影响。无论如何，当时的情况是：二十六岁的我早已知道毕希纳的名字，他的那本封面十分醒目的作品集，两年前就已经摆放在我的家里了。

一天夜里，在我几至绝望的关头——我敢肯定，我永远不会再去写什么了，我还敢肯定，我再也不会去阅读什么了——我伸手去拿这本黄色封面的书，随手翻到一个地方：这是《沃伊采克》（当时名字就是这么拼写的）中的一幕，就是军医对沃伊采克夸夸其谈的那幕。我感觉像是被电击了一样。我阅读这一幕，阅读这部未竟之作的其余部分，一再从头通读这部未竟之作。具体通读了多少遍，我说不清楚了，我感到是无数遍，因为我通宵都在读它，根本没有去看这部集子中的其他作品。一而再、再而三地从头阅读《沃伊采克》，我的心情无比激动。早上六点我就离开家，奔向坡下的有轨电车站。在那里，我登上了开进城里的第一趟车，冲到费迪南德大街，叫醒睡梦中的薇莎。

我有她家的门钥匙，她没有挂上门锁上的保险链；这是我们约好的，以防我万一烦躁不安，一大早跑过来时能够进得了家门。但是，在我们相爱以来的六年时间里，这样的情形还没出现过一次。在毕希纳的作用之下，第一次出现了这一情形，薇莎被吓了一跳。

写作小说那年，我过的是清心寡欲的生活。当这一年结束的时候，她松了一口气。将来也很难有哪位读者会像她那样，在看到那位身材瘦削的汉学家在烈焰中消失的时候，感到如释重负。她担心会出现新的转折，怕我重新捡起那个冒险，将其延续下去。在完成题为《纵火焚烧》的最后一章之前，我有几个星期没有动笔。她将我的犹豫误解为对小说结局的怀疑。她想象着格奥尔格[①]在返程途中突发顾虑，后来，总算还是及时，他了解了哥哥的真实意图，他怎么能扔下他一个人不管呢！在下一站他下了车，乘上回程列车。他已经站在寓所门前，并且强迫自己走进去。他直截了当，一把把彼得拖住，将他劫持去了巴黎。在那里，彼得成了弟弟的一个病号，一个非同寻常的病号；当然，彼得竭尽全力进行反抗，然而，一切都无济于事；渐渐地，彼得视格奥尔格为他的大师。

她估计，让兄弟之间的争斗在这样一个新的形式下继续，定会非常吸引我，他们在篇幅很长的那一章悄悄开始的交谈还根本没有穷尽。当她听说《纵火焚烧》终于写完了，汉学家的计划也以成功告终的时候，起初不敢相信自己的耳朵。她以为我这么说是为了安慰她，因为她对我这一段时间来的生活方式表示怀疑，这一点我心里是清楚的。这部小说第三部分中的许多东西，都令她心有余悸。她坚信，无休止地探究汉学家的被害妄想，必将对我自己的精神状态产生不利的影响。因此，当我朗读最后那章给她听时，她舒了一

---

① 《康德着火了》(即《迷惘》) 中的一个人物。

口气，这也就不足为怪了。她以为最糟糕的已经过去，而对于我来说，最糟糕的时期，我所谓的“混乱时期”，才刚刚开始。

她从我这里体验到的，是我对她的回避，如同我回避其他所有人一样。虽然眼下我其实并没有某件事要去做，然而我却没时间留给她以及屈指可数的几个朋友。如果碰巧见到她，我也只有只言片语，而且情绪很坏。这样的沉默寡言，在我们之间还从来没有过。一次，她忍无可忍，说：“你书中的他死了以后，就附体到了你身上，你就跟他一样。这大概就是你悼念他的方式。”她待我一直很有耐心，汉学家葬身火海，却令她感到轻松，对此我心存芥蒂。因此，当她一次说“台莱瑟可惜不是印度寡妇，不然的话，她也会纵身跳进火海”时，我生气地回她：“他有比女人更好的家庭成员，他有他的书，这些书知道怎么做是合适的，所以同他一同烧毁了。”

打那以后，她期待着我突然在哪天夜里或者哪天一早出现，带来那最最令她头疼的消息：我改变了主意，最后一章不作数了，因为这一章的风格恰好也与该书的其他部分不吻合，所以我把它给删掉了。康德又重新活了过来，一切又重新从头开始，就是说，作为同一部小说的第二卷。如此一来，我至少又要忙上一整年。

在这个毕希纳早晨，当我把她从睡梦中叫醒时，她吓了一跳。“我这么一大早跑来，你感到奇怪？我还从来没有这么早来过！”“不，”她说，“我在等你。”并且开始绞尽脑汁想对策，怎样才能让我不继续去写小说。

而我立即就把话题转到毕希纳身上。问她是否读过《沃伊采克》。她说当然读过。有谁会没有读过毕希纳呢！她等着我说出那糟糕的消息，以及我真正要说的主题，认为那才是我此行的真正目的所在，因此她说话的时候有些不耐烦。她的回答透着鄙夷——我为毕希纳而感到受辱。

“也就是说，你认为这部剧作不怎么样？”我有些生气，说话的语气里透着威胁，她突然明白是怎么一回事了。

“谁？我？我认为它不怎样？我觉得它是德语文学中最伟大的剧作。”

我简直不敢相信自己的耳朵，随口说了句：“它不过是部残篇！”

“残篇！残篇！你把它叫作残篇？它所残缺的，远胜过其他那些最好剧本所拥有的。真的希望多一些这类残篇。”

“对此你却从来没有跟我提过只字。你早读过毕希纳了？”

“比你早。我很小的时候就读他的作品了。与我读黑贝尔①日记和利希滕贝格②同时。”

“可你只字没有提过他！你那么频繁地让我看黑贝尔和利希滕贝格作品中的段落，却从来不提《沃伊采克》。这是为什么？为什么？”

“我甚至还把它藏了起来。那卷毕希纳你在我这里是找不到的。”

“我一个通宵都在读他。一再从头读《沃伊采克》。我简直不愿意相信有这样的东西，现在我还不能相信这一点。我来这里的目的，就是骂你。开始的时候我还以为，你可能会不知道有这篇作品。但转念一想，就觉得这是不可能的。如果你连这都不知道的话，那你对文学的满腔热情还有何价值？你当然知道它。可你却把它藏起来，不让我看到。六年来，所有美妙的东西我们都谈过，你却没有一次在我面前提起毕希纳。现在你说，你把毕希纳藏了起来，不让我看到，这怎么可能？！你房间里的每个犄角旮旯我都清

---

① 弗里德里希·黑贝尔(1813—1863)，德国剧作家，代表作有《玛丽娅·玛格达莱娜》《黑罗德斯和玛丽阿姆娜》和《吉格斯和他的指环》。

② 利希滕贝格(1742—1799)，德国思想家、作家、评论家，著名的《格言集》即为其所作。

楚。证明给我看！把那本书拿出来给我看！你把它藏在哪儿了？是黄封面、大开本的那种。你怎么能藏得住呢？”

“那本书既不是黄颜色的，也不是大开本的，而是薄纸印刷版。现在你应该自己去看。”

她打开摆放她最心爱书籍的橱柜，我脑海里浮现的是她第一次给我看这个书橱的那一刻。对这个书橱里存放的东西我了如指掌，比对我自己衣服口袋里放了什么东西还清楚。毕希纳会藏在这里面？她取出几本维克多·雨果。就在这后面，紧贴着书柜的后壁，平放着伊瑟尔出版社出版的毕希纳。她把那卷书给我递过来，我一时还不能适应这种小开本的毕希纳，我眼前晃悠的还是昨天夜里看的那些大号字，而且从那时开始，我只想看到大号字体的毕希纳。

“里面还藏着其他不让我看的书吗？”

“没有，这是唯一的一本。我知道你是不会把维克多·雨果抽出来的，你是不读他的。把毕希纳藏在他的书后面，是安全的。毕希纳还译过维克多·雨果的两个剧本。”

她把毕希纳翻译的剧本翻给我看，这让我气不打一处来，我把书递还给她。

“到底是为什么？你为什么要把他藏起来，不让我看到？”

“在这之前没有读过他的作品，你应该感到高兴才是。不然的话，你以为你还会自己去写什么吗？他是所有作家中最现代的。他完全可以是当代的作家，只是还没有一个像他那样的作家。相比之下，大家只会感到自愧不如，并且问：‘我写东西还有个啥意思？’于是就会沉默不语。我不想看到你沉默不语。我相信你的才能。”

“尽管已经有毕希纳在前？”

“现在我不想谈这个问题。一定会有一些东西是无法企及的。

但那无法企及的东西，不应该毁掉一个人。现在你的小说写完了，你应该读些其他的东西。毕希纳还有一个残篇，是一篇短篇小说，叫《棱茨》。你马上就去看吧！”

我二话没说就坐下来，开始阅读这篇美妙的散文体小说。读了一夜《沃伊采克》，第二天一早接着读《棱茨》，中间我连眼睛都没有合过一次。我自己创作的小说，曾经那么让我引以为自豪，此时它则灰飞烟灭，化为乌有。

这是沉重的一击，但来得正是时候。薇莎听我读完《康德着火了》的所有章节后，认为我是一个戏剧家。她一直担心，我会深陷这部小说之中，不能自拔。我怎样深陷其中，小说又是怎样让我元气大伤，这些她都是亲眼所见。无论是这部小说，还是新开始的另一部，她在其中都觉察出了宿命的放弃倾向，这一倾向已持续多年。她还记得我为系列小说《疯子的人间喜剧》所做的那些构想，我经常跟她谈及这些。站在我的窗前远眺斯泰因霍夫[①]，最初她对此还很有兴致，现在早不喜欢了。她觉得，那些疯疯癫癫或者稀奇古怪的人，对我的吸引随着小说的成文而增长。就连我同托马斯·马雷克的友谊，也令她感到不安。我为他进行辩解，言辞激烈，极具挑衅。一次，我胆大妄为地宣称，这个瘫痪之人比所有认为双腿行走是天经地义并因此而不怀感激之情的人更重要。这时她反驳了我，并且嘲笑了我的放肆言行。

她真的是为我担心。在小说《一所精神病院》一章中，我对精神病人发出的爱情宣言使她确信，我跨越了危险的界限。离群索居的倾向、对完全另类东西的欣赏、与卑鄙无耻的人断绝一切来往的愿望——所有这些都令她非常苦恼。我的熟人中，有些人富于奇思

---

① 维也纳的一处地名。

妄想，我把这些说给她听时，就仿佛那是完美的艺术品；同时我还致力于跟踪自己异想天开的思绪，记录下异想天开之物成形的每一个步骤。出于美感的需要，她常常不满于我对迫害妄想所做的细致描述。这种时候我往往会说，不这样详细描述是不行的，因为重要的恰恰是每一个细节，每一个细小的步骤。此前文学对精神错乱的描写，遭到了我的批驳，我想要证明，那些描写是多么不正确。她觉得，概括地表现这种状态并让它的强度不断增加，应该也是可行的，但这遭到了我斩钉截铁的反对：这样做的原因，都是作家自以为是，想自我卖弄，而不是为了表现精神错乱本身。应该认识到，精神病并不是什么卑鄙的事，而是自身具有意义和关联的一种现象，并且每一例都与另一例不相同。对此她表示怀疑，并为当前主流的精神病学分类进行辩护。她特别偏爱“狂躁-抑郁型精神病”概念，对于当时成为时髦的“精神分裂症”概念，她则表现得比较谨慎。这完全不是她的处事风格，她只是因为替我担心才这样做。

她这么做的目的，就是促使我放弃写这一类型小说，这我是清楚的；而我则横下心来，不让自己受任何人的影响，她也绝不例外。为此我拿出自认为写得成功的这部小说作为抵御的武器。即使我为自己纵火而感到内疚，并且为此而陷入深深的自责之中，但这并不是对这部小说价值的异议。相反，对于这部小说的价值，我深信不疑。虽然这部小说完成以后，大家都敦促我创作戏剧，但我认为，还不能完全排除我在精力恢复之后再去创作一部篇幅相当的小说，并且该小说的叙述对象又将以发疯告终。

一夜阅读《沃伊采克》，以及第二天一早在精疲力竭之后的亢奋状态中阅读《棱茨》，这两个时间段具有决定性的意义。只读了几页，我就读到了能表明棱茨心理状态的全部东西。如果把这些构思成一部详尽的小说，那一定很可怕。我的傲气和固执被打消，我不再写新小说。直至过去了好几个月，我才重又找回对小说《康德着火了》的信心。但此时我心里已经只有《婚礼》[1]了。

如果现在我说，创作出《婚礼》要归功于阅读《沃伊采克》那一夜的感受，会让人最初听上去的感觉是狂妄自大。可我也不能为了避免给人造成这种狂妄自大的印象而回避事实真相啊。我也不应该回避事实真相。至此，我所罗列的一系列毁灭幻象，都还受着卡尔·克劳斯的影响。所发生的一切都毫无缘由，相互之间毫无关联，并且都是最糟糕透顶的事。这些都是站在写作者立场上听来的，并且都受到了抨击。这个抨击是从外部入手的，就是由那个写作的人进行的，他谴责毁灭的每一幕。这条鞭子让他安静不下来，驱赶着他从一幕一幕前走过，只有当他发现该当谴责的东西时，他才停下脚步；而一旦执行完惩罚，他就又被驱赶着继续向前。其实，一再发生的都是同样的事：那些终日忙碌的人，当他们说着最枯燥乏味的词句的时候，就已经不知不觉地身临万丈深渊了。这时鞭子抽过来，将他们赶下去，他们跌落的是同一处深渊。没有任何力量能使他们幸免于此，原因在于，他们说的词句从不发生改变，这些词句与他们是相匹配的，而为这些词句确立标准的，总是同一个人，那个手持鞭子的写作之人。

在《沃伊采克》那里，我体验到的某个东西，直到后来我才为它找到一个名称，那就是自我谴责。给人留下深刻印象的那些人物（主人公除外），都是自己展示自己。医生或者鼓手长[2]则是攻击型的。不过，他们的攻击方式差异很大，从而使我在他们身上使用

---

① 《婚礼》是卡内蒂一九三二年创作的一部喜剧。

② 毕希纳剧本《沃伊采克》中的两个人物。

同一个攻击概念时，感到有些犹豫不决。不过，那还是攻击，因为它在沃伊采克身上产生的效果，都是攻击性的。他们说的话各不相同，但都是针对沃伊采克的，并且都造成了最严重的后果。然而，只有当他们在展示自我的时候，就是说，展示那个给别人带来致命一击的表白者自身的时候，他们的话才能造成严重后果。表白者的这一打击令人没齿难忘。无论何时何地，人们都能从这致命一击上辨认出他来。

如前所述，剧本里的人物都是自我展示。没有人挥舞着鞭子驱赶他们过来。仿佛自我谴责是世界上最自然不过的事，而且谴责胜过惩罚。在对他们做出道德宣判之前，他们还是自己原来的样子。大家肯定憎恶他们，而他们自己却自鸣得意。因为他们在展示自己，所以丝毫意识不到这样做会引起怎样的憎恶。这是一种无辜的自我谴责，法律还没有张网去捕捉他们。即使将来会有一张网罩上去，那也不是控告；即使是最辛辣的讽刺家的控告，也没有自我谴责那样有意义，因为自我谴责还涵盖人的生活空间，他的节奏，他的恐惧，他的呼吸。

郑重其事地赋予他们说出全部的“我”，大概是必要的，而彻底的讽刺家是不会真正让谁去说“我”的，除他本人之外。这种直截了当的、不用括号括起来的“我”，其生命力是惊人的，它比任何法官的判决都更具说服力。对于判决者来说，大部分时候使用的都是第三人称，即使在直接列举十恶不赦的罪行时，他也是篡位的。只有当这个法官真正回到他的“我”时，他的可怕行为才全部显现出来。但此时的他已经成为人物形象，他，这个宣判者，在不自觉地展示他的自我谴责。

上尉、医生以及唠叨的鼓手长仿佛自行出现。无人假借他们的口说话，他们一味地诉说着自己，并且用自身来打击同一个人，即沃伊采克。他们通过打击沃伊采克来确立自己的身份。沃伊采克为所有的人服务，他是这些人的中心。没有沃伊采克，就不会有他们。但沃伊采克同他们一样，对此也一无所知；甚至可以说，是他以自己的无辜感染了虐待他的那些人。他们只可能是他们自己，不可能是其他别的样子。自我谴责的本质，就是传递给人这种印象。无辜是这些人物形象、所有人物形象的感染力所在。难道应该痛恨上尉、痛恨医生，就因为他们可以是另一种人，如果他们愿意的话？难道该希冀他们发生转变？难道剧本应该成为布道的讲堂，让这些人物形象在那里接受教育，直至他们可以被创作成另一种样子？讽刺家期待人们是另一种样子，他把他们当小学生一样来训斥。他替道德权威来修饰他们，他们总有一天会站到这个权威的面前。他甚至知道，他们怎样才能变好。他的这种不可辩驳的自信从何而来？如果他没有这种自信，那他根本就无从下笔。起初，他像上帝一样无所畏惧。他代表上帝，虽然没有明着这么说，并且自我感觉良好。他不会花一秒钟时间去想一下，他也许根本不是上帝。由于有这样的一个权威层，最高层面的权威，从中就衍生出代理权，人们只需伸手去捞取好了。

但也有完全不同的另一种态度，那就是沉湎于人类而非上帝；关心人类，反对上帝；甚至于撇开上帝，只谈人类。这类人看到了人的不可变更性，尽管他们也想看到他们另外的样子。用憎恨或者惩罚的手段是对付不了人的。他们通过自我表现，表现真实的自己来达成自我控诉，但这是他们的自我控诉，而不是他人的控诉。谴责他们，并不是作家的正义感所在。他可以编造一个正义的牺牲品，并且让正义的所有痕迹都指向他，犹如指纹那样标明他的身份。在这个世上，这类牺牲品不胜枚举，但将其中的一个作为人物形象，且让他的说话方式留下清晰可辨的痕迹，还不让自己演化为控诉，仿佛是最困难的事。沃伊采克就是这样的一个人物形象，人们体会到对他做下的坏事，而这一切发生的时候，不需添加只言片语的控诉。在他身上可以辨认出自我谴责的痕迹。那些殴打他的人还在，如果他完蛋了，他们也还活着。这个残篇没有说明他是怎么死的，只展示了他做了什么，展示了他在其他人之后所做的自我谴责。

眼睛与呼吸

我与赫尔曼·布洛赫[①]的关系，与通常的情形很不一样；我们第一次见面时的情形，对此起了关键性作用。我应邀去我俩都认识的维也纳女作家玛丽亚·拉萨尔的家中朗读我的剧本《婚礼》，受邀的还有另外几位客人。恩斯特·菲舍尔和他的夫人露特也在被邀请之列。其余还有哪些客人，我记不清了。布洛赫答应光临，大家都在等他。他迟到了。在最后一分钟，我刚想开始朗读，他到了，同他的出版商布罗迪一道。时间所剩无几，连作简短的介绍都不够：我们简单打个招呼，我就开始朗读《婚礼》了。

玛丽亚·拉萨尔对布洛赫说过，我是多么推崇他的《梦游者》三部曲。这几本书我是在一九三二年夏天阅读的。他对我则一无所知。由于我还没有正式出版的作品，因此他也不可能对我有什么了解。在阅读了他的《梦游者》，特别是读了《胡格瑙》之后，他在我的眼里是一个大作家，而我对他来说则只是一个崇拜他的年轻作家。此时大概是十月中旬的样子，《婚礼》是在七八个月前写好的。我分别给一些朋友朗读过这个剧本，这些人都对我抱有期望，但他们还从来没有全部聚在一起过。

---

① 赫尔曼·布洛赫（1886—1951），奥地利作家，代表作有长篇小说《梦游者》《维吉尔之死》《无罪的人》等。

布洛赫则不同，这一点在这里显得特别重要，他在对我有所了解之前，就全神贯注地听我朗读完《婚礼》。我全身心地投入到剧本的朗读中，里面的人物形象通过不同的说话的声音清晰地区分开来，这一点在后来的几十年内从未发生改变。整个朗读持续了两个多小时，我是一口气读完的。会场的气氛让人有些透不过气来，虽然除我和薇莎外，在场的只有十来个人，但他们给人的感觉，却像翻了好几倍。

布洛赫就坐在我前面，我能很清楚地看到他。他坐着的姿势给我留下了印象。他像小鸟那样，把脑袋缩在肩膀当中。在剧本序幕的最后一个场景，就是女管家那场，对我来说也是全剧最精彩的那场，我注意到了他的眼睛。临终的科科什[①]太太一再重复“喂，老爷，我有句话要跟你讲”，但每次又都不能把这句话讲完。这一刻，我与布洛赫四目相遇。如果眼睛也会呼吸的话，那它们就是屏住了呼吸。眼睛等待着这一句话说完，而屏住呼吸与等待之间，充盈的是科科什从辛姆松那里援引的话。这是一个双重的解读，并且演化成了高声的对话，虽然对话根本就没有形成，因为科科什没有去听临终人说话。布洛赫的双眼关注着临终人，而我则一再地重复这开始的半句话，同时让管家引用的《圣经》里的话来打断我的话。在布洛赫的双眼和我之间，出现了不为人察觉的东西。

这是作品朗读会前半小时的情形。接下来的是《婚礼》的主要部分，并且刚上来就是无耻的一幕。当时我因对其表现的内容恨之入骨，所以没有丝毫的羞耻感。我可能没有充分料到这令人作呕的一幕所具有的自然性真理。卡尔·克劳斯是这一幕的源头之一，当

---

① 科科什是《婚礼》中的管家，在太太面前他总是扮演主子的角色，因此他的太太跟他说话时总称他“老爷”。

然，也有来自其他人的影响，如格奥尔格·格罗兹，他的《瞧！这个人》手稿让我既推崇又憎恶。这一幕中的绝大部分内容，都是我道听途说来的。

在朗读《婚礼》剧本当中最放荡的部分时，我是从不注意我周围的。这种全身心的投入让人有腾空的感觉，我完全不去管那些语句是多么卑鄙，多么令人难以忍受，就仿佛它们与自己没有任何关系；它们只是一个劲地让我膨胀开来，让我像萨满教巫师那样，越过它们的上空，而在当时，我一点都意识不到这些。

这天晚上的情形却不一样。朗读这整个中间部分的时候，我一直感觉到布洛赫的在场。他的沉默比其他人的更强烈。他控制自己的样子，与别人屏住呼吸的情形差不多。具体是一个什么样子，我也说不上来，但我能感到与呼吸有关，并且认为他的呼吸方式与所有其他人的都不一样。他的安静与我的那些乱哄哄的人物形象形成鲜明对比。他的安静具有质感，是他一手造就的安静，是那种自我生成的安静。今天我知道，这和他的呼吸方式有着密切的联系。

剧本的第三部分，是真正的毁灭和死亡舞蹈。此时我对自己的周围失去了感知，巨大的投入让我精疲力竭。节奏在这一节十分关键，我完全融入其中，全然不知道发生在这个或者那个听众身上的事。朗读结束的时候，我甚至都不知道布洛赫还在那里。随着时间的推移，发生了一些事，我可能又回到大家等候他到来的那个时间点。但他表态说：如果他早一点知道有这个剧本的话，他自己就不会去写那个剧本了。（当时他似乎正在写一个剧本，大概就是后来在苏黎世上演的那个。）

后来他说的一些话，在此我不想复述出来，虽然这些话有助于了解那部剧作的成形过程。在对他这个人还不了解的情况下我已经清楚，他为我的剧作所折服，是真的被它折腾得疲惫不堪。布罗迪，他的出版商，则对一切都报以礼貌的微笑。这种方式很令我厌恶。他没有发生任何变化，剧本对于市民阶层的猛烈抨击，也许令他反感，但他又不想让人看出他的反感来，因此以礼貌来掩饰。也许他就是这样的人，也许没有什么东西可以震撼得了他——是什么真正将他与布洛赫联系在一起，我还真说不上来。他们无疑是朋友。

这两人待了没多久就离开了，不知什么地方又在恭候他们光临了。布洛赫是同他的出版商一道出现的，这是自信的一种方式；但到了《婚礼》的结尾处，我觉得他变得憔悴不堪。这是那种绝妙的憔悴，它依赖于人与人之间发生的事件、产生的互动关系和情感波动，其前提是敏感。很多人可能会觉得这是弱点，我之所以可以这么说，是因为这种意识上的疲倦程度在我看来是优点，甚至是美德。但是，他是曾置身其中的商界人士，或者生活方式与商界人士类似的人，如果有人说他“软弱”，那我是要扇他们耳光的。

对布洛赫，我并非无所顾忌，因为我不知该怎样评价他才算合适。面对他时，我满怀期待，从一开始我就是他的疯狂追星族，而他则试图摆脱我的追捧。我盲目认为他身上的一切都是好的，在他那双迷人的眼中，我看到的完全不是算计：他身上的一切，在我看来无不高贵而崇高，而我的行事是多么的幼稚和鲁莽，竟然毫不掩饰自己是多么的无知！如果我真的是坦诚并求知好学的话，那么，这种求知欲并没有结出丰硕果实来。如果今天我试图衡量自己所学到的东西的话，那我会发现，自己学到的并不多。他最擅长的是当代哲学，而在这方面我是无论如何什么也没学到。他收藏的主要是哲学方面的书籍。与我完全相反，他不惧怕概念这一类东西。他对此的痴迷，犹如他人对夜总会的迷恋。

他是我遇到的第一个“弱者”，既不是为了胜利，也不是为了击败他人，更别说吹牛了。宣布宏伟的打算，是他灵魂深处所反感的，而我则每两句话就会说一次："就此我要写一本书"——每谈到一个想法，或者一个观察，不马上就接着说"就此我要写一本书"，是我所做不到的。这当然不全是空吹嘘，因为我已经完成了一本大部头的《康德着火了》。虽然这本书还停留在手稿层面，知道它的也只有为数几个人，但另一本书，在我看来要重要得多的书，是关于群体的[①]，我已经将它定为我的毕生之作。该书的内容大都是对我影响深刻的一些亲身经历，以及我广泛而不倦的阅读所得。我以为阅读的都是些与"群体"相关的书籍——其实，我所读书籍不仅仅涉及群体，而是无所不包。根据一部伟大的著作来计划自己的生命，并不是说说而已；我可以毫不犹豫地说："这需要几十年时间。"我想把一切都融进我的意图和规划当中，我的这种包罗万象、不可穷尽的想法，在他看来一定是狂热的，但也是真实的。把对人的改造与惩罚挂钩，而我则不假思索地作为惩罚的执行机关，这种方式既冷酷又具有宗教狂热的性质，这令他反感。这些都是我从卡尔·克劳斯那里学来的。虽然我不敢有意识地去模仿他，可他的许多特点还是渗透到了我的身上，特别是他的暴怒，尤其是在我创作《婚礼》的那个冬天，也就是一九三一年底至一九三二年初的时候。

通过创作《婚礼》，这样的暴怒化为我自己的了。在朗读我的剧本时，我将这种狂怒展示给了布洛赫。他为这部剧作折服，这也是我创作出的唯一令他折服的作品。一般说来，他吸取东西的方式，就是从他人的意志上获取动力，如后来的事实所表明的那样，他无法抗拒这样的促动。我是在很晚的时候，其实是在他去世以后才明白这一点的。

---

① 指《群众与权力》，该书于一九六六年出版。

布洛赫总是让步，只有让步才能让他吸取。这并不是一个复杂的过程，是他的本性使然。将这些同他的呼吸方式联系到一起，我认为是正确的。不过，在他吸取的无数东西中，偶尔也有某些东西太过剧烈，让他无法平心静气地存储在心里。这类扰乱性东西，带给他的震惊在他看来是令人难堪的。从道义上讲，他并不赞同它们，但它们却迟早会成为他自己的创意。在他后来流亡美国，并决定研究大众心理的时候，我们就此进行的交谈，他一定还记忆犹新。但我所谈的内容，实质的那部分，一点都没有触动他。说话者的无知，所说的话无疑带有主流哲学术语的色彩，让他完全忽略了说话者表达的内涵。触动他的是意图所具有的感召力，是对即将来临的新学说的要求，虽然这个学说——还只处于萌芽状态——还不存在，但他就将这一意图感受为命令，并且让这个命令作用于自己，就仿佛这命令是对他发出的。一旦我在他面前谈及我的打算，他就会从中听出："你去做！"却并没有立即明白，他是在怎样的强制之下听这些的。离开我的时候，他已经怀揣一项萌芽的委托；它将在新的环境下绽放，却不会结果。

接下来我就把后来发生的许多事给说了，从而将我俩之间关系形成的清晰脉络给搅浑了。最初我们之间真正发生了什么，我俩谁也不清楚。几十年过去了，现在我还是这么认为。

布洛赫常常步履匆忙地来到我们居住的费迪南德大街。我把他视作一只硕大而美丽的鸟，只是翅膀被修剪过。他似乎在回忆能够飞翔的那段时光，一直没能超脱发生在他身上的事情。我很想向他打听，但我当时还没这个胆量。他说话结结巴巴，这样子会让人产生错觉。或许他还挺愿意谈自己的呢。他开口说话之前总要考虑一下，别指望他能像我在维也纳认识的大多数人那样，酣畅淋漓地表达自己。他并不是想要保护自己，倒是更倾向于控制自己。在他身上看不出一点自满的痕迹。他给人以不自信的感觉，但这是后天习得的那种不自信，至少我是这么认为的。我说话是很肯定的那种，这令他不高兴。但他这个人太善良了，并不把这种感情表露出来。不过，我还是察觉到了，所以他一离开，我就感到惭愧。我责备自己，因为我觉得他不喜欢我。他蛮好把我变成自我怀疑者的，或许他想慢慢把我培养成这样的人，但他根本没能做到这一点。我很看重他，我是那样深深地为他的小说《梦游者》所吸引，因为他在这本小说中做到了我做不到的事。对于文学中的气氛渲染，我从不感兴趣，认为那是绘画该做的事，但布洛赫渲染氛围的方式，却让人易于接受。我欣赏这一点，因为我欣赏一切我办不到的事。但这并不能让我对自己已有的打算产生怀疑；当然，看到有完全不同的东西，它拥有自己的权利，让人在阅读的过程中跳出自我，是很美妙的事。在阅读过程中发生转变，这对作家来说是不可或缺的。只有当他深深为他人吸引的时候，他才能真正找回自己。

布洛赫每出版一部新的散文作品，都要立即把它带到费迪南德大街来。那些发表在《法兰克福汇报》和《新评论》上的书评，在他看来特别重要。我的评价对他也很重要，这几乎是我没想到的。他是多么地需要别人的赞同，这是后来，他的书信在他去世以后发表时，我才弄明白的。无论我那种武断的说话方式多么令他反感，但是，涉及他本人的评价，如果也是这么果断地说出来的话，他还是乐于采纳的，甚至在写给别人的信中引用它。

布洛赫匆忙走路的样子，当时我对此的解释几乎是神话式的：他，硕大的一只鸟，永远忘不了自己被修剪过的双翅；只有当它进入超越人间的大气圈，在那样的自由当中，才能尽情翱翔。而他则相反，他在人群中收集每一个独立的呼吸空间。别的作家收集各式各样的人，他收集的则是四周的呼吸空间，这些空间里充满吸入肺腑、旋即又被呼出的气体。他从在肺腑里滞留过的气体上判断其类型，借助隶属于人物的呼吸空间来刻画他。这对我来说是全新的东西，我从没有接触过这样的事。我知道有些作家听命于视觉，有的则服从听觉，竟然有人由他的呼吸方式来支配，这是我此前想都没想过的事。

他是一个拘谨的人，并且，前面我已经说过，给人不自信的感觉。无论他目光所及何物——他总是摄入一切，但是，摄入的节奏不是狼吞虎咽那种，而是吸气的那种。他不去碰任何东西，一切皆如其所然，不发生改变，并保持自己所特有的芬芳。他好像要吸纳各式各样的东西，守护它们。对于言辞激烈的说话方式，他持怀疑态度，而且，无论说话的意图是怎样善意，在其背后他嗅到的都是恶。那些不善也不恶的东西，对他来说则啥也不是。他会说第一句话时就负责任地表明自己的态度，并且不因此而感到脸红，这为他赢得了我的好感。他的谨慎评判以前被我称为“结结巴巴”，表明的其实就是这种态度。

对于他的“结结巴巴”——就是说，很长时间他什么话也不说，虽然能感到他脑子里想了很多——我的解释是：他不愿意让任何人落入尴尬。为自己谋好处，他感到难为情。我知道他出身实业之家，他的父亲曾经拥有特斯多尔夫的一家纺织厂。本想成为数学家的布洛赫，被迫在这个纺织厂里工作。父亲去世后，他不得不接过全部管理工作。他这样做并不是出于对自己的考虑，而是需养活母亲和其他家庭成员。出于某种执着，他上了大学，后来还学了哲学。我认识他的时候，他去维也纳大学哲学系听课。每谈及此，他总是一副毕恭毕敬的样子。我在他身上感受到的他与商人出身的关系，与我的相似：那就是深切的反感，想方设法拒斥它。作为成年人，成熟的男人，由于不得不很长时间忙于照顾父亲的工厂，所以他需要特别强有力的手段。他倾向于遵守严谨的科学，并且不拒绝其以学术的方式作用于自己。我想象着：一个富于精神活力的人，做起学生来会是什么样子。如果他如此智慧，甚至到了让自己做出不自信的样子的地步，那么，他在研讨课上怎么会自信？他想要的是对话，可他的行为却让人觉得他好像是学生，因为，我猜想他在绝大多数情况下都不可能是学习的人，一看就知道，他知道的比与自己对话的人要多。让他避免使任何人感到尴尬，是他的善良心地使然，我想。

在“博物馆”咖啡店，我认识了布洛赫的女友艾阿·冯·阿勒什。他一个人时的样子，我在其他地方见过。他说与艾阿约好了，并且答应她要带我去。我觉得他有些不自在，他说话与平时不大一样，并且迟到了很长时间。“她早就在等我们了。”他说，并且加快了步伐，最后几乎是飞跑进旋转门，拽着我进了咖啡店。“我们迟到了。”他连忙说，样子几乎卑躬屈膝。在把我介绍给她之前，他就把我的名字说出来了，并且补充了句：“这是艾阿·阿勒什。”他说这话的语调很中性，听不出心里有什么不安。

以前我就几次听他说起过她的名字，并且觉得这名字的两个部分，“阿勒什”，特别是“艾阿”有些怪异，甚至是个谜。我没问过他，这“艾阿”是怎么来的，后来也从来没有弄清楚。她的年纪在五十岁左右，看上去不年轻了。她的脑袋像猞猁，不过是丝绒的，头发颜色发红。她长得很漂亮，年轻的时候还不知该多漂亮呢，我想，心里不觉暗暗一惊。她说话慢声细气，但句句掷地有声，因此立即就让人对她敬畏三分。她仿佛不经意间就吸引住了别人。当然，我得出这样的印象，是因为她批驳了布洛赫。他说的话，没有一句得到她的赞同。她问我们在哪里弄到这么迟；她已经以为我们不来了；她在这儿坐了近一个小时。布洛赫告诉她我们去了哪里。

尽管他把我也给扯了进去，仿佛我跟他在一道似的，但她听他解释时的样子表明，她似乎不相信他说的任何一个字。她没有提出异议，但她觉察出了哪儿不对。我们坐下很长时间以后，她说的一句话又回到这个话题上来；这表明她已经弄清了自己的怀疑，而他仿佛已经成为过去，她则只想让他知道，她又多了一份不相信他的理由。

一场关于文学的交谈开始了。布洛赫想把话题从我们的过错上引开，于是就说，自己听完《婚礼》的朗读后就去了她位于佩雷格林格街的住所；还说他当时是怎样跟她谈论这部剧作的。他仿佛在求她不要小瞧我。她也没否认当时发生的事，但紧接着就揭他的老底。说他当时完全被击垮了，并且抱怨自己不是戏剧家，却又写作了那出剧本，真恨不得把它从苏黎世剧院那里撤回来。她还说，一段时间以来，布洛赫以为自己必须写点什么。不知是谁使他有这种想法的，大概是一个女人。这话听上去慢声细气，几乎有些讨好的意味，可在场的人里又没有她想要讨好的人，这是最要命的。因为她接着说道，她看过他的笔迹后就对他说，他不是作家。她是笔相学家，只要把他的笔迹同穆齐尔的比较一下，就可以知道布洛赫不是作家。

她的话让我感到很尴尬，我立即接过关于穆齐尔的话头，问她是否认识穆齐尔。她说她认识他有几十年了，是在阿勒什时代，甚至还早些，比认识布洛赫的时间长。穆齐尔，那才是作家。她说这话时的语气完全变了个样。当她说到穆齐尔对弗洛伊德评价不高，并且不会轻易受人影响的时候，我终于明白了。所有在布洛赫看来是有价值的，她都对之怀有敌意，穆齐尔对她来说则是无可挑剔的。在她与阿勒什——穆齐尔最早的朋友——维持婚姻关系的那段时间里，她经常见到他；就是现在，那段婚姻结束很长时间以后，她也还时不时见到他。她觉得自己是笔相学家，是件非同小可的事，她在心理学界也有一席之地。“我是阿德勒，”她手指着自己说，又指着布洛赫说，“他是弗洛伊德。”布洛赫确实对弗洛伊德崇拜得五体投地，我想说的是，其方式近乎宗教——我这么讲，并不是说他像我认识的其他许多人那样，成了狂热的追随者，而是说，弗洛伊德像神秘的教谕，渗透进他的每一个细胞。

布洛赫属于不会掩饰自己困难的那种人。他不会装模作样。我不知道他为什么那么早地介绍我和艾阿认识。她不在人前赞美他，这是他早就清楚的事。也许他想让她对自己写作的粗暴拒绝来抵消我对他的崇拜，而在当时，我并没有意识到这一点。后来我才渐渐了解到，布洛赫是个艺术赞助者：一个视精神事物比其工厂更重要的企业家，并且对艺术家总是有所偏爱。他保持着自己的高尚举止，但别人很快就能感觉到，他已不再是有钱人。对于他的窘境，他并无怨言，只是抱怨没有时间。每一个认识他的人，都想常常见到他。

他能够让人开怀谈论自己，陷入勃然大怒的境地，并且一发不可收拾。大家视此为对自己本人、自己所拥有的意图和打算以及伟大构想特别感兴趣的标志。虽没有明说，每个人都怀有这样的兴趣，从《梦游者》一书中可以领悟到这一点。这其实是他倾听别人说话的方式，令人迷恋的一种方式。在他的宁静中，你可以敞开心扉，不会遇到任何障碍。你可以谈任何东西，他不会做出任何反驳；你只会感到害羞，如果你还完全没有说出某件事的话。在这一类型的谈话中，一般到了某一处你会突然说：“打住！”“就谈到这里，别再往下说了！”因为你所希望的和盘托出，可能会是危险的——因为你怎样才能又回到自身，之后又怎能一个人形影相吊？——而在布洛赫那里，却从不会出现这样的地方和时刻，没有任何东西会让你停下来；你不会在任何地方遇到警示牌或者标记，只是磕磕绊绊地一个劲向前走，而且速度越来越快，像喝醉了酒一样。令人吃惊的是，谈起自己来竟然会有那么多可说的，而且你越敢往深处说，越是忘我，涌出的就越多，犹如温泉从地下迸涌而出，你简直就是一幅间歇迸涌的温泉景观。

这种迸发于我而言是不陌生的，我在与我交谈的其他人那里见识过。所不同的是，我总习惯于对别人所说的事做出反应：我得对此说上几句，沉默不语我是做不到的。我的话已经表明了我的立场，或是评判，或是劝告，对方能感觉到是被吸引或是遭拒绝。布洛赫则完全相反，遇到类似情形，他一言不发。这种沉默不是心理分析上所说的那种冷冰冰式的或者野心勃勃式的，因为那种沉默是要让一个人无助地任由他人摆布，并且这个人不允许向他表露出自己的赞成或者反对。布洛赫的倾听由细微的、可感知的呼吸打断，这证明说话者所说的话不仅被听见，而且被吸纳，仿佛你每说一句话就踏进一所房屋，然后从容地在那里落座。那些轻微的呼吸声是主人对你表示的敬意："无论你是谁，无论你说什么，请进，你是我的客人，愿意在这里待多久就待多久，下次再来，一直在这里待下去！"轻微的呼吸声是最低限度的反应，深思熟虑的词句会意味着评价，会等于是在一个人还拖着包袱走进客舍之前就亮明立场。主人的目光永远聚焦在你身上，同时也看着他请你入内的房屋内部。虽然他的头跟大鸟的头相似，但他的眼睛却意味着捕获、抢夺。这目光飘向远方，近在咫尺的对方往往也含在其中，而目击者的心底就在这远与近之中。

他对人的吸纳充满神秘，正因为如此，人们才对布洛赫着迷。当时我认识的所有人中，没有一个不对此如饥似渴。这种吸纳没有"先兆"，没有价值评判，在女人那里变成了爱情。

对立的开始

在布洛赫对我产生影响的五年半时间里，我逐渐明白了在今天被认为是理所当然的事，因为它对一切生命具有深刻的威胁，那就是：通畅的呼吸。呼吸是真正的、主要的意义所在，布洛赫借此接受周围的世界。如果说其他人必须无休止地观看或者倾听，只有深夜的睡眠才能使他们从中解脱的话，那么，布洛赫则无休止地听任自己无法停止的呼吸的摆布，并试图通过我称之为他呼吸的标点符号——那刚好能感知到的“咕噜”声——来将之划成段落。我很快清楚，布洛赫没有能力摆脱任何人。我从没有在他那里听到一个“不”字。写下一个“不”字，对他来说要容易得多，如果这个“不”的所指对象不在他面前，不把自己的呼吸传送给他的话。

大街上的陌生人和他攀谈、揽住他的胳膊的话，他也会顺从地跟这人走。虽然我没有亲眼见过这一幕，但我可以想象得出，并且从心里问，他会跟着这样一个陌生人走到哪里：一直跟到由该陌生人的呼吸充斥的空间。通常称之为好奇心的东西，在他那里以一种特殊的形式出现，可以称之为好奇呼吸。区分各种不同氛围，其所具有的独特性，是一般人不去想的事。从他身上我那时明白了一点，就是你可以活上一辈子而没有意识到这一点。每一个呼吸着的人，也就是说每个人都能捕获布洛赫。他这等年纪的人，阅历丰富，天晓得经历了多少世事沧桑，但其任人摆布的天性也是惊人的。每一次会晤对他都是一个危险，因为他不会回避。为了回避，他需要有人已经在其他地方守候着他。

他搭建了一些据点，分布在整个城市，有些还相距甚远。他每到一处，比如到了薇莎住的费迪南德大街，就会立即走到电话机旁，给艾阿·阿勒什打电话。“我在卡内蒂家，”他说，“我马上就过来。”他知道，已经有人在那里等他了，于是为自己的迟到给出一个冠冕堂皇的理由。表面上看，这就是他打电话的动机，当然也是为艾阿的敌意所迫。他不仅给艾阿打电话——即使他刚离开她那里，并且她很清楚他要去谁那里，他还会问刚把他迎进屋的薇莎：“我可以用一下电话吗？”这时他会打电话给另一个人，告诉他自己现在何处。他的电话总是打给正在等候他的人。由于他必须为他不变的迟到道歉，这似乎又成了很自然的事。事实上，他是试图通过这种方式办到自己的事，我是这么认为的。他为自己从一个人这里走到另一个人那里扫清障碍，为别人忙不迭地挽留他埋下伏笔。任何突袭，就连抓捕也阻止不了他。

如果偶然在大街上遇见他，会见到他在匆忙赶路，这其实是他自我保护的唯一方式。他说的第一句话是——虽然不是见面的问候语，但口气和蔼可亲——“我有急事”。他双臂舞动，那被修剪过的翅膀扇动着，仿佛要飞起来，但挥舞不了几下，就又耷拉下来。这时我就会为他难过。我会想：“这个可怜的人，多可惜，他不会飞！他得一直这么奔跑！”他处在双重的逃遁之中：他必须逃脱刚刚和他在一起的人，因为有其他人在等着他；又必须逃脱在路上可能遇见并耽搁他时间的所有人。他从街上消失以后，有时我会回过头去看看：他的披风像翅膀在风中舞动。他走路的样子看似很快，其实不然，鸟一样的脑袋和披风合成一幅受阻的飞行图景，而这飞行的样子一点也不让人觉得不体面或者恶心，它已经成为自然的、根深蒂固的前进方式。

我一开始就谈到了布洛赫身上有与我认识的所有人的无可比拟之处，因为除却决定他的外表和他的生理反应的神秘呼吸过程外，你可以同他交谈。这些交谈让你回味，并且常常想将它们继续下去。我对他抱有不尽的崇敬和兴趣，观点、信念、打算暴风雨般地砸向他，但无论我说了什么，也无论我在他那儿做了什么，最初那持续两个多小时的《婚礼》朗读留给他的深刻印象，是无法消去的。其后几年间，他对我说过的所有话，都与此紧密相连。不过，他太仁慈了，并没有让我察觉出来。他从不说让我能从中悟出我让他感到不舒服的话。

《婚礼》中的那所房子倾覆，所有的人也都走向毁灭。他很清楚这个剧本灌注给我的这种绝望。在那种岁月，这种绝望是许多人共有的，也是他的绝望。以不留情面的方式表现这种绝望，让他感到不安，仿佛我就是那对我们所有人构成威胁之物的一部分。我不认为他就此得出了结论。他比我早认识卡尔·克劳斯，因为他年长我十九岁；而克劳斯的风格真不知要比我激进多少，并且还对他具有重要意义。克劳斯的名字在我们的交谈中大概很少出现，但只要一提到这个名字，他总是满怀敬意。那时，我从没有在克劳斯的哪次作品朗读会上见过布洛赫。像他那种形状脑袋的人，我是不会注意不到的。也许他是在回避作品朗读会。自从潜心于自己的创作以后，也许他不能再承受作品朗读会场那令人窒息的气氛。如果是这样的话，他就应该厌恶同《婚礼》这样的作品接触，因为《婚礼》的基调，是对世界末日的恐慌，它与克劳斯是相似的。当然，这些都只是猜测。我永远不能确定布洛赫的隐秘拒斥是基于什么之上，也许是我对他的追随太热烈，导致他试图摆脱这种追随，一如他试图摆脱任何追随一样。

我与他的最初几次交谈，是在“博物馆”咖啡店进行的，时间是中午时分。同我一样，他也不习惯就着咖啡吃点什么。这几次交谈的气氛是兴高采烈的，他也是投入的（他的沉默是后来才越来越引起我的注意的）。每次交谈持续的时间都不长，大约一个小时的样子。每当交谈进入兴趣盎然阶段，让人想不顾一切地聊下去的时候，他就会突然站起来，说：“我得去沙科瑟尔医生那儿了。”沙科瑟尔夫人是他的心理分析师，他做心理分析已经有几个年头了。因为他总是把我们的会面安排在他去那里之前，因此给我的感觉是，他每天都去做心理分析。这犹如给我当头一棒。我越是无拘无束，越是对他敞开心扉——他说的每一句话都使我更加兴奋——他的回答越显示出他的兴趣，他越是对此穷追不舍，我感受到的伤口就越深，连沙科瑟尔这滑稽的名字都让我感到难堪。

这样的二人会谈，写出过《梦游者》这样作品的人，说出的每一个字都是我热切渴望的人，作为二者中的一个，就这样站起来，话说到一半就打住，转身离去，就为了每天（我是这么认为的）去对一个叫沙科瑟尔的女心理分析师倾诉，我感到很吃惊，也为他感到难为情。我几乎不敢想象，他躺在那里的一张长沙发上，对她说出任何其他人都不会知晓，甚至他自己都不会写出来的东西。只有那些了解他的人，知道他的坐姿和倾听方式是严肃、高贵而优雅的人才能理解，他躺在那里，四周没有其他任何人，双眼盯着她的脸说话，是多么有辱他的尊严。

也许是布洛赫为了逃避我那潮水般涌向他的话语，这完全是可能的。他忍受不了与我进行长时间的交谈，因此故意把我们的见面时间放在做心理分析之前。现在我是这么想的。

此外，他非常认同弗洛伊德。无论是严肃还是随意的交谈，他都毫无顾忌地使用弗洛伊德的那套术语。鉴于他饱览哲学方面的书籍，因此他这样的行为给我印象很深，虽然我觉得这么做是多么不合适，因为这表明，他将弗洛伊德与他非常仰慕的康德、斯宾诺莎和柏拉图相提并论。在当时的维也纳话中，已经成为空洞的日常用语的那些东西，他拿过来同无数世纪以来备受推崇并被他视为神圣的那些话一道使用。

我们认识才几周时间，布洛赫就问我，有没有兴趣去莱奥波尔德城的国民大学作作品朗读。他说他自己已经在那里朗诵过几次，并很乐意把我介绍到那里去。我感到这一提议是对我莫大的尊敬，因此就接受了。主办者勋维泽博士将作品朗读安排在一九三三年一月二十三号。在跨入一九三三年之前，我就把《康德着火了》的书稿给了布洛赫。几个星期以后，也就是一月的时候，他请我去他位于贡斯加街的家。

“您想借此说明什么呢？”

这是他说的第一句话，边说边很随意地指了指放在身旁桌子上的这部小说手稿。他这么一问，倒把我给问住了，我完全不知道该怎么回答他。我能想象其他任何问题，唯独没想到这个问题。怎么可能用几句话来概括一部小说所要表达的东西呢。我结结巴巴地说了些不清不楚的话。没有多少意义，但我总得说上几句，作为回答。他向我表示道歉，并收回他的提问。

“如果您知道这一点的话，您大概就不会写出这部小说了。是我的问题问得不好。”

他意识到我不可能给出一个确切的答复，因此，他试图通过排除那些不是该书写作意图的因素来慢慢圈定所指对象。

“您不至于为了写疯人的故事而写这本书吧？这肯定不是您最

初的意图。您不至于计划塑造一个 E.T.A. 霍夫曼[1] 或者 E.A. 坡[2] 作品中的那种滑稽形象吧？”

在我否认了这一点之后，他表示赞同我的观点。我把话头扯到果戈理上去。因为他注意到了小说中人物的荒诞不经，所以我必须援引我真正的榜样。

“我所受的影响更多来自果戈理，那些人物形象应该都是些很极端的；尽可能做到登峰造极，既滑稽又可憎，从而使得滑稽和可憎成为不可分割的一体。”

“您令人感到害怕。您想让人害怕吗？”

“是的。我们周围的一切都令人害怕。共同的语言已经没有了。没有一个人能理解另一个人。我认为是没有一个人愿意理解他人。您的小说《胡格瑙》中的那些人，分别置身于不同的价值体系当中，以致他们相互不可能达成理解，这给我留下了很深的印象。胡格瑙几乎就是我所指意义上的人物，虽然这并不表现在他使用的语言上，因为他还与他人进行交谈。但书的结尾有一份文书，是胡格瑙向寡妇埃施讨债的一封信，信中的措辞完全是他惯用的那套语言：彻头彻尾的商人用语。在这里，您将这个人物与小说中所有其他人物的区别推到了极致。这与我的构想完全吻合。我就是想永远这样处理事物，处理我小说的每一处、每一个人物。”

“那样就不再是真实的人了。那将成为某种抽象的东西。真实的人是多维度的。他们内心的感情是会自相矛盾、相互排斥的。撇开这些，能给出一幅真实的世界图画吗？难道可以把人扭曲到面目全非的地步吗？”

---

① 恩斯特·特奥尔多·阿马丢斯·霍夫曼（1776—1822），德国作家。

② 爱伦·坡（1809—1849），美国作家。

“这些都是人物形象。人和人物形象不是一回事。长篇小说作为文学之一种，是以人物形象开始的。《堂·吉诃德》是第一部长篇小说。您怎么看待书中的主人公？您难道觉得这个形象不可信，就因为它太极端了？”

“那是另一个时代。在当时，在骑士小说流行的年代，这样的形象是可信的。今天我们对人的了解比以前多了许多。现代的心理学给了我们许多关于人的知识，对此我们不能置若罔闻。文学在精神上必须立于时代的高度。如果它滞后于它的时代，那它就成为一种媚俗的东西，服务于文学之外的某些目的，也就是说，一些不允许的目的。”

“这将意味着，堂·吉诃德对我们不再具有价值。对于我来说，这部小说不仅是第一部，而且仍然是最伟大的一部小说。我不认为书中缺少什么，其中不乏现代的认识。我甚至可以斗胆地说，小说避免了现代心理学的某些谬误。作者并没打算在其中对人进行研究，他不想把在某个人身上可能找到的一切都展示出来，而是创造某些轮廓清晰的单位，并让它们相互映衬。通过它们之间的交互作用，将他对人的认识表达出来。”

“可这本书根本没有涉及今天困扰我们的许多东西。”

“当然不会涉及，当时没有的东西，是不可能提及的，但今天可以构思出新的人物形象来。如果有谁善于运用这些形象的话，就能够借助它们将今天困扰我们的东西表达出来。”

“艺术也必须有新的方法。在弗洛伊德和乔伊斯时代，不能一切都还是老样子。”

“我也觉得，今天的小说应该是另一种样子的，但这并不是因为我们生活在弗洛伊德和乔伊斯时代。这个时代的本质是另一种类型的，它只能通过新的人物形象来展示。人物形象之间的差异越大，他们越是被极端地刻画，那他们之间形成的张力就越大。要的正是这种张力，它令我们感到恐惧，我们把这种恐惧当成是我们自己的。这种张力服务于恐惧训练。在心理探寻中，我们也陷入这种恐惧，并确认恐惧是存在的，然后运用新的、或者至少看上去是新的手段，将我们从中解脱出来。”

“这不可能。有什么能将我们从这种恐惧中解脱出来呢？也许可以降低这种恐惧程度。所能做到的，也就是这些。您在自己的小说以及《婚礼》剧本中所做的，是提升这种恐惧。您让人面对自己的丑陋，仿佛您想为此来惩罚他们。我清楚，您更深的意图是迫使他们回心转意。这令人想到布道，劝人进行忏悔。您没有以下地狱相威胁，而是将地狱展现在人的眼前，并且地狱就在此生中。您并没有客观地展示，从而使他们能真切地感知地狱，而是让人犹如置身其中，并因此感到诚惶诚恐。给世界带来更多的恐惧，难道这是作家的任务？”

“您创作小说的方法是另一种类型的，您把它彻底地贯彻进了《胡格瑙》的结构中。您将不同的价值体系，善的和恶的，置于对立之中，从而使它们之间的区别愈加鲜明。紧贴胡格瑙的商业世界的，是救世军姑娘的宗教世界。您借此制造平衡，并消除您让胡格瑙这个人物形象制造出的恐惧。您的这个三部曲我是一口气读完的，它在我脑海中久久回荡，在我身上创造出许多空间，并都留存了下来。在阅读它们半年之后的今天，这些空间还仍然存在。可以毋庸置疑地说，您因此丰富并拓展了我。当然，您也让我获得了安宁。知识为人创造安宁。知识单单给人带来安宁，难道这就够了吗？”

“您主张强化不安，使之变为恐惧。可以肯定的是，在《婚礼》中您成功地做到了这一点。紧随其后的只能是：摧毁与没落。这没落是您想要的吗？您想要的恰恰是它的反面，这是可以感知到的。

您只要再做点什么，就可以给出一条出路。可您没有给出出路，在这两部作品中，《婚礼》以及这部小说中，都是生硬而冷酷地以毁坏告终。蕴含其中的某些不可调和的东西，应该引起重视。这难道是表明您已经不抱希望了？这难道意味着您自己找不到出路，或者说，您根本就不相信有出路？”

“如果我对此持怀疑态度，如果我不抱希望的话，那我就不可能再活下去了。不，我只是认为，我们知道得还太少。您喜欢援引现代心理学的知识，我觉得您对此引以为豪。可以说，您是在您的那个小圈子中，在维也纳社会的一个特殊领域中成长起来的。您对这种心理学怀有一种乡土情怀。也许您觉得，您自己也能发明它。无论它说了什么，您都能立即在自己身上找到印证。您根本不用去求证。在我看来，这种心理学恰恰是漏洞百出的。它研究的是一个个个体，在每一个具体的人那里，它也许能得出点什么，但对于群体，它就显得无能为力了，而最重要的，恰恰是要对群体有所了解。因为，今天所有新兴的力量，都有意识地从中吸取养分。事实上，每一个觊觎政治权力的人，都知道该怎样利用群体。只有那些认识到这种利用会直接导致新的世界大战爆发的人，才不知道该怎样影响群体才能使他们不被人利用，从而给我们所有的人造成不幸。该探究的是群体行为的规律。这才是真正所需要的，这才是今天的首要任务，而这门科学现在还八字不见一撇。”

“不可能有这样的一门科学，因为一切都还不明朗、不确定。您正走在一条歧途上。您不可能为群体找到规律，因为不存在这样的规律。您所花在上面的时间定会枉然无功。您已经几次对我说，要将其视作您的毕生任务，并下定决心，为此花上几年、几十年时间，必要的话，花上一辈子的时间。这是浪费生命。您还是去写剧本吧。您是一位作家。您不可能献身于一门子虚乌有并且永远也不会成为学问的科学。”

此类谈话，凡涉及群体研究的话题，我们后来还进行过不止一次。布洛赫总是小心谨慎对待谈话的另一方，仿佛他若话说得太绝，会弄坏对方身上什么东西似的，这我在前面已经提到。他最关注的，总是对方的态度、对方的特性以及这些特性发挥作用的前提。因此，与他进行交谈，唇枪舌剑的场面其实极少出现。令人感觉受辱，他是绝对做不到的，因此他避免过分坚持认为自己是对的。

如此一来，极少出现的几次针尖对麦芒的交谈就愈加显得难忘。他坚决反对我小说中主人公的名字。在我给他看的手稿上，主人公叫康德。《康德着火了》这个书名也让他感到恼火，仿佛我想借此含沙射影地说明，哲学家康德是个冷酷无情的人，并在这部冷酷的书中被迫纵火。虽然他没有直接这么说，但使用这个他无限敬仰的名字，在他看来显然是不行的。因此，他给我提出的第一个修改建议就是“您得把名字改掉”，而且坚持不妥协让步。每次我见到他，他几乎都会问：“您已经把名字改了吗？”

我对他解释说：人名和书名只是临时性的，在我还没有认识他的时候，我就做出了决定，一旦正式出版，就更改书名和人名。这个解释还是不能令他满意，他接着不满地说：“为什么就不能马上更改呢？您最好还是在手稿上就把它们给改了。”我的内心开始抗拒，这话听起来像一道命令，而发号施令与之是完全不相符的。即使我原先的书名只是临时性的，我也要尽可能长时间地保留它。我让书稿中的一切保持原封不动，等待着没有压力、我自愿改动它的那一刻到来。

布洛赫坚持的第二点，在前面我已经提到过，那就是：不可能有群体心理学。他的观点丝毫也不能打动我，无论他作为作家、作为人多么令我敬佩，也无论我多么渴望他的青睐，虽然我的渴望是徒劳无功的。但是，我连做梦都不会承认，在这一点上他是正确的。正相反，我试图让他相信，研究群体心理可能会得到全新的东西，可能会找到别人从来没有想到的一些互联关系，虽然这听上去有些不可思议。对此他没有表现出多大兴趣，不过，大部分时候他都微笑着听我说话。我一旦抨击弗洛伊德的观点，他好像就生气。一次，我想使他明白，必须区别对待恐惧和群体逃亡。因为，恐惧虽然使群体真正崩溃，但逃离的群体并没有各奔东西，他们仍然聚在一起，在逃亡过程中产生的群体感充盈他们的内心。从牲畜群的例子上我们能清楚地看到这一点。“您是怎么知道的？”他听我说完后问，“您是逃亡畜群中的一头羚羊？”

反之，只要我说到某个能给他留下深刻印象的东西，例如“象征”一词，他就会竖起耳朵。当我使用“群体象征”一词时，他让我把自己对这个词的理解详细说给他听。当时，我对火与群体之间的关系作过一些思考，而他又同每一个维也纳人一样，每次听到“火”这个词，就会立即想起一九二七年的七月十五日①。所以，他思考着我就此所说的话，有时还会回到这事上来。但真正令他满意的，是我就大海和水滴相分离后所说的一番话。我对他说，我觉得自己手上的每一滴水珠都像某些值得同情的东西，因为它同自己所隶属的那个庞大整体分离了。我使用的那些与宗教感情相近的词语，特别是我在表达水滴的孤单时所使用的“同情”一词，吸引了他，于是他就习惯将我的群体计划与某些宗教的东西联系在一起，并在这个意义上谈它。我视此为对我的构想的缩减，并表示反对，但最终还是放弃与他就此进行讨论。

① 奥地利司法大厦在这一天被纵火。

指挥家

他的两片嘴唇紧闭，为的是不让赞誉之辞从中滑落。精确而标准地背诵，对他来说高于一切。在他还很年轻的时候，那时他生活在贫寒之中，就开始接触高难度的文本，并将它们分解开来，在为生存而卖苦力的有限闲暇中熟记它们。十五岁的他在夜总会当首席小提琴师，那时的他脸色苍白，睡眠不足。拉琴的时候，他把斯宾诺莎的“伦理”放在乐谱的下面，在极短暂的中场休息时间里，他逐句把它背诵下来。他的所学与他的所做毫无干系，只是孤立地作为学习的阶梯。这一类事在他身上还多的是，而这一切，除了都要花费他的精力外，相互之间没有真正的联系。意志总是占上风，他不气馁，他需要有能让他练习的新东西，并且也找到了让他练习终生的东西。直到老年，意志还起着决定性作用，那就是消耗不尽的胃口。由于他一直从事音乐工作，因此，这胃口也具有了韵律和节奏。

让他年轻时脱颖而出的学习热情始终陪伴着他，无论他的生活境遇如何。可以说，当他拥有一份职业时，他将之视为自己的天职。很早的时候，他就克服重重困难，成为指挥家，但他并不满足于自己所拥有的。也许是因为这份工作不能让他感到完全充实，也许正因为这样他才没有真正成为伟大的指挥家。他找寻不同类的东西，因为这样还可以学习。在音乐更新并因更新而以闻所未闻的方式流派纷呈的时代，他如期而至。每一个流派，只要是新的，都为他提出了新问题，而他所能做的，以及最愿意做的，就是解答这些新问题。但没有一道题目，即使是最了不起的一道，也不能使他因之而让其他问题消失。他接受每一道新问题，并对之进行刻苦钻研。没有一道问题能难倒他。与此同时，他还能保留一切以另一种新方式出现以及未来将形成的其他问题。他这样做的目的有二：掌握新东西，并使之完全成为自己的（在不完全排除他人洞悉的情况下所能做到的）；其次——这是最重要的——贯彻、落实这新东西，就是说，尽量完美地将之展示在对此一无所知的观众面前。观众起初对之尚不很清楚，以为它是全新的；感到有些陌生且令人反感，甚至仿佛有些令人讨厌。于他而言，这是一个具有双重面孔的权力问题：对被迫演奏它的乐手施暴；一旦他控制了这些乐手，就是对观众施暴，最好是对那些特别难以驯服的观众施暴。

他的特点，也可以称之为他的自由，就在于，他总是强暴新的、不同的东西，不局限于某一个领域，而是向任何向他提出难题的领域敞开大门。因此，他总是赶在任何人的前头，第一个将这完全陌生的东西展示给观众。可以说，他是新事物的发现者。他注重积累这些新发现，希望这样的新发现越来越多。由于他对其数量及其多样性的胃口越来越大，有时音乐已经不能满足他的需要；扩大自己的权力范围，如将戏剧纳入进来，让他极感兴趣。于是他想到了组织文艺会演，既可以上演新的剧本，也可以演奏新的音乐。我遇见他的时候，他正处于这样的一个生命阶段。

赫尔曼·舍尔辛[①] 总是不断追求新东西。他每到一个新城市举办第一场音乐会，都会关注这里的人在谈论谁。他能通过谈论者提

---

① 赫尔曼·舍尔辛 (1891—1966)，德国指挥家、作曲家和音乐人，致力于新音乐。

及某一个人名时表现出的惊讶和出乎意料的语气来进行判断，然后试着与叫这个名字的人进行接触。他让许多人来排练，巧妙地在繁忙之中接待“新人”，从而使得这个人几乎没有时间与之握手，因为外面还有一大堆等候排练的人在等着他指导，而这是不能耽搁的。同令他感兴趣的新人进行交谈——一如他对这人所说的那样——不得不推迟到下一次。而下次交谈的时间是否会长一点，尚不能肯定。那新人却因此而感到无比荣幸，因为那些前来试演的人都信誓旦旦地说，指挥家非常看重与他的会面；第一次见面他的态度比较冷淡，但这主要是时间紧张的缘故；指挥家给自己提出的任务有多么艰巨，是每个人都亲眼看见的；特别是在维也纳这样一座城市，骨子里在音乐上就保守，这是路人皆知的。这样一来，也就无法怪罪他这个新音乐先驱只顾埋头工作了，反而对他所表达的愿望，即在更适当的时候第二次与他见面，怀抱感激。人们对此表示理解，也热衷于原谅他。在工作如此繁忙的情况下，他还让人意识到他对自己的期待。由于他只关注新东西，所以他期待的也只是新东西。因此，在他认识某个人之前，这人就会感到自己有权支持新生事物。再见上他几次而没有进行交谈，也是可能的。那就一次次往下推，会谈的分量由此而变得越来越重。

如果试演者中引起他注意的是一名女性，那她就不用多等了。他会在排练结束后带几个人去“博物馆”咖啡店，然后静静地在那里听她弹奏。他会逼迫这人说出自己认为最重要的东西来，通常是一支曲子，在我那里则是一出剧本。他自己对此则小心谨慎，一言不发。这种时候，你首先会注意到他紧闭的薄薄嘴唇。你简直怀疑他是否在听，因为他不做任何表示。他的面部光滑，表情矜持，丝毫不流露赞同或反感的表情；他笔直地坐着，脑袋搁在略微肥硕的颈项上，双肩呈水平状。他的沉默越是有效，对方说得就越多，不知不觉就被套进请愿者的角色中，面对一个尽可能延长、也许永远保留自己决定权的权贵。

然而，赫尔曼并非沉默寡言的人。因为你如果认识他久了，就会惊讶地发现，他的话是多么多，说话的速度是多么快。不过，他说的尽是些自我夸耀的言辞。如果不是听起来那么单调乏味的话，简直可以称之为胜利颂。有时他也会突然把偶然碰到的一些东西随意拼到一起，给它们排序，仿佛自己有资格这样做，并决心赋予它们法律效力。“公元前一一〇〇年，人类发生过爆炸。”他指的是艺术力的爆炸。他特别喜欢“爆炸”这个词。我与他一道去过一次博物馆，他一如惯常的那样，快速地从来源不同的艺术品前面走过：有克里特人的，海地特人的，有叙利亚的，巴比伦的。在年月标示牌上，他两次或者三次看到公元前一一〇〇年这个数字，于是，他这样一个固执而又惯于快速做出决定的人，立即就得出了结论。“公元前一一〇〇年，人类发生过爆炸。”

如果坐在他面前的那个人是他想发现或者提携的人的话，他就会沉默，无情地沉默。于是，不让赞美之辞从口中滑落，就成了关乎他生命的一个问题。此时他会双唇紧闭，但无论他已经多么习惯于谨慎说话，特别是说赞美的话，他特殊的脸部表情还是能给人透露出一丝信息。

是 H. 让我带一封信给安娜·马勒①的。他是不会白白放过任何一次机会的。她还很年轻的时候，他就认识她了，那时她是恩斯特·克雷内克②的妻子。那时他刚出道不久，因此还不可能受到她

---

① 安娜·马勒是奥地利作曲兼指挥家古斯塔夫·马勒 (1860—1911) 的女儿。

② 恩斯特·克雷内克 (1900—1991)，奥地利作曲家，音乐人，一九三八年起生活在美国，创作了大量的歌剧、芭蕾舞剧、室内乐、钢琴作品、合唱曲、交响曲和协奏曲。

的器重。当然，他也觉得她不完全有个性，因为她总是屈从克雷内克。她协助他工作。他作曲的速度很快，其实就是在不间断地创作，而她就伏案于他身旁，将他作的曲子誊抄下来。那还是她单纯从事音乐的年代。她会演奏七八种乐器，并且一直在交替着练习这些乐器。她很早就深受多产创作的影响，丰富、不间断且无休止的创作，在她看来是天才的例证。澎湃而无止境的创作激情，是她在其后任何人生阶段都不变的崇拜。她只敬佩有创造力的人，或者她认为是有创造力的人。如果对象不是音乐，而是文学的话，那打动她的只是长篇小说，而且是一部接一部的那种长篇小说。在她与克雷内克共同生活的岁月里，对于多产创作的崇拜还仅局限于音乐，并且她仿佛乐意为年轻创造者效劳。

克雷内克属于最早被 H. 发现的一批人中的一个，因此，H. 当时就注意到了她。但是，那时的她在替另一个人效力，因此丝毫也引不起他的兴趣。当他踌躇满志来到维也纳的时候，如他一贯所为，又同从前的熟人联系上了，并且被出版家保罗·若尔耐邀请到自己位于马克辛大街的豪宅做客。就在这时他见到了安娜，并且发现，如今的她已是一家殷实商号的主人。她的头发淡黄，凭着对艺术的追求，一跃而成为一名雕塑家。也许他们还在她的工作室见过面，但这种可能性不大。可以肯定的一点是，应邀去若尔耐家做客的时候，他见到了她。她母亲对他的评价很低，而其在维也纳音乐界所拥有的影响力，他是知道的。因此，他就只能指望她的女儿了。他小心谨慎地给安娜写了一封求爱信，让我亲自送到她的工作室，交到她手上。

他待我是善意的，当然是以他自己特有的方式。他告诉阿尔班·贝尔格[①]，我要去拜访。将《婚礼》中的社会背景移植到大资

① 阿尔班·贝尔格 (1885—1935)，奥地利作曲家，A. 勋伯格的学生。

产阶级层面上去，贝拉·邦德的住所是理想之选。在那里朗读《婚礼》，给他留下了印象。这倒并不是说，他就此说过什么：他呆坐在那里——如痴如醉的婚礼场面以及暴风骤雨般的毁灭持续了两小时后结束时——他还是一动不动地坐在那里。他的面部一如既往，冷峻而无表情，嘴唇紧闭，这在前面我已经说过。尽管如此，我还是注意到了他身上发生的变化。他觉得他的身材——几乎不易察觉——似乎缩小了。在此之后，他未说只字盛气凌人的话，也没吃任何点心，很快就离开了那里。

H. 习惯于突然告辞，无论发生什么都阻拦不了他。他站起身，只说了几句话，而且是只对那些因场合不同而不可或缺的人说的，说完就走了。他伸给别人的手总是靠紧自己的身体，就是在这种事上，他也不愿意迎合别人。他的手不仅贴紧自己，而且还举得高高的，别人要想够着，得踮起脚来。把手伸出去，是他给予别人的恩赐。和这恩赐连接在一起的，是简短的吩咐，让别人什么时候、在什么场合到他那儿去。因为他总是被一群人簇拥着，因此，他的这一举动既是对别人的褒奖，又是对别人的侮辱。作这一类告别时，他脸上罕见的一丝笑意会荡然无存。他一本正经，仿佛没有生命。这是在一座雕像前举行的国家庆典，而这尊雕像冷不丁会有力地动起来。一般说来，他会就地转身，在发出让别人何时再去见他的最后一道命令的同时，出现在大家眼前的是他宽宽的后背。他坚定却又不过于匆忙地迈开双脚。作为指挥家，他虽然已经习惯于运用自己的后背，但人们不会因此就说，他的背部变化丰富多彩。他的背影僵硬，就像他的面部那样，没有任何表情。坚定、傲慢、评判、冷漠是他乐意奉献的一切。

沉默是他奴役别人的最有效手段。他很快明白，在作为技艺、甚至是作为思想媒介的音乐方面，我是不怎么在行的，他也不可能将自己当作能传授什么给我的大师。利用师生间关系，是他最拿手的，可惜在我们之间根本不可能，因为我既不会演奏乐器，也不是乐团成员，更不是曲作者。所以他必须使出其他的奴役手段。当他想组织一场现代音乐会演时，他想到了喜剧。他听完我朗诵《婚礼》后就离去了，这在前面我已经提到。无论如何，他必须一言不发。但这一次，他的沉默又更胜一筹，那就是立即离开，这比他一贯的行为要快一拍。如果此时我对他就比较了解的话，那我就应该从中得出这样的结论：他有些不知所措。

我推测，这所房子里的气氛让他反感：黑发、丰满而具东方情调的女主人大大咧咧地躺在一张躺椅上，而躺椅的长度几乎不及她的身长，她像一团发酵了的面堆在上面。在她面前展示约翰娜·泽根赖希[①]，我心里觉得有些不舒服。贝拉·邦德身为富裕的市民，生活在一个完全不同的、钻石般的环境中，她应该对自己所面对的泽根赖希不屑一顾。然而，她嘴里吐出的每一个词都能让我感到，她与她是同一类型的女人。我不认为她为剧本的情节所震撼，而只是作为这里的主人听听而已。她的儿子我认识，是他把朗读会安排在她这里的。在维也纳，凡是关注现代音乐的人，都将受到 H. 的邀请视为光荣的事，因为他是现代音乐的先驱者。当然，他也就只是在这里有点名气而已。躺在躺椅上的肥硕女人也大体如此。她并不避讳，一直在躺椅上躺到结束。她跟 H. 一样，很少笑，并且对他瞧都不瞧一眼。简直无法说出这堆懒肉在听“毁灭”那段时心里做何感想。我所能肯定的一点是，她没有感到害怕。当然，我也不认为 H. 惧怕这种地震。

在场的还有几个年轻人，他们几个也觉得自己为 H. 的冷漠和贝

---

① 《婚礼》中的一个女性人物。

拉·邦德坚定不移的关爱所保护。因此，我是唯一在作品朗读时感到害怕的人。每提到《婚礼》，我都禁不住要害怕。吸顶灯一晃动，我就感到末日临近。我是怎么将这几幕死之舞蹈读完的——不管怎么说，这一段占据了该剧三分之一的篇幅——我自己都无法解释。

一九三三年六月底，我收到 H. 从里法[①]寄来的信。他说自己又读了一遍《婚礼》，剧本中发生的一切，都发生在无可救药且冷峻的抽象化中，这让他吓了一跳。他说自己为创作者所拥有的力量所折服，以及为这种力量所消耗。“您快来我这儿吧——最好过了十二月二十三号，在斯特拉斯堡，以便我们并肩作战。”

他认为，写作者能写出最了不起的东西来，但只是作为作家；他还从来没见过一切取决于人的事，像在我这里那样。能创作出这样新的东西，梦游般娴熟地掌握这种另类的技巧，让自己任凭美妙动听和凭空造出的词语所具有的本能驱使，这是很高的要求，我一定是同它们很般配。

他请我将内附的信当面交给“安妮”，他是这样称呼她的。“所附的参会说明对您有用吗？去追求吧！衷心地问候。H.Sch.”

复述这封信的主要内容，让我颇费周折。当然，我也不想隐瞒这封信，因为它对我的生活产生了决定性影响。是这封信诱使我去了斯特拉斯堡，而如果没有在斯特拉斯堡逗留期间认识的那些人，我的这本小说就不会出版。这件事也最能反映 H. 的性格：他俘获人心、拴住别人、巧取豪夺、利用别人的方式，用短短几句话是说不清楚的。

并不是他的一切所为都是处心积虑的算计，他的话也并不是所

---

① 意大利的一个城市。

有都是命令。他提到的那个由无可救药而冷酷的抽象所引发的恐惧，不是凭空捏造出来的。他就此所说的话，比我前面提到的要多，并且他也真的就是这么想的。光这么想，对他来说还不够。他要让刚刚受到他赞美的那个人立即去他那里，去斯特拉斯堡，参加他的现代音乐大会，而此人其实根本就不该去那种场合。他邀请去那里的人无数，不过，他们都是搞音乐的。然而，他却要第一个上演此人的作品，因为他的作品令他颇费琢磨。“您快来我这里吧”——这是为什么？到底是为什么呢？“以便我们并肩作战。”这话简直有些不可思议，有什么能让他和一个作家一道去奋斗的呢？他想让此人在他的身边，并把他装扮成某个很有希望的人，将他为自己组织的、让无数借此证明自己实力的音乐人云集的活动点缀。这会是为什么而奋斗呢？为了证明他发出的命令的合法性——虽然他清楚，即使他能为此奋斗的话，自己也不会有一分钟多余的时间——他使用了这样夸张的一个判断，但随即又借口说这会给被评判者带来损害而收回刚才说的话。收信人被这样来回一折腾，至少明白了一点：他是多么需要 H. 。给安妮的一封信，一封密信，夹寄在里面。她也是被吩咐去某处，为着其他的目的。还有更实际的：参会说明和“去追求吧！”同时出现。

如果我看过他写给其他人的信，知道他怎样吩咐他们去参会，那我可能会觉得很高兴的。搞音乐的人去，那是理所应当的。H. 有一个很特别的想法，就是让五寡妇来参会。这五人都是著名作曲家的遗孀。我现在还能记起的，只是其中的三位：马勒、布索尼和雷格的遗孀。结果她们谁也没有到场。该来的没来，不该来的却来了，那就是新近守寡的贡多尔夫太太。她一袭黑衣，却非常开朗、活泼。

战利品

我已经去过几次霍恩瓦尔特，是作为安娜邀请的客人。在她还未决定是否把我介绍给她的母亲前，我由她从后门领进家。她的母亲和我都很想认识对方，但动机却很不同：从她的角度上讲，她还从没有听过我朗读作品；对于自己女儿看人的能力，她又不太信任，所以，她想亲眼见识见识我是怎样的人。从我的角度上讲，是因为在维也纳到处都能听到别人喋喋不休地谈论阿尔玛·马勒。

我被领着走过一个敞开的院子——地上铺了瓷砖，但又刻意在瓷砖之间的空隙处让杂草生长——带到一处最神圣的地方，她母亲在那里接见了我。我见到的是一个个头相当高大、身体滚圆的女人。她脸上挂着甜甜的笑，淡色的双眼睁得大大的，目光呆滞。她说的第一句话，让人听起来的感觉，仿佛她很久以来就在等待这次会面了，因为她已经听说了很多关于我的事。“小安娜对我说”，一张口她就用了一个弱化的称呼来称她的女儿，不让别人有机会怀疑，在这里，谁，而且只能是谁是最重要的。

她坐下去，和善地用眼神示意我坐到她边上。我犹豫了一下，顺从了。看过她一眼之后我感到很惊讶，人人都说她长得漂亮，据说还是维也纳城中长得最漂亮的姑娘，并且让年长她许多的马勒不能忘怀，所以才向她求婚，娶她为妻；而有关她美貌的传言，流传了三十余年。现在她就坐在我的眼前，笨重地落座，还带着几分醉意，看上去比她实际要老很多，四周陈列着她猎获的所有战利品。

她接待来访者的这间房间是隔开的，因此这间房间的布置很有讲究，突出了她成功之路上所有的重要成就；一切尽收眼底，她自己就是这座私人博物馆的解说员。在离她不足两米的地方，放着一个陈列柜。马勒未完成的第十交响曲的总谱，打开着陈列在里面。来访者被告知后就起身，走近前去，阅读病中之人——这是他的最后一部作品——对他的妻子发出的求救："阿尔姆西[①]，亲爱的阿尔姆西……"类似的私密、绝望的呼唤，正是出现在总谱打开的地方。要想给来访者留下深刻印象，这一招一定被证实为是有效的。读着临终之人手书的这些话，我看了一眼他的妻子，这些话的所指。她听着这些话，就仿佛那是对今天的她说的，而时间其实已经过去了二十三年。她期待着每一个来访者读完这些后用羡慕的眼神看她。临终之人在艰难时刻对她表示的敬意，让她感到这目光是她应得的。同时，她对总谱上的这些话所产生的效果，很有把握。因此，她脸上挂着的无意义微笑演变成了嘲笑，以此来接受别人表达的敬意。她根本察觉不到我眼神中流露的反感和厌恶。我没有笑，但她将我的严肃误解为是对病入膏肓的天才所表示的虔诚。由于这间纪念堂中的一切都是为着她的幸福而设计的，因此我的虔诚也是向她表示的。

现在到了让来访者看她正对面墙上挂着的那幅画的时候了。那是她的一幅肖像，是在作曲家说完最后那些话后没几年画的。一开始我就注意到这幅画了，踏进这间房门，它就吸引住了我。这幅画蕴藏着致命的危险，当我为总谱打开之处而感到震惊之时，我目光迷离。这幅画上的女人仿佛是谋杀作曲家的凶手。我没有时间打消

---

① 为"阿尔玛"的昵称形式。

这个念头，因为她自己站了起来，朝对面走了三步。当她走到我身边的时候，指着这幅画说："上面的我扮演的是卢克利齐娅·博尔吉亚[①]，是科科什卡[②]画的。"这幅画是他在鼎盛时期创作的，而她很快就疏远了还活在人世的他，并惋惜地补充道："可惜他一事无成！"科科什卡，一位"颓废的画家"，彻底离开了德国，去了布拉格，去给总统马萨里克[③]画肖像。我为她的轻蔑言辞而感到震惊，忍不住问道："他怎么会是一事无成呢？""他现在栖身布拉格，作为可怜的流亡者。他再没有画出什么像样的东西来。"她抬头看了一眼卢克利齐娅·博尔吉亚："那时他还挺不错的。大家站在这幅画前面，都感到害怕。"我确实也感到害怕，但我现在更害怕了，因为我被迫获悉，这个画家一事无成。通过创作各种"卢克利齐娅·博尔吉亚"肖像，他达到了自己的目的。可惜，他现在颓废了。因为德国的新统治者看他不顺眼，而他给马萨里克总统画肖像，并不能说明什么。

马勒遗孀花费在这第二件主要战利品上的时间并不太长，因为她的思绪已经转到第三件战利品上去了，并想拿出来展示一番，然而这件战利品并不在这神圣之处。她使劲拍了拍一双肥手，喊道："我的慕慈[④]在哪里？"

没过多久，一个腼腆的姑娘小跑着走进房间。她体态轻盈，头发褐色，一身小姑娘的打扮。她对于走进之处的奢华无动于衷。瞧她那副清纯的样子，看上去比她应有的十六岁要小。她给人的感觉

---

① 卢克利齐娅·博尔吉亚(1480—1519)，出身于意大利权贵家族，寡廉鲜耻的家族政治的牺牲品，其生活作风被同时代人（误）认为是不道德的。

② 科科什卡(1886—1980)，奥地利画家、版画家和作家。

③ 马萨里克(1850—1937)，一九一八至一九三五年任捷克总统。

④ 阿尔玛·马勒对女儿玛农的昵称。

更多是害羞，而不是美丽，是天上的一个天使——羚羊，但不是挪亚方舟上的。我一跳站起来，想阻止她走进这堕落的地方，或者至少挡住她的视线，不让她看到墙上挂着的投毒女人。然而，那个从不知什么叫举止得体的人已经兴致勃勃地发话了：

“她长得很美，对吧？她就是我女儿玛农。是我同格罗皮乌斯[①]生的。无人能够与她相媲美。你不嫉妒她，对吧，小安娜？为什么就不能有一个漂亮的妹妹呢！有其母必有其女。您见过格罗皮乌斯吗？那是一个高大、英俊的男人，就是人们说的雅利安种人。从种族上讲，他是唯一与我相配的男人。除此之外，爱上我的男人都是些个头矮小的犹太人，就是马勒那种类型的。两类男人我都喜欢。现在你可以出去了，慕慈。等等，去楼上看看，看弗兰茨在不在写作。如果他在写作的话，就不要打扰他了。如果他不在写作，就叫他下来。”

玛农，这第三件战利品，带着这项任务迅速溜出房间。她面无表情，就像她走进房间时那样。这项任务对她来说好像不是什么负担。一想到没有任何东西能触动她，她会一直保持现在这样，永远不会像她母亲那样，不会像墙上挂着的那幅恶毒的肖像，不会像坐在沙发上的这个目光呆滞、皮肉松垮的老女人那样，我就感到莫大的欣慰。

（我根本没有想到，自己的愿望以多么惊人的方式被证明是正确的。一年以后，这位敏捷灵巧的人瘫痪了，并听从母亲的安排，被放在轮椅里推来推去。母亲却还是老样子，没有变。又过了一

---

① 格罗皮乌斯 (1883—1969)，德国建筑师，包豪斯风格的创始人。阿尔玛·马勒在丈夫去世后嫁给格罗皮乌斯，但他们在一九二〇年分手，之后阿尔玛·马勒又与奥地利作家弗兰茨·韦尔弗 (1890—1945) 结婚。

年，她死了。阿尔班·贝尔格将他的最后一部作品命名为“对天使的缅怀”，以纪念她。）

阁楼上的一个房间里摆放着韦尔弗的斜面桌，他站在桌子前面写作。一次，我上楼来看安娜，她指给我看过这间阁楼。她母亲不知道，我已经在一次陪安娜听音乐会的时候认识了他，那时安娜坐在我们两人中间。在音乐演奏的过程中，我感到有一只眼睛，是他的眼睛，在直愣愣地看我。为了能更清楚地看到我，他拼命把身子往右边扭，而我为了能够更好地看清楚他的眼神，也以同样的方式拼命地把左眼往左边瞥。两只直愣愣的眼睛撞到了一起。起初还迅速回避，因为觉得被对方发现了。由于相互无法掩饰对对方的兴趣，最后干脆就不避讳了。

我不知道当时都演奏了什么。如果我是韦尔弗的话，这肯定是我首先关注的。但那时我本人是次要的，我迷恋上了安娜，除此之外对什么都不关心。她并不因为我穿的是运动裤，根本不符合出席音乐会的服装要求而感到难为情。当然，我也是在最后一刻才得知多一张票，她可以带我一道去的。她坐在我的左边，我以为自己全神贯注地偷看的是她，遭遇到的却是韦尔弗朝这个方向看过来的那只金鱼眼。我发现，他的嘴巴跟鲤鱼的差不多，他的眼睛向前突起，与之是那么般配。不一会儿，我的左眼跟他的右眼就步调一致了。这是我们的首次相遇，而此次相遇是两只眼睛在音乐演奏当中进行的，它们——中间隔着安娜——不可能更靠近。她的一双眼睛却没有参与进来，而这双眼睛是她身上最漂亮的部位，被它们瞥见过的人，都会对之久久不能忘怀。与之相比，我和韦尔弗的眼睛是多么没有活力，简直毫无光彩，这真是对真实存在的荒诞扭曲。

没有加入进来的还有言语，因为我们是在静静地听音乐。慷慨激昂地说话，他是这方面的大师（“弗里德尔·喷火嘴”，这是穆齐尔，他那一辈作家中最了不起的一位，给他取的外号）。通常情况下——例如在安娜面前——我也是能说会道的，但我们两个都不作声，服从音乐会规则。我们之间的敌意，可能就是在这第一次的会面中扎下的根。他的敌意和我的反感，以最惨痛的方式影响了我的生活。

不过，我现在还坐在被战利品包围着的阿尔玛身边，而她对于我们在音乐会上的相遇还一无所知，所以才叫第三件战利品去第四件战利品——就是那个叫弗兰茨的人——那里，让他下来。他好像正在写作，因为这次他没来。这当然是我求之不得的事，一身赘肉的遗孀及其从前的战利品已经让我感到被吞噬。我坚守着这一印象，想把它保存下来，不想让韦尔弗的“啊呀，伙计！”之类的废话对它产生影响。后来我的确也如愿以偿。现在我已经记不清，当时我是怎么离开、怎么同他们告别的了。在记忆中，我还坐在那个不朽的女人身边，听她不停地说着“像马勒那种矮小的犹太人”。

斯特拉斯堡，一九三三

赫尔曼·舍尔辛出于什么样的考虑，让我参加由他召集的斯特拉斯堡现代音乐工作会，我不清楚。我出席会议根本不会为之增光添彩，一天两次的活动都安排在音乐学院。世界各地的音乐人云集于此，有几个人下榻在饭店，但大多数人被斯特拉斯堡的市民邀请到自己家里住。

我住的是哈姆教授家，他是著名的妇科医生。他的住宅位于老城区内的萨尔茨曼巷，离托马斯教堂不远。他虽是个大忙人，却亲自到音乐学院办公室来接我。我住他家，是由音乐学院安排的。他领着我徒步去萨尔茨曼巷，路上他就把老城的一些特别之处说给我听了。当我们站在一所富丽堂皇的房子前面时，我吃了一惊。我能感受到近处总教堂[①]的气息——我连做梦都没有想到，住的地方离我想去的地方是这么近。我之所以接受邀请，来到斯特拉斯堡，主要就是冲着这座大教堂的。我们走进前厅，因为巷子窄，我预想里面的房间会比较小。然而，这个前厅比预想的要大得多。哈姆教授领着我从宽宽的楼梯走上二楼。他打开客房的门：房间很大，给人很舒适的感觉。房间的布置依照的是十八世纪的风格。我不配住这样一个房间，这一感觉在我跨进房间之前就已袭上我的心头，它是

---

① 指的是托马斯大教堂。

如此强烈，使得我一句话都说不出来。哈姆教授很开朗，性格很像法国人。他期待的是我发出欢呼声，因为有谁不想住在这样一间漂亮的客房里呢？他感到有必要向我解释，我身处的是什么样的地方。他指给我看大教堂的塔楼，仿佛它就近在眼前。然后他说："这所房子十八世纪的时候是一家客栈，当时叫'卢浮宫客栈'。一年冬天，赫尔德①在这里住过。当时他身体正有恙，不能外出，于是歌德就每天到这里来看他。我们不能肯定，这是不是真的，但习惯上大家都这么说，说赫尔德在这里住过。"

听他说歌德和赫尔德在这间房间谈过话，我怦然心动。

"真的就在这里？"

"最起码是在这所房子里。"

我吃惊地朝房间里的那张床看了一眼。我仍然站在窗子的前面，就是刚才房主指给我看总教堂的地方，我的目光几乎不敢回到房间中来。我眼睛盯着我们走进来的房门，仿佛在等待客人的到访。当然，我所了解到的还不是全部。如后面的情况所表明的那样，哈姆教授脑子里想的并不完全是这所房子的传奇历史，更多是其他的一些东西。他快捷地走到床头柜前，从上面拿起一本小册子，一本老的袖珍年鉴（我觉得是那个世纪七十年代的），然后递给我。

"送给客人的小礼物，"他说，"是一本诗歌年鉴，里面也收录了几首棱茨的诗。"

"里面有棱茨的诗？棱茨的诗里面也有？"

"有，都是首次发表的。我想，您可能会对此感兴趣。"

这他是从谁那里听来的？我偏爱这个年轻诗人，已经把他视为兄弟；我对他的了解，就像我对那些大文豪的了解一样，当然是以

---

① 赫尔德 (1744—1803)，德国文艺理论家、思想家。

另一种方式，是将他作为受到不公待遇、被骗取声誉的人来对待的。今天棱茨仍然是一位先锋诗人，我对他的认识，是通过毕希纳的那部美轮美奂的散文体小说获得的。死亡让这个棱茨精神错乱，他不善于对付死亡。即使当前聚集在斯特拉斯堡的都是音乐领域的先锋派艺术家，棱茨在此也仍然有一席之地。在这里，他遇到了他的偶像歌德，并因他而精神崩溃。六十年后，毕希纳，他的学生，也来到这里。多亏了他，毕希纳才以残篇的形式让德语戏剧达到至臻完善的境地。当时我了解的就这些，而它们却都在这里交汇了。可哈姆教授是怎么知道这一切对我举足轻重的呢？如果他读过我的《婚礼》，可能会被吓晕。那样的话，他可能会考虑考虑，是否让我踏进他的家门。他为自己的房子感到骄傲，但同时也拥有一个称职房东所具备的直觉。他对我的关怀照顾——也许——是后来的我才受之无愧的。他邀请我睡在赫尔德接待过歌德的房间里，世上有谁不想得到这样的荣幸？他还在那里给我放置了一本录有棱茨诗歌的年鉴。这让我深受感动。我还能做一些补救性的工作，那就是将本该归属于神圣之列、却又没有被真正置入其中的棱茨添加进去。有人把我的箱子送上了楼，我就此在这儿住下。

会议期间，白天发生的事不胜枚举。每天都举办两场音乐会，演奏的都是些不容易懂的音乐，还有报告（例如，阿洛伊斯·哈巴就他用四分之一微分音创作的音乐做了报告），与陌生人进行的交谈。其中的一些非常有意思，这类交谈中最令我感到满意的是，谈论的话题都围绕的是音乐而不是文学。公开讨论文学，那个时候就已经让我感到不能忍受了。此外，还被该城名流邀请去做客以及晚间音乐会结束后的聚会等等。我感到时间给安排得满满当当的，虽然我——与音乐人不同——啥事也不用做。但我是作为舍尔辛私人邀请的客人来的，因此，谁也不能质疑我的在场。没有一个人问我

“您写了什么”，这也就不足为奇了。我也一点没有觉得自己是一个江湖骗子，毕竟我写过《康德着火了》和《婚礼》。我意识到，我做的事与在场的作曲家所做的是一样的，是一些开创先河的事。虽然除了 H. 外，这里再没有第二个人读过这两部作品，但我一点也不介意。

深夜我才回那间房间，赫尔德在“卢浮宫客栈”时住的肯定就是这间房间。当然，这仅限于对我个人而言，我一直被受之有愧的感觉困扰。这种困扰夜复一夜，那是一种惊恐，一种亵渎神明的感觉，失眠就是对此的惩罚。但第二天我按时起床以后，并不感到疲倦，仍然乐意投入到会议的忙碌中去，一整天都不会去想夜晚我将面临的问题。能消除我内心因过去而产生的不安的，可以说，我是误陷其中，只有一样东西：总教堂。它是那么地吸引我，使得我每天都要抽出一点时间去面对它。

在此之前，我只来过一次斯特拉斯堡，那是一九二七年春天，我从巴黎返回维也纳的时候。我在阿尔萨斯作了短暂逗留，目的是参观那里的总教堂和科尔玛[①]的伊森海姆祭坛。我在斯特拉斯堡逗留的时间只有短暂的几个小时。我在那儿寻找总教堂。大约在黄昏时分，我走到了克莱默巷，总教堂突然出现在我眼前。教堂西侧的红砖墙在夕阳下泛着红光，这是我始料未及的。此前我看到的所有这个教堂的图片都是黑白的。

六年后的今天，我又一次来到斯特拉斯堡，这次不是待上几小时——是几周，一个月。一切都很巧合或者看似巧合。H. 在马不停蹄地寻找参会人员的时候，把我也给邀上了。我接受了邀请，从而违心地中断了我对安娜的热烈追求。这段情愫不久前才萌发，对

---

① 法国阿尔萨斯的一个城市。

此 H. 负有责任，因为是他让我试着给安娜送信的。我几乎毫不犹豫地接受了他的邀请，不顾一切外在的困难。那时我已开始写《虚荣的喜剧》，还处在第一部分的创作中。能让我留在维也纳的，有两件事，两件举足轻重的事，一是我认识薇莎之后第一次爆发的热恋——在小说和《婚礼》完成之后，再就是我的第三部文学作品。德国发生的焚书事件给我留下深刻的印象，为此我急不可耐地要完成这出“喜剧”。在我已经做出离开的决定，并因办护照遇到困难而拖延了一段时间的时候，我同安娜的关系才开始变得不好。当我坐在不同的机构外等候办理护照的时候，这出喜剧变得越来越迫切。在法国领事馆等签证的时候，我写好了布罗扎姆[①]的布道辞。

如果今天我扪心自问，是什么促使我去斯特拉斯堡的——撇开舍尔辛征服每一个人的坚强意志不谈——那就是斯特拉斯堡这个名字本身，还有那次傍晚对总教堂的短暂一瞥，以及我所了解到的有关赫尔德、歌德和棱茨在斯特拉斯堡的情况。我觉得我自己也说不清楚是为什么，在我心中没有哪样东西能像总教堂留给我的印象那样不可抗拒。当然，对于德语文学史上的狂飙突进运动，我怀着强烈的感情，而我对这短暂的文学阶段的想象，又都与斯特拉斯堡这个地方联系在一起。这一文学时期所具有的最突出特点，就是对自由的狂热追求，这一自由现在却面临危险、受到威胁，而这些恰恰又是那让我放不下手来的剧本所要表达的内容。斯特拉斯堡，当时那场运动的发源地，现在仍然是自由的。难道是奇迹将我连同我的喜剧——这部喜剧虽然还只创作了一小部分，却是最震撼人心的一部分——一同吸引过来的？毕希纳不是也去过那里？我还是通过他才认识了棱茨的。难道毕希纳不是我这两年来的所有戏剧创作的

---

① 《虚荣的喜剧》中的人物。

源泉？

老城的面积不大，没费多少周折就走到总教堂的外面。虽然所走线路不是刻意所为，却是心里所想的。教堂门上的人物形象，那些先知，特别是那些愚蠢的贞女吸引了我。智慧的贞女并没有打动我，我觉得打动我的是愚蠢贞女的微笑。我爱上了其中我认为是最漂亮的一个。后来我在城里遇见了她，并把她带到她的塑像前。我是第一个向她指出这一点的人。她吃惊地看着石雕的自己，我这个外地人有幸在城里发现她，并使她相信，她早在出生以前就在这儿了，作为总教堂大门上微笑的愚蠢贞女，虽然她实际上一点也不愚蠢。诚如后来的情况所表明的那样，是她的微笑打动了艺术家，于是就将她安放到大门左侧的七个人物当中。我在先知中还发现了该市的另一个市民，并且在逗留期间也遇到了他。他是研究阿尔萨斯历史的，是一个不怎么爽快的悲观者。他说话不多，写的东西就更少了。天晓得他是怎么会成为先知的。但他真的就在那上面。我虽然没有亲自将他领到教堂的大门前，但我还是对他和他的太太说了，在什么地方可以找到他的雕像。他一如既往，表示怀疑，对于我的这个发现未置可否，而他太太人则比较机灵，对我的观点表示了赞同。

这里充斥着各式各样的人、谣言和声音，然而，在此逗留的几周中，攀登总教堂是头等重要的事。我每天都要爬到教堂顶上去，没有哪天落下。我并不是优哉游哉，慢慢登上教堂上面的平台的，而是匆匆忙忙，一口气爬上去。因此到了上面，我总是气喘吁吁。如果有哪天没有出现这样的情形的话，那对于我来说就不能算是一天。我计算在此逗留的时间，是根据到达上面的次数进行的。因此，我在斯特拉斯堡逗留的时间，比年历上这个月的天数要多，因为有时我会在下午再次登上教堂顶，尽管要去听的东西很多。我羡慕住在高处的人，因为他具有优越的条件，用不着沿着长长的盘旋楼梯往上爬。我迷恋上了从教堂顶上俯瞰该城，看城市谜一般的屋顶。当然，还有我往上爬的过程中碰到的每一块石头。我看到福格森山脉①和黑森林紧挨在一起，心里当然很清楚，它们在这个年月里的区别。十五年前结束的那场战争仍然压在我的心头，我感到下一场战争距离我没有几年了。

我走进对面已完工的塔楼，站在离石碑几步之遥的地方。歌德、棱茨以及他们的朋友都在上面刻下了自己的名字。我想象着，歌德是怎样在这上面等候棱茨的。棱茨在来这里之前写给卡洛琳·赫尔德的信中说："今天就写到这儿了，歌德在我这儿，他在总教堂的塔楼上已经等我有半小时了。"

没有什么能像舍尔辛召集的会议那样与这个城市的精神相悖。我并不憎恶现代派，最起码不讨厌现代派艺术。我怎么可能讨厌它们呢。但是，每当一天中的最后一场活动结束时，当我在夜深人静时分坐在这个城市最高雅的"布罗格利酒馆"里，身边围坐着一帮我不认识的音乐人，他们中很少有人能点得起这里昂贵的饭菜，我就会看到H.吃他的那份鱼子酱。他总是点一份鱼子酱加面包片，而且是在座的人中唯一的一个。这时我就在想，这里有一座总教堂，他是否注意到了。他忙碌了一天，却不让别人看出他疲惫不堪。他吃着刚才点的鱼子酱，接着又点了第二份。他喜欢让人看着他吃鱼子酱。他，这里唯一吃鱼子酱的人，如果发现大家馋巴巴地看着他，就会点第三份，当然是给自己点的。对这个埋头苦干的

① 位于莱茵河左岸法国境内的中等山脉，与德国的黑森林山脉遥相对望。

男人来说，这是在强化补充营养。他的太太古斯特尔很少在这么晚的时候坐在他的边上，看他吃鱼子酱。这个时候她一般已经回旅馆了，在那里一边等他，一边替他处理各种文字方面的事务。他不能容忍身边有谁无所事事，每个人都要给派上用场，就像乐团里每个人都要演奏一件乐器一样。

因为他的工作强度超过每一个人，所以他认为让大家这么持续紧张地工作，并没有什么不妥。他在“布罗格利”一般要坐到深夜十二点，吃着鱼子酱，喝着香槟酒，而第二天早上六点，他就会让一个女歌手去他住的旅馆进行排练。没有哪个时间在他看来是太早，他总是在一天开始之际就见缝插针地安排掉一些事。由于他惊人地勤奋，给大家做出了表率，因此没有人敢对他抱怨，说时间安排得太早。会议期间所做的一切工作都是无偿的。搞音乐的人来参会，都是出于热情，出于对新音乐的敬意。音乐学院、音乐厅都是免费提供使用的。无论如何，最重要的那个人，那个自认为明显高出所有人一大截的人，也是在无偿工作。音乐会举行了无数场，而且场场顺利。演奏的音乐都非同寻常，并且难度都很高，不费气力是进行不下去的。因此，他这个主管像魔鬼一样留意，不容任何不该出现的东西发生。会议取得的成就令人敬佩，但最终这应主要归功于他这个指挥，而非作曲者。因为演奏这些完全不同的东西，且大多数情况下都是第一次演奏，靠的主要是指挥。没有指挥的话，这些东西可能永远也不会像模像样。经过筛选，这个城市中的个别文化爱好者也被允许在晚间来到“布罗格利酒馆”，与舍尔辛同坐一桌。这是他对这些人的嘉奖，因为他们或者是邀请了与会者住到自己家，或者是举行过大型宴请。他们获得殊荣，可以看着舍尔辛吃他点的鱼子酱。每一个人都觉得，舍尔辛享受这美味佳肴，还有香槟酒，是当之无愧的。其中的一个人，我称之为不信上帝的医生，一天晚上钦佩地对我说："我觉得他是耶稣基督。"

至此，一天的安排并没有结束。在H.下榻的红房子饭店，大家又继续坐到一起，并且一直坐到深夜。参加的人减少了很多，这时还留下的，都是些所谓圈子中的人，既没有市民，也没有成绩平平的音乐人，而是那些住得起红房子饭店的人。这是顶级人物的聚会。年纪较轻的耶斯纳和夫人也在其中。他也不是搞音乐的，而是导演（据说要把米洛[①]的《可怜的水手》搬上市剧院的舞台）。还有贡多尔夫[②]的遗孀，她已经离开海德堡，贡多尔夫前不久去世。她喜欢加入到这轻松愉快、有时有些放肆的夜间交谈之中。一旦H.打破沉默或者不是说明性地布置什么，那么，他就会变得爱挖苦人，而那些被选中的在座的人，却感到这是自己的荣幸，因此非常配合他。

现代音乐大会召开的时机，是值得留心的。此时是德国焚书事件发生几个星期之后。半年前，那个让人无法将他的名字说出口的男人掌了权。此前十年，德国持续通货膨胀，且愈演愈烈。此后十年，德国军队开进俄罗斯腹地，将他们的旗帜插上了高加索山脉的最高峰。作为会议承办方的斯特拉斯堡，是法国管辖的城市，但人们说的却是德语。

该市的街巷和房屋保留了其"中世纪"的特点。由于数周以来该市的环卫工人罢工，因此它给来访者的鼻子带来很大麻烦。即使四周臭气熏天，总教堂却依然矗立在那里。每个人都可以登上它的平台，暂时解脱一下。作为指挥家，会议主办人养成了独断专行的

① 米洛（1892—1974），法国作曲家。
② 贡多尔夫（1880—1931），德国文学史家。

作风。即便如此，他仍然拒绝去新的德国演出，尽管他可能会因为自己无可挑剔的出身和条顿[①]人的工作干劲而获得很高的荣誉。他是这么做的为数不多的人中的一个，这一点特别值得尊敬。他成功地把当时的欧洲汇集到了斯特拉斯堡，这是由推崇新尝试的音乐家构成的欧洲，是有勇气的、有前途的欧洲；因为，如果他们看不到未来，怎么还会进行新的尝试呢？

这一段时间里，我生活在不同的世界中。这些世界的中心是音乐学院，白天的大部分时间我都在那里。脚一跨进大楼，震耳欲聋的乐器声就扑面而来。每一间教室都有人在练习，连最小的房间都被用上了。这在音乐学院当然是很自然的事，不同寻常的是，在这里练习的大多是一些出乎意料的东西。在其他音乐学院，人们以为知道演奏的是什么：大多数时候听到的都是众所周知的一些部分的混合，听着这些由熟知的老调混合而成的噪音，简直想掉头跑开。然而，在这一团糟中，每一个细节都保持着自身的特点，都没有遭到破坏。在这里就不同了，一切都是新的、陌生的，部分与整体融合为一体，也许这就是它为什么令人着迷、使人一再被吸引的秘密所在。这些音乐人的顽强意志令我叹服。他们不仅熟知自己全新的尝试所面临的困难，而且还在这地狱一般的地方工作。不仅要一而再地练习，而且还要能在嘈杂中做出判断：这一遍演奏得是比上一遍好，还是不如上一遍。

我一再离开音乐学院，也许是为了更频繁地走进这里。因为，我如果离开音乐学院，就会立即被街巷中弥漫的臭气包围。环卫工人的罢工已经持续几周了，但我无论如何也习惯不了这如影随形的

① “条顿”原指古代日耳曼人的一个分支，后常被用来贬义地指称典型的德意志民族的行为特征。

臭气，并且这臭气日甚一日。我还从没有领教过这么难闻的味道。除了音乐学院的噪声，没有什么能在感官上与之抗衡的了。

当时我徜徉在这些街巷，瘟疫的念头在脑海中一闪而过。没有过渡，没有先兆，我突然跌落到了十四世纪：通过研究群体性运动，我了解了这一时期，我开始思考这个充斥着鞭笞派、瘟疫、焚烧犹太人的时代。我第一次读到这些，是在林布尔格编年史里。后来我不断读到相关的记载。现在我自己就住在这里，住在一名医生家里，其布置考究的房子距离满地垃圾、臭气熏天的街巷只有一步之遥。我没有逃避这些，而是在头脑中将它们勾画成活生生的恐怖画面：我看到遍地死人，而幸存者却束手无策。我觉得，走在这拥挤小巷中的人们相互避让，仿佛害怕被传染似的。我从来不选择距离最近的那条路走出老城，去会议主会场所在的那些新建的、富丽堂皇的场所。我尽可能地多穿越一些巷子。这么小的区域中竟然有那么多条巷子相互连接，真是惊人。我让这种危险充斥我的肺腑，目的就是不逃避，为此付出任何代价都在所不惜。我走过的人家，家家大门紧闭，没有一家的大门是敞开着的。在幻想中，那些人家里到处都是垂死和已经死了的人。那些在莱茵河对岸[1]被当作新的开始的东西，让我在这里感知为战争的结局，虽然这场战争还没有在那里爆发。我没有展望未来，连十年后的发展都无法展望——我怎么可能展望呢——我向后倒退了六个世纪，那是瘟疫失控、蔓延肆虐的年代，人死无数，而且还受到对岸的威胁。所有祈祷游行的队伍都汇集到总教堂前，然而这些游行并未能阻止瘟疫的蔓延。其实，总教堂的存在是自为的：允许你站到它的前面，也就是帮助你走进里面而已。它自己将继续存在，不会因为哪场瘟疫而轰然倒

① 莱茵河对岸指的是德国，斯特拉斯堡与德国隔河相望。

塌。向我诉说的正是这古老的游行举动，它告诉我：我们聚集在一条条街巷中，汇集进总教堂，大家都站在那里，我则形影相吊。这也许是感谢而非请求，是对我们能站在这里所表达的感激，因为我们的头上还没有什么塌下来。塔楼，一切瑰丽的集大成者，矗立在上面。我作为人群中的最后一个登上去，从上面俯瞰一切未被摧毁的东西。如果我在上面做深呼吸的话，那么，企图再次蔓延的瘟疫仿佛被赶回到从前的世纪。

安 娜

令人惊讶的是，女人个个对 H. 唯命是从。她们一个个被指挥进爱他的圈套。然而，她们还没来得及在他的身边进入角色，就已经被他抛弃了。对此她们忍气吞声，因为她们仍然在音乐方面为他工作。如果她们为他干活，那他仍然态度认真、仔细。因此，从前的气氛总还能挽留下一些。没一个人放弃这样的希望，即他哪天会突然对她旧情复燃。这些女人相互间几乎不争风吃醋，因为单独和他在一起的时候，每个人都感到自己受到他的赞扬，并且要保住受到赞扬的这个秘密。争取到这样的机会，不让他人知道，比相互之间钩心斗角、争风吃醋要重要得多。因嫉妒而做出什么举动，在他那儿是不会起到什么作用的。没人能影响得了他，他是自以为是的独裁者，可以随心所欲。

当然，也有例外：有一个女人——可以说是出于历史原因——有嫉妒的义务，并且常常履行这项义务。在斯特拉斯堡逗留的日子里，与 H. 在公开场合出双入对的，是古斯特尔，他的第四任太太。她走进这一角色的时间还不长，在来斯特拉斯堡之前的几周，才真正和他结合到一块儿。在此之前她犹豫了很久，到底做不做他的第四任太太。她这样做是事出有因的，因为她曾经是他的第一任太太。早年，当他在柏林还是一个无名小卒，只有通过勤奋工作来达到成名成家的目的的时候，她就帮助过他。他称她为他的印第安人，她那微红的肤色让人联想到印第安人。她身上有某种遗传的东西，少言寡语和忠诚又强化了她身上的这种遗传。她很少说话，一旦说起话来，则语气生硬，像爆豆子似的。当时她仿佛被绑在刑讯柱上，横下一条心，什么也不说。当然，她也有克制自己的能力。打从一开始，她就以工作的方式来帮助他。没有哪样文字工作不是她做的：书信、协议、日程，所有的组织工作当时都是她经手。她不懈努力，直到将一切可得到的争取到手为止。即便这些女人开始接近他，甚至与他同床共枕，她的感受却是：他每成功一次，自己所承受的折磨就愈加变得无以数计、无法预料，但她仍然站在柱子那里不动，给自己增添新的痛苦。他也是一个话不多的人，跟她一样，从他嘴里几乎掏不出什么话来。她对自己的不幸保持沉默，他则对自己的幸运保持沉默。他们两人的嘴唇都很薄，并且都是紧闭的。

他在还很年轻的时候，就作为富尔特温格勒[①]的继任者来到法兰克福，接过撒尔堡乐团的指挥棒，并认识了盖尔达·米勒，当时最具魅力的女演员之一，我少年时代的彭忒西勒娅。为了盖尔达·米勒，他离开了古斯特尔，而且堂而皇之。与盖尔达·米勒结合，让他结识了与古斯特尔完全相反的一个女人。热烈而奔放的激情，强悍而粗暴的角色，一种力量因她而存在，不服务于任何人。在她这里，刑讯柱不是美德，只会是无能的表现。H. 对舞台和戏剧的兴趣，也许就是在这一时期萌发的。他这一时期的生活一定是他私生活中最热火朝天的一段。古斯特尔完全退居幕后，被迫尝试平静而不耗费心血的生活。她找到了一个朋友，与他美满地生活了七年。

H. 几乎没有跟我提起过盖尔达·米勒，却对我提到了他的第三个妻子。尽管她在他的生活中只是短暂一现的昙花，但却是唯一一

---

① 富尔特温格勒 (1886—1954)，德国指挥家和作曲家。

个违背他的意愿离他而去的女人。她叫加罗拉·内赫，也是一名演员。与盖尔达·米勒不同，她不是逃避到酒精中去，而是喜欢冒险，只有非常刺激的东西才能让她感兴趣。

斯特拉斯堡之后过了大约一二年的样子，我去温特图尔[①]拜访H.。那时他是维尔纳·莱茵哈特乐团的领导。在那儿我听了他的一场音乐会。音乐会结束时，已经很晚了，我去他的房间看他。我感到他有些心神不宁，而这与他一贯的压制与统治作风不同。他自己也仿佛很沮丧，好像谁战胜了他一样，而音乐会其实开得挺好的，一定不比以往的差。虽然时间已经很晚，他还是让我留下来。他奇怪地把房间扫了一圈，像看见幽灵一样。没一样东西让他的目光在上面长时间逗留。他东张张西望望，瞧都不瞧我一眼，而他原本是让我来听他说话的。他的这种漫不经心让我感到奇怪。我还没见过他这副模样，因此我安静地坐着。突然，他爆发了，情绪激动地对我说："就是在这里，就在这间房间，我们进行了最后一次谈话。我们谈了一个通宵。"我没有想到他情绪会这么激动。接着他断断续续，几乎是气喘吁吁，把他与加罗拉·内赫之间所做的最后一次谈话讲述给我听。

她想离开他，他则恳请她留下。她想要做点什么，这样的生活对她来说缺少了点什么。她要撂下一切，她的演艺事业，她的荣誉，还有他，H.。她嘲笑他是稻草人指挥，瞧不起他，因为他站在音乐会观众面前，却不知道在为谁指挥、为谁流汗，而这又是怎样的汗水呀，是白费力，毫无意义。对她来说具有意义的，只有她认识的来自贝斯阿拉伯[②]的一名大学生。这名大学生愿意拿生命去冒

---

① 瑞士苏黎世州的一处地名。

② 摩尔多瓦的一处地名。

险，天不怕地不怕，不怕坐牢，也不怕被枪杀。H. 感到，她说这话是当真的，但他认为自己有把握挽留住她。到目前为止，他征服了一切，包括每一个女人。如果有谁要离开，那也是他。他只在自己认为合适的时候离开。他使尽一切手段说服她留下。他威胁要把她关起来。他必须保护她，不能让她糟蹋自己。照这样下去，她一定只有死路一条。那个大学生什么也不是，一个毛头小伙子，毫无生活经验。他咒骂这个大学生，把她刚才骂他和他的指挥职业的那些话，一股脑儿奉还了回去。每当他攻击这个大学生的人格，她好像就有些动摇。她声称，自己看重的是他的事业，而非他这个人。如果换作另一个人，这个人的事业同样令她痴迷的话，那他也一定会给她留下深刻印象的。这场争斗持续了一整夜。他想通过疲劳战来让她服软，但她坚毅刚强，嘴里叫骂着，不情愿地屈服于他身体的进攻。到后来，那已经是第二天的早上了，他以为自己征服了她，因为她睡着了。在他合上眼睛之前，还得意地看了她一眼。但等他一觉醒来，已经不见了她的踪影，并且她再也没有回来过。

他等她回来，等了一天又一天，一周又一周。他想等到一个消息，但一无所获。他不知道她去了哪儿，没一个人知道她的下落。他让人去打听，得到的结果是：那个大学生也失踪了，就是说，像她所威胁的那样，她跟他私奔了。从所有认识她的剧院传来的消息都是同样的。她消失得无影无踪，并且没有给任何人留下一个字。他还属于知道情况最多的人，因为在这之前他们争斗了一夜。他感到像被人从他身体底下把她抢走了一样。他承受不了这个打击，再也无法工作。他崩溃了，感到走投无路。

他的状况非常令人担忧，因此他请求古斯特尔，求她回到自己的身边。他需要她，他发誓，永远都不会再离她而去。她可以提出任何条件。他永远都不会再对她不忠。但她必须到他这儿来，而且是马上，否则的话，他的性命将不保。古斯特尔断绝了同那个男人保持达七年之久的友谊，而那个男人对她是好得不能再好了，回到了让她吃尽了苦头的 H. 身边。H. 接受了她提出的苛刻条件。他答应，在一切事情上都对她实话相告，如果发生什么的话，一定让她知道。

在斯特拉斯堡的几周，我对 H. 的观察因一些特殊事情而得到强化。在维也纳的时候，他把我当了一回邮差使，让我给安娜送过一封信，由此使我认识了安娜。我不知道他都在信中写了什么，只交代我要亲自把信交到她手上，而不是交给其他人。这是一项要求严格的任务，但他并未因此而张扬什么。我给安娜打了电话，她让我去她位于希琴[①]的创作室。

是我先看到她的。我看到她的手指在一个超大的塑像上拿捏。我看不见她的脸，她是背对着我的。我走在鹅卵石上，脚下发出刺耳的“嚓嚓”声，她却像没听见一样。也许她不想听见，她正埋头于那件还未成型的塑像。也可能是预约前来的客人现在来得不是时候。当我步入被当作工作室的玻璃房时，她猛地转过身，看着我的脸。我站的地方离她很近，感到被她的目光一把抓住。从这一刻开始，她的双眼就盯着我不放。这并非突然袭击，因为我有时间慢慢靠近，但却是意外的惊喜：我没料到会遇上不可穷尽的尤物。眼睛是她的全部，在她身上看到的其他一切，都是虚幻。这一点立刻就可以感知到。可有谁会具有这样的见地，有能力说出它来呢？这非同寻常的东西，人怎么能够把握：眼睛比其拥有者要博大精深。在她的灵魂深处，一切可以想象的东西都占有一席之地。正因为如此，可以将一切都说出来。

---

① 维也纳近郊一处地名。

有的眼睛令人恐惧，因为它们为着吞噬而存在。它们搜寻猎物，一旦捕捉到，就将它们吞噬掉。猎物即使能够成功逃脱，也会烙上被猎获的烙印。这种呆滞而残酷不变的目光令人生畏，且不受任何被其捕获的东西影响；一旦形成，永远不变。一旦有谁进入它的视野，就会成为它的牺牲品。他不可能拿出什么来做挡箭牌，只有完全发生转变才能获得救赎。因为这种转变在现实中是不可能的，因此才有了神话和人。

不为吞噬而存在的眼睛也是神话，虽然它从不将自己瞥见的东西放开。这个神话现在成为现实。凡见识过这种眼睛的人，都会又惊又喜，并且思念它，强迫自己淹没其中。这就是显现在面前的博大与深邃：跳进来吧，你想什么，能说什么，就说什么吧，淹没在里面吧！

这样的眼睛深邃无底，任何东西跌落其中都不会探到底。任何东西都会留在原处，不会再被冲走。这眼的海洋没有记忆，只有索取和接受。在内心最深处构成一个人人格的一切，那最被看好的，都将交付与它。想在这样的眼睛前面有所保留，是不可能的。不使用暴力，也不掠夺。样子是幸福的，仿佛这幸福毫无缘由就来了，无缘无故就成了这样似的。

把信交给安娜以后，我就不再是信使了。她没有伸手来接信，而是用头示意我把它放到屋角的一张桌子上。起先我还没注意到这张桌子，我向着桌子方向走了三步，不情愿地将信放到上面。之所以不情愿，也许是因为一只手现在空出来了，而我又不想将这只空着的手伸给她。这时，我将手向她半伸过去，她看了看自己沾满泥巴的右手，说：“我不能让您握这样的手。”

我记不清后来都说了些什么。我努力重新找回她以及我最初说的那些话。这些话湮没了。安娜完全成了一双眼睛，并且几乎不开口说话。她虽然声音低沉，但这对我不具有任何意义。也许她不喜欢说话，只要有可能，她就不吭声。她把声音借给了别人，无论是在听音乐，还是在与人交谈。她更喜欢的是行动而不是说话，因为她不具有自己父亲的天赋，所以她尝试用手来塑造。我之所以要保存与她第一次见面的情形，目的是将她同所说的话剥离开来，同她自己说的话剥离开来，因为那些话中也许没什么值得保存的；将它同我的话剥离开来，是因为我因她所受的震惊还没有找到合适的话表达。

但我清楚一点，就是她让我去桌子边上坐下之前，还说了一些话。我们在桌子边上坐着，她想读我写的东西。我说我还没有正式发表的作品，只有一部长篇小说的手稿。这么对她说的时候，我并未感觉到羞愧。她问我下次能不能把书稿给她带来。她说自己喜欢读长篇小说，不喜欢篇幅短小的。她提到她老师的名字，他叫弗里茨·沃特鲁巴①。她正在跟他学雕塑。这个名字我听说过，他的独立品格受到大家称道，但他的暴力行为则令人生畏。他目前不在维也纳。她说自己从前是画家，在罗马跟德·契里柯②学习过。

她没有在意 H. 的信，信还原封不动放在那张桌上。信所放置的地方，是她不会看不到的。我想到了自己的使命，仿佛刚刚受到 H. 的指派，吞吞吐吐地说："您不想看一下那封信？"她顺手随便这么一拿，朝信瞄了一眼，仿佛这封信只有三行字，而它实际很长。并且我还知道，H. 的字很难认。可她只看了一眼，仿佛就知道了全部内容。她把信往桌上一扔，结果信落到了距离我比较近的地方。她说了一句："无聊乏味。"我吃惊地看着她，我以为他们是朋

① 弗里茨·沃特鲁巴 (1907—1975)，奥地利雕塑家、版画家。

② 德·契里柯 (1888—1978)，意大利画家。

友，他有要事相告。因为是要事，不能通过邮局投递，才让我来送信的。“您可以看，”她说，“但不值得一看。”我没去看。

她就这么把我传递的消息给打发掉了，我不知该拿它做何感想。我没有意识到，她是要通过这种举动表明自己对他的鄙夷和蔑视。当然，我已经不再是一个信使了。我感到不再受拘束，因为她解除了我的这项职务。她随便把他的信往边上一推，丝毫没有显露出恼怒或者反感，这是给我的感觉。我忘记问她，有没有回信让我转交给他，或者直接给他写信，不需我中转。

离开她时，我已经带着一项新的任务了：那就是尽快再来这里，把书稿给她带来。三天以后我就又来了，我感到有些迫不及待。她立即就开始阅读那部长篇小说。我感到还没有哪个人这么快读这部小说的。打那以后，我在她眼里就是一个独立的人了。她对待我的方式，就仿佛我什么都具备，甚至有灵魂。她期待读到更多我这样写的书，并且与他人谈论她读到的东西。她迫不及待地要见我，给我寄信、发电报。我还从没有经历从电报开始的爱情。我大受感动。起初我还没弄明白，她的一行字能这么快就到达我这里。

她要我给她写信，并且给了我一个信能直接到她手上的地址。有人将信放进一个几经封口的信封，然后再把这个信封放到写着瓷器巷赫蒂·雷纳小姐收的另一个信封里面。雷纳小姐是一名人体模特，每天去安娜那里。雷纳年轻、漂亮，一头红发，狐狸脸。每次我去工作室都能见到她。她待的时间不长，脸上的微笑几乎无法察觉。她不说话就走开了。偶尔，我到这里，她恰好刚把我的信送过来。安娜还没有把我的信拆开，更别说看了。她做事很谨慎，因为总有不速之客来工作室。她坦白地对我说，在没看我的信之前同我说话，她需要做一番思想斗争。遇到这种时候，她更希望我人还没有到。虽然我讲很多东西给她听，并且她也喜欢故事，但我写给她的那些赞美她的信，让她感觉更亲切。

她称我写的东西是“打锣敲鼓”，我写的东西被她移植到了她熟悉的媒介上。她还从来没有收到过这一类信。转送来的信很多，有时一天三封，赫蒂·雷纳小姐不是总能立即就把信给她送过来。如果她一天来几次的话，会引起别人的注意，因为安娜被人严密监视（是经她默许的），为此而对她做出的一个让步，就是允许她请一个人体模特，而她也不想失去对她做出的这个让步。我写给安娜的信洋洋洒洒，巧言善辩，而她的回信常常是电报（是赫蒂离开工作室时为她发的）。她不善言辞，电报这种表达方式更适合她。她当然也因此而感到骄傲，想写信来感谢我创造发明的那么多赞美言辞。

我觉得安娜很神秘，因为她浑身都充斥着秘密。她必须要隐瞒多少东西，是我没想到的。在隐瞒的前提下存在，对她来说至关重要。虽然她很健忘，这其实是她的万幸所在，但别人会勾起她想起过去的事。她呕心沥血雕塑出的人物形象，是最沉默寡言的。她认为艰巨的工作是光荣的，这是她从父亲那里继承来的。与坚硬石头打交道的沃特鲁巴，她的小老师，现在让她强烈地联想到这一点。她自己当然也做模型，特别是人头模型。这种时候，工作就不是艰苦的了，而成了完全不同的东西，这是她与那些没有被母亲的控制和怜爱挡在门外的人打交道的唯一途径。

她在信中不是倾诉内心，而是试图做出反应。如果她只需这样做，就会心满意足。如果她不再愿意做出反应，遇上失望的时候，而这样的时候经常出现，因为她对眼下不在为他们制作模型的那些人，特别是她决定去爱的那些人，毫无感觉——在这样的失望当口，她会沉湎于音乐。她会演奏很多种乐器，唯独不再坐到钢琴前。我几乎没有听过她演奏乐器，我回避能看到她演奏的机会。因此，这种孤独过程对她真正意味着什么，一直是我心中的一个谜。对于能给雕塑腾出空间的音乐，我持怀疑态度。

环绕安娜的荣誉光芒四射，令我无法想象她会有什么不好。即使有人能把她自己承认并手书的所想所为等肮脏东西拿给我看，我也不会相信这个人的话以及她的手迹。让她保持无可挑剔的形象，在我很快见到她母亲——与她截然不同的另一极之后，对于我来说变得很容易，我将在这周围发现的一切令人难堪的东西都归咎到她母亲头上。这两人，一个是靠凿子的敲击声和大肆的赞扬来维持的无声之光，一个是永不知足、带有几分醉态的老妇人。我并没有被她们之间的密切关系所迷惑，我将做女儿的视作牺牲品。如果说，这种牺牲品就是人们很早开始就在自己身边不断见到的那种的话，那么，我的观点是正确的。

H. 选择我给他传递书信，可视作我地位无足轻重的佐证。他理所当然地把自己当成一个要人，他亲手书写的一封信要比送信的人重要许多倍。也可能是他认为我特别不具有危险性，因为他听过我朗读《婚礼》。他觉得这部剧作的气氛阴郁冷峻，并将剧作家视为一切情欲的天敌。甚至他可能会觉得好玩，让这样的一个人去送递一封求爱信。但他没有得到答复，连一个拒绝都没有得到。到达斯特拉斯堡之后，他忙于一个接一个的排练，我在此间隙中看到他时，他从牙缝中挤出的三句话中的一句，就是我有没有把他的两封信递交到“安妮”——他这样称呼她——的手上。“当然交给她了，”我说，并且感到很吃惊，所以又追问了一句，“她难道没有给您回信？”从我的话中他得出这样的结论，我不止一次见过她，或许她对我还有好感。他很生气，这只是暂时的，作为有权势的人他习惯于遇到任何事情都生气。一句“她难道没有给您回信”让他觉得我已经很了解她，仿佛知道她一般情况下都会回信似的。他这样认为是对的。蔑视一个无足轻重的无名之辈，在他看来是那样自然的事，所以他想立即打消自己的疑虑。他千方百计想得出一个结果，那就是什么也没有发生。

开始几天，他在我面前讽刺安娜，想以此来激怒我。他说，她的黄头发是染的，她的头发原本是灰白色的；在说“灰白”时，他特别强调“白”，仿佛她二十岁认识恩斯特·克雷内克时，他就认识安娜，那时她就早衰、头发灰白了。我没有注意到她的走路姿态，有哪个女人走路像她那样。他的每一个评点都让我感到不知所措，我气急败坏，奋力保护她。很快他就知道发生什么事了。“您爱得还挺疯狂的，”他说，“我还真没有想到您会这样。”我没有承认，并非出于谨慎，而是恨他，恨他说出这样的话来。当然，我每次谈到安娜就眉飞色舞，如果这样他还看不出我爱上了她的话，那也真是太弱智了些。他迫使我以她的追求者自居，选择的时机很特别，因为到斯特拉斯堡不久，我就收到了安娜的电报和书信，在其中她措辞冷淡地与我断绝了关系。不多不少，两个月，这段感情对她来说就结束了，我则为此耗费了几年时间。她没有责备我什么，什么也没说明。那至关重要的一封信是这样开头的：“M.，我认为我不爱你。”她给我取的这个爱尔兰名字，连同她从前向我表白爱情的那些信件一样，亦真亦幻。H. 现在不明就里地触碰到了我的这个痛处，而这个不幸——我是这么想的——又是他一手造成的，因为我推测，我来斯特拉斯堡一定是让她感到很失望。H. 来到我面前，决意用每一句话来摧毁她的形象。干这种卑鄙的事，显然让他感到很开心。每次他都要说她的坏话，有时他只是期待着在我面前说出她更多、更难听的坏话来，我想。

他一直忙于排练、开音乐会，在他去“布罗格利”狼吞虎咽地吃烤面包加鱼子酱的时候，我们会仓促见上一面。见面时间比较长的，是深夜在他住的饭店那次。处在圈子最核心的一群人坐到一起，说一些尖酸刻薄的话。如果与我单独在一起的话，他就喜欢把她所出的一些洋相说给我听。没多久，他终于发出警告：“您别去染指，您不配做这事，您还太缺少经验，并且天真。”他说的每一句话都是侮辱性的，而我则必须承受着，但针对她的每一个侮辱，都让我感到更加难受。很快他就又把话题转到这上头，当他再次遇到不顺心的事的时候，他说出的一些闲言碎语，令我至今没有勇气将它们写下来。我震惊地盯着他，眼里满是疑问，仿佛我听错了。他不想让自己的兴致一闪而过，就把刚说过的话又重复了一遍。“这是为什么？为什么？”我问。我被惊呆了，竟然忘记马上扑过去揍他。他说出的那些事真是太令人难以置信了，反倒让人觉得，受到更多损害的是他自己而不是她。他发现自己做得太过分了。“现在您不用为刚才听到的那些话生气了，天底下发生的事要比您能梦想到的多。”

我没有问他是怎么知道这些的。我知道他在撒谎，我也知道他为什么这么撒谎。我想起了安娜把他的信推到一旁时说的话：“无聊乏味。”他对她来说无足轻重。从一开始她就把他晾在一边，就像她当着我的面把他的信推到一边那样。她对他不感兴趣，作为音乐家的他都引不起她的兴趣，更别说作为男人了。让她感兴趣的指挥家有的是，与他们她是有交往的。作为音乐家的女儿，她有评判的资格，说出谁是好的指挥家。H. 在她看来属于军乐队指挥那一类，他的外表和举止让他吃亏不浅。他竭力发现新的作品，却被晾在一边，而那些小心谨慎、避免触碰不熟悉的现代作品的人，却被认为比他好。这些人对他的拒绝深深伤害了他。他试图在维也纳站稳脚跟，而在安娜的母亲看来，他什么也不是。她母亲可是很有影响力的人物。如此一来，作为马勒女儿的她，如果能欣赏他，对他就显得愈加重要。由于她不想搭理他，所以他才要说她最坏的坏话。

我突然落入绝望的境地，如果不是斯特拉斯堡这个城市具有魅力，如果该市没有文学传统，以及没有我在短短几天内认识的许多音乐界的头面人物——如果不是这些让我心无旁骛的话，我真不知道我是否还有勇气在这儿待下去。我被从万里晴空摔落到地面。一个让我佩服得五体投地的女人，我眼中的美丽女人，被我视作伟大男性智慧化身的女人，将我带进她的世界。她读过我写的小说，并认为该小说值得她去喜爱。这部小说尚未付梓，只有很少的人知道有这部小说存在。我给指挥家看的那个剧本，也只有少数人知道，而他正是因为这个剧本才邀请我来参加新音乐促进派大会。我被邀请到斯特拉斯堡来，归功于《婚礼》，而得到安娜的爱，则归功于《康德着火了》。一到斯特拉斯堡，我就爬上歌德等待棱茨的平台，站到平台上立着的那块刻着他们名字的石碑前。我被安排到总教堂脚下、老城内最华丽住宅之一的房子里居住，并且被安顿在据说是赫尔德在病榻上接待歌德的那间房间。也许我的幸福感与我对在此生活过的亡灵的敬仰奇特地交织、混合到了一起，导致了危险的傲慢产生。作为新的庙宇幻想者，也许我应该在我就寝的房间里打造出前所未有的计划，并放弃原先那些费力的打算。不过，我的吉运让我几乎在同一时刻交上厄运。到斯特拉斯堡后的第三天，我收到了安娜的信和电报，地点是音乐学院的办公室。四周是忙于排练的人群，在众目睽睽之下我撕开信封，读她写的那些冷若冰霜的语句。她什么责备的话也没有说，只是对我不再有任何感觉。她毫不掩饰地说，她喜欢的不是我这个人，而是我写的那些信。她说，她不与任何人说话，独自坐到钢琴前，随心所欲地在上面弹奏。虽然这封信没有泄露出一丝情感上的弦外之音，但是我还是能感觉到她——非常含蓄的——因失望而生的悲哀。她希望我继续给她写信，未说是否会给我回信。我这个人现在已经无关紧要了，我被放回到地面，但我还可以通过书信，也只有通过书信来接近她的天空。她与人打交道的方式近乎高贵，仿佛她生来就有权提升或者贬抑他人而无须解释或者谨慎，仿佛那承受这沉重打击之人还要为此表示感激，因为这打击出自她之手。

在我身上一寸寸蔓延着的毁灭感觉，与我此时为她而进行的骑士战争使得这种感觉飘忽不定。H. 一次次地试图把她往死里贬抑，最令我难以忍受的是，他的谩骂掺杂着奇特的淫荡，为的就是激我妒火中烧。他自己的所作所为完全出于妒忌。他误以为我拥有的幸福，其实已经不存在了，因为我已经被重重地扔了下去。我反驳他所说的一切，以其人之道还治其人之身，将他所说的每一件卑鄙的事都原封不动地送还给他；我和他一样不屈不挠，即使我对自己的恶毒技能远不及他那么有把握。开始的时候，我还比较拘谨，为了不把她和我，不把我们——仿佛这个我们还存在似的——出卖给他。但是，随着情况的进一步恶化，当他开始无休止地谩骂的时候，我抛开一切顾忌，大谈起安娜来，就像从前我在给她的信中所写的那样。现在我当然不能再给她写这些了。在对抗 H. 卑鄙行径的过程中，假想中的我与她之间发生的一切，都完好无损、坚不可摧地保存了下来。我不能抱怨，也不能把新的事实真相说给他听。当我说到那些曾经的事实时，态度坚定而有力，让他最终哑口无言。我的信念坚不可摧，这让他恼怒不已。

因为 H. 所说的一切，都是在公开场合进行的，或者是说给大家听的，所以他时不时与我单独待在一起，虽然待的时间不长，但无论如何也是单独待在一起。围着他身边转的那些人，全体朝臣，一定感到有些奇怪；每当遇到这种时候，他会说："我得和 C. 谈谈。"这话听上去会让人觉得，他要谈的仿佛是什么要事。事实是，从巨大的劳动投入中挤出的这不多的几分钟的时间，都被用来争论安娜。他享受着我的猛烈反击，因为我的攻击从来不针对他本人，而是为受攻击的人进行辩护，这与他自己的无耻诽谤形成强烈的反差，从而使得他需要这样的反击。没有这些，他就不成其为他了，二者他都需要。也许——这是我现在才想到的——我也需要这二者，以便使自己能忽略因他对安娜的侮辱所造成的痛苦。

在对这些谈话内容一无所知的那些人看来，H. 好像在与我商量某些事情，仿佛我们之间存在着相互信任的关系，而这层关系对于他在这个音乐周期间的全力投入来说，是必不可少的。

古斯特尔以自己特有的方式监视他，就连她也这么看我们俩。为了让她回到自己身边，他说自己不能没有她。为了让她相信她对于他是多么重要，同时也让她对自己的新职能感兴趣，他向她保证过，对她绝对说实话。而她的职责就是监督他，不让他再卷入新的情感纠葛。加罗拉·内赫以最卑鄙的方式从他身边逃走，并且毫无“减刑理由”，他因此而精神崩溃，这事才过去没多久。这是打那以后的第一个恋爱经历，确切说，是恋爱失利，一个女人让他丧失了工作的能力。他这么个无所畏惧的人，为此惊恐万状，真的要在他的第一个女人，他最初的女人——古斯特尔那里寻求庇护。委以她监视自己的新职能，使得任何女人都不能对他有所损害，他没有骗她。

就是说，古斯特尔有权知道，他与我短暂交谈的内容，虽然只是试探性的。因此，她主动接近我，为了获得我的友情，也可能是为了得到我的帮助。她主动对我谈了她自己，尽管她属于性格孤僻、内向的人。但凡有别的女人插足，他的所作所为就会令她痛苦不堪。此次参会的女艺人又很多，有几个女歌唱演员，其中的一个风情万种，而且行为还特别放得开，什么事都敢做。还有一个拉小提琴的女人，一副天真无邪的样子，在维也纳时他就认识她了。她演奏的曲子风格独到，清新自然而又超凡脱俗，令人陶醉。她出身音乐世家，其众多名字中的一个，是模仿莫扎特取的。她与他很投缘，她的每一个细胞、每呼出的一口气都渗透着音乐的气息。有些东西，像 H. 这样的人是要通过艰辛努力才能获得的，而在她那里则是那么自然的事。该她演奏的旋律，总以美妙的方式融入她的内心。总谱对她是最真实意义上的规定。指挥和总谱对她来说是一回事，无论指挥给出什么样的指示，都是总谱的延续和扩充。她恨不得能为总谱献身，当然也愿意为总谱大师献身。对于在音乐上行使统治权的人，阿马德阿——我用的是她名字中排在第二位的那个，即她的“莫扎特名字”①，这个名字其实使用时应该用简称——从不作区分；但对于每一件作品，她则作明确区分，并且对它们都有着自己独到的见解和信念。她的能力并不完全是技艺性的，她擅长演奏巴赫，巴赫也许是她的头号上帝。她也擅长莫扎特，还擅长演奏那些让维也纳人避之唯恐不及的全新作品。她是阿尔班·贝尔格和安东·冯·韦伯作品的最早演奏者之一，而且还应邀去伦敦演奏过他俩的作品。指挥是所有作品的真正受益者，她完全听命于指挥发出的指令，而非他们本人。虽然她对他们的人品一点都不了解，对他们给出的盛气凌人的指令却很清楚。H. 在维也纳时已经同她有过合作，在斯特拉斯堡期间，他让她早上六点去他那里排练。由于她这个人非常开朗、开放，所以她也毫不掩饰对他的百依百顺。对此古斯特尔醋意大发，她因此成了真正被监视的对象。

我不精通音乐，从没有从理论上对此进行过探讨。音乐我是喜

① 莫扎特的名字为阿马德斯 (Amadeus)，阿马德阿 (Amadea) 与之非常相近。

欢听的，但我没有评判的资格。让我感动的人各式各样，有萨蒂[1]和斯特拉文斯基[2]，波尔托克[3]和阿尔班·贝尔格，而且都是在对此一无所知的情况下。在文学方面，我大概不会允许这样的事发生。

对人进行观察，特别是形形色色的人在这种场合下对对方做出的反应，对我显得更加重要。他们给我留下了抹不去的印象。虽然他们中的大多数人我后来再也没有见过，但五十年过去了，他们的形象仍然能清晰地浮现在我的眼前。如果现在我能把当时他们给我的印象说给他们听，该多惬意啊。会议期间，我体验的主要对象是会议的核心人物，那个让他们来参会的人。我对他的研究仔细而无情，如同他对待我的那样。他说出的任何一个字，内心的任何一个波动，甚至沉默都不能逃过我的眼睛。终于我眼前一亮，原来我想要理解和表现的是一个统治者！

会议开得很成功。所有参会者都收到通知，在福格森地区的西尔梅克集合，开一个庆祝会，以此结束会议日程。有些人早就想离开了，但大家都想对 H. 做出的巨大贡献表示感谢，因此几乎所有人都留了下来，借这个庆祝会之机向他表示祝贺。

我们围坐在酒店外的长条桌子旁，很多人做了发言。H. 郑重其事地请我讲几句话，谈谈我对这次会议的印象。正因为我是作家，不从事音乐，所以我更应该说几句。我进退两难，一方面我得说一些与事实相符的东西，另一方面又不让别人察觉，我认清了 H. 身上一些更深层次的东西，而对此我还没有找到适当的表达。我描述了他召集大家的方式，以及他迫使大家共事而别人对此又无法抗拒

---

① 萨蒂 (1866—1925)，法国作曲家。

② 斯特拉文斯基 (1882—1971)，俄罗斯作曲家。

③ 波尔托克 (1881—1945)，匈牙利作曲家。

的情形。我的话在他听来可能太实事求是了，他希望从我那里听到的，是这晚从大多数人嘴里说出的阿谀奉承之辞。正式议程结束之后，聚会接近尾声。他可以以自己特有的方式让大家走人了，这时他开始报复了。

大家盛赞他是指挥大师，这倒是名副其实。在为期几周的会议期间，他率领他的众多学生做了不少事。而现在，在他当之无愧地喝下几杯之后，他想要放松放松了。他给自己又加上了另一顶大师头衔，而这是在座人中谁也没有料到的。他突然宣布要给大家看手相，不是只看一个人的，也不是只看少数几个人的，而是看所有人的。他只要看一眼一个人的手相，就能知道他将来的命运如何。他让大家不要挤，每个人都会轮上的，大家最好排一个队。果然排起了队，刚开始还慢慢腾腾的，等他正式开始看的时候，在座人中的一半已经站了起来，按他的要求排成队。他先把注意力集中到坐在他身边的人身上，这些人最先轮到。他的动作很快，像做任何一件事那样。伸过来的手他不会看太长时间，他只要看一眼就够了。他果断地说出自己的判断，一如他的一贯作风。他只局限于确定一个人能活多久。对于其他的一些东西，如品质、未来前途等，毫无兴趣。他给每个人说一个寿命，并不解释自己是怎么得出这个数字来的。他说话的嗓门跟平时差不多高，只有最靠近他的人才能听见他说了什么。

被他看过手相的人，有的脸上露出满意的神情，有的则惶恐不安。所有人都回到自己原来的座位上，静静坐下。没有人去讨论，也没谁去问回到位子上的邻座："他说了什么？"然而，桌上的气氛发生了很大变化，每个人都能感觉到这一点。再没有人说笑了。那些长寿的幸运儿心里偷着乐，而那些被断定为短寿的人，也没有表露出不赞同或者抱怨。H. 仿佛专心于看伸过来的一只只手，其实他非常留意来的是谁，以及谁没有来。伸过来的大部分手都属于那些在他眼里可有可无的人，因此，他只是走过场似的瞄一眼，实际在等其他人。我一直按兵不动，所以能感到他等待的焦虑。我坐在他的斜对面，离他很近，但我没有站起来排队的意思。有几次，他在看一只只手的间隙飞快地朝我这里看了一下。突然，他声色俱厉地说："您是怎么了，C.，害怕了？"一桌子的人都听得清清楚楚。我不想让人觉得我真的害怕听他说出的话，就站起身，朝队列的末尾走了几步。"您还是现在就过来，"他说，"不然的话，您会溜掉的！"我不情愿地走近他。他打乱队列的顺序，这是唯一的一次，贪婪地一把抓过我的手，几乎还没有看上一眼就开始宣布："您活不到三十岁。"接着又补充道，"生命线在这儿断了，瞧这儿！"此前，他还没有给谁做过说明。他松开我的手，像丢弃什么废弃物一样，得意洋洋地看着我，小声说："我将活到八十四岁。我才活了生命的一半。我才四十二岁。""我已经二十八岁。""不会超过三十岁！您活不到三十！"他又重复了一遍自己说过的话，耸了耸肩。"没有办法。您还能做些什么呢？"如果人生是这样的话，那就什么也做不成了。就连他留给我的两年时间，也毫无意义。两年能办成什么事呢？

我让位给他人，他以为把我给打发掉了，但游戏还没有结束。每个人都得把手给他看一下，他必须为每个人确定寿命。对于大多数人，他都是机械地看一眼了事，其原因就在于他们也在边上，其实把他们视作苍蝇也无妨。在座人中有几个他特别在意，其中的奥妙不是我都能解释的。我坐在他的对面，离他很近。我又回到原座坐下，听他都说些什么。有几个人想蒙混过去，于是假装喝多了。他们对他的要求不作反应。大多数人都走到他跟前，从他那里受领各式各样的命运。那些从来没惹过他生气、没与他顶撞过的人，他凭心情好坏给他们确定一个中等寿命。谁也活不到八十四岁。一帮听话的人，能活到六十或者六十几岁，但他们都不是他最看上眼的人。对于他看上眼的人，他看得可仔细了。他这么做的目的，就是要支配所有人。对于在座的几个女性，他的态度也没有比对待男性好到哪里去。她们都要早死于自己从属的男人。他不太看得起寡妇。不会有人来与他争夺的女性，勾不起他的兴趣。除了我，在座的人中没有活不过三十岁的。

第　二　部

松内博士

天赐一个孪生兄弟

《虚荣的喜剧》完稿于一九三三年，德国当时发生的事件在上面打上了印记。希特勒一月底上台，打这以后，发生的每一件事仿佛都阴森恐怖、莫测高深。一切都令人伤心，就仿佛自己置身其中，仿佛自己在每一幕的事发现场。没有一件事是事先预料到的。与发生在现实中的事件相比，一切解释、利弊权衡，甚至大胆的预言，都显得是无稽之谈。发生的每一件事都是全新的、出乎人们意料的。作为其驱动力的思想微不足道，产生的作用却令人难以置信。无论怎么想不通，但有一点是清楚的：它必将导致战争，并且不会是一场自惭形秽、没有信心的战争，而是以骄傲、贪婪面目出现的战争，犹如《圣经》里的亚述人战争。

每个人都清楚这一点，但仍希望这是可以阻止的。可是，对于自己都无法理解的东西，又怎样能阻止得了呢？

自一九二五年起，我就致力于研究群体，弄清楚群体是什么。从一九三一年开始，我又开始关注权力是怎样从群体中产生的。这些年里，几乎没有一天我的脑子不在考虑群体这一现象。我不想走捷径，只研究其中的一两个方面而忽略其余。因此，我的研究进展缓慢也就不足为奇了。我在追踪一些与之相关的东西，例如群体与火之间的关系，或者群体壮大的趋势——这是群体与火共有的一个特点——我的研究愈是深入，心里就愈是清楚，完成这项任务将占用我人生最好的时光。

我有足够的耐心，但事件的发生却是不等人的。一九三三年的发展速度加剧，将整个世界卷入其中，而我还没有找到任何与之相抗衡的理论，内心迫切想把自己不理解的东西表现出来。

此前一两年，我就开始琢磨禁止使用镜子的事，虽然它与当时所发生的事件没有关联。每当我走进理发店，让人给我理发的时候，总是看到对面镜子里的自己，就让我讨厌。总是面对自己，让我感到受到强制和束缚。因此，我的目光总是东瞧瞧西望望，看周围坐着的人全神贯注地注视着镜子里的自己。他们审视自己，研究自己。为了更好地看清自己的面容，他们有时还做鬼脸，并且乐此不疲，仿佛看不够自己似的。最让我惊讶的是：我一直在观察他们，对此他们竟然一无所知。他们是那么投入地研究自己。这些男人有老有少，有的有地位，有的没地位。虽然他们的区别很大，但令人几乎无法相信的是，他们的行为却那样地一致：每一个人都入神地注视着镜子里的自己。

特别令我吃惊的是，他们关注自己时的那种专注与不厌其烦。一次，我观察的对象是两个稀奇古怪的人。这时我就暗想：如果突然禁止人们这样做，那会引起什么样的后果。不让人看自己的镜像，难道有比这样的禁止更为难以忍受的吗？如果揪住这样的虚荣不放，将会导入怎样的歧途呢？想象这样做会导致怎样的结果，是一件有趣的事。当然，这还只是想象。当德国发生焚书事件时，人们看到了突然会发布和实施怎样的禁令，这些禁令又是怎样坚定不移地被用来制造群体的热情。这时的我仿佛被一道闪电击中，恍然大悟。我开始认真对待禁止看镜子的游戏。

我把以前阅读的关于群体的东西全部忘掉，同时也把从中悟出的少量知识忘掉。我把这一切都抛到一边，一切从头开始，仿佛第一次接触这类一般性的事件，并构思出了巨大的诱惑，《虚荣的喜剧》的第一部分。里面出现的人物接近三十人，说话方式各异的维也纳人占据了整个场面，让人感到仿佛置身于乌尔斯特普拉特区[①]。它其实就是人们还没有见识过的乌尔斯特普拉特区，控制这里的是熊熊大火。随着台上剧情的发展，台上表演的人为大火鼓风添柴，火势变得越来越大。特地搭起来的镜子铺中，镜子被球砸碎，发出的崩裂声被用作声音上的伴奏。人们将自家的镜子和照片搬来，一个用于砸碎，一个用于焚烧。为了让群体开心，一个人高呼口号。人们从他的演说中听到最多、听得最清楚的一个词就是："我们！"这些场景的安排呈螺旋上升的趋势。最先的场景比较长，里面出现的人物和事件相互印证。后面的场景越来越短，上演的一切与大火之间的关联变得越来越紧密，直到一个人跳进火海，变成一团火。

那几周的全身心投入，至今还让我记忆犹新。我内心激情荡漾，仿佛自己就是那个变成一团火的人物。我抗拒敦促我继续下去的剧烈的内心波动，克制自己，不说那些不精确的词语。嘴被封住的感觉刻骨铭心。还没有完全在头脑中抹去的群体浮现在我的眼前，我的双耳听到的是群体的声音。同老仆人弗兰策尔·纳达一样，我被镜子压垮了；同他的妹妹弗兰奇那样，为了失去的兄弟而遭到逮捕、关押；我扮作高呼口号的冯德拉克，用鞭子驱赶群体；我扮作爱米莉·康德[②]，冷酷而虚伪地呼唤我那没有心肝的孩子。我自己成了最可憎的人物形象，在我热爱的那些被践踏的人中为自己寻找辩解。

这些人物形象我一个都没有忘记，他们中的每一个都鲜活地留

---

① 维也纳的体育、会展和娱乐设施都集中在乌尔斯特普拉特区。

② 以上提到的人名都是《虚荣的喜剧》中的人物。

在我的记忆中。我对他们的印象，比我对当时所认识的那些人要清晰。童年起就给我留下深刻印象的一切大火，都融入这焚烧照片的大火之中。

动身去斯特拉斯堡的时候，创作冲动并未平息下来。旅行期间，我仍沉浸在第一部分之中。令人惊奇的是，虽然在该市逗留的几周时间被安排得满满当当，但这出喜剧一点也没有淡出我的脑海。我做过的事，没有哪件能像这件事这样，在我头脑中深深扎根。会议过后的九月，我是在巴黎度过的，并在那儿重新拾起我在维也纳撂下的工作。我将第一部分写完，并且陶醉其中。我自认为成功地做到了一些创新，那就是戏剧性地表现了群体，表现了他们所受的教育、他们的发展壮大、他们的爆发。在巴黎，我还完成了第二部分的许多场景。我很清楚下面该写什么，甚至第三部分我都想好了。

我并没有垂头丧气地返回维也纳。安娜的拒绝虽然伤害了我，但并没有扰乱我的心智。换在另一个阶段，我也许会茫然不知所措的。有这出喜剧的保护，我感到很自信。我甚至打电话给安娜，对她说我要去她的创作室看她，就像我们之间什么事都没发生一样。我故作镇静，装出无所谓的样子——在电话中——这令她很满意，她就是这样的人。我只字未提我们之间发生的事，让她松了一口气。她讨厌一切令人尴尬的场面，讨厌指责、愤恨和抱怨。自由是她最强烈的冲动，依据自由原则处理事情，令她感到很满足。我向她提起我离开维也纳之前与她谈过的这出喜剧，虽然戏剧在她看来无足轻重，但她还是说了几句中听的话。我也没有指望她真的对此感兴趣。认识我以后，她就想介绍我与她的小老师弗里茨·沃特鲁巴认识。她说，我去斯特拉斯堡之前他人不在维也纳，现在他回来了。她准备让他在我来这里的那天过来。我们可以在她的创作室共进午餐。

她的这个主意很不错，这是她拒绝我之后第一次让我去看她。我走在穿过花园的路上，脚下鹅卵石发出的“嚓嚓”声比印象中的响了很多。眼前就是被她当工作室用的暖房，安娜穿的还是那身蓝色的工作服，站在屋中间的那尊雕像边上。她的手里没有拿着泥，双臂垂着，目光对着一个年轻人。这人正跪在这尊雕像的前面，双手在雕像的下端拿捏。我迈入工作室时，安娜通报了我的姓名。他的后背朝着我，没有站起来。他的手没有离开泥巴，继续在上面揉捏。他仰起头来看我，问道：“在工作前面您也匍匐在地？”他的声音低沉、圆润。这是他开的一个玩笑。因为不能立即站起来跟我握手，他才这么说，以此表示歉意。然而，就连他开的这个玩笑，也具有分量和意义。用一个“也”字，他就表达了对我的欢迎，我的工作和他的工作由此具有了同等的地位。用一个“匍匐”，他表达了自己的期待，期待我像他那样，对待自己的工作一丝不苟。

这是一个良好的开端。我们之间的第一次交谈，我就只记得他走上来说的那句话，但后来他坐在我对面吃猪排的情形，我却能清晰地回忆起来。安娜让人给我们把饭菜端过来，自己则不跟我们一道吃。她一会儿站着，一会儿在工作室里走走，或者走到离我们吃饭的桌子很近的地方，听我们在谈什么。她有些心不在焉，吃饭对她来说一点不重要，她可以工作一整天而想不到要吃饭。这次她是出于对我的照顾，她想为我做点什么，当然也是为沃特鲁巴着想。与坚硬石头打交道的他意志坚强，不屈不挠，令她敬佩，所以她要提携他，并成为他的第一个学生。她想通过安排这次会面来促成某事，所以第一次见面她就让我们自己去谈，她不参与其中，以免我们因她在而不专心谈我们的。做这类事她很会把握分寸，因为如果她完全走开，我们会觉得自己是被安排到角落里吃饭的佣人；而她在工作室里东摸摸、西看看，时不时到我们这来看一下，站在边上听我们谈话，就仿佛是伺候我们的侍者。但她每次都只待一会儿，以免我们因她在边上而受干扰。几个月前，对于这种第一次见面或者再次见面所谈的内容，她会一字不漏地去听。那时她决定诚心待我，并且也确实这么做了。而现在，她因为做出了相反的决定，所以就让我们随便谈我们的，自己则得体地待在一边。

开始吃饭以后，我俩之间的交谈就大受影响。沃特鲁巴的一双手引起了我的注意。他的手指比一般人的要长，上面的筋络看得清清楚楚。他的双手健壮有力，外形却又无比细腻，给人的印象非常奇特，无法用语言来形容。因此，我出神地注视着这双我见过的最漂亮的手。虽然他说的第一句话就让我记住了他的声音，但他的声音此时却离我而去。相对于这双手而言，那声音显得那样不足为奇。也许是因为这我才忘记了说话。他把猪排割成一小块一小块，大小很规则，简直是小正方体，然后准确而快速地把它们送进嘴里，给人的印象更多是干净利落，而不是馋巴巴的样子。切割猪排看上去要比吃下去重要得多。让叉子停在半空中，开口说话或者抿着嘴不动，因为另一个人在说话，在他那儿是不可能的事。切成方块的猪排无情地消失，一块接一块，速度惊人。

猪排煎得很老，吃在嘴里木渣渣的。我想把煎得很老的地方去掉，结果发现，这样的地方越来越多，因此就在猪排上切来割去，盘子上摆满了我去掉的部分。我一会儿把猪排翻过来，一会儿掉一个方向，在上面切来割去，毫无胃口。对于摆在面前的食物我毫无胃口，这与他全神贯注于盘中的食物形成了强烈的对比。他吃饭的速度稍稍放慢了一点，看着我盘子上乱糟糟的一团，仿佛给我们端上的是两种完全不同的东西，或者我们属于两种完全不同类型的人。我们刚才的谈话因他一丝不苟地吃饭而中断，现在则具有了另一个性质：他瞠目结舌。

坐在自己对面的这个人这么不爱惜肉，对此他感到惊讶，于是他问，我是否准备把这些东西都剩下。我说肉给煎得太老了，但这些话丝毫没有打动他。无论肉是否味同嚼蜡，只要形状是方方正正的，他就会把它们都吃下去。形状规整的东西，是无可挑剔的。他讨厌看到别人在肉上戳来戳去的。第一次见面我给他留下的是散漫的印象。一回到家里，他就把他对我的印象说给了太太听。这是我后来才知道的。

在沃特鲁巴成为我的知心朋友的这段时间里——我们很快就视对方为自己的孪生兄弟，我认为自己是诗人的感觉达到了顶峰。除了在卡尔·克劳斯身上发现的令我赞赏的攻击性之外，我又发现了雕塑家的攻击性，他每日的工作就是敲凿坚硬的石头。沃特鲁巴是我一生中遇到的最豪放的人。无论我们是一起谈论什么或者一起做什么，都充满戏剧性。对于那些怕吃苦、倾向于妥协让步或者根本不知道自己想要做什么的人，我们都非常蔑视。我们两人如同一个整体，在维也纳的大街小巷中横冲直撞。沃特鲁巴走路的样子，真的是横冲直撞。他冲到一个地方，问一声有没有自己想要的东西，或者买下自己想要的东西，在别人还没有搞清楚他是否满意的时候，他人就不见了。大家都知道他走路的样子，有些人感到害怕，我则非常欣赏。

在沃特鲁巴的创作室，我感觉与他最亲密无间。维也纳区将有轨电车高架桥下的两个桥拱拨给他做创作室，他在其中的一个桥拱内——遇上天好的时候就在洞前——雕凿石头。我第一次去那里的时候，他正在雕塑一个俯卧的女性。他用力地敲凿，他看重的是石头的硬度，这一点能明显感到。他忽地从雕像的一个位置跳到很远的另一个位置上，重新用力敲凿。他的工作主要靠双手，手对于他至关重要，这是不言而喻的。尽管如此，还是能感到他沉浸在石头之中。我觉得他像一头黑色的豹子，一头石制的黑豹。他在石头上厮杀，融入石头之中。根本无法预知他下一步要跳到什么部位去。正是他的这种跳跃让人联想到豹子，所不同的是，他不是从某个远处跳过来，而是从雕塑的一个位置跳到另一个位置上。他对每个部位都用心专注。他用于雕凿的力量，仿佛是他结束跳跃时的惯性。

当时，就是第一次看他工作的那次——他在为女歌唱演员瑟尔玛·库尔茨雕塑一尊放在墓前的女性人像，他从石头上面跳下来，也许是因为这样才让我不由得联想到从树上扑向猎物的豹子。我想象着他在吞噬自己的猎物——当然，吞噬的对象是面前的花岗岩。这是怎样的一种吞噬呢？即使他沉着坚定，但每时每刻你都会注意到，他在与什么样的东西进行搏击。我观察了他很长时间。中间没见他笑过一次。他知道我在注视他，但并没有因此而洋洋自得。在面前的石头上雕琢，是一件非常严肃的事。我明白，他在表现真实的自我。他个性刚强，因此为自己挑选了最艰巨的一份工作。坚硬和艰巨对他来说合二为一。如果他突然从石头旁边跳开，你会觉得他仿佛在等着石头向他反扑过来，而他自己则准备迎上去。他向人们展示的是一场谋杀。很久之后我才认识到，他不得不谋杀。这不是那种遮遮掩掩、只留下蛛丝马迹的谋杀，而是长时间进行、直至其成为丰碑的谋杀。一般情况下，他总是一个人埋头干活，有时也需要有别人在场。不过，他并不因此而一反常态，而是保持自我本色；他不是演员，而是作案人。他想要有一个能理解他的人，知道他对待工作的态度是多么严肃。即使艺术一再被称为游戏，但他所从事的艺术肯定不是。他的行动可以使城市和世界人口济济。去他那里时，我的观点与一般常人的并无不同，认为他工作的目的就是让石头持续存在，让自己用石头做出的任何东西都不瓦解、消失。但是，当我目睹了他的创作过程，看着他工作时的不可思议的行为，我明白了，雕塑最看重的是石头的硬度，而非其他任何东西。他必须与之周旋。他需要石头，如同他人需要面包，但他要的石头必须是最坚硬的，他展示的是石头的硬度。

从第一眼开始，我对待沃特鲁巴的态度就是认真严肃的，大多数时候他也是严肃的。对他来说，词语总是具有意思。他只在想要什么的时候才说话，而他一旦开口说话，便会一吐为快。或者他把闹心的事说给我听，此时他是不会拐弯抹角地说的——是什么就说什么，这样做的人是多么少！——一定是我对含混表达的痛恨促使我找寻类似的表达。人们颠来倒去地说话，目的就是马上收回刚才所说的东西。词义是不确定的、流动的、松散的。虽然词语的余音尚存，却多棱镜般折射出熠熠生辉的色彩，它们自己尚未想要的时候，就已经超前行进了一步；人们让它们保持谦卑，它们俯首帖耳的举动——这种种的对词语的蹂躏，让我厌恶至极，因为我认真对待词语，甚至认真到反对为了游戏的目的而扭曲词语的地步。我要让它们完好无损，保持自己的力量。我承认，每个人都有以自己的方式使用词语的权利，只要不违背心愿、不以游戏的方式对待词语，歪曲它的外形，只要词语同说话者的个性相吻合，成为他人格的一部分，那么，对词语进行变形是可以的——我尊重这种扭曲方式，并让其保持原样，不敢对其轻举妄动。我最讨厌的是对其进行解释。我迷恋词语的严肃性，每一种语言都具有这种严肃性，由此使得每一种语言都不可侵犯。

沃特鲁巴的话语就具有这种可怕的严肃性。我遇见他的时候，是在我与另一个朋友——F.，与沃特鲁巴截然相反的一个人——相识约半年以后。在F.那里，词语不具有不可侵犯的意义，它们一再地被颠来倒去，并且服务于诱惑的目的。它们的意思一会儿是这样，一会儿又是另一个样子，几个小时之内都能发生变化，而这些词语涉及的又都是信念这类顽固的东西。我亲历了F.怎样将我说的话拿过去，将之变成他的话，而且让它们变得面目全非，甚至连我都辨认不出那是我自己说的话。于是，他会时不时用我说的话来反驳我。更令人诧异的是，他用我的话来驳斥他自己的观点。每当他使用了此前一天从我那里听来的某句话，并令我大吃一惊的时候，他就会开心地对我笑笑，让我为他击掌叫好。也许他真的认为这么做令人感到吃惊。他并不是很仔细，因此，话从他的嘴里说出来以后总会有些走调。我的观点以这种方式出现，令我生气。于是我就对其进行反驳，并坚信，我们这是在相互攻击对方的观点，实际却是一个观点同其扭曲了的形式进行抗辩。让他大出风头的不是别的，而是对词语随心所欲的歪曲。

沃特鲁巴却清楚自己说了什么，并且一直记在心里。别人说过什么，他也不会忘记。仿佛是两个厮打在一起的身体。两个身体总是在那里，不消失，并保持不被穿透。如果我说，只有要在与之进行热烈交谈的时候，我才能领悟到石头是什么，听上去会有些不可思议吧。我不指望在他那里寻找到对别人的怜悯，在他身上，善良会显得可笑。他只为两件事活着，而且就为这两件事：石头的威力和词语的威力。无论如何都是威力，但二者的连接是那样地不同寻常，使得人们无法非议它们，犹如人们无法非议暴风雨这种自然威力一样。

“黑色立像”

在我们之间的友谊开始的头几个月，我见到的玛丽安总是和弗里茨·沃特鲁巴形影不离。他们一道冲过来，冲到你的跟前才站住。接下来谈的总是某件事，他们必须办到的某件事；某个妨碍他们获得雕塑委托的顽固敌人，某个应该让位于另一个对他们来说印象比较好的维也纳社会名流。玛丽安犹如攻城槌，坚定地冲向每一面墙。由于玛丽安偏要一丝不差地将她战斗的每一个细微过程说出来，并且不遗漏任何一件小事，所以沃特鲁巴就让她去说，自己只是时不时“哼哈”一声表示赞同。就连在这种时候他说出的少数几句话，也是彻头彻尾的维也纳方言；玛丽安则口若悬河，任何人、任何事都不能打断她说话。她说的是一口纯正的德语，虽然她是杜塞尔多夫人，却几乎听不出有莱茵地区口音；从她说的话上看，她可以是德国任何地方的人，唯独不是德国南部人。她的语速很快，并且没有声调变化，没有抑扬顿挫，简直是肆无忌惮的胡扯。她一旦停下脚步，开始宣讲，那么，不等她把事情的来龙去脉仔仔细细地讲个清清楚楚，你是别想开溜的。还从来没有人见识过她只说寥寥几句的。想躲是躲不过去的，每个人见到她都会呆若木鸡，仿佛被石头压住，动弹不得，或者化作了石像。想不去听，也是做不到的。她嘴里吐出的每一句话都像一次撞击，你不得不去承受，而她说话——这是我现在才弄清楚的——犹如匀速敲凿，你必须任其恣意而为。我根本不是她想从中榨取什么好处的那种人，只是一个朋友，她只想把一切报告给我听。那些真正遭受她攻击的人，会如何感受，我几乎不敢去揣度。要想甩掉她的纠缠，只有一个可能，那就是满足她为弗里茨提出的要求。如果她的话被打断，无论是因为机关到了下班的时间，还是因为她的牺牲品被上司叫去或者必须接听电话，她都会一而再、再而三地从头再来一遍。最终她总是凯旋而归，也就不足为奇了。

她到维也纳来的时候，还是一个小姑娘。她成为安东·哈纳克的学生，同时在这里认识了同学弗里茨·沃特鲁巴，哈纳克的年轻弟子。后来她留在了维也纳，但维也纳人的说话腔调，她则一点也没学到；值得一提的是，她成年累月地听沃特鲁巴说着一口地道的维也纳话。他忠实于自幼在维也纳大街小巷玩耍时学到的语言，并且忠实到了狂热的地步，这是我闻所未闻的。如果他试着说几个英语或者法语单词的话——那是后来的事——就会让人觉得滑稽，仿佛他是请愿者，说话结结巴巴的，是身体有残疾的乞丐。他也能像每个维也纳人那样，在必要的时候说官方的书面语。因为他很聪明，书面德语很好，因此他这时所说的话并不让人觉得好笑。不过，他很不情愿这样做，这样做完全是被情势所逼，令在场的人都同他一样感到难受；而当他重又随心所欲地说他的维也纳话的时候，别人也会为他松一口气。玛丽安一直以来都在为他和他的事情而生活，很早就因他而放弃了自己的雕塑事业；她也没有要孩子，为了他而不停地说说说，可就是没有一个词的发音受到他的影响。只要他说出什么，她就会立即将之付诸行动；而她一旦专注于自己的行动，就会对其他的事充耳不闻、心无旁骛，潜心想着把要替弗里茨办的事办成功。她不停地说着，其余的一切犹如耳边风；如果这时他人在边上的话，完全不会觉得这有什么不妥。当时的情形无论如何是这样的。如果我和他单独在一起，他就会把心里的所有困惑和想到的东西说给我听，我是这么认为的，但没有一次听到他抱怨玛丽安的说话方式。他会时不时出走，消失几天，每遇这种情形，玛丽安都会感到极度不安，有时会同我一道到处去找他。不过，我并不认为是她滔滔不绝的说话令他逃避三舍，而是过早到来的荣誉，是令他感觉受到束缚的艺术活动，也许是更深层次的某个东西，是他整日与之打交道的石头，从某种意义上囚禁了他，而他最害怕的就是监禁。如果说他对什么寄予深切同情的话，那就是被关在笼中的豹子。

他们邀请我去弗洛里安街31号吃午饭，沃特鲁巴一直住那里。他是八个兄弟姐妹中的老小，现在只有他和玛丽安同母亲及最小的姐姐住在那里。他们对我说，母亲给我们做吃的，这样我们三个便能安心地坐着吃饭、聊天。他们已经跟母亲提到过我了。母亲好奇心重，脾气火爆，遇到不顺心的事时，她会抄起盘子朝别人头上砸去。如果你这时正好经过，得立即弯腰，不然就会被盘子砸中。要想进入她的房间，必须穿过厨房。母亲的房间很漂亮，是玛丽安根据母亲的喜好布置的，坐在里面谈话、聊天都会感到很惬意。他说来接我，免得我一个人穿过厨房的时候，被突然飞过来的盘子砸中脑袋。我去你们家，母亲同意不同意，我问。她很高兴你来我们家，他说，她还要亲自煎猪排，她的厨艺不错。既然如此，那她为什么还要扔盘子来砸我呢？事先是无法知道的，他说，有时根本不为什么事，她就是这种人，脾气火爆，有时就因为他回来吃饭晚了。如果他在雕塑，在高架桥下的创作室外面工作的话，他会忘记一切，回来吃饭的时间会比说好的要晚上两小时，这时盘子就会朝他飞过来。但是到目前为止，还没有一个盘子击中他。他已经习惯了，母亲就是脾气大；她是匈牙利人，生活在乡下，还是年轻姑娘的时候，徒步去了维也纳，然后在一个好人家里做事。在主人家里，她必须忍着性子，回到家里就将气撒到八个孩子头上。当然，这八个孩子也够让她操心的，因此她也必须对他们发脾气。“如果我们回来晚了，她就会朝我们大吼大叫，并不总是扔盘子。”

我们约好了时间，他坚持要来接我，并一反常态，说了好几次。他，一个无所畏惧的人，一个从不隐瞒自己力量的人，反而担起心来，并且话也多了起来。他尊敬母亲，而这尊敬就是因了他对我提起的那些事儿。我觉得，他是想通过母亲来加深我的印象。她外表看上去形容枯槁，但这只是假象，其实她身子骨硬朗得很，可以和任何人做一番较量。有谁如果让她打过耳光，那他一辈子都不会忘记的。她头上一直扎一块方巾，就像她在匈牙利乡下生活时的那样。她一点都没有发生改变，虽然在维也纳生活了这么多年，却还是以前那个样子。她是不是因你而感到骄傲？这很难说，因为她从来不流露什么，更别说在客人面前了。作家，这倒是能打动她，因为她喜欢读书；尽管如此，还是小心为妙。

他来接我的时间，比约好的晚了近一个小时。在听他讲了那么多事情之后，我心里有些忐忑不安。他仿佛有意要与母亲发生冲突似的。“今天有好戏看了，”当他终于出现的时候，他说，“我们得快跑才行。”他是从不会为迟到而道歉的，但他这次迟到，其实是可以解释的。我有些生气。还没有走到弗洛里安街拐角，我就仿佛感到盘子已经砸中了我的头。我们走进厨房的时候，他又一次翘起食指提醒我。母亲站在灶台前，我首先看到的是她的头巾，然后才看见矮小、佝偻的身体。她没有说话，连身体都没有转动一下。儿子提心吊胆，努了努嘴，小声对我说：“不好！小心提防！”我们只有横穿厨房才能到达客厅的入口。他弯下身体，并猛地一把把我往下拉。我们已经站在客厅入口处了，这时一只盘子对着他脑袋的方向飞了过来，只是扔得太高了点儿。然后她在围裙上揩了揩手，朝我们走来。“我不睬他。”她用匈牙利调的德语高声说，以最热情的方式欢迎我。他是有意要这样的，她说，他喜欢让人看见他妈妈发火的样子。她说自己早就知道他会回来得特别晚，目的就是让她表演自己的保留节目。因此，她很晚才开始煎猪排；煎早了，干掉就没味了，现煎现吃，味道一定好。

客厅餐桌的玻璃台面和椅子的钢架闪闪发亮，这种纲领性的现代性与玛丽安的意图相契合，但并不符合她这个人的天性。墙壁上悬挂着梅克尔和冯·多布罗夫斯基的画作，都是两位画家送给年轻雕塑家的礼物，他就是先锋派青春艺术的化身，同时也是他们中最年轻和最饱受争议的一员。这个客厅没有一样多余的东西，如此一来，这两幅画就显得更加抢眼：梅克尔的田园牧歌式风景画以前就引起了我的注意，这会儿它完全吸引了我的注意力。客厅和厨房之间没有预留门，只开了一个小窗。母亲没有到客厅里来，但我们说的每一个字，她在厨房都能听到；因此，她的双耳至少积极地参与了我们的交谈。盘子是从专门传递饭菜的小窗口递出来的，玛丽安再把它们从那里拿过来，放到玻璃台面上。盛在盘子里的煎猪排巨大无比，它们既是饭又是菜。沃特鲁巴向我保证，这些煎猪排不会有木渣渣的地方，所以我最好不要像那次在安娜家那样，用叉子在上面戳来捣去。让母亲看到的话，会伤她自尊的。说完他就埋头吃饭，把面前的肉切成方方正正的小块，一口接一口地往下咽。只要盘子上还有东西，他就会紧盯着它，连头都不抬一下；他一声不吭，也不做其他任何表示。

玛丽安独自包揽了交谈。她先是尽情数落我在安娜创作室所犯下的罪孽，就是我把煎得死板的猪排切成一小块一小块，后来居然还把它们剩在盘子上；被糟蹋的肉堆满了盘子，弗里茨这辈子还是第一次看见这样的事。“在马勒家见到了一个神经质的畜生。”他一回到家就说，还向她演示了我糟蹋肉的方式，以后每天吃饭都会提到这件事。他说的这些让她好奇不已，他们最终得出结论：我这个人不仅讨厌木渣渣的东西，而且还讨厌肉，因此他们现在想看看，这到底是不是真的。她很快就发现，他所说的两点都不对。因此，我一吃完盘子里的猪排，他们问都不问我一声，就又给我夹上第二块，而这一块同第一块一样巨大。玛丽安抱歉地说，他们家就准备了肉，没有饭后甜点，因为奶酪之类弗里茨历来碰都不碰；家里也不做糖浸水果，他讨厌别人把水果切成一小块一小块的。我将信将疑地看了他一眼，他嘟哝了一声，算是证实玛丽安说的是对的。只要盘子里还有肉，他是不会吐一个字的。一切与他有关的东西都令我感兴趣，特别是对所有形体的东西，不然的话，这样的交谈早就把我给吓跑了；但在这里，我注意听着，仿佛谈的是他的雕塑作品。母亲从厨房朝这边喊：“他把肉吃下去了，还是把它切成了一小块一小块？”我们初次见面发生的事，她也听说了。玛丽安把我的盘子拿出去，让她亲眼看看我是不是把盘子里的东西都吃光了，接着他们又第三次给我夹猪排。在赞美了前两块好吃之后，我拒绝了。

弗里茨吃完饭后，重新找回了声音，这时我听到了许多有趣的事。我问，他是否一开始的时候就与石头打交道，而他的一双手完全不像是长期与石头打交道的手。我已经说过，他的一双手是多么敏感；每次与他见面，我都郑重其事地去握住它们，并且每次的感受都不同。我们的友谊持续了几十年，我的感觉也从没有雷同过。开始的时候，它们让我想起了两种不同类型的手，这两种手在同一幅画上紧挨着出现；每一种都是那样地生动逼真，使得它们谁也不比谁更胜一筹。我想到西斯廷教堂顶部上帝塑造亚当的手指，并且不能说明原因，因为向亚当之手传递生命的是一根手指，而在这里你握到的是一只手；一定是我感受到了那根手指传递给未来人类的活力，我也想到了亚当本人，想到了他的整只手。

石头很早就进入他的生活，他说，但他的工作不是从石头开始的。那时他还很小，六岁都不到，他把窗玻璃上的油灰扒下来，用它们做模子。结果窗玻璃松动，一块还滑落下来摔碎了。发现是他干的好事后，他被揍了一顿。他还是去弄油灰，因为他除此之外没有其他东西可用，而做模型又必须要有东西。想用面包来代替是很困难的，家里有八个孩子要吃饭，拿窗户上的油灰揉捏要比拿面包心安理得一些。他又挨了揍，是母亲动的手，比起父亲的老拳来这根本不算什么。

父亲痛揍几个哥哥，使得他们最终走上犯罪道路。这当然是我后来才知道的，因为他很少提及父亲；所有兄弟姊妹都恨父亲，只要母亲在场——这次母亲一直待在厨房里——大家就都不去提他。父亲是捷克人，学的是裁缝手艺，已经去世多年了。大哥因抢劫而被判入狱，惨死在多瑙河畔的斯泰因。这些是在我们成为孪生兄弟以后他告诉我的。他深受暴力的困扰，在我知道了大哥的命运以后，我开始理解他敲凿石头的奇怪方式。警察一直注意着老沃特鲁巴的几个儿子。弗里茨是老小，比那几个叛逆的哥哥小许多，他只要一踏上弗洛里安街，就会撞见警察。他还很小的时候，就目睹了父亲教训哥哥的惨状。随着皮鞭雨点般落下，惨叫声四起。父亲的心狠手辣留给他的印象，远远胜过哥哥们所犯下的罪行。他坚信，是父亲对儿子实施的暴力导致他们走上了犯罪的道路。父亲的粗暴和残忍一直浮现在他的眼前，因此他对自己说，他的个性将会遗传给自己的儿子。

遗传的恐惧一直伴随着他，它演变成了对监狱的极度恐惧，并渗透到他每日与之打交道的石头当中。石头的坚硬和厚重俘获了他，他在石头上钻研，并且越钻越深。他每天要在石头上敲凿几个小时，石头对于他举足轻重，其重要性可与肉相提并论，而不是面包；没有石头，他几乎无法活下去。他的作品应归功于父亲与哥哥之间的较量、哥哥与命运的抗争，这话听起来有些令人难以置信。这些在作品上没有留下蛛丝马迹，但它们与作品有着深刻的关联，渗入到了材料的本质中去。必须了解他的历史，了解他一生中的多次离家出走，了解他对囚笼中猛兽的挚爱——没有一个人能比被囚禁的猛兽更让他感到惋惜的，了解他对生孩子的恐惧，因为杀人的本性可能会遗传，所以他不要孩子，而是养了一只公猫。应该了解这一切（如果愿意的话，还可以找到更多这类东西），只有这样才能理解，他为什么不得不偏离自己早期著名人体雕像的那种肌肤质感。

这个房间依照包豪斯原则布置，墙壁上悬挂着格奥尔格·梅尔克的田园画和冯·多布罗夫斯基的高雅画作。住所中的其他地方，特别是厨房，还完全保留着暴戾父亲在世时的样子，不过，这里现在的统治者已经不是他，而是母亲——与父亲没完没了的老拳相比，飞过来、摔碎的盘子又算得了什么！当我目睹了她因我们迟到而暴跳如雷的场面，当我们为了躲避飞来的盘子而卑躬屈膝，我还没有料到，这其实已经是文明化了的情形，已经是取得的一项成就了。父亲去世了，哥哥可能已经在监狱中死去，现在只需要同母亲玩玩游戏，听从她一个人的命令。她历经劫难，现在总算托这个小儿子的福，过上了她理应过的日子，并且还不用离开从前的住所，放弃从前的厨房，离开弗洛里安街的一草一木。

我第一次去位于城市有轨电车高架下的工作室，就看到用黑色玄武岩雕塑的一尊高大的男子立像。活着的雕塑家中，还没有谁的作品像这尊雕像那样深深打动我。我着迷地站在雕像的前面，听着有轨电车开过时发出的“轰隆隆”声响。我不清楚究竟站了多久，只记得好几次听到“轰隆隆”的声音。我对这尊雕像的记忆因此与有轨电车发出的轰隆声紧密联系在一起。这尊雕像是在这嘈杂的环境下经过长时间的艰苦工作完成的。在这里能看到的雕像还有不少，虽然数量并不大。工作室由有轨电车高架下的两个斗拱组成，给人的感觉不是很拥挤，并不觉得一个斗拱下摆放的雕像影响他在另一个斗拱中的工作。他最喜欢在露天工作，如果外面的天气不是太坏的话。起初，我不喜欢这个索然寡味的地方，也讨厌有轨电车开过时发出的噪声；由于这里没有其他可看的东西，而摆放在这里的一切又是那样吸引人，仿佛在向人倾诉什么，所以我很快融入到这儿的氛围之中，并认为选择这处地方是对的，没有比这儿更合适的地方了。

其他雕塑我看得都不是很仔细，虽然我想对他的工作深表敬意，因为“黑色立像”——打那以后我们就一直这么称呼它——深深吸引了我，仿佛我就是冲着它来这里的。我试图从这里走开，而它的无声击中了我，我不知该说些什么。但是，无论我站到什么地方，无论我的双眼怎么试着去看别的什么，我的目光总是一再转到“黑色立像”上去，因此，我从所有能想象到的角度和侧面打量它，用它感染我的沉默来向它表示我的最高敬意。

这尊雕像后来不见了。按照沃特鲁巴给我的解释，是战争期间被埋了起来，后来就再也没有找到。这尊雕像遭到了很多攻击，他很可能不愿意再承认那是自己的作品。也许是我对这尊雕像的热爱让他后来回忆起来感到压抑——流亡使得我们分开，他去了瑞士，我则生活在英国——因为他在流亡生涯中走了完全不同的另一条道路，返回维也纳以后，他不愿意再与二十五岁时他的创作挂上钩。这尊雕像，跟他谈起它时我总这么说，确实妨碍了他接受新东西。我的脾气同他的一样倔，并因此而令他厌烦。第二次大战后，他第一次来伦敦看望我的时候，我将他当时所做的一切都拿来和“黑色立像”进行对比，并且毫不掩饰我对他的失望。他真正的创作新阶段，只有我一个人注意到这一点，与其前期的创作相衔接并远远超过它，不早于一九五〇年。就是说，将我与他紧密联系在一起的那件作品消失了，而这件作品从我看到它的那一刻起，时间大约是一九三三年秋天，就决定了我对他的认识。二十一年之后，直到一九五四年底，在我写那篇关于他的随笔时，我仍然不想对此做丝毫的修正。

如果说“黑色立像”有什么可挑剔的话，那也是我今天才意识到的。因此，我只能谈我最初见到它时的感觉。

面前立着一尊巨大的黑色人像，人像的一只手，是左手，隐在身体的背后；上手臂明显地伸到身体的前面，与下手臂形成一个直角，坚实的肘部因此暴露在身体前方，仿佛准备将每一个走近的人推开。胸脯和上下手臂之间构成一个空的三角，它是雕像上唯一引人注意的空当，有些令人生畏：其主要原因就在于那只看不见的手，人们很想知道它的样子。这只手看上去是隐藏起来，而不是被砍掉。人们不敢去寻找它，它所散发的吸引力禁止你离开。在你还没有开始寻找之前，去寻找是不可避免的，另一只可以看得见的手让你确信它的存在。身体的右侧宁静安详。右手臂垂直放在身体的侧面，手指一直伸到膝盖部位；它看上去安详，毫无敌意。正因为它安详，所以人们才不去想它，因为另一只手把人的全部注意力都吸引了去。

脑袋架在粗壮的脖颈上。脖子的上端稍稍变细，不然的话会比脑袋还要宽；长长的脸缓缓前倾，无论怎么简化处理，仍然是一张脸，而非面具；面部表情冷峻、沉默，嘴唇痛苦地紧闭，抗拒表白。胸部和肚子区分明显，同面部一样平缓，由圆柱形肩膀控制着，膝部几乎变成了半圆；夸张的大脚并排放着，明显向前伸展，要承受住这玄武岩的重量，这是很有必要的；生殖器既没有隐去，也不显眼，与其原本的形状相去甚远。

到了人们走开去寻找那只看不见的手的时候了。它出人意料地从后背的下方斜伸出来，突然朝外翻。即使与这尊雕像相比，它也是出奇地大。我真的为这只手的力量折服。并不是要去说它的坏话，但它确实什么都干得出来。直到今天，我仍然坚信，这件雕塑就是为着这只手而创作的。在玄武岩上雕凿出它的那个人不得不把它隐藏起来，因为它太强大了；那不愿意张开的口隐瞒它，往外拐的胳膊肘气势汹汹，不让人走近它。

有轨电车高架桥下的工作室我去过无数次，对这件雕像的推崇成了我们友谊的核心。我看着沃特鲁巴的手工作，并且同他一样乐此不疲。无论他正在雕塑的东西多么激动人心，在我没有对“黑色立像”表示敬意之前，我是不会关注它的。有时我看到“黑色立像”已经被放到了外面，他们知道我要来，因此就事先为我把它搬了出来。有时他们把它搬到敞开的斗拱门后面，这样我就可以专注地看它，不受其他雕像的影响。我从没提起那只手，我们不去谈论的事真是太多了。他是个聪明人，一定发现了，自己用玄武岩来表达的东西，我理解了其中的一二；但他自尊心又很强，因此不想把它说出来。他的一个哥哥是该隐，杀了人，因此他一辈子都害怕自己会杀人。他之所以没有杀人，完全要归功于石头；而这一次，他最起码通过“黑色立像”使我明白了，威胁他的是什么。

也许这尊雕像所表达的，正是他身上不可更改的东西。同属于不可更改的，还有他的语言。他说的话气势磅礴，这磅礴的气势又让他留住它们。他并不是不爱说话，对很多东西他也发表自己的看法。不过，他知道自己在说什么，我从来没有听他说过废话。即使他说的话表达的并不是他的本意，它们也总是冲着一个方向。他如果想讨好某人，就会说出一些东西来，让人明显感觉是带有私心。遇到这类情形，他会故意夸张，让人觉得他是在开玩笑，而实际他是带有明确的意图的。不过，他也可以抛开一切，目的明确且情绪激昂地说话，使得别人落入他撒下的圈套，跟他一样目的明确且情绪激昂。他说话用的从来都是维也纳方言，没有用过另一种语言。从小他就在这一带马路上玩石子，令人不解的是，用这种方言竟然能表达所有的东西。这不是内斯特罗伊①的语言，很早我就断定，他的语言是维也纳特有的方言，蕴含着意想不到的可能性；它令人突发奇思妙想，既滑稽又令人深思，变幻无穷且不乏尖锐，足有一个世纪都没有出现能与之比肩的人——沃特鲁巴的话与内斯特罗伊的也许有一点是相同的：那就是辛辣，与大家通常所认为的充满甜言蜜语的维也纳话恰恰相反。

现在我谈的，是二十六岁时的他，那时我刚认识他。他满脑子想的都是石头，以及同石头相关的打算；执着，却没有任何权力；雄心勃勃，没有一刻对自己所做的事产生过怀疑；同我一样，他对自己所从事的事情感到胜券在握。因此，我们立即将对方视为兄弟，没有畏缩，也没有犹豫，既不感到害臊，也不狂妄自大。我们两个谈论的事情，其他任何人都不会理解；那些还没有被证实的东西，在我们看来再自然不过。他的残酷让我反感，如同我的“道德”令他讨厌一样，但我们宽容大度地把这些给对付了过去。我对

---

① 内斯特罗伊 (1801—1862)，奥地利剧作家、演员。

自己说，他的残酷与他所从事的艰苦工作有关；他刚将我的“道德”解释为艺术家纯洁的意图，我对此的重视，就如同他将自己的抱负视为超过一切那样。在他表达自己对媚俗的憎恨时，我们同心同德，此时他的话在我听来仿佛在谈论贿赂。凡是为了金钱而去做的事，在我看来都是媚俗；而对他来说，所有柔弱的、容易赋形的，都是媚俗。我的成长一直受到金钱的威胁，而他的则受到哥哥入狱的威胁。

我把《康德着火了》的手稿拿给他看。这本书对他的吸引程度，绝不亚于他的“黑色立像”对我产生的吸引。费舍勒这个人物赢得了他的心，他很了解费舍勒生活其中的社会环境，更清楚他身上的那种强制的好胜心。“象棋—侏儒”的肆无忌惮一点也不令他反感，他自己就会为了得到一块石头而不择手段。台莱瑟这个形象在他眼里一点都不“夸张”，他见识过比这更厉害的人。他喜欢棱角鲜明的人物，退休警察贝纳狄克特·巴甫在他看来当然是真实的；可是，无性的汉学家他竟也喜欢，这着实让我吃惊；只有心理医生，汉学家的弟弟，他不喜欢。他问我有没有搞错，我在写作的时候是不是想到了我自己最小的弟弟。我对他说过我的这个弟弟。没有谁能有这么大能耐，他说，我在这里塑造了一个理想人物；作家在书里描写的事，格奥尔格·基恩在自己的生命中践行了。他喜欢“大猩猩”，与之相比，医生让他反感。从本质上讲，他对“大猩猩”的态度同格奥尔格·基恩的是一致的；但他责怪格奥尔格·基恩皈依宗教，对当时的宗教皈依他持怀疑态度，并且说，比起疯人院的名医来，他甚至更喜欢目光短浅的老铁匠杰安。他夸我在书的末尾安排了格奥尔格·基恩以失败告终，并通过不合时宜的演说来引发汉学家纵火身亡。有一次他对我说，格奥尔格·基恩最终的惨败，让他和这个人物达成了和解。

“博物馆”咖啡店中的沉默

重新住到维也纳后，我每天都去“博物馆”咖啡店。坐在那里的一个男的引起了我的注意，因为他总是一个人坐在那里，不与任何人交谈。其实这并不是什么稀奇事，有些人进咖啡店的目的，就是为了在人群中独处，而这个人之所以引起我的注意，是因为他始终把脸藏在报纸的后面。偶尔，真是难得一见，他才把报纸拿开。这时我惊讶地看到，那张脸是我所熟悉的卡尔·克劳斯的脸。他不是克劳斯，这我是知道的；在这间画家、音乐家和作家经常光顾的咖啡店，他是不会获得片刻安宁的，除非有其他人与他在一起。尽管他不是克劳斯，但他最关心的，仿佛就是隐蔽自己。这张脸看上去很严肃，并且没有变化，在卡尔·克劳斯那里，我还从没有见过这种情形。我觉得他的脸部表情有些痛苦，虽然不易察觉，并认为这痛苦是由报纸上的内容引起的。我突然发现，自己在等待他露出脸来的绝少几个瞬间。我经常放下正在阅读的报纸，为的是确认他是否仍在埋头看报。走进“博物馆”咖啡店，我做的第一件事是看他在不在，并且很快就认出他来，虽然无法看到他的脸，但他拿报纸的僵硬姿势显示，吸引他眼球的是某件危险的事，他很想将它从身边推开，却又异常仔细地阅读着。我试图找一个位置，坐在那里可以一直看到他，最好是坐在他的斜对面。一开始，我还害怕他的沉默，但这沉默很快就对我显得很重要，我永远不会坐到他边上空着的桌上去。我自己也常常独自一人坐在那里，咖啡店的常客我还一个不认识；同他一样，我看中的是不受干扰。我在他的斜对面坐了一小时，或许时间更长些，期待着能看到他的脸。我们之间有距离，虽然不知道他是谁，但我非常尊重他。我能感受到他全神贯注，仿佛他就是卡尔·克劳斯，但他的行为却又是我在克劳斯那里从没见过的：沉默。

他每天都去那里，经常我到的时候，他就已经在那里了。我不敢对自己说，他是在等我，而如果哪次他不在那里，我就会感到有些心烦意乱，仿佛我在等他。这时我会假装看报纸，其实根本不知道自己都看了些什么，不停地抬头向入口处张望。他总是会到的。他瘦高个儿，走路姿势僵硬，且表情旁若无人，仿佛不愿意别人接近他，让所有的唠叨客都远离他身边。我还能记起第一次见到他这种样子时的惊讶。瞧他的样子，仿佛策马向我奔来，就连坐在马上，他的腰杆也不会比这挺得更直。我以为这个人会个头矮小、弓腰驼背。他与克劳斯长得最像的地方是脑袋。一旦他坐下来，就又成了卡尔·克劳斯，躲在报纸的背后，捕捉上面的内容。

因为我不了解他，所以也说不出什么关于他的事情来。

我这样观察了他一年半时间，他成了我生命中无声的一部分。我从没有对别人提起他，也不向别人打听他的情况。如果他哪次不来的话，我最多可能会向侍者问一下。

当时，在我对卡尔·克劳斯的态度发生转变之前，我就感到自己不是太想见到他，也不再一次不落地去听他的朗读。但在心里我不去损害他，可能也不敢违抗他。我不能忍受他前后矛盾的言行，虽然矛盾并不很明显，但更希望他能沉默。因此，每天在“博物馆”咖啡店见到他的另一个翻版，就成了我生活中必不可少的一部分。他是克劳斯的翻版，并非在外表上与之酷似，因为他一旦站起来，或者走起路来，就与克劳斯毫无一致可言；但是，他的坐姿、看报纸的样子则与他一模一样。他从来不用笔写什么，从来不做记录。他就是看报，把自己藏在报纸背后。他从来不看书，虽然你会觉得他一定看过很多书，但他只是看报。

我习惯于在咖啡店写东西。想着我写东西的时候他可能会在一旁看着，我就觉得有些不自在。在他的鼻子底下写东西，我觉得有些厚颜无耻。遇到他放下报纸，我总是悄悄放下手中的铅笔。我一直留意着他的一切，但我最关注的是他露一下就又消失的脸。我摆出的无辜表情，一定让他很失望；我不相信，他只有一次发现我在写东西。我认为，不光是我，一切他都看在眼里，但他又不赞成自己所看到的，所以每次都很快就又把自己遮挡起来。我将他视为洞察大师，也许是因为我知道卡尔·克劳斯是这样的人。他花的时间不多，读得也不仔细。也许，我希望是这样，报纸对他并不重要，他只关心重要的事情；能感觉到，报纸令他反感。错别字已经让他觉得无所谓了。他不哼唱奥芬巴赫[1]的轻歌剧，他根本就不唱歌，他知道自己的声音不适合唱歌。他不只看维也纳当地的报纸、看德文报纸，还看外文报纸。侍者拿给他的一摞报纸中，摆在最上面的总是一份英文报纸。

他没有名字，我觉得很好。因为，一旦我知道了他是谁，那他就不能再是卡尔·克劳斯了；那样的话，这个伟人的转变——这是我所衷心希望的——就会终结。后来我才发现，这段无言的交往还是分了我的心，我对卡尔·克劳斯的崇拜渐渐退去，转而关注他的这个翻版。这时，我的灵魂深处发生了深刻的转变，崇拜在其中不再居于首位；这个转变的意义因其悄然发生而受到提升。

---

① 雅克·奥芬巴赫(1819—1880)，德裔法国作曲家，作品以轻歌剧为主。

在希琴朗读喜剧

从斯特拉斯堡和巴黎返回后，我用了三个月时间来完成《虚荣的喜剧》的创作。写作第二和第三部分时，我感到胸有成竹，这令我心情舒畅。这部作品不是历经痛苦才形成的，我不是在同自己作对，也不是对我自己进行审判，更不是自嘲。这部作品表面所涉及的虚荣，没怎么让我多费心思。这是放眼看世界，因此我毫无顾忌。在第二部分，我变幻了房屋垮塌、禁用镜子和照片的场面，我任由一个人——阿里斯托芬[①]——影响。在我看来，他是所有喜剧家中最多姿多彩、振奋人心，同时也最无可争辩的剧作者。尽管我与他相差十万八千里，如同每个人都无法与之相比那样，我还是不想隐瞒，要公开把这些说出来。或许这就是此次创作令我神清气爽之所在。

光崇拜前人，明白他是无法企及的，还远远不够，还要敢于朝他的方向奋力进取，敢于冒失败的风险，不怕成为别人的笑柄。当然还要谨慎提防，不要利用那无法企及之物，仿佛它恰好中自己的意，而应当从中获得灵感，受到激励。

我希望这出喜剧能直接产生所用，这可能也与我的榜样有关。时不我待，德国的事态发展越来越迅猛，但我仍然不认为那是不可

① 阿里斯托芬(约前445—前385)，古希腊著名喜剧家。

逆转的。用言语煽动起来的东西，同样可以用言语来加以阻止。这出喜剧一完成，我就将之视为对焚书行径的合法反驳。得尽快让它在各处上演，可惜我与戏剧界没有任何联系；卡尔·克劳斯对戏剧的诅咒，仍然深刻影响着我，使得我蔑视当代戏剧，因而也很少去关注它。虽然一九三二年秋天我就将《婚礼》寄给了柏林的S.菲舍尔出版社，并且出版社也将它纳入到他们的戏剧销售计划，但还是晚了一步，它已经不能在舞台上演了。当时赞成接受《婚礼》的那位出版社编辑已经离开柏林，来到维也纳，担任若尔耐出版社的戏剧部主任。

要理解这出喜剧，得用耳朵听，它是由我称之为“音色面具”的东西构成的。每个人物所使用的词汇、说话的声调以及说话的速度，都与其他人物截然不同；还没有戏剧乐谱，可以将它们标出来。我只能通篇朗诵该作品，使别人明白我的意图。安娜建议我，先在若尔耐家朗诵该剧给少数具有判断力、同时又熟悉戏剧的人听。那样的话，那个当时还不知道我是谁、却主动为我的《婚礼》剧本出力帮忙的编辑一定会到场。这个建议让我茅塞顿开，现在唯一让我担心的，是剧本的长度。

“得要四个小时，”我说，“我不省略任何一幕，不删除任何一句话。谁能受得了这个？”

“那就分两次，每次两小时，”安娜说，“最好是连着的两天。如果这样不行的话，那就隔一个星期再安排第二次朗读。”

她还没有读过该剧，但她读过我的小说，并且读完之后就到处替我宣扬。她听我讲过该剧的大致内容，因此坚信，这部剧作一定也摆得上台面。虽然她对剧本毫无兴趣，我认为她对这种文艺样式的反感是与生俱来的，不过，这次她通过我的小说结识了戏剧。是叙述本身成了我身上唯一讨她欢心的地方。

保罗·若尔耐的母亲，安娜叫她“安迪阿姨”，是家中主要人物，她对儿子的影响很大。成立出版社，作为韦尔弗[①]作品的定点出版社，主要是她的意思。该出版社还赢得了一大批当时有影响力的作家，其中不乏一些真正的好作家，如亨利希·曼。安娜把《康德着火了》的手稿拿给他母亲看，歹毒的女人她见识过不少，结果她很欣赏这部作品。她其实是真正的主人，坐落在马克辛街上的别墅是她的房产，虽然正式发邀请的是安娜。我向她表达了我的强烈愿望，就是不要她妈妈阿尔玛来。安娜向我保证说不会有任何问题，因为我还是一个无名之辈，她妈妈想都不会想到要来，但韦尔弗可能会来的。他很好奇，以前他在库尔特·沃尔夫那里工作的时候，发现了不少年轻的作家。“我不认为他现在还会对发现年轻作家感兴趣。”我说，没有意识到自己说的这话只有微不足道的一部分是真实的，我好奇地盼着他到来。我毫不惧怕他，虽然他写的书我一点不喜欢，而且我们在音乐会上的第一次见面，他给我留下的印象也不怎么好。

作为重点客人被邀请的，是赫尔曼·布洛赫。一年多以前，我就将他视为自己的朋友。我感到他最希望我成为剧作家。深秋从巴黎回来之后，我领他去了一趟安娜的工作室。我们还一道去过安娜母亲住的霍恩瓦尔特[②]。“哎，安内尔[③]，布洛赫的一双眼睛很挑剔。”安娜母亲当着布洛赫的面说，其实她指的是“神秘莫测”[④]；对于她表示自己对别人有好感的方式，我们三个人，安娜、布洛赫和我都感到很尴尬。我多次对布洛赫谈过这个剧本，因此我知道，他是真

---

① 弗兰茨·韦尔弗 (1890—1945)，奥地利作家，代表作为一九三三年发表的小说《穆萨·达赫的四十天》。

② 维也纳的一处高尚住宅区。

③ 对安娜的昵称。

④ “挑剔”和“神秘莫测”两个词，用方言说，听起来很接近。

的想了解它。《婚礼》给他留下了很深的印象，因此我能肯定，这部喜剧对他也将“意味”着什么。我对他寄予厚望。在这个圈子里，我还什么也不是，他们可能觉得我是个捣乱者，他是这个圈子中——安娜除外——唯一值得我信赖的同盟者。除此之外，就是应该出席朗诵会的出版社的人：那个我没把他当回事的保罗·若尔耐，他的经理克斯塔，一个永远满脸堆笑的花花公子，还有那个戏剧部主任。

朗诵会选在一个下午进行，到场的人很少，我觉得不会超过十几个人。这里我已经来过几次，每次都受到了若尔耐老太太的友好招待。她对作家有些偏爱，花了很长时间才以儿子的名义成立了一家出版社，为作家做点事。因为我这次朗读的是喜剧，所以我感觉这优雅的沙龙与剧本的气氛不协调：喜剧的第一部分发生在三教九流聚集的那种地方，剧中人物都是些口无遮拦、什么话都敢说的人。我担心，置身于这样的沙龙，我说话会不自觉地变得小心谨慎，并降低音量，而不是依照剧中人物应有的样子。这可是万万不行的。因此，在开始朗诵之前，我对这家的女主人若尔耐老太太说：“这是一出大众戏剧，因此不太雅观。”我的这个提醒让她将信将疑，但她的态度还是和蔼的。该出版社的另一个宠儿，楚克迈耶[①]是负责提供“大众戏剧”的，但他没有来。由于在这里一提到“大众戏剧”，大家就会不自觉地想到他，因此我使用这个概念是再合适不过的了。

我感到自己是这个圈子的外人。我太不谙世故了，竟然不知道别人是冲着什么来听我朗诵的。假如我知道的话，我是不会轻易去

---

① 楚克迈耶(1896—1977)，德国剧作家，小说家，代表作为一九三一年发表的剧本《科佩尼克上尉》。

那里的。我百分之百地相信两个人，认为他们是我的朋友，并期望从他们那里得到帮助，这就是安娜和布洛赫。我崇拜布洛赫，爱恋安娜，即使她断然对我采取措施，与我分手，但这些并没有改变我对她的情感。这两人选择间隔一定距离的位置落座，但相互都能看见对方。我很看重他们对该剧的态度，因此一直关注着他们。韦尔弗大大咧咧地坐在我前面，因此，他脸上的任何一个表情都逃不过我的眼睛。他与我之间的距离，同他步入沙龙的那扇门的距离相当。作为这个圈子中的重要一员，他最后一个到场。引人注目的是，所有的人，特别是出版社的人，都紧张地观察他的反应。他步入沙龙，习惯性地说了声“你好”①。他态度友好，仿佛还是一个孩子，天真烂漫，不可能怀有恶毒的念头，与人、与上帝都亲密无间；又仿佛是虔诚的祷告者，一切有生命的东西在他心目中都有一席之地。我虽然一点都不喜欢他写的书，也不太喜欢他这个人，但我还是太天真了，相信了他的“你好”。当然，在朗诵自己作品的这种时候，我还是不想与他结怨。

我从呼口号的人那里开始朗读。“而我们，我们，我们，先生女士们！”开始时声嘶力竭的叫喊摄魂勾魄，拉开了我那三教九流聚集一堂的一幕。安迪阿姨的沙龙，还有保罗·若尔耐出版社那帮我不喜欢的人，这时统统被我抛到了脑后。我为安娜和布洛赫朗读；我想象着在给弗里茨·沃特鲁巴朗读，虽然他人不在场，不过剧本中的这些人物，他一定会喜欢的。因为想到了他，所以我就模仿他的口气来朗读呼口号人说的话；其实这并不完全正确，但或许能给我带来特别的保护，而这样的保护在这种场合我特别需要。

我先不去看韦尔弗，但他试图引人注意，使得我对他不能再视

---

① 德国南部和奥地利等地见面打招呼时说的“你好”，按字面意思直译为“上帝问候你”。

而不见。此时我已朗读了第一部分的大半，已经到了传教士布罗扎姆布道那段。这段布道亢奋激越，完全是巴洛克风格，犹如德语文学中某些张扬的东西都源自亚伯拉罕·阿-桑克塔-克拉拉[①]那样。这可能特别令他恼火。他手一挥，在自己肥胖的脸上“啪”地打了一记，仿佛自己扇自己耳光。他挥过去的手紧捂脸颊，转动着脑袋，向四周求援。我听见了“啪”的声响，注意到了他。他坐在我的面前，表情痛苦，那只手仍然紧捂着扭曲了的脸，坚定地保持这种受折磨的状态。尽管他那张肥嘟嘟的脸就在我眼前，并且令我心烦，但我竭力不让他分散我的注意力，继续往下读。

我避开他的目光去看安娜，希望在她那里找到赞同和帮助，但她不看我，不关注我，她的目光沉迷在布洛赫的眼中，他们正四目对望。我熟悉这种眼神，曾经她也用这种眼神看过我。当时我想，那是专属于我的。那时我还不懂得用眼睛去回答，而我现在看到的，是全新的东西：因为布洛赫有一双会说话的眼睛，瞧他们四目对视的样子我就知道，他们根本不在听我的朗读。他们完全忘乎所以，我剧中那些吵吵闹闹的人物向他们展示了世界发展的虚无进程，而这对他们来说根本不存在；他们没有必要否定它，但它也不给他们造成痛苦。他们的在场是那么地不合时宜，如同我的那些人物不适合这样的场合一样。这两人今后也不会与这些人物发生联系，他们沉浸在对方眼中，同一切分离开来。

安娜的眼神是那样地吸引人，使得我不再去注意韦尔弗。继续往下念的时候，我忘记了他的存在。当我朗读到喜剧第一部分结束时发生的那些可怕事情时——一个妇女冲进火海，在最后一刻被救了出来——安娜的眼睛游戏重又引起了我的注意，我还没有摆脱

---

① 德国巴洛克时期的一个著名牧师。

它。我为她提供了将目光投向他人的机会，而这个人是一位受尊敬的作家，我热烈地追捧他，想赢得他的好感，但又常常觉得是枉费心机。她拥有赢得他的最佳手段。是我自己把他送到她面前的，自己现在却成了目睹其后果的见证人。我的喜剧成了接下来将发生的一切的伴奏曲，而对这个剧本，我是寄予了那么多的希望。

朗读完第一部分，我作了中场休息。韦尔弗站了起来，虽然有些矜持，但还是以那“你好”的口气对我说：“您读得不错！”他仿佛忘记了先前所遭受的折磨。我注意到，他说这句话时强调的是“读”这个字，只字未提剧本的内容。也许他感受到了，在座的那些我瞧不上眼的人被不断紧张的剧情和变得越来越短的场景、直至出现大火的场面所震惊，所以他才不肯轻易说出自己的评价。安娜一言不发，她忙于其他的事，没有听进去一个字，不然的话，那种粗俗的说话口气一定会让她感到难以忍受的。如同我所看到的那样，布洛赫就在她跟前，因此她不用去想这些。布洛赫也不说话，但我能感到，他的沉默既不是善意的，也不是饶有兴趣的那种。虽然我先前已经看到了他的反应，并且对他不再抱希望，更别说指望他的帮助了，但我还是吃了一惊；他毫不掩饰自己的木然，这对我是沉重的一击。如果不是那些人敦促我往下念，而他们并不是我的朋友，我可能会就此放弃了。一个人说：“让他喘口气吧。他一定精疲力竭了。这样朗读可不是件容易的事。”说话的是“安迪阿姨”，她不怕当众对朗读者表示同情。而先前我恰恰以为她会竭力反对、厌恶我在她面前称之为“民众形象”的人。不过，当剧中的婴儿看到大火用力啼哭时，她却笑了起来，而她的儿子——其微不足道的些许生命完全是她赋予的——也跟着笑，仿佛有一根脐带把他和她的笑声连在了一起似的。也许这正是让韦尔弗暂时有所收敛的原因所在，因为，在此之前他做的那个手势已经表明了他的态度：他对此嗤之以鼻。

我开始朗读第二部分。刚开始，我就感觉到，会场的气氛发生了彻底改变。三个最要好的女人，寡妇魏劳赫、修女路易丝和迈耶小姐，几乎还没有在打包工巴尔洛赫的客厅坐下，那里的情形与我们——朗读者和听众所在的马克辛街别墅内的沙龙形成强烈对比，光这就已经让人无法忍受了。这一幕表现的不仅是寒酸的环境，其中的不道德行为，在维也纳也是前所未有的。妻子和情妇生活在同一套房子里，如果这也能算住房的话；被提到的另外两个姑娘也生活在这里，虽然她们没有在舞台上出现。两个女友这时来拜访寡妇魏劳赫，寡妇以自己特有的方式大声谈论着这里拥挤不堪的生活状况；一个小贩拿着碎镜子出现，他的叫卖声一定特别令人反感，因为不仅大家熟悉这声音，而且它还特别准确。

韦尔弗立即开始了他的宣传攻势，这次他虽然没有扇自己的耳光，但两只小手交替着在脸上摸来摸去。他一只手捂住双眼，仿佛看到朗读者让他不能忍受。他时不时抬起头来观察其他人的反应，特别是出版社那帮人，想把自己的憎厌传递给他们。每听到一句骂人的话，他就神情严肃地直摇头，身体在椅子上大幅度地扭动。当小贩说话的时候，他突然大喊："一个模仿动物声音的人，这就是您！"他指的是我。他认为这是辱骂，没有比这更粗暴、更肆无忌惮、更扰乱人心的了，他想阻止我继续往下读，却适得其反，因为那正是我所想达到的效果：每一个人物都应该是一种特殊的动物，与其他人物存在明显差异，并且从他说话的声音上就能辨认出他来。我将动物之间的差异移植到声音世界中。因此，听到他的咒骂，我感觉像被闪电击中了一样，他在尚不清楚"模仿动物声音"的目的之前，却将其中的奥妙给说了出来。

我不受他的干扰，继续往下读，面对的是他公然表露的敌意，此外他还试图来影响别人。这一幕在打包工巴尔洛赫让小贩滚出去的叫喊声中结束。韦尔弗说："我觉得有点像布赖特内[1]征收无聊的奢侈税。"不过，这次他仍然坐在那里，因为他盘算着制造出更轰动的东西来。在接下来的一幕中，大家听到的是老仆人弗兰策尔·纳达站在街角阿谀奉承别人，并以此糊口。听众的情绪骤变，我感到突然有类似暖流的东西向我涌来。这一幕还没有结束，韦尔弗就腾地站起来，大叫道"无法忍受"，说完就掉转身去，背对着我，朝沙龙的大门走去。我停止了朗读。等走到了大门边上，他又朝我转过身来，喊道："您还是不要去写这类东西！"最后这句侮辱人的话欲置我和我的这部剧作于死地，却唤起了若尔耐老太太的同情。她冲着他的背影大声喊道："这部小说你应该读一遍，弗兰策尔！"他耸了耸肩，嘴里说着"好的，好的"，就离开了。

这出喜剧的命运就此注定了。他可能就是为了给出这致命一击才来的。也许这出戏真的很令他生气，他听着听着就在我身上看到了卡尔·克劳斯的影子，而他与克劳斯是冤家对头。我心里很清楚这意味着什么，但我不想当着众人的面认输，于是继续往下读。我不去注意任何人，完全沉浸在剧本之中。我不知道安娜是否被韦尔弗的言行弄糊涂了，将她的眼睛游戏推延到另一个场合去。我更倾向于认为，她不再去理会这一轰动，而是继续关注她此刻最关心的事。朗读到剧本一半的地方，就是特雷泽·克莱斯那场，并歇斯底里地大喊："魔鬼！魔鬼！"之后，我如约停了下来。

我停下以后，第一次听见了布洛赫的声音。他也同若尔耐老太太一样，对我表示同情。为了让我重新获得我的权利，他站出来说

---

① 布赖特内(1873—1946)，奥地利社会民主党的财政专家，一九三八年流亡意大利、法国，最后到了美国。

了几句："值得一问的是，这出剧是否预示着未来？"他说这话并不是要偏袒某一方，只是提出了一个问题，但毕竟承认了我的创新之举。对于若尔耐老太太来说，这一说法有些过了，因此她说："不一定非得是一部未来之作。不过，您说说看，您认为这是一出大众剧目吗？"现在所能说的一切，都不再有意义，这个家中最具影响力的是韦尔弗，而他已经再明白不过地表达了自己的态度。当然，大家还是遵循了礼节。一个星期之后的一个下午，我把该剧朗读完了。

除最重要的那个人外，来的还是原班人马。我是为了剧中的那些人物才朗读的，我几乎还没有听过他们大声说话。我不再抱任何希望，不会有人为这个剧本做什么的。然而，这既无希望又无目的的朗读，极大地增强了我对喜剧的信心。正是这些灾难性的失败使得作家活下去。

寻找好人

当时我与许多维也纳人都有交往，经常见到他们，并不拒斥他们。这些人可以分成势不两立的两组。其中的一组，大约有六七个人，我欣赏他们的工作以及他们对待工作的认真态度。他们都是些走自己路的人，任何人都动摇不了他们的意志；他们讨厌一切殷勤，畏惧一般意义上的成功。他们大概都是土生土长的维也纳人，即使他们最早的祖先并不生活在维也纳；很难想象他们是别处什么地方的人，不过他们并没有被维也纳这个染缸染黑。我欣赏他们，学习他们怎样办成一件事，即使所有人都对此嗤之以鼻，他们也不抱任何怨恨。虽然他们都希望能在有生之年获得认可，但他们都是明智的人，知道这种希望很渺茫，因此他们决心做自己该做的事，即使别人的嘲笑将陪伴终生。这样描述他们的处境，听上去有些悲壮，但其实他们都是认真且聪明的人，不会为了做样子才这样；他们都有勇气、有耐心，并且这份耐心有时超乎想象。

另一组人与上一组完全相反，为了获得金钱、荣誉或者权力，他们在所不惜。他们也深深吸引我，当然是以另一种方式。我想了解他们，想知道他们的内心是怎样的；我想探清他们身上的每一根纤维，掌握这些情况，将他们作为完整的形象来体验，仿佛这是我的灵魂获得救赎的前提。我见到他们的次数同见到上一组人的不相上下，或许想见他们的愿望还更强烈一些，因为从他们身上看到的那些东西，其实从来都不能让我完全相信，我得一再去证实它们。我并不混迹于他们的社交圈，去适应他们，与自己过不去；不过，他们不总是能马上知道我对他们的真实看法。这一组也有六到七个人。其中最资可谈的，要数阿尔玛·马勒。

让我感到最难以忍受的，是这一组人与那一组人之间的关系。我所喜欢的阿尔班·贝尔格，与阿尔玛·马勒是好朋友，时常进出她的家门。在霍恩瓦尔特举办的任何一个较大规模的聚会上，都能见到他的身影。每次我看到他的时候，他都是和他的妻子海伦坐在某个角落。于是我就会松口气，加入到他们当中去。他与其他的客人很不相同，遇到阿尔玛周旋于新的或者"特殊的"客人中时，他也不去参与。不过，对于到场的某些同《火炬》杂志一样刻薄的人，他也会做一番点评，这令我、也令他感到宽慰。贝尔格只是应邀前往，虽然他每次都来，但我从来没有从他嘴里听到一句不利于这家女主人的话。

布洛赫也与各式各样的人打交道。虽然我们单独在一起的时候他也谈自己对他们的看法，但他根本就没有想到要回避他们。令我尊敬并认真对待的另一组人也如此。他们共同拥有第二个世界，行走其中却不受其玷污；不仅如此，这第二个世界常常让人觉得是必要的，它的存在可以让另一个世界保持纯洁。显得最鹤立鸡群的，要数穆齐尔了。他精心挑选他想见的人，如果他在咖啡店或者其他什么地方与不喜欢的人不期而遇，他就会一句话不说，并且没有任何东西能让他开口说话。

在与布洛赫的交谈中，冒出了一个让人可能感到有些奇怪的问题：有好人吗？如果有的话，他应该是什么样的？他缺少别人任由其摆布的某些品质吗？他是那种居于边缘，或者是能在人群中行动自如、对他们的挑战做出回应却仍能保持"好"的人？这些问题让我和他都颇费思量。我们不是先去寻找好人的定义，来回答这个问题。在我们——每人以自己的方式——身边所目睹到的生活中，是否可能有好人存在，对此我们两人都表示怀疑。如果有好人存在，那他会是什么样的，对于这一点我们并不怀疑；如果遇见他的话，我们会当场认出他来的。谈论这个有些古怪却又迫切话题的双方都坚信一点，那就是：知道自己指的好人是什么样的。我们并没有去讨论什么是好。由于我们在很多事情上观点都相左，并且各自保留自己的意见，因此这就显得有些奇怪。不过，在他和我的心目中，好人都是毋庸置疑的形象。难道好人只是一个形象？这个世上真的有好人？他在哪里？

这次交谈的经过是这样的：像过电影一样，我们把自己认识的所有人都过了一遍。一开始，我们谈论的是自己认识却并不了解的那些人，此时我们感到对他们的了解太少了。接受别人对他们或好或坏的评价，有什么意义呢，如果我们不能通过自己的观察来证实这些的话。于是，我们决定只谈论我们了解的人，相当了解的人。他们一个接着一个出现在布洛赫或者我的面前，接受检验。

这听上去有些学究气，实际却意味着讲述他们生平中的一些事，而这些事都是我们亲身经历，就是说，能为之担保的。显然，我们寻找的不是一个单纯的人，我们眼中的好人必须清楚自己的所作所为；他身上一定蕴含着众多鲜活的东西，他可以在其中做选择；他不是愚笨或者打了折扣的人，不是处于对世界一无所知的状态，反之，他具有洞察他人的能力，不会受他人迷惑或者麻痹，头脑清醒、警觉、敏锐、活跃。只有当他满足这些条件之后，才可以提出这样的问题：他还是好人吗？我们了解或者与他们见过一面的人，在布洛赫和我这里都不缺。但是，他们像保龄球一样，一个一个被放倒。我们的寻找很快就有了杀人游戏的嫌疑，因为，自认为能够做出判决的，又都是什么人呢？不让一个人成为好人，这令我在布洛赫面前感到有些难为情，而尽管他天生不轻易流露感情，但在我面前或许也有些感到难为情，因为他突然激动地说："我认识一个！我认识一个！我的朋友松内！他是好人！对，就是他！"我从来没有听过这个名字，就问："他真的叫松内[①]？""对，您也可以称他松内博士，这样听起来就不那么玄乎了。他就是我们想要找的人。正因为他是这样的人，反倒让我一时没有想到他。"我得知，松内博士深居简出，只与少数几个朋友交往，甚至——极少数情况下——还亲自登门拜访。"您刚刚不是还说到画家格奥尔格·梅尔克嘛。"他是我们众多"候选人"中的一个。"松内有时去市郊的朋琴去拜访他。您可以在那里认识他。这是最简单的办法，仿佛是不经意的。"

格奥尔格·梅尔克是一名画家，在画展上我常常为他的画作吸引。他的年纪与布洛赫相仿。在"博物馆"咖啡店，他并不像其他画家那样，常去那里，他因为左眼上方有一处深深下陷而引起了我的注意。他的画我在沃特鲁巴家的餐厅和客厅见过，我觉得这些画洋溢着浓郁的法国气息。受新古典主义影响，他的色彩运用很奇特，对维也纳来说，这非同寻常。当时我就打听过他的情况。后来经沃特鲁巴引荐，我在"博物馆"咖啡店认识了他，以及当时有影响的大多数画家。他的一口德语非常优美，立即就令我为之着迷。他说话有些波兰口音，很慢，选词很考究；他的每一句话都意味隽永，透着坚定的信念；他说话的方式跟《圣经》里的一样，仿佛他

---

① "松内"(Sonne) 的意思是"太阳"。

在向拉结求婚[①]。他谈的内容却完全是另外一码事，与《圣经》毫无关系，但他说话的腔调却让人觉得，他在向与之谈话的人表示欢迎、敬意和称赞。如果他对着某人说话，那这人一定会觉得自己受到了他的器重和抬举。当然，画家的自我感觉也是不错的，这一点能明显感觉到，虽然他并没有因此而让人觉得他傲慢。一个人的名字只要经他嘴里说出，打那以后就会以他所说的方式保留在记忆中，有时甚至会禁不住学他的样子去说。当然，这样做的结果一定是贻笑大方，因为任何其他人身上的激情，在他那里则是尊严的自然流露。他的一切信念都带着情感色彩，几乎没有人会想到要和他讨论什么。只要对他说的一句话表示质疑，就仿佛是在对他整个人表示质疑一样。他几乎不可能做一件卑鄙的事、说出一个卑鄙的词，在这样一个字斟句酌、充满激情的人那里，这显得不那么令人信服。只有目睹他怎样果断而有力地抵御伤害且毫不心慈手软，亲历他怎样环顾四周，以确定是否每一个人都听见了他说的话，他额上那块深陷的伤疤，才会让人觉得像一只巨大的眼睛，他的第三只眼。我禁不住想去引他发怒，因为他动怒时说的话非常动听，但我太尊敬、热爱他了，因此不允许自己这样去做。

斯拉夫人的自信品格，在维也纳随处可遇。对我而言，格奥尔格·梅尔克最生动地体现了这种品质。他在克拉考[②]上的大学，师从维斯皮安尼斯基[③]，这也许就是他说话夹着浓重波兰口音的原因所在。他在维也纳和巴黎生活了几十年，也没能改掉波兰腔；步入老年以后，他说法语如同他说德语一样，带着波兰腔。有些元音他一

---

① 据《圣经·旧约·创世记》所述，拉结是拉班的女儿，雅各最宠爱的妻子，育有约瑟和便雅悯两个儿子。

② 波兰的一个城市。

③ 维斯皮安尼斯基 (1869—1907)，波兰作家和画家。

直发不好，像“ö”这个音，我就从来没有听他发对过。“漂亮”和“奥地利”[①]，他一生中最重要的两个词，他一直没能正确地说过。他把“奥地利”说成“埃斯特莱希”；遇到他眉飞色舞地说某个漂亮女人而不能自已的时候，那就更有趣了：“她多漂亮！她真漂亮！”[②]薇莎就被他这么赞美过，他那热情洋溢的语调让我们深受感染。无论是他到我们家来，还是我们去他那儿，或者我们在“博物馆”咖啡店相遇，看见薇莎，他总会情不自禁地说：“她多漂亮！”由于他遣词造句一般都很考究，因此这句话就愈加显得特殊。

我认识格奥尔格·梅尔克，是在与布洛赫进行的那次交谈前不久，因此，在我们寻找“好人”的时候谈到他，是不足为奇的。他身上有许多符合好人条件的地方，但我们最终还是没有将他列为好人，因为，作为画家的自信心对他来说是最重要的。如此一来，他天生就反对那些不愿意接触艺术的人，他满足的是他自己和自己的要求，而我们想象中的“好人”，则应该是忘我的。

第一次世界大战爆发前若干年，格奥尔格·梅尔克去了巴黎，他作为年轻人在那里生活了很长时间，从而使得巴黎岁月在他身上打下的烙印不曾褪去。也许没有比画家组成的团体更多姿多彩的了。他们从世界各地汇聚于此，心里充满希望。他们并不企图寻找捷径，靠使手腕来获取认可和荣誉。绘画是他们生活的全部，他们不做其他什么事。各式各样的刺激是不缺的，这个城市汇聚了大批画家，东方的、非洲的发生着影响；作为与之相对的另一极，本国的中世纪或者古典艺术传统，仍然保持着自己的影响。可以见到的

---

① 这两个词分别为“schön”和“Österreich”，都含有元音“ö”。“Österreich”音译为“厄斯特莱希”，他因为不会发“ö”这个音，因此作者在下面一句写到他把“厄斯特莱希”说成“埃斯特莱希”。

② 此时的“schön”在他嘴里变成了“schén”。

艺术风格不胜枚举，因为许多年轻的画家都在尝试新的、自己独创的画风。坚守贫寒需要力量，但另一种力量也许更重要：不被各式各样的诱惑俘虏，只从中采撷适合自己的部分，将其余的留给他人。在当时的巴黎形成了一个新新部落，就是画家部落。如果今天将那些作品对我们具有划时代意义的人的名字过一遍电影，那么，其来源的多样性会令我们惊叹：每个国家都有青年人在巴黎，仿佛这个城市，这个城市自身就是召唤他们献身于绘画的最高权威。不过，他们不是应召而来的，而是作为志愿者蜂拥而至的；他们不惧怕物质上的贫寒，只希望能在这里遇见志同道合者，而这些志同道合者的生活，也并不比他们自己的好多少；大家都痴迷地期盼着，希望能在这画家之都获得声誉。

第一次世界大战的爆发让梅尔克吃惊不小，这时他与同是画家的妻子路易丝一道生活在巴黎，并且非常乐意继续在这里生活下去。很难再找到比这里更合适他的氛围，所以他一再返回巴黎，一生中有三分之一多的时间是在那里度过的。当时，那是一九一四年七月底，他只有一个念头，就是与妻子一道辗转回到奥地利，去从军。回奥地利是冒险的旅行，路上需要好几天的时间。他终于到了家，并立即报名上前线。在当时有文化的加利西亚①犹太人中，形成了一股奥地利爱国主义风潮。大家对俄罗斯人的屠杀暴行还记忆犹新，犹太人认为皇帝弗兰茨·约瑟夫是他们的保护者。像梅尔克这样的男人，在当时满脑子的奥地利意识。为某个战地报纸服务，蹲在安全的地方来满足其他人的好战心理，并不能满足他的要求。当兵，对他来说是理所当然的事。他成功地逃离了巴黎，虽然颇费心机、历经艰难，但终于成了一名士兵。

---

① 加利西亚，波兰境内一处地名。

他为自己的奥地利意识所付出的代价，就是脑门上受了重伤。手榴弹的弹片击中了他左眼的上方，他双目失明，在黑暗中度过了几个月时间；具体是多长时间，我不太清楚。对于身为画家的他来说，这是他生命中最糟糕的时段。他从没有在我面前提起过这段时间所发生的事，大概也不会跟别人提起它，我想。深深的伤疤成了永久的纪念，看到它就会自然而然想到失明的那段时间。后来他恢复了视力，但这块伤疤在其后来所创作的所有绘画上打上了烙印。重见光明，对他来说犹如进入伊甸园，而对于自己失去的一切，他只能把它们作为失而复得的来看。因此，不能责怪他画“美丽”的东西，他不断用绘画来表达自己对重新获得的光明的感激之情。

同布洛赫进行完那场充满期待的寻人游戏后不久，我第一次受邀去格奥尔格·梅尔克位于朋琴的家。他的住所和画室都在这里。有时他习惯在周日下午请朋友来这里看他的画。我对他这个人还不太了解，但他的故事，特别是他的受伤情况和额头上令人生畏的窟窿，我是了解的。我被他唱歌一般的语言深深吸引。我所见过的他的那些绘画，无论其种类多么丰富，都不完全是吸引我的那类现代绘画。尽管如此，我还是急于想在他的画室看到他的更多作品。我一直很关注画家展示自己画作的方式。自豪、铺张、敏感在展示方式中尽显出来，而这三者之间的关系，在他这儿却是另一番景象。

我到得稍微迟了一点，他们正在喝茶。客人中有几个我认识，其余的我要么是知道他们的名字，要么是读过他们的作品。离大家稍远的暗处，坐着一个男人，像躲着大家似的，他的面孔在一年半前我就熟悉了。他每天下午都去“博物馆”咖啡店，总是把脸藏在报纸的后面。他看上去像卡尔·克劳斯（这在前面我已经说过），我知道他不可能是克劳斯，但我非常想看到克劳斯不进行控诉、抨击时的安静神态，所以我就把他当作克劳斯来看。每天与这张脸相遇，都是在无言中进行的，一旦他开口说话，我就必须努力挣脱这只脑袋的征服力。

这只脑袋现在就坐在这儿，我心一惊，一句话说不出来。梅尔克察觉到了发生的事，于是小心翼翼地拉着我的手，把我带到他的面前，说："这是我亲爱的朋友松内博士。"他介绍人相互认识，总是充满感情，他不喜欢那种干巴巴的方式；介绍两个人认识，是关乎一生的。梅尔克不可能知道，我观察这个人的一举一动，已经有一年半之久；他也不知道，一星期前布洛赫第一次跟我提到这个名字。我俩不屈不挠、认真对待的寻找好人游戏成了现实。在画家如歌的说话声中，本来毫无关联的名字和脸庞融为了一体。

松　内

是什么令我对松内那样着迷，使我每天都想见到他、寻找他？有思想的人对我的吸引，难道在他那里变成了渴望？

首先的一点是缺乏个性的成分。他从来不谈自己，从来不用第一人称说什么。他几乎从不正面与人说话，一切都用第三人称来表达，从而保持距离。只要想象一下这个城市和这个城市咖啡店中的情形，那里充斥的是第一人称的言说：发誓、表白、自我辩解。每个人都淹没在自我怜悯中，诉说着自己的重要。人人抱怨，人人叫唤，人人不停地嚷嚷。但大家在公众场合又都形成小圈子，因为他们说的话需要有人来听、来承受。谈论的话题包罗万象，报纸上的新闻提供了最一般的谈资。那是一个多事之秋，但人们更多的预感是，不知还将发生多少事。当时在奥地利发生的一些事让人感到沮丧，但同时大家心里也明白，在说同一语言的邻国，所发生的事件比这些要更糟糕。空气中弥漫着灾难的气息，出乎预料的是，灾难的爆发一年年向后推迟。奥地利国内的情况一团糟，失业者人数就是最好的证明。遇到下雪，就会有人说：“这下失业的人高兴了。”维也纳市政管理部门就会雇用失业者来扫雪，从而使他们暂时得到一些收入。看着他们奋力地铲雪，为他们的生计着想，人们巴望多下雪。

这段时间里，我只有看到松内博士时心里才会觉得好受一些。

他是我每天都可入内的机构。与他在一起的时候，我们从各个角度谈论已经发生的事，以及更多即将发生的事。以个人演说的方式谈论它们，会令人感到难为情的。面对即将发生的事件，没人有资格认为自己有特权，认为它们对他不构成威胁，威胁是对所有人的。察觉到威胁并议论它，并不是了不得的事；重要的是获得认识，这是关键所在，但又恰恰是最困难的。需要向松内博士求教的问题，我从不预先想好，从不预先打算好该做什么。话题自然而然就出来了，就像他对此给出的解释信手拈来一样。他说的话，总是接近思考的源头。我觉得，他的话从来不受感情左右；尽管如此，它们仍然不是没有情感的、冷冰冰的。他的话也从来不偏袒某一方，别人不会觉得，现在他在替这个或者那个说话。必须提到的一点是，那时的风气就已经受到标语口号的熏染，很难找到不被其影响的地方，可以让人感到不受压抑。他最了不起的地方，就在于说话精练。他说的都是该说的话，明明白白，条理清晰，不跳过一处留下空缺。他也不会漏掉任何一处，说得很详细；如果他的话不是太引人入胜的话，简直可以说，他可以给每一件事出具一份鉴定书。当然，它要比鉴定书更重要，因为其中包含着改良的可能，虽然他没有明着说。

几乎没有话题不被谈论。我提起某件引起我关注的事，他也许想知道更多与此相关的情况，但他想了解的请求从来不会让人觉得是在提问题。他就是这样接近材料，而被问者则完全被放过。表面上看，他看重的仿佛不是与他在一起的那个人，而是令他思考的事情，这其实是误会，因为如果有第三人在场，那他与此人打交道的方式会完全是另一个样子的。就是说，他知道视情况区别对待，但当事人却察觉不到这一点。不可想象，会有谁在他那里觉得受到冷落。他深受愚蠢之苦，因此回避愚蠢的人；但是，只要在他边上——出于他不能左右的原因——愚蠢的人也不会感到自己是愚蠢的。

经过初步探寻之后，总会出现这样的一刻，他接过话题，开始对之详尽而恰如其分地进行分析。此时我是绝对想不起来要打断他的话，或者向他提问的，而在其他人那里，我是喜欢这样做的。我摈弃一切外在的反应，像一尊没有摆放好的服装模特，聚精会神地听着他讲。我从来没有像这样听别人说过话。我忘记了在说话的是一个人，我不去注意他的说话方式；他从来没有成为我的人物形象，他是人物形象的另一极。如果有人要我模仿他，我不仅会出于对他的尊重而拒绝这个要求，而且我也确实没有能力饰演他，就连这么想象一下，至今在我看来不仅是极大的玷污，而且我也绝对不会胜任。

他就一件事所发表的见解总是详尽周到，而我知道，这些话他此前一定没有说过。他的见解总是新的、即兴的。这些见解不是对事件做出的判决，而是它们的法规。令人惊叹的是，这些见解不是针对某个他熟悉的话题。他不是专家，或许这样表述更好一些：他不是某个领域的专家，而是我听过他谈论的一切事情的专家。从他的身上我看到了这样的可能，即与不同类型的东西打交道，却又不成为空谈家或者无用的人。这句话至关重要，而且也不会变得更加令人信服，即使我补充说，正因为这样我才不能够复述他所说的东西，因为他的每一次演讲都是一篇严谨而又异常生动的论文，而且结构是那样完整，以至于我不能完整地回忆出其中的任何一次来。如果给出的只是其中的一小部分，那会把它篡改得面目全非的。他不是箴言家，受我敬重的那个词与他联系在一起，几乎会具有轻佻的色彩。他太讲究完整，所以他不可能成为箴言家；他不会片面，也缺乏让他人茅塞顿开的兴趣。在他详尽阐述完一件事后，你会觉得恍然大悟、心满意足，并且这件事就此了结，再没有什么可谈的了。

虽然我不敢斗胆复述他说过的话，但还是可以把他拿来同一个文学现象进行比较。那时我在读穆齐尔的作品，当时我拥有他的小说《没有个性的人》的第一和第二部，大约有一千页篇幅，并且百看不厌。我觉得所有其他文学都无法与之相比。令我感到惊奇的是，无论我打开这两册书的任何地方，我都不会有陌生的感觉。所用的语言是我熟悉的，思维旋律我也知晓，但我敢肯定，这样的书还从没有过。一段时间以后，我才明白两者之间是什么关系：松内博士说话，就如同穆齐尔写作。这并不是说，松内已经在家里把出于某种考虑而不愿发表的东西写下来，然后在交谈中把已经构思成熟并且深思熟虑的东西说出来。在家里他并不为自己写下什么，他说的话都是即兴的，都是在交谈的过程中产生的，其条理性却又是那样地明晰，这在穆齐尔那里只有通过写作才能做到。我日复一日所听到的，是另一部《没有个性的人》中的章节，对此任何他人都不曾获悉，我真是受到了特别的眷顾。即使他也对别人说过——但不是每天，而是偶尔——那也是其他章节。

无目标地追求广博的知识，忽而向着这个方向，忽而又向着另一个方向延伸，将刚触及、几乎还没有抓到的东西丢弃，对付这种好奇——当然这不是一般的好奇，因为它没有目的性，并且无果而终，对付这种东一榔头西一棒子的行为，方法只有一个：那就是与这样的人交往，他具有遨游于一切可获得的知识之中的天赋，在对其进行测量之前，他是不会放开它的。松内所说的任何一件事，都不会因为他而被摒弃、解决；相反，它变得比此前更加有意思，因为它条理更清晰、更透彻。经他的点化，心中从前只是可疑的、幽暗的地方，变成了完整的地带。对于公众生活具有意义的人，他可以像描述一个学科领域那样去描述他。我们两人都认识的人，他是闭口不谈的。因此，那些能使交谈变为背后议论的东西，都被排除在他的表述之外。除此之外，于人于事，他使用的都是同一种方法。他身上最让我联想到穆齐尔的地方，也许就是他将人视作特殊知识领域的观点。可以运用到所有人身上的那种唯一理论，唯其单调他才一次也没有提及它。每一个人都是特殊的，不仅仅与他人相区别。他痛恨人发明出来的那些对付人的东西；像他这样不野蛮的人，还未有过。即使他不得不说出自己痛恨的东西，但他的话听上去也从来不让人感到是仇恨，仿佛那是他发现的一件无意义的事，仅此而已。

他怎样回避与个人相关的一切，是非常难说清楚的。即使你与他在一起待上两小时，在其间学到了许多东西，并且所获得的知识令你感到意外。即便如此，面对这样一个处于绝对优势地位的人，谁还能觉得自己高别人一等呢？谦卑一定不会是他使用的词，但能道出你离开他时心态的，就是头脑清醒的谦卑，而非绵羊般的。

我习惯于倾听别人说话，听那些我从没有与之交谈过的陌生人说话。我满腔热忱地听那些与我无关的话。倘若与某个人约好从此不再见面，那我最希望能保留下的，是他的说话腔调。我并不怯于向他提问题，或者通过扮演一个角色来诱导他说话。我从没有问自己，是否有权从别人口里知道关于他的一切。我天真地认为自己有这样的权利，这种天真今天在我看来是不可理解的。毫无疑问，有些品质是化解不了的，试图解释它的任何尝试都应该是多余的。我对人的嗜好，就属于这类品质。可以描述这种品质，展示给人看，但其根源仍然是一个未知数。值得庆幸的是，经过松内博士的四年教诲，我至少意识到了这种品质是可疑的。

事实表明，他不谈论周围的人并不等于他不关注他们。如果说，对于那些日复一日坐在我们边上的人，他不妄加一句评论，完全是因为他有分寸：他不去触动任何人，即使这个人会永远对此一无所知。尊重别人的边疆，在他那里是不变的原则。我称这是他的“阿西姆萨”，在印地语中，它表示珍爱每一个生命。这种做法更像是英国式的，今天我才认识到这一点。他在英国生活过一年，而这又是他生命中很重要的一年，这个结论我是从他谈及的两三件事中得出的。其实，我对于他这个人一无所知，即使同认识他的其他人谈起他，也没有谁能具体说上几句什么。也许是因为大家怯于谈论他，就像他怯于去谈任何其他人一样，因为构成他这个人的那些东西，是很难言说的。那些不懂节制的人，欣赏的就是他身上表现出的节制，所以每每谈到他，大家就有意不去说什么，以免扭曲他的匀称比例。

大家很少向他提问题，就像他不问别人一样，只是自己提出个建议，就是说，提及某件事，并让他感到自己很久以来就在考虑这件事；在说出来的时候，最好吞吞吐吐，不要急不可耐的样子。他会慢慢接过这个建议。在他谈论别的事时，他会再次斟酌这个建议。随后他话锋一转，像一把锋利的刀，直指这件事，将它切成晶莹剔透的一片片，把就此可说的一切说出来，并且不可思议地完整。用“晶莹剔透”来形容他的分析，并不是误导；这种清晰就仿佛打磨玻璃杯的人，在杯子被擦得光洁透亮之前，他是不会放过不清楚的地方的。他分析一个东西的方法，是将它拆解，尽管如此，那个东西仍然保持着完整性。他不是将它分割成碎片，而是让它变得透彻。他小心翼翼地从中挑出一些部分来透视，成功做完这些后，再小心翼翼地把它放回去。对我来说最新鲜的是，具有这么一种洞察力的人，却不畏惧细枝末节。每一个细节因此而变得重要，因为它们受到了爱惜。

他不是收藏家，即使什么都知道，他却从来不将它们作为自己占有的财产。他博览群书，我却从没有见过他身边带着书。他没有藏书，自己就是一座图书馆。他给人的感觉是，别人谈论的所有东西，他很久以前就读过了。他自己也觉察到了这一点，也从不试图去掩饰。他并不炫耀这一点，从不在不合适的时候说它。一旦时机相宜，他会准确无误地将它们搬出来。令人叹服的是，从不会缺点什么。他的精确令有些人感到愤怒。即使在女性面前，他也不改变说话方式。他从来不轻率，他的智慧如同他的严肃，从来都是毋庸置疑的。他从来不会打情骂俏，对漂亮的人他并非视而不见，背地里也心存爱慕，但他不会为了她而改变自己。在漂亮的女人面前，他还是原来的他。见到漂亮的人，有的人话会变得多起来，而他则会张口结舌，在漂亮的人离开之后，他才会重新开口说话。这是表达敬意的最高境界，他能做到这一点，但女性很少能理解这一点。也许这与别人把女性介绍给他的方式不合适有关。别人一般都会将他高高置于自己之上，由此使得介绍给他认识的那个女性不知所措，因为她对一个人的爱慕也含有尊敬的因素，而这种尊敬同她的生活一样，需要氛围。此时她怎么还能容忍从那个唯一应受到尊敬的人嘴里听到对自己的赞美？她怎么能容忍自己的全部信念动摇？

薇莎的情形就是这样，她坚定不移地拒绝认可松内。她对布洛赫怀有好感，对松内则毫无兴趣。她第一次见他，是在画家格奥尔格·梅尔克家的一次聚会上。她对我说："你怎么会觉得他像卡尔·克劳斯？一点都不像。瞧他那模样，最多也就是卡尔·克劳斯的木乃伊！"她指的是他那张清癯而瘦削的脸，当然也是说他沉默寡言。只要有许多人在边上，他就会一言不发。我察觉到，薇莎的美丽深深打动了他，可她怎么能够从他那僵硬的表情上看出这一点来呢。当她从别人，当然也从我这里听说，他就她的美丽说了一些出乎预料的话时，她仍然坚持自己的观点。

与他在“博物馆”咖啡店畅谈之后，我回到家。见我回来，她怀着敌意说：“一看就知道，刚才你是跟那个七个月的大婴儿在一起。别跟我提你们在一起的事。听你跟一个木乃伊泡在一起浪费光阴，只能让我生气！”她说的“七个月的大婴儿”，指的是他还没有发育成熟，没有成为一个完整的、正常的人，他身上还缺少一些东西。我已经习惯了她的过激反应，我们会因为人而争得面红耳赤，但她总是能抓住某个正确点，然后以她那热烈而不妥协的方式将它放大。由于我的反应和行为与她也彼此彼此，所以我们之间会爆发剧烈的冲突，不过，我们俩都挺喜欢这种方式，因为这证明我们相互说的都是真话，而这一点是我们俩之间关系的精髓。只有在谈到松内博士的时候，我能感到她怒火中烧，那是对我的怨恨；我从没有屈从过别人，就是在卡尔·克劳斯那里，我也保全了自己的全部本性，这她是知道的，但在松内博士这里，我却毫不犹豫、无条件且一如既往地屈从，她从来没有听过我对松内博士说的话表示过怀疑。

对于松内本人，我一无所知，他是由他说的话构成的，他就蕴含在他所说的话中；如果在他所说的话外发现他点什么的话，会让人吓一跳的。他跟别人不同，身上没一样东西是多余的，既没有病，也没有抱怨，他就是思想，除此之外，在他身上什么也发现不了。和他见面我并不事先约定，如果哪次他没有来，他也不认为有解释的必要。我自然会认为他生病了：他的脸色苍白，给人不健康的感觉。与他交谈了一年多，我竟然还不知道他住在哪里。当然，我可以去向布洛赫或者梅尔克打听，但我没有这样做。居无定所，在我看来与他更相宜。

一次，我一直回避的一个吹牛大王坐到我的边上来，并且直截了当地问我，是否认识松内博士；对此我毫不感到惊奇。我很快说了“不”，但他仍不甘罢休，因为他心里有事，而这事他既无法理解，又放不下它，那就是：捐出去的财产。这个松内博士，他说，是来自普尔策米斯利[①]的一个非常有钱的人的孙子，并且把从祖父那里继承的财产全部捐献给了慈善事业。不过，他并不是唯一的疯子，还有那个哲学家路德维希·维特根斯坦，就是那个独臂钢琴家保罗·维特根斯坦的兄弟，他也把从父亲，不是从祖父，那儿继承的财产捐了。这人还说，他知道另一些也这么做的人，并且说出了他们的名字、从谁那儿继承了财产。谁拒绝了遗产，谁把继承的遗产捐了出去，是他搜集的对象。我不熟悉的那些人名我都忘了，也许我也根本不想知道他们，但关于松内的这条消息，却占据了我的头脑。我未经核实就相信了这条消息的真实性，它让我感到非常满意，因此我就相信了他说的话，并且认为他说的维特根斯坦的事也是真的。从同松内的交谈中我得出，他知道战争是怎么一回事，并且是最近距离地了解，虽然他并没有去当兵。他知道什么是难民，而且非常了解，就仿佛他是其中的一分子。不仅如此，他仿佛还感到自己对此负有责任，应该去寻找、运送并把他们送到没有生命威胁的地方。从那个吹牛大王说的话中我推断，他把自己继承的财产捐出来，用于安置难民。

松内是犹太人，这是我唯一从一开始就知道的外部情况，其实不应该将它称作外部情况。我们在一起时经常谈宗教问题，谈印度的、中国的宗教，还有那些基于《圣经》的宗教。无论我们谈到哪种信仰，他都能简明扼要地展示他在这方面的知识；但留给我印象

① 波兰境内的一处地名。

最深的，是他对希伯来文《圣经》的精通。无论说到《圣经》的哪一章，他都可以一字不漏地说出来，行云流水一般，把它们译成最优美的德语，我觉得那简直是诗人笔下的德语。这类交谈是在核对蒲柏翻译的《圣经》时进行的。蒲柏翻译的《圣经》那时刚面世，而他不太赞同蒲柏的翻译。我喜欢把话题引到这上头去，对我来说，这是结识原文字句的一次机会。直到此前为止，我都还一直在避免详细了解与我的出身背景很近的一些东西，担心自己会因此被束缚住手脚；与此相呼应的是，我非常热衷于其他宗教，并且乐此不疲。

松内的措辞风格清晰而干脆，让我联想到穆齐尔的写作风格。一旦选择好一条道路，他就会不偏不倚地走下去，直到到达自然通向其他道路的那个支点。他避免随意跳跃。在我们每天待在一起的大约两个钟头内，谈论的话题各式各样。如果按谈论的话题顺序列一张清单的话，那么——同我刚刚所说的完全相反——它一眼看上去会显得杂乱无章、花里胡哨。但这仅仅是视觉上的错觉，如果亲耳聆听那些词句的话，如果有一份这类谈话的记录的话，那么就能看出，是在穷尽了一件事之后才去谈论另一件事的。要想复原谈话的过程，看看谈话究竟是怎么进行的，是不可能的，除非斗胆——荒唐的冒险！——写出一部松内的《没有个性的人》。书里出现的内容，一定会像穆齐尔的那样，明确而透彻；它会紧紧抓住读者，让他从第一行读到最后一个字，远离睡眠与昏沉，并且不论打开该书的哪一页，都会引人入胜。穆齐尔的那本书是不会有结尾的，一旦醉心于雕琢这个精确过程，就会永远深陷其中而不能自拔。如果穆齐尔能长生不老的话，他一定会把这本书写下去。这才是这样一部作品所特有的、真正的不朽。这类作品的天性就是感染读者，读者也不会接受任何结尾，而是一再去读那早该结束的东西。

从穆齐尔千页之巨的小说以及当时同松内所做的近百次交谈中，我双重地感受到了这一点。这一个与另一个相映成趣，恐怕还没有人能有这样的幸运。如果说，二者在思想内涵及语言运用上不存在可比性的话，那从其内在旨意上看，它们却是相呼应的。穆齐尔擅长于运筹，他大概享有思想一切的自由；但是，他感到屈从于某个目标，无论发生什么，他从不放弃它；他拥有一个社团，肯定它并因之而对世界怀有好感。尽管他自己也写作，却观察那些自诩会写作的人的游戏，洞察出他们所作所为的无意义并谴责他们。他赞赏学科，特别是科学学科，但也不拒绝其他学科，他着手创作的作品也表示占领；他夺回了一个没落的帝国，但赢回的并不是它曾经的辉煌、提供的庇护和悠久的历史，而是其精神世界大大小小的分支道路，一幅由众生构造的地图。他的作品令人着迷之处，就在于它可以同一幅地图相媲美。

松内则什么也不想要。他的正直与超脱只是表象。想重新赢得国家的那一时期，在他那里已成为过去。很长时间我都不知道，他在试图赢得语言。他好像对任何信仰都没有好感，尽管他对所有信仰都了如指掌。他不企图任何东西，也不与任何人较量。但他关注他人的企图，并对之进行思考和批判。虽然他以最高标准来衡量它们，并且不会为很多、也许绝大多数企图叫好，但他的评判总是针对结果，而不针对冒险行为本身。

他给人的感觉是，他是人群中最实事求是的人，这并不是因为他看重的是事情，而是因为他不想为自己谋任何事。很多人都知道什么是大公无私，有些人对身边见到的自私行为感到恶心，甚至于试图从中解脱，但他是我维也纳岁月中见到的唯一真正大公无私的人，后来我再也没有碰到过他那样的人。在东方智慧受到无数信徒推崇之时，在放弃世俗目标成为普遍的现象之时，敌视在欧洲文化中发展起来的精神，这种现象仍然存在。一切都遭到蔑视，遭到特别唾弃的，是精神的锋芒；人们在放弃自己周围的世俗世界的同时，也放弃了对它的责任。对于自己不愿与之发生干系的东西，大家也不想对之感到问心无愧。“你们这是活该”，成为流播广泛的心态。松内放弃了在世俗世界中的作为。他为什么放弃为之操劳，我不清楚，但他仍然活在其中，对世界上的任何现象他都进行思考。他不去作为，却并不背弃世界；在他贴切、公正的言说中，还是能感知到他对世界的热情。正是因为他不想给任何人带来不公，所以他才不作为。这是他给我的感觉。

从松内身上我第一次意识到，什么构成了人格的完整，那就是：即使面对质疑也能泰然处之；支配自己的命运，却又放弃自己的动机和历史。我从来没有对他本人提出过质疑，他在我心目中是无可指责的，在我脑海里也是这样。他谈论很多东西，如果有什么令他不满的话，他也会不吝批判。但我从不去寻找他所说之言的动机，这些话完全是自为的，与自身的来源有着明确的界限。撇开其品质不谈，这在当时就已经成为稀罕之物。心理分析的祸害有了长足的发展，其影响之盛，在布洛赫那里我耳闻目睹。布洛赫这么做，倒没有引起我多大的反感，而其余那些人这么做，我的态度就不是这样了。由于布洛赫的感知形态很特殊，这我在前面已经说过，流行的那些无稽之谈也不会影响他的本质。当时的情况通常是这样的：只要谈论一件事，就要追问其动机，并且往往通过这信手拈来的动机而使其无效。所有事情的动机都是同样的，由此而蔓延的无聊及其所得出的结果的枯燥，仿佛并没有让他们觉得有什么不妥。世间发生的事情，无论怎样千奇百怪，他们都将其置于同一背景之下，接着谈论这一背景，并认为问题就此解决，这些事情于是就不再令人吃惊。在应该开动脑筋的地方，响起的是一片蛙声。

穆齐尔的作品完全不受这种时髦的感染，松内博士的谈话也从不涉及这一话题。他从不向我问及与私人相关的东西。我从不谈自己的事，谨防自我表白。我耳闻目睹他的尊严，并仿效他。无论我们阐明事物时的情绪多么激动，一切涉及他本人的事情，全都被排除在这一类谈话之外。值得控诉的东西是不缺的，但他对此不感兴趣。他预见最糟糕的事，对其做最详细的分析，而此事一旦真的发生，他却并不因之而兴奋。对他来说，无论自己的预言多么准确，恶就是恶。没有人能像他那样认清事物的发展。将他当时就预见的所有可怕事情说出来，我感到心有余悸。他努力不让别人觉察到自己所预见的那些事带给他的折磨。他谨防以此来威胁或者惩罚某人。他根据自己对听者感知能力的了解，相应地采取谨慎的方法。虽然他有很多办法，但他不会主动去说。他态度坚决，仿佛要做出判决，却又善于简单地挥一下手，不让自己的谈话伙伴去打听具体的判决是什么。他对待人的这种方式，已不仅仅是谨慎，而是细腻；细腻的情感与一丝不苟的严肃，在他身上完美结合，至今令我叹为观止。

时至今日我才明白，如果不是每日与松内在一起，我定不会成功摆脱卡尔·克劳斯的影响。这是同一张脸，我是多么想用照片（可惜没有）来让人对这两张脸的相似性有一个直观的想象！不过，同时还有另一张脸——我不知道怎么说才能令人信服——三年之后，让我觉得像卡尔·克劳斯，像克劳斯死亡的面具，这就是帕斯卡尔的脸。愤怒的表情此时已经为痛苦所代替，给自己添加的痛苦此时也布满脸庞。这两种面容交织在一起：一个是狂热预言家的，一个是能够详细论述一切思想可及之物却又不因此而骄傲自负的受难者的——两者的交织使我从狂热预言家的统治下解放出来，却又不放弃从他那里获得的东西；对于自己做不到的，我满怀敬意：在帕斯卡尔身上，我预感到了它，在松内身上，我则目睹了它。

松内脑子里记了许多东西，《圣经》从头到尾他都烂熟于心，这我已经说过，他可以不假思索用希伯来文引用其中的任何一段。但他不愿意张扬他自己具有的这种记忆本领，也从不把这当一回事。认识他一年多以后，我才对他说出自己对蒲柏德译本《圣经》中的德语的一些不同意见。他不仅赞同我的观点，而且还列举了大量的例子来同希伯来原文进行对比。他背诵和解释某些简短段落的方式，让我突然间如梦方醒：他一定是一位诗人，而且是用希伯来语写作的诗人，如其向我所展示的那样。

我不敢问他这方面的问题，因为他自己如果避免就此做出结论的话，那还是不要去碰它的好。不过这次我没有礼貌地回避，而是去向那些认识他有些年头的人打听。我得知——听别人说话的口气，一段时间以来这仿佛成了秘密——他是希伯来文文学的发起人之一。

在他还是十五岁的少年的时候，他就用亚伯拉罕·本·伊查克的名字发表了一系列希伯来文写的诗歌。精通希伯来文和德语这两种语言的专家，说那些诗可以同荷尔德林[①]的诗歌相媲美。其中为数不多的几首，也许只有不到十二首颂体诗歌，可以被称为用复活了的语言创作的佳作。但他随即就打住，再没看到有他创作的诗歌面世。一般都认为，他打那以后江郎才尽，再写不出诗了。但他自己从不提这事，如同他对许多事都三缄其口一样。

我感到问心有愧，因为我违背他的意愿去打听了这件事，并且有一周之久没有再去“博物馆”咖啡店。他在我的眼里是一位

---

① 荷尔德林 (1770—1843)，德国诗人。

智者，在遇到他之前，我还没有遇见过有大智慧的人，可我所打听到的有关他少年时代诗歌创作的情况，无论别人的言谈多么充满敬意，我都觉得是对他的限定。他的分量有所减弱，因为他做过实事。他做过的实事还很多，这些都是随着时间的推移我偶然获悉的。他疏远了这一切，尽管他做任何一样事都会成为其中的高手，但这仍不能消除他的疑虑；他放弃了这一切，完全是出于良心上的严格要求。话说回来，他无疑仍然是一位诗人。他说的话魅力何在？是因为他能在棘手的事情上优雅而准确地找到自己的道路？是他不放弃任何值得审视的东西（他本人除外），透彻把握所观察之物，却又不与之苟同？观察到与自己交谈者的内心的每一个隐秘变化，却又出于对别人感受的照顾而掩饰自己因之而感到的震惊？现在我知道了，他成功地做过诗人并抛弃了这一认可，而这样的认可，我却还没有赢得。我为自己不愿放弃这一认可而自惭形秽，同时也为自己了解到的情况而惭愧：他曾经是了不起的人，自己现在却不这么认为。现在去面对他，我怎么还会不去追问他自我藐视的原因？他会不会因为我那样重视写作而瞧不起我？他没有读过我的任何东西，我也还没有一本书正式发表，他对于我的了解，只能限于我们的交谈，而我们交谈的大部分内容，几乎都遭到他的全盘驳斥，而我则只否定其中很小的一部分。

见不到他，几乎令我无法忍受，因为我知道他这个时候会坐在那里，并且也许会朝着旋转门瞧上一眼，看看走进来的是不是我。没有他简直不知道日子该怎么过，这样的感觉日甚一日。我必须鼓足勇气去见他，但不谈我已经知道的事；接着上次与他分手时谈论的话题往下谈，在那本书，那本只呈送给他一人评判的书出来之前，放弃了解他对我的生活内容所持的观点。

我知道解剖的力度，一再重复、使用千百次却永远不失犀利，这就是卡尔·克劳斯给人留下的印象，而此时我正同一个长着一张他的脸的人坐在一起。此人的严厉并不亚于他，内心却比他平静；身上没有一丝狂热的影子，并且不想征服他人。他不鄙视任何东西，集中精力去面对各种经验。将世界区分为善、恶两部分，在他那里也是成立的。哪些是善，哪些是恶，他清清楚楚。不过，怎样做出判断，特别是应该对之做出什么样的反应，那完全是每个人自己的事。不淡化或美化任何事情，条分缕析的分析既令人震惊又令人羞愧，让人从中受益，却又不求得到别人的赞许。

别人无须再去谴责了。想象一下卡尔·克劳斯无休止的谴责给人留下的深刻印象，让人犹如遭电击、被穿透，并且留下永恒的印记（至今我还能在自己身上发现它们给我造成的创伤，不是所有的伤口都能愈合的）。这些谴责有着命令的气势，由于一开始就为之叫好，并且不试图回避它们，因此，对一个人来说，最好的办法还是将命令内化为紧迫感。如此一来它们就变得可执行，并且人们只会保留它所带来的激励。当然，这也不是容易做到的。如此一来，卡尔·克劳斯用句子构筑的坚实堡垒，犹如一个硕大无朋的物体重重压在身上；这种压力令人窒息，持续一年的、艰辛的小说创作和戏剧创作冲动后来虽然让我很大程度上从中解脱出来，但我奋起解脱之努力失败、并以灵魂彻底被征服而告终的威胁依然存在。

是这张脸让我从中彻底解放出来，它与征服者的脸十分相似，但他说出的话则同征服者的完全不同，他的话更加全面、丰富、旁征博引。我得到的不是莎士比亚，不是内斯特罗伊，而是《圣经》。当然，它不是强加给我的，只是无数东西中的一个；它也还保存完好，没有遭到歪曲。无论我们在谈什么的时候提到《圣经》，我都会在听不懂的情况下先听上一大段，然后再从诗人的嘴里听到逐句翻译过来的内容。我所听到的翻译是那样明白、准确，足以令全世界人羡慕。我得到了它，顺理成章地得到了它，且不用自己去问。当然，我还从引文中得到了很多其他的东西，但这些大部分是我熟悉的。听到这些时，我并不觉得它们是说话者真正的精华所在，就是说，不是他少年和智慧的精华。也是在那时，我才熟悉《圣经》中先知说的话。十五年前，我从米开朗琪罗绘画上感受到的先知形象是那样深刻，使得我想了解他们说的话。现在，只从一个人的口中，我就知道了所有先知的话，仿佛他是他们全部的化身。他与他们相似，但不是作为狂热的信徒与他们相似，而是作为一个内心充斥着即将来临的灾难的人。然而，在与我谈论这些即将来临的灾难时，他却又显得无动于衷；犹如先知，向人们预示最可怕的事情，自己却毫无表情。松内恨不得耗尽自己最后一口气，如果能让自己说的非真。他预见了自己憎恶的战争，预见了战争的走向。如果他知道怎么才能阻止它，如果能让自己的可怕预言变得无效，他会什么事都做的。在我们之间的友谊持续到第四年时，我们分开了，我去了英国，他去了耶路撒冷。我们都没有给对方写信。他向我预言的事逐一应验，而且丝毫不差。这些事件给我的打击是双重的，因为我事先已经从他的口中了解到了这一切，一直以来把它们埋在心底，而现在它们成了残酷的现实。

松内走路时上身笔挺，给人僵硬的感觉，其原因我是在他去世后很久才知道的。他年轻时骑马从马背上摔下来，那是在耶路撒冷，结果摔断了脊椎。后来是怎么治好的，以及他是否一直还需要戴一个东西，让背部挺直，我就不知道了，但这就是他走路姿势僵硬的原因所在。有些人对此作了文学夸张，称之为他身上的“王者气派”。

每当他给我翻译《圣经》诗篇或者智慧名言，我就觉得他是一个皇家诗人。一个兼先知和诗人于一身的人，可以完全消失，完全消失在报纸的背后，却又对周围的一切一目了然。这种可称之为平淡无奇的东西，这种低调的生活方式，是他身上最令人惊叹之处。

我只突出谈到了在“博物馆”咖啡店交谈中的一个谈话对象，就是有关《圣经》的谈话。由于我没有列举其他的话题，可能会给人造成这样的印象，就是松内属于炫耀犹太民族精神的那一类人，事实则完全相反。他从没有用过“犹太人”这个词来称呼自己或者称呼我。这是他让其保持本来面目的一个词，并认为它既不配作为要求，也不配做恶徒的靶子。他内心装满传说，却并不因此而自豪；他对美好事物的了解无人能及，却并不将此列为自己的功劳。我感觉他不信教。他对每一个人的尊重，使得他不能将任何人，即使是地位卑微的人，排除在人所享有的权利之外。

他在很多方面都是楷模。认识他之后，就再没有其他人可以成为我的榜样了，他就是让人引以为榜样的那种人。当时，他在我眼里是无法企及的，五十年后的今天，他依然是我无法企及的。

歌剧院街

安娜的雕塑工作室位于歌剧院街4号的底层，那里总是宾客云集。工作室位于市中心，而维也纳真正的市中心就是歌剧院。终于摆脱了婚姻束缚的马勒女儿，偏偏选中这块地方作为自己的住所，似乎是正确的。她的父亲，那个非同凡响的人，维也纳的音乐皇帝，就曾经统治这里。凡是认识她母亲并去霍恩瓦尔特别墅做过客却又不想谋取什么的人，那些已经小有成就、想放松放松自己的人，在工作之余都喜欢到安娜这里来。

当然，这里还有吸引人的另一些东西，那就是她给他们做的头像模型。阿尔玛喜欢将那些有名望的人与自己联系到一块儿，他们成了她的典藏。她时不时从中挑出一个来，无论是挑选为结婚对象，还是她的兴趣所至，他们在安娜这里都受到压缩，或者应该说受到升华，成为头像模型。某个人一旦达到相当的知名度，就会被请求来这里，给他做头像模型；只有少数人不愿意来。因此，经常能看到这样的情形：一些人坐着热烈交谈，安娜则在他们的头上做模子。我因为会将那些人，那些有益于安娜工作的人，带入到交谈之中，因此，此时我的造访就会不受欢迎。她大概在做模子的时候听这些人谈话。有人认为，这正是她施展才华的领域。

到她这里来的人中，有几个我想提一下，他们自成一体，共同构建了独特的画廊。他们中有几个我已经见过，有的是在马克辛大街见到的，有的是在霍恩瓦尔特。楚克迈耶就是让安娜给做头像模型的人中的一个。那时他刚从法国回来，所以谈了不少他对那里的印象。他讲述得很生动，很有戏剧性，并且口若悬河。那时在法国，无论到什么地方，都能见到拉法尔先生。他是那种最常见的人，法国的大众脸谱。走进一家餐馆，一只脚还在门外，迎面走来的是谁？拉法尔先生！在人满为患的咖啡店里找座位，那起身准备离去、让你能有座位坐的人是谁？拉法尔先生！饭店的门房换班：拉法尔先生！陪太太去和平大街购物，鞍前马后为她服务的那人是谁？拉法尔先生！关于同拉法尔先生相遇的故事越来越多，他成了公众人物，法国人的代名词。随着事态的进一步发展，今天人们已经知道是怎么回事了，这些话听起来越来越令人生疑，而在当时，它们却让人觉得有些滑稽可笑。其中的戏剧成分并不很令人信服，完全在于讲述者浓墨重彩的渲染。最精彩之处就是重复，一再地重复，以上百种方式遭遇同一个人，所有人都是他，他是所有的人。然而，听者还是能感觉到，所遭遇的每一个人都不是真正的拉法尔先生，而是楚克迈耶，仿佛他在舞台上讲述自己装扮拉法尔先生的故事。他只顾自说自话，根本不管是谁在听。其时在场的，除了安娜就只有我了，没有其他人在，但我仿佛觉得有许多人在听他讲述；就像一个楚克迈耶在扮演很多个拉法尔角色一样，我一个人扮演听众。我确实也就是全部听众，对他制造出的那种几乎难以置信的无辜效果惊叹不已。那气氛犹如狂欢节，真正可怕的事情不会发生，所有邪恶的东西都受到滑稽变形。如果今天我再来回忆那个生动的拉法尔故事，最吸引我的，还是楚克迈耶怎样将那一人物形象的神秘莫测之处转化成情景性的滑稽。

在那里我还遇见了以美貌著称的人，甚至是那种纯粹的美，就像我眼中的死者面模所代表的那种纯粹美。看到指挥家德·萨巴塔斯，我吃了一惊。他是国家歌剧院的指挥，在排练间歇来这里。他到歌剧院街这边来，只需穿过一条马路。安娜的工作室成了舞台的附属建筑。他一定感觉是从马勒的指挥台上走来，没走几步，就到了马勒女儿的身边。是她要求为他的面容造就永恒的。这不仅具有意义，在我看来这还是对他一生的最高嘉奖。有时我能看到他走过来。他走路的速度极快，且步履坚定。他个头很高，尽管走路的速度快，但还是让人感觉有些像是在梦游。虽然他的脸部比例匀称，面容却非常苍白，有着无法比拟的死人的美。他走路的时候，眼睛虽然是睁着的，给人的感觉却像是闭着，如果它们落在安娜的身上，那里面还会闪烁出些许欢快来。——德·萨巴塔斯的头像模型成为她做得最好的一个，在我看来这不是偶然。

韦尔弗当时也来歌剧院街做头像模型。在距离伟大咏叹调这么近的地方做头像模型，他心里一定很高兴。他喜欢坐在这里：工作室很简陋，与霍恩瓦尔特别墅的华丽和他的出版商所在的马克辛街洋房相差甚远。如果知道他要来这里，我就不来；但我有时也不打招呼就过来，我特别喜欢这样。这时我就会在搭着玻璃棚的沿街小院子里遇见坐着的韦尔弗。等我向他打过招呼之后，他也回一声招呼。他对我做下的事，像根本没有发生过似的，一点也看不出他内心的愠怒。他甚至还友好地讯问我的近况，接着就把话头引到薇莎身上，她的美丽令他十分欣赏。在霍恩瓦尔特别墅的一次聚会上，他跪在她的跟前，亲口演唱了一首爱情咏叹调。他就一直这么跪着，直到听到了他的演唱可以跟专业男高音媲美的话，才站起来。他天生一副好嗓子。他把薇莎和哈毕玛[①]的著名女演员罗维娜进行

---

① 希伯来语的“舞台”，为以色列的国家剧院。该剧院一九一八年成立于莫斯科，一九三一年迁移到特拉维夫。罗维娜是其著名演员。

比较。在维也纳上演的《狄布克》一剧中，罗维娜饰演主角疯子，所有人都为她的表演折服。在薇莎听来，没有什么能比他的话更动听的了。她早已听厌了别人拿她和安达露齐亚做比较。他这么说并不是恭维，是因为他真的就这么想的。或许他说的所有话都是真心话，或许正因为这样，在挑剔的那些人眼里他才是可疑的。如果有谁不顾他给人的反感、试图为他说话的话，就会称他为“美妙的工具”。

看着韦尔弗坐在那里，不做什么特别的事，让人觉得有点怪怪的。大家已经习惯于听他宣布什么或者歌唱。其实，宣布和歌唱在他那里是没有明显界限的。能让他夸夸其谈的那种交谈，他总是站着进行。他经常突发奇思妙想，但他的饶舌往往又令它们失去光彩。大家希望能有一点时间来考虑，能有那么一刻时间安静一会儿，就那么短短的一刻，但他的话像潮水奔腾，把一切都冲走了。只要是他说的话，他都觉得重要，最愚蠢的东西听上去也像非同寻常、意想不到的事那般具有说服力。不带感情地说话，他是做不到的。这既符合他的天性，也出自他的坚定信念。与传道者不同的是，他说话接近歌唱；与传道者最接近的是，他站着说话。他的作品都是站在台前完成的。他将自己的赞誉之辞视为博爱。他讨厌知识，就像讨厌思考一样。为了不思考，他总是马上把什么都说出来。因为他总是有许多其他要事，所以他说话的口气，仿佛他本人就是伟大事情的来源。他激情洋溢，内心汩汩流淌的爱情和感情与他的身体一样丰满，大家期待在他身边看到爱情和感情的池塘；如果他脚下的地面同其他人的一样，是干的，那么大家都会感到失望。他不喜欢坐着，除非是听音乐，而一旦听起音乐来，他就会没个够，因为他在这一重要时刻怡情养性。我一直暗自思忖，如果这个世界上有整整三年没有歌剧可听的话，他会变成什么样子。他一定会枯瘦如柴，活活饿死，我想。不过在饿死之前，他一定还会悲歌一曲。别人靠知识来维持生命，如果他们还没有为此绞尽脑汁的话，而他则是靠通过感知而获得的音色来生活。

安娜竭力把他那难看的脑袋做得好看一些。她这个人讨厌一切怪诞之物，如果它们不是具有童话色彩的话。她竟然夸张处理了他的肥头大耳，并且让这颗脑袋——她把这颗脑袋做得超过真人的大小——具有了它所不具有的冲击力。在安娜工作室陈列的那些伟大男人的头像中——其数量在迅速递增，他的头像看上去还真不赖。当然，无论如何，他的头像也不会像德·萨巴塔斯的那样——他的头像跟波德莱尔的死亡面模一样美。不过，把他的头像放到楚克迈耶的边上，倒是挺合适的。

安娜的客人中，有些人会令我大吃一惊：在歌剧院工作的人到安娜的工作室来，那是合情合理的，但有些人则来自安娜购物的克恩腾大街[①]。一天，我已经坐了下来，开始说什么给安娜听，弗兰克·蒂斯和他的太太一阵风似的飘了进来。这对时髦夫妻穿着厚绒呢大衣，双手挂满了购物袋；它们既不是什么重的东西，也不是什么大的东西，就像是值钱东西的品位装，且形状不一。他们伸过手来，就好像是把各种礼物递过来让你挑。不过，他们随即就告辞了，根本不把礼物放下，因为他们必须很快赶回去。蒂斯说话很快，夹杂着北部方言的口音，并且说话的嗓门很高；虽然他们时间不多，但路过这里而不进来和女艺术家打声招呼，是不行的；观看作品就放在下一次吧。然而，他们虽然时间紧张，却讲了一大堆在克恩腾大街购物的经历。我没有去过那里的任何一家店铺，所以他们的话在我听来仿佛是异域探险；他们哪里是在讲述，简直就是激

---

① 维也纳的主要商业街。

流奔腾；虽然没有时间放下手里的东西、脱下大衣，可他手中轻轻晃悠的袋子已经向别人证实，他正在说的是哪家店铺。这些袋子很快就像傀儡一样，在他的手中晃动；所有的东西都洒上了香水，工作室院子旁边的小房间——安娜习惯将客人带到这里——很快就充斥着各种迷人的香气；这些香气不是从袋子，而是从那些购物经历中渗透出来的。他们就谈了这些东西，除此之外还被提到的，就只有安娜的母亲了——带着夸张的敬意。他们离开之后——告别的时候，小心起见，他们没有再把大包递过来——细想一下，觉得刚才好像没人来过似的。安娜不喜欢说瞧不起别人的话，她回到塑像前面，在上面雕刻起来。刚才飞进又飞出她工作室的商界人物，对我来说是陌生的；她由于经常陪母亲去克恩腾大街和壕沟街购物，因此，那些人对她来说不是很陌生。不过，她厌恶这个世界，并且随着她同丈夫分手，那是母亲出于家族策略的考虑而强加给她的，她也离开了这一世界。

她摆脱了马克辛街的一切接人待客事务，现在不用再顾及任何社交人士，不用再浪费时间，也不受任何人的监管了。如果心里不高兴，她就拿起凿子。她让工作尽可能变得艰巨，这是她跟沃特鲁巴学来的：渴望恢宏的气势，因此要付出最艰辛的劳动；除此之外，她在灵魂深处与之再无相通之处。她面部的下方长得与她父亲的很像，彰显着意志的力量。

蒂斯过来看她，是诚实的表现，或许他根本就不知道自己跟她实在无话可说。他的声调音阶变化迅速，其实大部分时候都落在高音部；他刚才说的话，可以去对任何人说。但是，安娜最近与之分手的保罗·若尔耐，是他的出版商。他能从克恩腾的热闹中抽身，匆匆过来看她一下，是忠诚的表示，也是表明他态度中立。他对自己的出现感到满意，他甚至还知道，他手上拎着的所有东西，正是她与若尔耐分手而失去的。

只有那些拥有相当知名度、读书破万卷的人，就是说，不依赖于某个出版社，因为任何其他一家出版社都很乐意接受他，只有那些当时在阅读界大名鼎鼎的人，才是真正“自由”的人，他们才敢来看安娜，向她表示敬意。进出这里的人很多，谁来过这里，很快就传开了。那些被认为是出版社走狗的人，最好不要来这里；一些从前阿谀奉承安娜、挖空心思要进入她的社交圈的人，现在都躲着她，避免到歌剧院街去；还有的人突然说起了她的坏话。对于这个城市的音乐发展有着很大影响力的母亲，却没人敢去指责，虽然她的每一个毛孔都充斥着如意的盘算和私人的家族策略。

安娜直面世人的议论，她很勇敢；勇敢地生活下去，以自己的方式在自己歌剧院街的小小工作室里建造一座名人头像博物馆。成功雕琢一个头像，这种情形不在少数，这些都是合法的。她没有意识到，这其实在很大程度上都是沾了她母亲的光。

她母亲看重的是权力，各种各样的权力；特别是荣誉，能带来快乐的金钱和权力。安娜与她不同，她的中心是更重要的一个东西，是她父亲的凌云壮志。她要工作，在工作中尽可能地劳心劳力。在她的老师沃特鲁巴那里，她找到了自己想要从事的艰苦、漫长而繁重的工作。她并不因为自己是女性就迁就自己，决心像她的老师，这个年轻、健壮的男人那样，奋力工作。她可能没有想到，他拼命工作是另有隐衷的。她不计较别人的出身，而她母亲在说“无产者”一词时，流露出的轻蔑仿佛是在对待奴隶，仿佛“无产者”不属于人的范畴，他们可以收买并且这样做也是必要的，绝色佳人至多可以用来为爱情服务。她的母亲喜欢抬举那些已经受到抬举的人，而安娜却从不区别待人，出身和社会地位对她来说毫无意义，她注重的只是这个人本身。但这美好而高尚的情怀，很快就被证明是不够的；要知道一个人是否有价值，不仅要与之打交道，还要记住他。

自由对她来说很重要，这也是她很快就从各种关系中抽身的主要原因所在。她的自由感特别强烈，几乎可以说到了这样的地步：她建立起来的任何新的人际关系，都不是严肃和持久的。与此相反的是，她写的信是“绝对的”，并且期待“绝对的”解释。别人写给她的那些信，也许比爱情本身更重要。最令她痴迷的，是别人说给她听的那些故事。

我经常去她那里，特别是在她把工作室安在了歌剧院街之后；我把困扰我的所有事情都说给她听；发生了什么事，以及我对此的感受，我都统统说给她听。当我满脑子只想着松内的时候，我还会把很严肃的事情也说给她听；她总是听我说，神情很专注。当我把心里一直想着的事付诸行动的时候，当我带着松内来到她的工作室——古斯塔夫·马勒的女儿引起了他的兴趣，当我把这个世上于我最美好的、人群中最安静的这个人介绍给她并且在她面前毫不掩饰我对他的敬意时，她表现得很大度，这是她的最大优点：她恰如其分地待他，对他表示钦佩——虽然他看上去像个苦行僧；她像听我说话那样听他讲话，但态度，如我期待的那样，要庄严一些，并且还请他下次再来。后来我每次单独见到她，她都要赞美他，认为他比大多数人要有意思，并经常问我他什么时候再来。

关于她的那些头像，他倒是发表了很独到的见解。我把他说的话转述给她听：即使她的那些大型的人像，它们折射出的也都是对浪漫的满腔渴望。他说，她还不能成功地表现悲，她与沃特鲁巴没有任何共通之处，因为她的身上带着音乐的烙印，而沃特鲁巴则与音乐丝毫不沾边。她的那些人物其实属于她父亲的音乐，属于其中的某些部分，与其说是她意志的产物，不如说是她灵感的结晶。现在还不能清楚地说出将来的发展，她也许会因为生活中的某个突破而硕果累累。他是出于好意说这些话的，他很清楚她对我的重要性，怕给我造成巨大的伤害；但从他说话的方式上，即将她的创作希望放置到将来，我能感到，他觉得她的创作缺乏个性。对于她雕刻的头像，他倒是说了不少赞美的话。他特别喜欢阿尔班·贝尔格的头像。他觉得韦尔弗的头像同他所写的那些感伤小说一样，自高自大。他不喜欢这类小说，因此他说，韦尔弗传染了她，而她又在自己雕刻的头像上将他身上一切空洞、做作的东西加以升华，并且升华到了让有些清楚他脑袋极其丑陋的人都会认为，从头像上看到的他是优秀的。

她同我一样倾听松内侃侃而谈。她从来不打断他，不在中间插一个问题，并且每次都觉得意犹未尽。他是顺道儿过来的，因此在这里待的时间几乎不足一小时。他来到石头、粉末和雕琢的敲击声中，以为她要工作，所以很知趣。从她使用的那些工具上，而不是她雕塑出的形象上，他可以看出她的工作决心；她的下半个脸是她头颅的意志部分，她与自己父亲面孔的相似程度，让他感到震惊；单从这一点上就可以知道他们是父女，而她的眼睛、额头和鼻子，则与他的一点都不像。她静静地听别人说话，那样子最动人，犹如一个孩子，眼睛睁得大大的，心无旁骛地听别人讲话；那些严谨、有时有些枯燥，但无论如何都比较复杂的表述，在她听来仿佛是童话。我说什么给她听的时候，她也是这样。松内给我讲《圣经》的时候，他的话在我耳朵里就成了《圣经》。我这样的一个人，到了这里以后就说完全另一套的东西给她听。我可以肆无忌惮地观察她，因为她在聚精会神地听讲。我有一个感觉，就是在这里她远离了母亲的世界，成就、功利都被抛到了一边。我知道，她骨子里要比她母亲更高贵、细腻，既不贪婪也不虚伪，却因为母亲处心积虑的权力游戏而一再陷入与自己毫无瓜葛、风马牛不相及的处境，以致不得不听命行事，成为被坏人牵着走的玩偶。

只有在她的工作室里，她是完全自由的；也许正因为这样，她才拼命干活，而这又是她母亲最不愿意看到的。因为从她的付出来看，这是无利可图的。当我一个人在她那里的时候，我觉得她也并不完全是自由自在的——因为即使她希望我来，一切仍然取决于我的不懈努力，取决于我的发明创造。对于这一点，我心里也十分清楚。因此，如果我没有什么值得一说的东西，我是不会让自己留在她那儿的。我觉得，在我带松内来她这儿的时候，她的感觉是最自在的。因为这时的她毫不犹豫、毫不做作地沉浸到一个学说中去，感知这一学说的深刻和纯粹。虽然该学说不能帮助她达成什么，她也不能拿它来在母亲的那帮朝臣面前展示，让他们对自己刮目相看，因为松内的名字在那里什么也不是。由于松内不想出名，他也就没有名气，所以他也就还没有被邀请去过那里。

他待上一小时就会起身告辞，而我则留下。他一定以为我还想待上一会儿。其实，我留下，只是因为不好意思与他并肩离开工作室，我觉得这样做不合适。我是把他作为特殊的人物带到这里来的，从某种意义上讲，我是给他指路的卫兵。现在他认识路了，并且想离开，那我就不应该打扰他。他走路的时候也在思考，独自一人将开了头的交谈进行下去。如果他提出让我跟他一道走的话，那我定会陪他的。他这个人又太会替别人着想了，是不会表达这种愿望的。他以为我在这里受到特殊待遇，因为我非常频繁地进出这里。他所知道的，也就仅此而已。把这样一件很私人的事情说给他听，我是无论如何也不会想到的。他也许朦胧地感到，我受到的打击多么巨大；但我不相信他知道这件事，因为他从未试图以他那无以比拟的方式来安慰我：通过描述一种看似完全不同的情形，事实上却是可以移植到我的事情上来。我就这样留下，如果我们第二天白天再在“博物馆”咖啡店见面，他会只字不提昨天做客的事。其实他走后一会儿，等看不到他的人影的时候，我就找了一个借口和安娜告别。我不和她谈论他。他是神圣的。

第　三　部

偶　遇

穆齐尔

穆齐尔——虽然并不明显——随时都准备抵抗和反击。他的态度保障了他的安全。别人可能会联想到坦克，其实那不过是外壳。他在自己与世界之间所做出的明显区分，并非他自己的刻意而为，而是逐渐形成的。他不允许自己使用任何感叹词，避免情感词汇，一切亲切友好的，对他来说都是可疑的。如同他在自己四周划定边界一样，他也给所有的事情划定界限。混淆与结拜、口若悬河及热情洋溢，都令他生疑。他是那种硬汉，避免流体和气体。他大概很熟悉物理，他不仅学过物理，物理简直就成了他思想的血与肉。毕生搞物理学的作家，大概还从来没有过。他不参与东拉西扯的会谈，如果他偶然置身于空谈家之中，这在维也纳是免不了的事，他就会缩回到自己的壳里，一言不发。与科学家在一起，他感到很自在，给人的感觉也很自然。他的预设前提是，大家从某件比较确定的事情出发，向着某个确定的目标前进。他蔑视并痛恨弯弯曲曲的行进路线，但他并不是追求简单，他能本能地捕捉到简单的不足，并且能够通过细致的画像来消除不足。他的思想太丰富、太活跃、太急切，他是不可能满足于简单的。

他从不觉得低人一等，在任何社交场合都如此，虽然他的目的并不是要在众人面前出风头、接受挑战，但他利用任何一个这样的机会，仿佛就是冲着挑战而来。战斗果然发生了，那是后来，当他一个人的时候，是几年以后的事。他不忘却任何东西，每一场冲突他都记在脑子里，而且能记住每一个细节。他的内心有一种天生的强迫感，就是带领大家走向胜利，这就注定了他不可能结束一部作品，一部将所有的人都囊括其中的作品。

他逃避各种违心的接触。他要保持自己是身体主人的地位。我觉得他不喜欢把手伸给别人。他一定更喜欢英国人那种不握手的打招呼方式。他让自己的身体保持敏捷，并决定身体的每一个细节。他在身体上面所花的心思，远多于同时代其他有思想的人。体育和卫生对他来说是一回事，他每天的安排都取决于它们，根据它们的规律来生活。他构思的每一个人物形象，其身上都有一个健康人的影子，那就是他自己。他身上最奇特之处，就是对自己的健康和生存能力的意识。穆齐尔的知识非常渊博，由于他目光精准，更由于他能精确地思想，所以他从来不会在人物形象上迷失方向，他总能找到走出来的路。不过，他喜欢拖延一下，因为他对自己充满信心。

强调他好斗，并不是想削弱他的意义。他对男人的态度，就是战斗。他感觉战争是适合自己的，并视其为对自己人格的考验。在战争中，他是军官；他试图关心手下的人，以此来弥补在他看来是施加给生命的残忍。他对于求生的态度是自然的，或者说是传统的，并且不以此为耻。战争结束后，取而代之的是竞争；而他对待竞争的态度，同希腊人一样。

他创作的人物形象中，最常见的是这样的男人：他搂住他的肩膀，像搂其他所有的人那样，他以这种方法来安慰大家或者赢得大家的心。然而，这并未能最终挽救他不被害。这一违心的手臂接触让他多活了二十年。

倾听穆齐尔说话，是一种特别的体验。他的演说没有风度。他太过于保持自己的本色，让人一点也不能感到他是演员。我从没听人说起过，见到他饰演某个角色。他说话相当快，却从来不会中断。从他说出的话里，看不出他脑海里奔涌着千头万绪：在开口之前，他就已经将它们理清楚了。他说话的条理十分清晰。对于表现主义者陶醉于灵感、以此出风头的做派，他嗤之以鼻。灵感对他来说太宝贵了，他不舍得用它来服务于展示的目的。最令他讨厌的，就是韦尔弗说话时嘴角泛起的白沫。穆齐尔嘴角也泛白沫，但他不把灵感拿出来展示。他会突然出其不意，用令人惊异的形象来传导灵感，但随即就用思路明晰的句子来框定它。他反对滥用语言。如果他指责别人滥用语言——要是真这样的话，那倒也令人奇怪了——那完全是为了表明他逆潮流而动，并向世人证明，即使最晦涩的东西，也是有边界的。如果让他去克服某个东西，可能正中他的下怀，但他不会让人察觉到他迎战的决心。他突然置身其中，人们被他的一招一式深深吸引，而未意识到这是战斗。虽然胜利者身手矫捷，并且巍然地站在你面前，你却不会去想，他是怎样的一个胜利者。事情本身太重要了。

前面说到的，只是穆齐尔在公开场合中表现出的行为的一面。与这种自信如影随形的，是我从没有见识过的高度敏感。为了跳出自我，他必须置身一个承认他名望的圈子里。他不是在任何地方都能行动自如的，他需要一些特定的仪式。在有些人面前，他只能以不说话来保护自己。显然，他具有乌龟的某些习性，许多人认识的只是他的外壳。一旦某个环境对他不合适，他就会一句话不说。他可以走进一家酒馆，一直到离开都不说一句话。我觉得，他能做到这样也属不易；虽然从他的脸上别人觉不出他的一丝不快，但他一直一言不发，一定让那人觉得委屈。他不承认任何人具有优先地位，这是对的：在维也纳可以被称为作家的人中，甚至可以说，在整个德语区作家中，没人有他重要。

他知道自己的价值，在这至关重要的一点上，他一直都是毋庸置疑的。少数认识到这一点的人，觉得这对于他还不够；为了进一步提高他们为他所争取的权利，他们习惯于将某个人或某些人的名字与他的相提并论。在奥地利作为独立国家的最后四五年中，当时穆齐尔从柏林回到了维也纳，人们经常听到被先锋派奉为楷模的三个人名：穆齐尔、乔伊斯和布洛赫，或者乔伊斯、穆齐尔和布洛赫。五十年后的今天，如果对当时的人名排列稍事考虑，就会清楚，穆齐尔为什么不喜欢这奇特的三位一体了。他彻底否定当时刚面世的德文版《尤利西斯》，他特别反感孤立地对待语言；如果定要他对此说点什么的话，这是他很不情愿做的事，他会称之为老式的，因为它源于过时的联想心理学。旅居柏林的时候，他与格式塔心理学的创始人有过交往，并看重这一心理学派；他可能还将自己的主要作品列入这一心理学派的范畴。乔伊斯这个名字令他讨厌，乔伊斯所做的一切，与他的毫不相干。当我向他谈及一九三五年初我在苏黎世与乔伊斯“相遇”的事时，他变得不耐烦起来。“您认为这是什么了不得的事吗？”他问，他只是把话题从乔伊斯身上引开，并没有完全中断和我的交谈，对此我简直应该感到庆幸。

文坛上令他不能忍受的，还有布洛赫这个名字。布洛赫他早就认识了：作为企业家、赞助人和后来攻读数学的布洛赫。他从没有把作为作家的布洛赫当一回事。他认为，布洛赫的三部曲是对他自己的创作计划的复制。几十年来，他一直在构思这个计划，而布洛赫几乎还没有开始计划，就把它给完成了。因此，他对此表示极大的怀疑。在这类事情上，他说话是口无遮拦的，我也从没有听到穆齐尔说过布洛赫一句好话。他具体说了布洛赫些什么，我记不清了；也可能是因为我处在两难的境地，因为他们俩都是我所推崇的。他们之间关系紧张甚至发展到争斗的地步，那是我无法忍受的。他们都属于这样一个少数派，在文学上自己跟自己过不去。他们写作不是为了出名或者获得世俗的成就，对于这一点我确信无疑。这一点在当时对于我的重要，远胜过他们的作品。

穆齐尔看到别人将他们三人的名字相提并论，心里一定很不是滋味。一个认识到他作品意义的人，在谈论他的同时谈论乔伊斯，这个在他看来与自己的追求完全相悖的人，这怎么能令他信服呢?！因此，对于当时阅读茨威格和韦尔弗那种通俗文学的读者来说，他是不存在的；即使在奉他为楷模、但被他自己认为是虚假的社交圈里，他也是不存在的。如果有朋友向他转述，某人是多么欣赏他的《没有个性的人》，多么想结识他，那他提的第一个问题就是："他还佩服谁?"

他的敏感常常使他处于不利局面。出于信念，我还要去捍卫它，尽管我是他这种敏感的牺牲品。他正沉湎于他的宏大创作计划之中，想结束这一计划，却不曾想，他的这一计划从双重的角度无法了结；它不仅不朽，而且还无法完成。类似的计划德语文学中还没有过。通过一部小说来重建奥地利，谁会有这个胆识？了解这个帝国，不是通过它的众多民族，而是从它的中心进行，有谁能以此为己任！这部作品还涵盖许多其他东西，在这里我就不展开来谈了。意识到自己就是这个没落的奥地利，并且只有他是，而非其他任何人，让他有权特别敏感。这一点显然还没有人考虑到。他的这一无可比拟性——难道能让人动摇？难道可以让人在其中进行掺和，使它变得混沌而污浊？对自己的个体敏感，如果是发生在马伏里奥[1]身上，会显得可笑，而当它涉及的是一个人心中特殊的、结

① 莎士比亚的《第十二夜》中的一个形象。

构非常复杂且发展丰富的世界，并且在他成功地将它和盘托出之前，只有通过敏感才能对它加以保护时，那就不显得可笑了。

他的敏感不外乎是让自己免遭损害和混淆。清晰而透明地写作，不是学会了就能一劳永逸地保持的，而是必须一而再并且不断地去学习的。一个人必须有勇气对自己说："我只想这样。"为了能做到这一点，我必须是不允许任何有损于此的东西沾到自己身上的人。已经被接受的世界中的巨大财富，同欲进入这一世界、却又必须被拒之门外的所有东西之间存在着巨大的张力。决定将什么拒之门外，只能由那个心中装着这个世界的人做出；后人，特别是那些心中没有装着这个世界的人，对此做出的各种评判都是不自量力、卑鄙的。

这份敏感拒斥的是假养料。应该提到的是，名字也得不断滋养自己，以便能正确驾驭其名下的计划。一个人气不断上升的名字，自有自己的营养，而这只有他自己知道并做出决定。只要这样一部内涵丰富的著作还没有写就，那么，敏感的名称就是最好的。

一个靠敏感保持自己本色并完成了创作的人，将来如果死去，名字变得丑陋，像腐烂的死鱼散发着臭气摆在各个市场，那时包打听们可以来放马后炮，杜撰出各种像样的举止规定来，并且指责说，敏感是过分的虚荣——但是作品在这里，这是他们无法挫败的，而他们自己则会连同他们的无耻一道烟消云散，消失得无影无踪。

有些人嘲笑穆齐尔的物质困境。布洛赫早就认识到穆齐尔的重要性。他不是喜欢幸灾乐祸的那种人，他对人充满怜悯之心。当我第一次把话头引到穆齐尔身上时，他对我说了这样一句："他是纸王国里的国王。"他的意思是，穆齐尔只是在写字桌上、在稿纸上统领着人和事，除此之外，他在生活中完全受制于各种情与物，束手无策，并且依赖于别人的帮助。穆齐尔不会花钱，是众所周知的。比这更甚的是，他讨厌与钱沾边。他不喜欢一个人去哪里，他的太太几乎总在他身边：在电车上替他买票，在咖啡馆替他结账。他身上分文不带，我从没有见过他手上拿过硬币或纸钞。几乎可以这么认为，钱与他对卫生的要求是格格不入的。他拒绝想钱的事，这让他感到无聊和厌烦。他的太太像赶苍蝇一样让钱远离他，完全符合他的意思。通货膨胀让他失去了所拥有的一切，陷入非常困难的境地。他投身其中的创作计划，其长度与自己为其准备的资金，形成强烈反差。

他返回维也纳之后，他的朋友们为他成立了“穆齐尔协会”，会员每月交纳会费，以保障他创作《没有个性的人》。他知道名单上的这些人，并且让人报告他，这些人是否准时交纳会费。我觉得，他并没有因为有这个协会而感到羞愧。他的观点是对的，那就是：这些人知道自己在做什么。他们能够为这部作品的完成出一点力，那是对他们的奖赏。如果有更多的人踊跃加入这一行列的话，那就更好了。我一直怀疑，他是否将这个“穆齐尔协会”视为骑士团。被接纳入骑士团，那是很高的荣誉。我私下里问自己，他是否将那些身卑言轻的人排除在外。在这样一种情形下继续创作《没有个性的人》这类作品，傲视金钱是必须的。奥地利被希特勒占领以后，这一切也就过去了，因为协会的大多数成员都是犹太人。

他生命中的最后几年，是在瑞士穷困潦倒地度过的。他对金钱的蔑视，让他付出了可怕的代价。他的处境对他来说是万分的屈辱，想到这些，我的心情就变得无比沉重。尽管如此，我还是不愿意将他想象为另一种样子。他对金钱的绝对蔑视，丝毫不意味着他要过苦行僧的生活。他毫无赚钱的天分。“天分”一词因被粗俗而流行地使用，使得我有些不敢用它，但我觉得这是他精神的最本质所在。他对此并不大惊小怪，也没有摆出任何反抗的姿态，他不谈这事；自己对此不介意，却又仍然清楚地看到这一点，并且还能顾及对别人具有重要性的东西，这一切是他从容的自尊心使然。

布洛赫是“穆齐尔协会”的会员，并且每月交纳会费。他自己没有提过这事，我是从别人那里听来的。穆齐尔在一封信里粗暴地否定他是作家，指责他在《梦游者》三部曲中复制了他的《没有个性的人》的计划，这一定激怒了他，所以他才在我面前说他是“纸王国里的国王”。这倒也情有可原。这个带有讽刺的性格描述在我这里是无效的。即使两人都已去世很久，我还是想驳回这个断言。布洛赫自己因继承父亲的商业遗产而感到无比痛苦，但他也同穆齐尔一样，在流亡地穷困潦倒地辞世。他不想做国王，也不是任何一件事上的国王。穆齐尔是《没有个性的人》的国王。

不照镜子的乔伊斯

一九三五年，对我来说是在寒冷和花岗岩上开始的。在科摩罗格诺[1]冰天雪地的山顶旅馆中，几周以来我尝试着同弗拉季米尔·福格尔合作一部新歌剧。我的这个尝试也许毫无意义，每每想到我要听命于作曲家，去适应他的要求，我心里就感到不舒服。听福格尔说话的口气，我以为是要创作一种全新的歌剧，并且作曲家和作家在其中的地位是平等的。但事实很快就表明，这是不可能的：我把我写的念给福格尔听，他静静地听着，显得有点矜持；不过，他表示赞同的方式很优雅，点点头，只说一个“好”字，接着再加上一句鼓励的话：“您继续这么往下做！”这在我看来简直是侮辱。如果我们之间发生争执的话，那倒好了，那样我会觉得好受一些。他的赞许，特别是他的鼓励，让我对这出歌剧失去了兴趣。

我还保留了几套方案，大概也派不上什么用场。离开科摩罗格诺的时候，我最后一次听他说“您继续这么往下做！”，我预感他不会再从我那里得到一个字。我不好意思这样对他说，因为我能拿出什么理由来解释自己对此不感兴趣呢？我觉得我的自尊心受到了伤害，而“作恶者”对于所发生的事却一无所知，因为他没做什么，真的没做什么：这种令人费解的事情，在我的一生中一而再、再而

① 瑞士的一处地名。

三出现。这件事是其中之一。他也许想让我知道——几乎是不经意间——他胜我一筹。要我屈从别人，那只能是出于自愿。谁可以居我之上，得由我来定。我的神明由我自己去找，由我来说出他们的名字；如果有谁自视为神明，也许他真的是，但我还是要躲开他。我觉得他是威胁。

待在科摩罗格诺的几周并非一无所获。冬日的一个星期天，我在户外给房东和福格尔朗读《虚荣的喜剧》。他们要比若尔耐家的那些听众好多了。房东和他的夫人打那以后对我颇有好感，建议我从科摩罗格诺返回的途中，在他们位于苏黎世斯达德霍夫大街的家中举行一个作品朗诵会。他们家有专为作品朗读而布置的漂亮大厅，并习惯于邀请苏黎世所有的文化人来参加。如此一来，第一个较大型的《虚荣的喜剧》朗诵会就在一月举行了，而且来的客人个个大名鼎鼎，詹姆斯·乔伊斯也在其中，我就是在这个场合认识他的。我朗读的是《虚荣的喜剧》的第一部分。我是用地道的维也纳方言来朗读的。面对一屋子的人，我没有做任何开场白，也没有考虑到我这样有意识地运用、变换方言，可能会让别人根本听不懂。我剧本中的那些维也纳人，个个严肃且立场坚定，令我感到心满意足，以至于我对大厅内不利于我的气氛毫无察觉。

中场休息的时候，我被介绍给了乔伊斯。他说话不仅直爽，而且随便："我用刀刮胡子，而且不用照镜子！"他说，句子的重音落在"不用照镜子"上——他的视力严重受损，几乎失明，这样做简直就是冒险。他的不友好反应令我震惊，仿佛我在剧本中攻击的是他个人。他因为视力不好，而我这出剧的核心思想又是禁止照镜子，这一定惹恼了他，我想。虽然他在语言学上造诣精湛，但他听不懂维也纳方言，已经煎熬了一小时。剧本中有几幕是用普通话朗读的，他刚才说的在镜子前刮胡子，就是从那几幕中听到的。他的简短评论，指的就是这几幕的内容。

听不懂剧本中的方言——据说，他会说无数种语言——令他感到很不快，这种不快又与令人生疑的照镜子现象联系到了一起。剧中他唯一听懂的一幕，表现的就是照镜子。从表面看，它是奠定在道德基础之上，而他又将这一怀疑与自己联系到一起，所以就说，自己刮胡子时不用照镜子，并且用的还是刀。他不用担心会割破脖子。他的话反映出的男人的虚荣，同剧本中的一样。对于自己考虑不周，让他遭罪聆听这出戏，我感到不自在。这些都是我想要朗读的内容，但我忘了给朗诵会的主办人提个醒；知道他接受邀请来参加，我只顾着高兴，等我认识到我的照镜子一幕制造的麻烦，已经晚了。他用"不照镜子"来自卫。我一方面为自己的震惊感到羞愧，同时也为他感到羞愧；他这种强迫症似的敏感，降低了他在我心目中的地位。后来他离开了大厅，也许他认为镜子一幕在中场休息之后还会继续，而他本人到场，并且如期发表了尖锐的看法，这已经是我莫大的荣幸了。

我还被介绍给了另外几位大名鼎鼎的人物。不过，中场休息时间并不长，我也没有注意已经是什么时候了。我觉得这些人很好奇，也许他们的好奇心还没有得到满足；我感受到了他们犹豫不决的心态，把精力集中到朗读会的第二节上。我选取了后来命名为《迷惘》的小说中的题为《好父亲》一章来朗读。这一章我在维也纳已多次读过，或是在私人场合或是在公开场合；对于它所能起到的效果，我很有把握，仿佛它是众所周知、广为传阅的一本书中不可或缺的一部分。虽然有关这本书的传言已经在维也纳流行，然而这本书还没有面市；对于这里的听众来说，这本书更是闻所未闻。

我还没有把最后一句读完，马克思·普尔弗，他是在场人当中唯一穿燕尾服的人，就直挺挺地站起来，兴奋地对着大厅里的人嚷道："晚间暴虐狂让人神清气爽、精神振奋！"他的这句话打破了会场的沉默，每个人都可以尽情地释放自己的反感了。后来大家又在一起待了一段时间，我几乎结识了到场的所有客人；每个人都以自己的方式对我说，朗读会第二节的内容多么令自己气愤。听众中比较友好的一些人，对我相对比较客气。他们认为我还年轻，也并非没有才气，只是还需要有人将我引到正确的轨道上去。

我非常敬佩的物理学家沃尔福冈·鲍利也在场，他出于好意教育了我一通。当他发现我心不在焉地听时，更加强烈地要求我听他说话。用他的话讲，我说话的时候他也听了。我确实没有在听他说话，因此现在也不能复述出他当时都说了些什么；我之所以对他的话充耳不闻，原因只有一个，而这是他万万不会想到的：他让我想起了弗兰茨·韦尔弗，当然这只是指他的外表；更加巧合的是，我与韦尔弗的不愉快交往就发生在一年前的这个时候。这个念头分了我的心。鲍利说话的方式与韦尔弗的完全不同，他是善意的提醒，没有恶意。我觉得——当然，我的感觉也可能有误——他想把我引到荣格的道路上。经他提醒了一次之后，我尽量克制自己——做出仔细听的样子——听他把话讲完，我甚至向他表示了感谢，谢谢他的有益指点，然后友好地告别。

贝尔纳德·冯·布伦塔诺坐在会场的第一排，承受了声音面具的巨大冲击，我觉得他不太高兴，因为他只说了一句："当着大家的面表演，我做不到。"他说话的声音很轻。这些人物的活力令他心烦意乱。他觉得我有露阴癖，这和他喜欢神秘兮兮的天性水火不相容。

他们一个接一个来到我面前，竭力明白无误地向我表明他们的反感。由于他们当中的许多人都是名人，因此为这一过程增添了公开审判的色彩。表明自己在场，在每个人看来都很重要；确定这一点之后，他们就以自己的方式明确地表明自己的观点。大厅当时坐满了人，值得一提的人名还有很多；如果我知道他们中有谁还活着的话，我至少也会提一下他的名字，免得他遭受过早肯定我的耻辱。朗诵会的主人，我为他感到愧疚，最后领我去见一位先生，一位版画家。这人叫什么名字，我忘了。在去那里的路上，他对我说："您听了他的话，一定会高兴，跟我来！"于是，我听到了这晚第一句肯定的话——"这使我想起了戈雅"，版画家说。这句安慰的话，我只是出于公正才提的。其实它也没什么必要，因为我根本没有被击垮或者因此而垂头丧气。我被喜剧中的人物，被他们的铁面无私，不，应该是他们的坦诚——我只能用这个词——所征服，而且每次这样朗读之后，我都情绪高涨，感到很幸福。我所听到的所有否定言语，只会增强我的这种感受。对自己做的事，我从未像今天这样有把握。乔伊斯的到场也增强了我的信心，虽然他说的话随便而毫无意义。

这晚朗读完之后，有相当长一段时间里大家都无拘无束地交流，听众的不愉快烟消云散。有几个人还成功地把话题引到自己身上，最终使自己成了晚会的中心。这其中最抢眼的，要数马克思·普尔弗。首先，他是唯一穿燕尾服的人；其次，他一针见血地指出了朗读者的露阴癖。他发表的几点个人见解，引起了大家的广泛关注。作为作家，他在这个圈子里无足轻重，但他很久以来潜心研究笔迹学。他写的《笔迹的象征》一书已经出版，并且受到广泛关注，被认为是自克拉格以来笔迹学领域最重要的新成就。

他问我，知不知道他现在研究的是什么样的笔迹，对此我当然一无所知。由于我当时也对笔迹学感兴趣，因此丝毫也不掩饰我对此的好奇心。他没有长时间吊我的胃口，很快就大声说给我听，那些都是对世界政治具有重要性的笔迹。他大声说话的目的，就是想让每个人都听见，但在说出具体的人名之前，他还不忘添加一句：“其实我不该说的，但现在我还是要说出来：我手头研究的笔迹是戈倍尔、戈林和其他一些人的；甚至还有一个人的，这是保密的，你们可以自己去猜；都是希姆莱寄过来让我给做分析鉴定的。”

我被他的话惊呆了，暂时忘却了我的朗读，问：

“真的？那些笔迹都怎样了？”

罗姆政变[①] 那时刚过去半年，而希特勒执掌政权已经有两年了。我问得天真，他的回答也透着孩童般的骄傲。回答我的问题时，他的语调没有改变，说的都是负责任的话，听起来并不像是在吹牛。他说话时甚至还夹杂了一些维也纳口音（他在维也纳生活过一段时间），当他抱歉地说：

“非常有意思，真的有意思。我很想把这些告诉您，但我负有绝对保密的义务，如同医生负有沉默的义务一样。”

这时，周围的人都注意到了他说的那几个危险人物的名字。这家的女主人也走了过来，之前她就已经听他说过了，因此她对着马克思·普尔弗提醒道：

“他如果说出去的话，那可是要掉脑袋的。”

他强调说，自己能够做到保密，不然的话，别人也不会把这样的东西寄给他了：

“谁也别想从我这里打听到什么。”

今天我比当时更想知道他的分析结果。

赫然列在受邀者名单上的，还有 C.G. 荣格和托马斯·曼，但这两人都没有来。我心里想，普尔弗会不会也在托马斯·曼的面前

---

① 在希特勒的授意下，一九三四年六月三十日至七月二日，纳粹冲锋队领导层及其指挥罗姆被杀，纳粹称之为“罗姆政变”。

吹嘘，说他受盖世太保委托分析那些人的笔迹。在场人中有流亡者，这对他好像没有影响。大厅内的许多人都是流亡者，贝尔纳德·冯·布伦塔诺是其中之一，来自剧院的库尔特·希尔施费尔德也在场；我甚至有这样的感觉，正是他们的在场才引得普尔弗“自我告白”。我真想用他的露阴癖指责来回击他，但胆子又太小，而且还是无名之辈。

这晚真正的明星，是这家的女主人。大家知道她和乔伊斯、荣格是朋友。凡是有名的作家、画家或者作曲家，没有一个不与这家进行交往的。她为人精明，跟她还能谈谈；这些男人跟她聊的那些东西，她都能粗通一二，可以不费力地与他们讨论。对于梦，她很有研究，这是她与荣格联系的纽带。据说，乔伊斯曾把自己做的梦讲给她听。她买下科摩罗格诺的房子，提供给一些艺术家居住，让他们在那里能安心创作。她做的一些事，在这一点上她是十足的女人，不仅仅是为了给自己增光添彩。我在心里拿她和那个维也纳人物[1]进行比较，那个女人思想贫瘠却又好卖弄，毫无主见；通过贪婪、酗酒和要求成为圈中的主宰。现在我对这个人比较了解，并与之打了多年的交道；如果认识一个人久了，从中得出的结果往往会令人吃惊。通过比较，我得出的结论有利于作品朗诵会的女主人。我认为这个结论是有道理的，并且想让她知道我对她的好感，如果她还活着的话。

是在这晚置身于她家的那些客人中，那些听我朗读并指责我的人，他们也许是因为没有完全理解我的意思才来指责我，我才重新找回了我的自信。就在此前的几天，我还为屈从于一个作曲家而感到羞耻。即使他是我所敬佩的作曲家，我也有理由怀疑，他是否把

---

① 指的是阿尔玛·马勒。

我当作地位相等的人来对待。在这个女人位于瓦尔·昂塞罗内的家中，我觉得那是对我的侮辱，虽然这不是任何人的错。现在她给了我这个机会，让我在她位于苏黎世市内的家中给那些人朗读我全身心扑在上面的最后一部作品；他们中的很多人都是我崇拜的，虽然我遭受了独属于我的失败，但我能凭着自己的气势和信念与之抗争。

乐善好施者

让·赫普弗纳是《斯特拉斯堡最新新闻报》的经理。该报是阿尔萨斯发行量最大的报纸，每天用双语，即德语和法语出版。该报的特点，就是不触犯任何人、不出格。该报纸只刊登对阿尔萨斯地区有价值的新闻，超出地区利益范围的很少，仅刊登一些对较大经济集团来说必不可少的新闻。我所认识的斯特拉斯堡人，没有不买这份报纸的。它的发行量高居榜首，什么地方都有售。这份报纸不会引起轰动，它的文化版毫无特色。如果谁对文化感兴趣的话，就去看大的《巴黎新闻》。

报纸的印刷厂和办公地均位于碧云大街上的一所普通的商业建筑内。在院子以及该建筑的所有空间里，都能听到印刷机发出的“嘎嘎嘎”声音。让·赫普弗纳不住在这栋房子里，但在该建筑的三楼，他有一个两居室套房，供外地来的朋友使用。套房内到处塞着他历年来从旧货商那里淘来的老家具。他最爱做的事，就是在旧货商那里淘宝；如果认为发现了什么有价值的东西的话，他会兴奋不已，然后就把它拿到为朋友准备的房子中，和这里的其他物件放在一块。走进套房里面，你会觉得他在这两间房子里开了一家自己的旧货铺。不过，他认为自己店里的东西都是些好东西，并且不对外出售。只有被允许住在这里的朋友才能见到这间店铺。当他睁大眼睛——他的双眼清澈无比——盯着某件让他满心欢喜的东西看，一边外行地夸耀它多么好的时候，我真不忍心对他说出真心话：自己一点也不喜欢这东西。于是就不作声，面露微笑，跟他一起高兴，一旦有可能，就把话题引到别的东西上去。

如果谁像我当时那样，在那里住上几周的话，每日就只有用这种方法来摆脱尴尬。这里不仅到处都摆放着东西，而且还不断有新东西加入进来。他几乎每天都要拿来一件东西，绝大多数情况下是一些小东西。他不断给这里添置新奇的物件，仿佛是为了让他的客人感觉更舒适似的。客房已经被塞得满满当当，给新买的东西找一个地方不是一件容易的事，可他却又总能找到地方。我觉得自己生活过的所有地方，没有哪一处像这里这样，与我的趣味截然相反：虽然房间每天有人清扫，但所有东西看上去都是灰蒙蒙的，像是长久没有被使用过；如果看到它们布满霉菌的话，也不会感到奇怪。当然，霉菌只是象征性的，如果仔细看的话你会发现，所有东西都是一尘不染的，只是由于这些物件的格调相互不协调，因此才让人有发霉的感觉。

我只在这里睡觉、吃顿早饭，然而，早上咖啡给我端过来之后，在这里开始的交谈却是最最温馨的。每天早上在去他二楼的办公室之前，赫普弗纳先生都要过来看我一下，陪我喝杯咖啡。这时他总是和我谈那些令他百读不厌的作家，特别是施蒂弗特[①]；他几乎读过他的每一部作品，有些他非常喜欢的，据他自己说，已经读了不下百遍。晚上，当他离开办公室往家走的时候，心就已经飞到施蒂弗特的作品上去了。他单身一人，同他的“鬈毛狗”，就是她的女管家，住在一起。她在他身边已经干了几年了，替他煮饭烧菜、料理家务。他从来不把时间浪费在不必要的事情上，很懂得赏识这

① 施蒂弗特（1805—1868），奥地利小说家。

位善良的阿尔萨斯老太太为他准备的饭菜。吃饭的时候，他会喝上一杯葡萄酒；吃完饭，他会陪“鬈毛狗”玩一会儿，然后就开始阅读《老鳏夫》。他对于这部小说赞不绝口。此时他说话的口气也变得严肃起来，不再像拿着旧货进屋时那样说话。不过，他的古董和施蒂弗特之间的联系是显而易见的，他也许根本就不会想到要去否认这一点。

一次，我问他为什么一再阅读同一本书。我的问题令他感到震惊，不过他并没有怪罪我。难道有其他可读的书吗？他不喜欢现代的东西，里面描写的一切都令人绝望、阴郁，一个好人都没有。这肯定是不对的，他的人生阅历不浅，因职业的缘故接触过许多人，还没有发现其中有一个坏人。要如其本来面目地看他们，不要把错误的意图强加给他们。这样做的作家当中，施蒂弗特做得最好；自从他发现这一点之后，任何作家都让他感到无聊，或者让他读着头疼。

一开始，我还以为他从来不读其他的东西，但我很快就发现，这是错的，因为他说还有一本书让他爱不释手，并且阅读的遍数不亚于前一本书。对此我有些感到奇怪。听他说话的口气，仿佛他想要先道歉，然后再说出该书作者的名字。要知道，他说，这个世界如果有坏人的话，它该是什么样的。对此有所了解，也是需要的，但只是作为幻想。他对此做了了解。虽然他知道这本书里写的东西都不对，但却写得很精彩，让你不得不读它，因此他也常读它，就像有人读侦探小说是为了暂时从现实生活中抽身那样，他读的则是司汤达的《巴马修道院》。我承认，这是我最欣赏的法国作家，我视之为自己的大师，并努力向他学习。“从中难道能学到什么吗？”他问，“最多也就能从中学到一点，就是现实幸好不是那样的。”

《巴马修道院》是一部杰作，这一点他确信无疑，但它是一部警世杰作。他的信念纯洁无瑕，令我在他面前感到汗颜。我必须对他和盘托出我自己，并且很快就把我写的作品说了出来。我向他讲述《康德着火了》，他津津有味地听着。“它好像比《巴马修道院》还要可怕。我不会去读这本书的。不过，有这样一本书也挺好，它能起到好的效果。读这本书的人，会像从噩梦中惊醒，庆幸现实不是这样的，现实与梦中是不一样的。”读过该书手稿的出版商，即使他们中那些对该书表示钦佩的人，到目前为止也不敢贸然发表它，对此他表示能理解。因为这样做是需要勇气的，而有勇气的人非常非常少。

我觉得他想帮助我，所以才用最细腻的方式来包裹他的这一愿望。他不想读这样的作品，我给他讲述的内容已经让他反感不已，但他从我们共同的朋友哈特女士那里听说，我的书至今还没有一本面世，这种情况对于一个即将年过三十的作家来说，是不值得称道的。因为他不可能真正赞同这样的一本书，所以他才为这本小说的存在想出一个教育意义来：警世。随即，就在这次谈话中，他毫不犹豫地让我去物色一个好的出版商，这个出版商既要信任这本书，但又不想过多冒险。他，让·赫普弗纳，将为此提供担保，使得该出版商不会遭受损失。“无人想看这本书，也不是不可能的。”

“如果是这样的话，那损失由我承担，”他说，“我生活得太好了，又没有家庭需要供养。”听他的口气，仿佛这是世界上最天经地义的事。他很快就让我相信：这是他最愿意做的事，这是再简单不过的事；与此同时，他也向我证明，这个世界上有好人，并不像这本书中所描写的那样；人们应该读一读这本书，以便重新回到由好人构成的现实世界中来。

回到维也纳以后，可资谈论的事很多。一路我去了科摩罗格诺和苏黎世，还去了巴黎和斯特拉斯堡；发生了许多始料未及的事，还遇到了一些稀奇古怪的人。我把这些都说给布洛赫听。他一反常态，立即毫不掩饰地说，有一件事令他羡慕，就是我见到了詹姆斯·乔伊斯，而我并不认为见到乔伊斯是什么了不得的事。他的那句刻薄而大男子主义的话“我用刀刮胡子，却不用照镜子！”在我听来是对我的完全曲解和讥讽，布洛赫则不赞成这个观点。他认为，这表明我的剧本触到了他的痛处，这句话让他暴露了自己；乔伊斯是不会做傻事的。布洛赫问，我是否更愿意听一些不痛不痒的话。他把乔伊斯说的这句话颠来倒去研究，试图从不同角度进行解释。相互矛盾的各种解释令他感到满意。当我批评他把这样一句无聊而毫无意义的话当作预言来对待时，他毫不犹豫地说，他确实把它当作了预言，并且继续努力做出各种解释。

我的喜剧令乔伊斯失去自控，这本身就很能说明问题。他当然听懂了全部内容，像他这样的人，又在的里雅斯特[①]生活了那么长时间，难道我可以认为他没有掌握维也纳方言？我打算继续报道这次旅行，然而布洛赫打断了我的话，把话头又引到乔伊斯身上，继续玩味他的那句话——他又想出了另一种解释——这时我才恍然大悟，乔伊斯成了他的楷模，成了他争相仿效、不能真正摆脱的人物。我向他描述的乔伊斯极端傲慢，这样的行为竟然让他这样一个与傲慢丝毫不沾边的人、特别善良的人不以为然。那表面的无情，如果可以这么说的话，是因为他的眼睛一再做手术造成的，并没有恶意。令他感兴趣的是，乔伊斯接受自己所获得的荣誉的方式；没有哪项荣誉像他的那样别致、高尚。我明白了，布洛赫关心的是获得荣誉的方式，而非其他。受到乔伊斯的重视，希望取得与之比肩

---

① 意大利城市，从一三八二年到一九一九年隶属哈布斯堡王朝统治下的奥地利。

的成就，一定是布洛赫的最大心愿。这对他后来创作《维吉尔之死》① 产生了影响。

听我说起让·赫普弗纳，他的高兴是发自内心的。同我一样，赫普弗纳伸出的援手也出乎他的预料。一个几乎只读施蒂弗特、全盘拒绝现代主义文学的人，如果让他去读《康德着火了》，他一定看不了几页就会厌恶地把它扔到一边的。这样的一个人，竟然乐意促成这本书出版。"书出来以后，"布洛赫说，"就只能由它去了。这本书太震撼了，也许还有些令人毛骨悚然，使得别人一下还忘不了。您的这本书能否给读者带来益处，我还不敢说。但您的朋友无疑做了一桩好事。他的行为表明，他摒弃了成见。也许他永远也不会理解这部小说，他大概根本不会去读它。他这样做，不是为了让自己流芳百世，而是感觉到您是作家，想以此举来为文学做一点好事，因为多亏了文学，才有了他的施蒂弗特。他身上最令我欣赏的是，在伪装下生活。一家印刷厂和一份报纸的经理！没有比这更甚的伪装了。这下您会很快找到一家出版社的。"

他的话没错，甚至还在不经意间为此助了一臂之力。几天后，他见到了斯蒂芬·茨威格。茨威格因两桩事逗留维也纳，一是做全面的牙齿检查，二是为自己写的书成立一家出版社，因为德国的伊瑟尔出版社不能再出版他的书了。我的印象是他的牙齿给拔光了。他的一个朋友，赫尔伯特·莱希纳，是《费罗比布隆》杂志的主编。该杂志挺不错的。茨威格决定将自己所有的书都交由他出版，再选一些可以拿得出手的书作陪衬。

回到维也纳以后，我在"帝国"咖啡馆偶然遇见他。他一个人

① 布洛赫一九四五年创作的长篇小说。

坐在咖啡馆后面的一张桌旁，一只手放在嘴巴前面，为的是不让人看见他满口无牙。尽管他不愿意让别人看见他的这种窘境，但他还是招手让我过去，并强迫我在他的桌子边上坐下。“我都听布洛赫说了，”他说，“您见到了乔伊斯。如果您能找到为您的小说作保的人，我可以向我的朋友莱希纳举荐出版这本书。不过，您得请乔伊斯为该书作一个序。那样的话，这本书就会受到重视了。”

这是完全不可能的，我马上说。为这事去找乔伊斯，我做不到。他根本没有读过手稿。他几乎双目失明，怎么能要求他去看东西。即使他能像普通人一样看书，我也不会为这事去求他。我不会求任何人为我作序的。读这本书，应是冲着这本书而来的，它不需要拐杖来支撑。

我的话说得很冲，我自己都微微一震。“我只是想帮帮您，”茨威格说，话一说完就又立即把手放到嘴前面，“如果您不愿意的话……”谈话就此结束，我走我的路。对于自己那么坚定地拒绝这个建议，我没有感到一丝惋惜。我维护了自己的尊严。我也没有失去什么。即使能办成的话——我认为那是绝对不可能的——只要想到这本书前面有乔伊斯作的序，无论这个序是怎么写的，我都会感到难以接受。我没有过分鄙视他，也许是幸事，因为不久我就收到了赫尔伯特·莱希纳出版社写来的信。信中提到了担保的事，却只字未提作序的事，并要我尽快把手稿给他们寄去。我与布洛赫商谈此事，他劝我把手稿寄过去。

听　众

第一次提高我的自信心，是一九三五年四月十七日在施瓦尔兹瓦尔德学校朗读作品。

此前我已经几次拜访过施瓦尔兹瓦尔德博士夫人，尽管次数不算多；是玛丽亚·拉萨尔带我去的，我认识布洛赫，也是她牵的线。与这位具有传奇色彩的著名教育家相比——她第一次见到一个人，就会热情地伸出双臂去拥抱他，仿佛这人从婴儿起就是她的学生，与她做过无数次推心置腹的交谈，他们之间没有任何秘密——即使她对人亲切友好，我还是更喜欢个头矮小、沉默寡言的施瓦尔兹瓦尔德博士。他身有残疾，每当他的太太无休止地与客人热烈交谈，他都愤怒地拄着拐杖走到一个角落里坐下。把他的脑袋，大家可能从科科什卡的画像上见过这样的脑袋，比作树根，这是布洛赫想出来的，是再合适不过了。

用于接待客人的房间虽然小，却比施瓦尔兹瓦尔德博士夫人更具传奇色彩。在这里落座过的都是些什么样的客人哪！维也纳真正的名流在成名、成为公众人物之前，都到过这里。阿道尔夫·罗斯[①]来过这里，还带了年轻的科科什卡；卡尔·克劳斯、穆齐尔来过这里；来过这里的人，值得一提的还有一长串；奇怪的是，所有

① 阿道尔夫·罗斯(1870—1933)，奥地利著名建筑大师。

到过这里的人，其作品后来都经受住了时间的检验，尽管所有来访者中实际上没有一人觉得施瓦尔兹瓦尔德博士夫人的谈话特别有趣。她被认为是具有自由倾向的现代教育家。她全身心投入到教育事业之中，深受学生推崇。她也确实帮助了一些人，许多事情她都允许学生做；由于许多事情在她那里都混杂、交织在一起，所以她对于那种特殊类型的、有思想的人来说，不仅无聊，而且还讨厌。虽然她是好意，但大家都觉得她太唠叨。去那里的人，以及在那里碰到的人，都不是话多的人。当然，每次去的都只是几个人，大家仔细听她讲，看她看得也真切；他们记住一个人的形象，仿佛是为了给她画像而来。也许大家篡夺了在此认识的一个了不起的肖像画家的角色，后来还真的就画了。

无论是谁到过这里，最令人难忘的，是沉默寡言的施瓦尔兹瓦尔德博士。他那无声的威严，立即就使博士夫人那漫无边际的废话荡然无存。另一个令人难忘的人，是可爱的玛丽德尔·斯提阿斯尼，施瓦尔兹瓦尔德博士的女友。她是这家的核心，她不仅照顾施瓦尔兹瓦尔德博士，打理学校的一切行政事务、女生方面的事，还一手操持所有的家务。她聪明、美丽、干练，话虽不多，却并不显得沉默寡言。她是一个性格阳光的人，她的笑声是生活在这里的人，或者只是经常来这里做客的人的生命气息。有客人在的时候，她是不会坐在一旁的，因为她手里有做不完的事；但她会进来一两次，了解一下里面的情况；无论是谁坐在里面，也无论他刚认识了怎样一个精神贵族，他都会突然发现，自己是在等待玛丽德尔·斯提阿斯尼的出现。只要门一开，每个人的第一个愿望就是，进来的是她；即使出现的是上帝，我怀疑大家也都会感到失望的，因为那不是她。在我和布洛赫就“好人”进行的那场有些可笑的争论中，我们没有把任何一个女性列入考虑之列，今天想来几乎有些不能理解。当时如果有谁提到这个人，那结论早就有了，并且也用不着讨论了。

弗里茨·沃特鲁巴也属于那些较早被带到这里来的客人——这是不言而喻的。他是一个安静不下来的客人，所以在这里不会待太久。促使他离开的，不是博士夫人的话多——他已经在自己太太玛丽安那里习惯了这一点——而是他躁动不安的内心以及对这一带石头的眷恋。这里离弗洛里安街——他真正的故乡——很近。他总觉得在外面要比在里面舒畅，一旦他结束了那必要的首次拜访，再想说动他去那里，还真不是件容易的事。当我不无自豪地向他讲述，我在苏黎世所做的作品朗读被那些尊贵的听众一致拒绝时，他说："那些人听不懂维也纳话。现在你应该在这里开一个大型朗读会！"那部"喜剧"之所以吸引他，正是因为使用了维也纳方言。在真正的维也纳观众面前朗读这部喜剧，在他看来是一件光荣的事。

想到施瓦尔兹瓦尔德学校这个大礼堂的，可能是他那一向务实的太太玛丽安。这次作品朗读不是作为该校组织的活动，只是由校方提供礼堂，其他一切都由玛丽安·沃特鲁巴安排。玛丽安接手某事意味着什么，由此我有了切身的体会。礼堂坐得满满当当。分离派[①]和哈根联盟[②]的成员，如果不是全部，也是绝大多数都来了。到场的还有画家、雕塑家和新作联盟的建筑师，其中的几个我认识。玛丽安一定不懈地游说了他们中的每一个人。但有几个不属她管辖范围之内的人，即作家和几个对我很重要的人，也都来了。

我得提一下那两个在我心目中占据至高无上地位的人。其一便是我称之为天使长加布里埃尔的松内博士。他悄悄地出现，犹如我

---

① 世纪之交时维也纳的一个现代派艺术团体。

② 一九〇〇年成立的一个维也纳现代派艺术家社团。

悄悄地在心里给他取这个名字一样。这是我第一次公开我给他取的这个名字。他很善于不让别人察觉到他，但我还是能感受到他的坚强保护。其二就是罗伯特·穆齐尔。他是偕夫人一道来的，陪同他们的是弗兰茨和瓦莱里·蔡斯，是他们的朋友，也是我的朋友。两人为此机智而巧妙地做了很长时间的准备。穆齐尔光临，对我的意义要胜过两个月前乔伊斯在苏黎世斯达德霍夫大街朗读会上的出现。因为，即使乔伊斯处在荣誉的巅峰，即使我清楚他对此受之无愧，我还是觉得穆齐尔更亲切，而且他也应该享有与乔伊斯相当的荣誉，虽然我一年前才开始认真阅读穆齐尔的作品。

这次我朗读的内容与在苏黎世的一样，只是把顺序颠倒了一下，先朗读小说《迷惘》中的《好父亲》一章，然后再朗读《虚荣的喜剧》的第一部分。这样的顺序安排也许更合适一些。不过，我不认为这是引起不同效果的唯一原因。沃特鲁巴认为，我为这次朗读挑选的是地地道道的维也纳方言。他的话有道理。当然，这里人的期待也不一样。在苏黎世，除了主人外没人听说过我的名字，朗读者在所有人眼里都是一张白纸，并且还不做任何开场白，就将各种喧嚣的声音与人物集市呈现出来！这里的很多人都听说过我，那些没有听说过的，也被玛丽安灌输了不少情况。在苏黎世，我陶醉于喜剧人物。那些人物迅速地交替出场，我还要同时展示他们的不同个性，这让我无暇顾及观众的反应。坐在我前面的那些人，我看都不去看他们的脸，一如我朗读时的一贯作风，不指望任何人给予帮助，所以等到一切结束的时候，我才知道别人完全没有理解。

而在这里，一开始我就感觉到了热切的期盼与赞叹，它激励我用心朗读，仿佛这与我生命攸关。《好父亲》一章中前所未闻的内容，引起震惊；一家之主手中掌握的权力，维也纳人是清楚的。只要大家还都坐在礼堂里，聚精会神听着这个人物为所欲为，我就不认为会有谁敢怀疑这个人物的真实性。喜剧随后像脱缰的野马，一路狂奔，逐步展现出其骇人听闻之处。虽然最终很多人感到震惊，但这是这出喜剧所塑造的事件本身性质使然。我只从与这一家关系密切的那些人那里感受到了气愤，而像我在斯达德霍夫大街所遭遇的那种指责，也就来自一个人，就是丹麦女作家卡琳·米夏埃里斯。她愤怒地指责我不人道，当着她的面，施瓦尔兹瓦尔德博士夫人第一次、也是唯一一次没有开口。她一句话不说，我本指望她能说几句无关痛痒的废话，把话题岔开，然而她没有这样做。她的沉默为这晚的成功助了一臂之力。

因为上面提到的两个人光临朗读会，我心情激动不已。穆齐尔坐在我前面的第二排，我有些担心，怕他听完第一章《好父亲》后会起身走开，就像乔伊斯当时在苏黎世听完《虚荣的喜剧》之后走开那样，因为我在两节之间安排了一次短暂休息。但他根本没有起身，更别说走开了；恰恰相反，我觉得他全神贯注。他挺直的上身稍稍向着我的方向倾斜，脑袋像一发瞄准我的炮弹，多亏了他的超强自控能力，才没有把它向我发射过来。这一不可磨灭的印象并不是我自欺欺人的感觉，因为很快我就听到了他就此发表的看法，尽管他的观点应该令我感到诧异。

松内，只有这一次我把他放在第二位，是看不到的。我知道不会看到他，因此也就没有去找。但我认为，这是我们关系中具有决定性意义的一刻。一年多来，他让我从我们之间进行的无数次交谈中受益，而这是他第一次了解我写的东西。我从来没有把手稿拿给他看，对此他虽然只字未提，但他知道，我为自己至今还没有一本书面世感到惭愧。只有在他面前，也只有在他这样一个放弃公众生活的人面前，我才没有这样的羞愧感。他从来不问这方面的事，从来不说这样的话：“您能不能把布洛赫对我讲的那本小说带给我看看？”他什么也不说，因为他知道，一旦有书面世，一旦该书不能再做更改，我定会送一本给他的。

他也清楚，我必须防止手稿受到他的评判，因为他的一句话，也唯有他的话，能够彻底毁掉它。我清醒地认识到了这种危险，既不想丢弃我的这部小说，也不想丢弃这两部剧作，并且我认为这样做并不是怯懦，因为我的全部所有，就是这三部作品，而它们都还没有公开发表过。在其他任何人面前，我都有能力维护它们，但在他面前，它们会变得无力自卫，因为我本能地，当然也是经过思考才决定的，将他视为我的最高权威，自愿服从他，因为我对这一权威的需要，绝不亚于我对这三部作品的意识。现在他来了，而我毫不恐惧他的在场。在说了那么一大通之后说这些，让人听起来一定有些觉得奇怪。

布洛赫不在维也纳，而安娜在照顾她病得很重的妹妹玛农。去年侮辱过我的那些人，这次一个都没来。我一次都没有想起韦尔弗说的那句“您还是别去写这类东西”的话，虽然我还在遭受这仇恨的折磨。他的诅咒，本想起到阻止我继续写作的目的。虽然我对他的评价很低，但作为诅咒，这句话仍然发挥着作用；我把这诅咒挪到我的这出喜剧里去了，而这出喜剧又占据了我的身心，我对它也满怀信心。若尔耐家的那帮人，我从没有拿他们当真。他们现在远离这里，我面对的是真正的维也纳社会；我站在他们一边，事实将表明，他们是有前途的，这一点我可以肯定。

对于朗诵会从形式上的结束，画家的行动起了决定性作用。这列步兵队在沃特鲁巴的率领下坚定地鼓掌。也可能是他们的行为决定了我当时的感受，那就是：这出喜剧最终还是找到了自己的观众。后来证明，我的这个感觉是种错觉，却是可原谅的错觉。这一次，我放任自己相信，这出喜剧被接受了，它将在为之而创作的那个时代发生作用。

穆齐尔随即就走到我跟前，我觉得他好像是主动与我说话的，言谈真诚而无所保留；在这上头他是有名的。我有些迷糊，又有些陶醉。正对着我的，是他的脸，而不是他的背。我看着眼前他的那张脸，心情激荡，以致不知道他都说了些什么。他其实也没有多少时间可以对我说话，因为我已经感到肩膀被抓住，身体猛地被一把转了过去，被两只手臂抱住——是沃特鲁巴，他像亲兄弟一般热情地拥抱我，根本不管场合合适与否。我挣脱他的拥抱，介绍他和穆齐尔认识。他们之间的友谊种子，就是在这热烈的目光中播下的；即使这一友谊后来是非不断，致使他们忘记了被孤立看待的这一时刻，因为对于他们二人来说，都未从中得到更多收获；但我却不能忘记这一刻，它是我生命中的一个亮点。

我们被分开了，其他一些人走过来，其中的许多人我都是第一次见。场面越来越拥挤，接着就听见有人说，到二楼的斯泰因德尔餐厅去，已经有人在那里预订了一间房间。向上走的人群松松垮垮地排了一长队，我也走到了上面；当我朝预定的房间看的时候，发现椭圆形桌子边上已经坐了许多人。在这间房间的外面，我看见穆齐尔和他的太太正犹豫不决地站在那里；他熟悉的蔡斯正在劝说他，让他进去坐。他犹豫了一下，向里面看了一眼，双脚就是不动。当我走上前去，满怀敬意地邀请他时，他才抱歉地说，人太多了，房间太拥挤。虽然他还在犹豫，但因为已经明确拒绝了，所以也就没有了退路。最终他在外面找了一张桌子，和他的太太以及蔡斯兄弟坐了下来。

这样也许更好，因为如果有他在场，我怎么可能无拘无束呢？让我无比崇拜的他和其他人挤坐在一起，是不合适的，并且这些人还要一边吃、一边喝、一边为一位青年作家的作品朗读会庆祝。我看见他站在敞开的大门旁犹豫不决，只好向他发出邀请；如果对他站在门外置若罔闻，那会比发出邀请显得更不合适。其实，他可能就是在等别人发出邀请，然后再拒绝邀请。我认为，穆齐尔的所有拒绝，拒绝其他人或者拒绝我，都无比正确。我不想遗漏对它的回忆。即使我在他那里遭到的只是拒绝（幸好情况不是这样），我还是觉得，我了解他的方式是对的、精确的，甚至与他作品中的语言相对应。

房间里的气氛轻松、热烈，在场的几个画家很会闹。我对自己说，在场的人中没有一个让我感到是不配的。万幸的是，在这样的场合大家不会认真去计较什么。不过，我还是觉得缺了点什么；特别是每次碰杯的时候，我都要犹豫一下，仿佛我还应该等一等，可又不知道等什么，因为我已经把正事给忘了。也许是被周围欢乐的气氛所感染，所以我才不敢说，那最重要的、决定性的东西尚未出现。我一定在期待别人的评价，但也没有刻意去追求。我没有心情去确认，来的都是些什么样的人。他们慢慢就会一个个过来的，对此我是有把握的。但有一次，唯一的一次，我感到有人在注视我。没人朝我喊什么，我不用张望就朝某个方向看去。在离我很远的一个狭小地方，松内博士挤坐在那里，他的样子非常安静。他一看见我的目光，就微笑着朝我轻轻举起酒杯，以示祝贺。我感到他的嘴唇在动，但我什么话也没有听到；那只手和杯子不真实地浮动起来，停留在半空中，像画上画的一样。

他没有说更多东西，就是几天后我们又一次坐在“博物馆”咖啡店的圆形大理石桌边的时候，他也是这样。举起杯子，让杯子悬在半空中，他已经以此对我做出了鼓励，这要比任何欢呼、任何话都更有意义。由于他听的只是作品的一部分，而不是全部，所以他不想说什么。但他也没有阻拦我，没有让我提防他已经洞察到的危险。他放手让我去做，以体谅的方式尊重每一个人的生命，而在我看来这就是许可，或许还不止这些。

同来斯泰因德尔餐厅的人中，还有布洛赫。我知道他写了《托马斯·闵采尔》，但没有认真去研究过。他出现在朗诵会现场，许多人都发现了，穆齐尔也看到了，这是我后来才听说的。穆齐尔拒绝了我的邀请之后，我就走进了坐满人的里间。这时布洛赫站了起来，他也刚找到一个座位，向我走了过来。他将我拉到一边，其实这里到处都是人，根本谈不上一边，郑重其事地把他的意见完整地转达给我。他先用力地做了一个手势。“第一个印象，”他说，两手高举，而且高度超过肩膀，手心向上，像捧东西的样子，然后一字一顿地说，“它——卓尔不群。”“它”后面的一段长长的间隙非常引人注意，就像他高举的双手。“卓尔不群”出现在不确定的“它”之后，更显得出其不意，犹如哥特式教堂的尖顶。我茫然不知所措地看着他，他高举的双手更凸显了这颗细长而凹凸不平的脑袋的曲线。然后他说了一些事，以证明他立即就理解了这出喜剧。他清楚该剧影射的是什么，预测出了第二部分的内容，并且还预测得很准。他仔细而完整地把他的感觉说给了我听，而他的话正是我最求之不得的。不过，我觉得他仿佛是在用外语说话。“它——卓尔不群！”是他说过的话中我唯一记住的一句。

我也不想隐瞒晚饭之后发生的一个小插曲，虽然那是令我难堪的事。是有关穆齐尔及其在朗读会期间的真实行为的，并且那是我连做梦都没有想到的事。如果不是几天之后听弗兰茨·蔡斯说起，我会因为他的到场和他对我的态度而兴奋得昏了头，把这事给忘了。

弗兰茨·蔡斯是专利局的参事，认识穆齐尔已经很久了。他是一个非常忠诚的朋友，很早就发现了穆齐尔。当时，维也纳有大约十来个人受到追捧。他们的追随者都是值得称道的，因为这些追随者从中得不到任何好处，反而会给自己带来麻烦。受追捧的人中，有几个是在小圈子中活动，如勋伯格和他的学生，其余的都离群索居。弗兰茨·蔡斯认识他们中所有的人，并且属于他们大家。他能本能地察觉出他们的孤独，能理解他们独处的要求，也知道他们深受孤独的煎熬。他对穆齐尔最了解：他的敏感，他太太玛尔塔的不信任，时刻提防别人与他走得太近；同这样一个有思想的人的生存相关的每一个细枝末节，他可能做出的任何一个反应，即使是最隐秘的，弗兰茨·蔡斯都了如指掌。因此，他充分照顾这一点，在一切场合都机智地做出有利于穆齐尔的选择。

他听我说过我对穆齐尔的看法，在他确信了我对穆齐尔的崇拜是坚定而不可动摇时，他对穆齐尔说了这事，并且还说，他在确信我对他的崇拜是否属实之前，进行了仔细的审查。弗兰茨·蔡斯总是要经过一道检验关，向穆齐尔转述的每一句话，事先都要放到天平上称一称，并且那些话大多数时候都被认为不够分量。如果能得到穆齐尔的首肯，即使再微不足道，蔡斯都会不遗余力地去做。搬弄是非者有两种，一种是竭尽所能离间别人。他们断章取义，放大每一个负面的言论，从而唤醒对方——作为自我防卫——做出带有敌意的反应，之后再把这带有敌意的反应传过去，使这种游戏升级，直至好朋友反目成仇。他们享受着这个游戏赋予自己的权力，有时他们还善于在两个人面前扮演从前的朋友的角色。另一种搬弄是非的方式很少见，就是只传达好话，不传不好的话，力图缩小坏话造成的影响。先引起一方的好奇心，逐渐赢得信任，直到实在回避不了的时候，才让两个距离逐渐缩小的人在现实中相遇。弗兰茨·蔡斯就属于这一类型的人。我觉得，他确实就是为了减少孤独给穆齐尔带来的痛苦，并且给我带来近距离接触他的快乐。

说服他来听作品朗读，证明蔡斯成功地做到了这一点。蔡斯愿意继续向我描述穆齐尔的反应。我们第二次在一起的时候，他说的话着实让我吃惊不小。穆齐尔先是很吃惊。“他的听众还真不赖。”他说，还特别提到了恩斯特·布洛赫和奥托·斯德斯勒。这给他留下了深刻印象。接着，在听《好父亲》的时候，他突然抓住椅子扶手，对陪同他的人说：“他朗读得比我好！”这当然是不可能的，因为他朗读精彩，是人所共知的。他的话之所以奇怪，原因不在于他说话的内容真实与否，而是他的表述方式。这种方式证明了我后来在他的作品中深切感受到的攀比欲。他拿自己同别人做比较，就连作品朗读在他看来也仿佛是希腊人的竞赛。我觉得这几乎令人作呕，我根本就不会想到要拿自己和他做比较，因为我将他高高置于我之上。一年前，我遭遇了彻底的失败，被迫去面对更好的听众，接受他们的挑战，并赢得他们的心。在当时，我也许没有明确认识到这一点。

天使的葬礼

她以这样的形象展示在他人眼前，几乎有一年之久：坐在轮椅中，衣着整齐，面容经过精心修饰，一条贵重的毯子盖在腿上，蜡黄的脸上似乎泛着信心，而实际上已经毫无希望了。她的声音没有受到损害，听上去还是孩提时代的样子。那时她像一头小鹿，奔跑跳跃，所有来客都觉得她与她的母亲有着天壤之别。这种对比现在更加强烈，也显得越来越不可思议。母亲仍然一如既往地生活，因为爱子的不幸而更加感觉良好；孩子在瘫痪以后还能够对订婚说出“同意”二字。

订婚应该是有利可图的。选择的对象定格在祖国阵线的青年秘书，一个道德-神学教授的宠儿身上，这个教授控制着这个王侯之家核心人物的心。与一个将不久于人世的姑娘订婚，丝毫没有令这位秘书畏惧。现在他可以自由出入这个家门，理由是看望自己的未婚妻，从而结识了轮椅周围怀着同一目的的所有名人。他讨好的笑脸、中规中矩的鞠躬姿势、说话时的老鸭嗓子，使他成为议论的焦点：这个此前还无人知其姓甚名谁的前途无量的年轻人，自愿牺牲自己，牺牲掉自己越来越宝贵的时间，来到这里，目的就是为了让这个天使以为自己的病还能痊愈，因为她既然已经订婚，那就表明，她还有希望结婚。

这个身穿晚礼服的年轻人亲吻未婚妻手的样子，总是给人印象深刻。“亲吻你的手”在维也纳是挂在嘴边的一句口头禅，而他却真的无数遍这么去做。当他确认大家都看见了他的所作所为，他所做的一切，特别是亲吻她的手，不是白费力气，而是为自己捞到了好处的时候，他就会站起来；当他优雅地俯身于瘫痪者面前的时候，他就是代表两个人站起来；这时就会有人像她的母亲那样，相信奇迹会发生，并且说：“她会康复的。这么好的未婚夫会给她带来康复的。”

也有人对于这一恶劣的游戏嗤之以鼻，心里寄托的完全是另一种希望。这些人，我也在此之列，只有一个愿望，那就是让雷电击中母亲和这个未婚夫，并且让他们在同一刻瘫痪，是让他们瘫痪，而不是电死，从而让这个病中之人受到惊吓，一下子从轮椅中站起来，痊愈。从现在开始，取代她坐在轮椅中被推来推去的是母亲；她同样也被打扮得整洁光亮，被仔细装扮，膝盖上盖着贵重的毯子，而那个未婚夫则被固定在轮子上站着，被一根链子拉到她身边，费力地亲吻她的手，并且再也不能向她母亲卑躬屈膝了。虽然这个姑娘把所有的纯洁和善良当作赌注押上去，以便让自己回到过去的状态，从而换取母亲的康复，但是未婚夫不断卑躬屈膝的企图和亲吻手的动作从中作梗，使得三个人僵化成一组蜡像，外部力量有时能让他们动起来，成为“霍恩瓦尔特”风貌的永恒组画。

但现实是不识正义的。身穿黑礼服、靠在圣城教堂柱子上的那个人，就是那名秘书，出现在丧礼上。丧礼终结了他与玛农·格罗皮乌斯的婚约：她如预期的那样死去，而他面对的不是婚礼，而是葬礼。

她被安葬在格林琴公墓。就连在这样的场合，不少人也不忘记从中捞取一票。整个维也纳都到场了，就是说，习惯于在霍恩瓦尔特盛宴上出现的那些人都来了。其他一些到场的人，是那些一心想被邀请却还从没有得到过这样赏赐的人；当然，来参加葬礼是没人能阻挡他们的。长长一溜汽车蜿蜒在通向墓地的狭窄马路上，这其实是一条人行道，而非马路。假如某辆车的主人想超过前面的车，以便能抢到一个贵宾席位，那是不可能的。眼前的这溜车队只能按次序慢慢向山头行进。

我和沃特鲁巴、玛丽安坐一辆车，一辆出租车。玛丽安性急得很，不停地对司机说："超过去！您为什么不超过去呢？我们的位置太后了！我们必须赶到前面去！您快超啊！"她的话犹如鞭子，可是没有马让她抽打。她说话越是急不可耐，这位司机就越是不急不忙。"不行啊，夫人，没法超。""不行也得行，"玛丽安大声说，"我们必须赶到前面去。"她急得都哭了起来，"我们可不能落在最后面啊！真是奇耻大辱！奇耻大辱！"

我还从没见过她的这副模样，沃特鲁巴也是第一次见到。很久以来，他在为得到马勒纪念碑的制作订单而努力。他被不断要求重新设计样稿，对样稿的有些指责是致命的。安娜，他的学生，在自己母亲那里竭力为他说好话；为了他，卡尔·摩尔都快跑断了腿。当年竭力为科科什卡辩护的人就是他，现在他又为沃特鲁巴鞍前马后地奔波出力，然而事情总是在最后一刻泡汤。我怀疑是那个无所不能的寡妇在背后作祟，事实也证明，确实是她从中作梗，破坏沃特鲁巴的马勒纪念碑方案入选。马勒老夫人挺喜欢沃特鲁巴的，但由于玛丽安一直在他边上，因此她没法引诱他。她夹着一根巨大的意大利摩塔德拉香肠来到他的工作室，如果她失望地离开那里的话，回去以后就会对她的女儿说："他不适合马勒。他不过是一个无产者。"在这期间，玛丽安跑遍了维也纳所有哪怕能对最终决定产生一丝影响的公共机关。她对于"马勒"的热情——两人私下里这么称呼马勒纪念碑——在去玛农·格罗皮乌斯葬礼的路上达到了顶峰。

其实，玛农与马勒没有多少关系，只是因为她母亲复杂的婚姻而与他沾上了一点边。现在人死了，与他更是一点干系也没有了。

玛丽安·沃特鲁巴却不停地大呼小叫。由于车子在通往墓地的山路上开得很慢，所以她有的是时间："现在可以了！您现在试着超过去！我们必须赶到前面去！您得想想办法啊！我们必须挤到前面去！不然我们就是最后到的人了！我们必须挤到前面去！"沃特鲁巴看看我，仿佛在对我说："她这人真是不讲理。"但他还是很谨慎，没有把这说出来，不然的话，玛丽安会把矛头从司机那里转到他身上的。当然，他对此也不是抱无所谓的态度。他也希望能赶到前面去，离马勒纪念碑更近一点。对于一个雕塑家来说，墓穴和纪念碑之间是有着不可抗拒的联系。这一定是他对这类石头最早体验的积累，如果关乎的是值得为之树碑的这个人身后的继女，那这一联系就是不可废除的。

我已经不记得我们是怎么下的车，我们一定是被玛丽安从后面推着挤过看热闹的人群的。我们最终站的地方，离敞开的墓穴很近。听着赫伦斯泰因纳催人泪下的悼词，我知道，那悲痛母亲的心是属于他的。母亲在哭泣。引起我注意的是，她的泪珠也与常人的不一样。她的眼泪虽然不多，但她很清楚怎样才能让泪珠积攒成超大的个头，这么大的泪滴我还从没有见过，它们像那名贵首饰上的巨大珍珠。每一个见到此情此景的人，都禁不住为她的强烈母爱发出由衷的感叹。

有一点是可以肯定的，那就是这个姑娘以超人的耐心忍受了病痛的折磨，正像赫伦斯泰因纳巧舌如簧的那样。但是，作为母亲，她所承受的痛苦又是多么巨大：当着世人的面，她目睹女儿承受痛苦达一年之久，要随时听取病情汇报；其间世界上发生的一些事情，一些母亲死去，她们的孩子饿死，即便如此，她们所遭受的痛苦都无法与阿尔玛的相比。她代替大家受苦受难，她没有被击垮，现在也没有，面对墓穴都没有倒下。这个身材丰满、却明显老态龙钟的受难者就站在这里，与其说她是玛利亚，不如说她是玛格达蕾娜；她的脸上流露出的不是悔恨，而是大滴的泪珠。到目前为止，还没有一个画家画出这么大颗粒的泪珠来。她的那位发表墓地演说的朋友每说出一个词，她的泪珠的体积就增大一点，直至聚合成一粒葡萄大小时，才从她长满横肉的脸上滚落下来。她就是要以这种样子示人，大家也都看到了她的这副样子。大家来的目的，就是为了让她将自己的痛苦展示给世人看，让大家肯定她的痛苦。能够在维也纳易主换人、被宣布为一个省、从而走向没落之前的最后辉煌时刻亲临现场，也算是一件幸事。

也有些人借这样的机会出风头，虽然不是在万众瞩目之下，但还是引起了不少人的注意。对于这些人来说，分享这位经受了严峻考验的母亲的辉煌，还不够，他们还成功地把自己的痛苦也展示在公众面前。在一座新坟前面，位于山上位置稍偏僻、但又不是太偏的地方，玛尔塔，雅克布·瓦瑟尔曼的遗孀，一年前他在声誉到达顶峰的时候去世，正虔诚地跪在墓前祈祷。她精心为自己选择了墓地的位置，四面八方的人都能看到她。她那一双细长的手合在一起，不时还因为悲痛抽搐几下；她双眼紧闭，不去看这世间的一切，却希望看到自己的孤独所产生的影响。如果不是太做作，别人也许会相信这一切。在她潜心祷告的时候，她那张瘦长的脸看上去憔悴不堪，跟农民的脸一样；头上戴的那顶帽子预先做了准备，戴在头上给人的感觉，像扎的是头巾。整个做派让人感觉过了一点，有刻意强调的痕迹；那双手如果不是过于频繁地抽搐，眼睛不是太频繁地左右张望，这座新坟，当然它必须与这个天使的不一样，如果不是处于这个太有利的地形位置，别人也许会认为她表露的是真情实意。但是，她的那些做作行为不能让人信服；相反，别人会问，她在为谁祈祷：是为她那患有严重心脏病、劳累致死的丈夫，还是为那个已经无法被母亲的巨大泪滴和赫伦斯泰因纳矫揉造作的话语加害的天使，抑或为她自己的创作？她自视比丈夫有才华，并在丈夫去世以后下定决心，向世人证明这一点。

格林琴墓地的拙劣表演令我作呕，但在两个人身上我得到了补偿：一个是跪着的玛尔塔，她怎么跪下去，我看见了，但没有看见她是怎么站起来的；另一个是这个母亲，她感情丰沛，成功造就了巨大的泪珠。我竭力不去想那个人见人爱的牺牲品。

高级权威

一九三五年十月中旬，《迷惘》出版了。一个月前，我们搬到了西默尔[①]大街，它位于格林琴附近种植着葡萄的山腰上。搬离幽暗的费迪南德大街，同时手头又多了一本以维也纳阴暗面为题材的小说，我有一种解放了的感觉。我们现在住的西默尔大街通往一个叫“天上”的地方，我觉得这个名字很有意思，就让薇莎去给我印一些信笺，并且在上面印上“天上 30 号”的地址，而不是西默尔大街 30 号。

搬家和小说的出版，对她来说像是救星，将她拯救出令她感到毛骨悚然的小说世界。她知道，只要那厚厚的书稿还在我身边，我就永远不会和这部小说脱离干系，她就会觉得那是一个威胁所在。她坚信，打那以后我身上的某个东西松动了。她最喜欢的《虚荣的喜剧》，更能显现出我作为作家的可能性。她拐弯抹角地向我打听，给谁寄去了内有题词的《迷惘》，还以为我不知道。当得知我只想给为数不多的十来个人寄这本书后，她感到很满意。她敢肯定，我会遭到大家的批评。评论家群起攻击我，是免不了的；但那些为数不多了解我、并对我抱有希望的人，不应该在阅读完这本令人窒息的书后离我而去。

---

① “西默尔”的意思是“天，天空”。

她不停唠叨着个人阅读与听作品朗读之间的区别。除了必读的《好父亲》一章，我还喜欢朗读《散步》（第一章）和第二部分中的一些章节：《到理想的天国去》和《驼背》。费舍勒是其中的主要人物形象，他的狂妄和自负总能感染人。听完《好父亲》后，听众心里都会感到难以平静，他们对备受折磨的女儿还抱有同情心。也许有人想读到更多的内容，但那时这本书还没有出版；几年时间下来，大家都清楚了这一点，因此也就不用忍受基恩和台莱瑟之间斗争的折磨了。人们没有理由怨恨作者，所以下一次开作品朗读会，他们还来，并且还强化了此前的观点。在对新文学感兴趣的那一小圈维也纳人中，该书已经慢慢有了虚假的知名度，现在随着它的面世，这虚假的知名度可能会遭到致命的打击。

我自己倒毫不惧怕，仿佛薇莎把所有的恐惧都承接了过去。该小说每遭到一家出版社的拒绝，我对它的信心就增添一份。即使它现在不被看好，但将来一定会受到欢迎，对此我有十分的把握。我也不知道我的自信从何而来。也许是因为要抵御当前的敌意，才果断地让后世来做裁判。所有狭隘的顾虑和担心都一扫而空，根本不去考虑这人或者那人会对此说些什么，因为最终不取决于他，所以根本就不想去想象它。同时代人对我所喜欢的作家的作品都说过什么，我也不去想。我是为自己去阅读那些陪伴在侧的老书的，它们完全摆脱了其作者在世时的所有瓜葛。在有些作家那里，成了神的是书自己；这不仅意味着它们会永远存在，而且还意味着它们早就存在了。

这种对于后世的信任，心里只念及将来，也不是绝对的。后世也要经受裁判，而找到判官，也不是一件容易的事。有些人会很不幸，永远遇不到那个自己可以问心无愧地将他作为后世判官的人，而我遇到了这样的一位。在长达一年半之久的时间里，我每天与之进行长时间的交谈。无论他在我心目中的地位有多高，我都愿意让他拥有判处《迷惘》死刑的权力。五个星期以来，我在等待他的判决。

在寄给他的那本书里，我写了一句话，这句话只有他能够看懂：

松内[1]博士，于我甚于太阳。E.C.[2]

在寄给布洛赫、阿尔班·贝尔格和穆齐尔的书中，我毫不吝啬地表达了我对他们的敬仰。那些话都是我想对他们每个人说的真心话。松内博士则要另当别论。由于我们之间从没有谈过涉及“私事”的话，因此我也不敢当着他的面说我对他多么崇拜。在别人面前提到他的名字，我总是在前面加上“博士”头衔；这并不是说，我认为这个头衔多么重要。在维也纳，和你有交往的人中每两个就有一个叫“博士”。这个词更多地用来表达礼貌，这样就不用一上来就直呼大名，而是通过某个中性的、不具色彩的东西做一个铺垫。由此也表明，你没有权利放肆地对待这个名字，它与你保持距离，不可侵犯并且令你着迷。一旦在这个“博士”后面出现一个神圣的词，如松内，那就会熠熠生辉、光芒万丈、振翅翱翔，成为一切生命的本源和终点——当时人们还这样认为，那么，即使它的形状是圆的、易于记忆，它也不会成为平常之物。这些都要归功于产生距离感的前置词。我就是这么想这个名字的，无论是对别人说，还是我在心里想，他都叫“松内博士”。五十年后的今天我才觉得，对于这个名字来说，这个头衔过于肤浅、隆重，因此我擅自决定，

---

① 松内的字面意思为“太阳”，因此作者说他对于自己比太阳更重要，并在后面说到“熠熠生辉，光芒万丈”等等。

② 埃利亚斯·卡内蒂名字的缩写。

在书面上尽量避免这样使用。

在那时，能看懂我的题词的只有受赠人，只有他自己知道，他对于我来说比太阳更重要。他是唯一让我将自己的名字缩减为开首字母的人。这两个字母的字体显示出无以复加的自信，它不是出自一个欲退隐之人的手。几年来一直默默无闻的这本书，终于让公众注意到了。但是，他想要在这个只为着思想而不是为自己的人的面前消失。

十月中旬的一个下午，地点是“博物馆”咖啡店，我将这本书递给松内博士。该书的手稿他从没有见过，我也没有对他提起过，他所了解的，只是在上次作品朗读会上听到的某些章节。也许他从其他人那里听到过更多的内容，例如布洛赫或者梅尔克。在文学领域，他可能比较重视布洛赫的意见。即便如此，布洛赫的意见也不会是决定性的。他只相信自己的判断，但他决不会这样张扬地说出来。从这一刻开始，我又每天与他见面。我每天下午都去“博物馆”，坐到他身边，他也不隐瞒自己是在等我。让我作为三十岁的人重获新生的交谈继续进行，任何变化都没有发生，虽然每一次交谈都是全新的，但这种新与前面的新并没有什么不同。从他的谈话中，我感受不到他阅读了这本小说的任何蛛丝马迹。对此他只字不提，我也就只好仿效他，不去说了。我急于知道他是否开始读了，至少是否已经开始读了，但我没有问过他一次。我已经习惯于尊重他的沉默，对于任何一方面的沉默，因为只有当他出乎预料地开始谈什么的时候，那才是他到达自己应有的高度的信号。他不使用任何武力，以透明的方式维护着他的独立，从而使人懂得什么叫精神独立；从他身上学到的东西，最不容在他面前受到蔑视。

时间过去了一周又一周，我克制着自己的不耐烦。他的拒绝意味着我的毁灭，并且无论他对此的说明是多么具体，多么令人信服。

他是我唯一认可的、拥有判处我精神死刑权利的人，而他对此却只字不提。这么重要的事，我是无法对薇莎隐瞒的。因此，每天晚上我回到西默尔大街，她都要问："他说什么了没有？"每次我都说："没有。我觉得他还没有时间来读它。""没有时间！没有时间！每天却能和你在咖啡馆坐上两小时！"如果此时我故作镇定，轻描淡写地说："那也不在乎这两小时时间。我们已经谈论了各种'迷惘'。"我如果用这种或者类似的方式打岔，她就会很生气，大声抱怨说："你已经成了奴隶！你竟然会认可一位主子，是我万万没有想到的。我算是长见识了！现在这本书终于出版了，而你却成了奴隶！"

即使我是奴隶，也肯定不是他的奴隶。倘若他有过轻蔑的举止，或者说过鄙视的话，那我一定不会追随他的。我从他身上沾染最少的，就是卑鄙或者下流之类的东西。他不会去做傻事或者卑鄙的事。对于这一点我十分有把握。正是这种绝对而并非盲目的信任，在薇莎眼里成了奴性。她很了解这种状态，她对我就是这样的。她认为自己对我的信任通过我的作品——终于有三部出版了——得到了证实。可松内博士出版过作品吗？他即使出版过作品，也会巧妙地不将它们示人的。他为什么要隐藏它们呢？难道他认为这些书不配给与他交往的少数几个人看？她心里其实明白，松内为人低调，而这一点正是布洛赫、梅尔克和其他一些人最欣赏他的地方。但他的低调发展到了如此地步，拿到我的小说几周后都只字不提，而且还是在我们每天都见面的情况下，我觉得这有些不近人情。她口无遮拦，也不去顾及我的感受，逮到任何机会都去攻击他。她是一个爱说笑话的人，但只要谈到他，她的全部幽默就会消失得无影无踪。由于她自己对这本小说也没有什么把握，因此她担心他的沉默意味着拒绝，而他的拒绝将会对我产生什么样的影响，她心里很清楚。

一天下午，我们在“博物馆”咖啡店打过招呼以后，在没有任何铺垫的情况下，松内博士直截了当，或者应该说是冒昧地说，他读完我的小说了，问我愿不愿意知道他对该书的看法。在接下来的两小时里，他都在谈这本书，这个下午就谈了这本书。他剖析小说的内容，找出它们之间的关联，而这些都是我没意识到的。他视该小说为一部早已存在并将继续存在下去的书。他把该书的来龙去脉梳理得清清楚楚。如果他只限于泛泛地肯定该书，那么，在绝望地等待了五周之后，我会对他的郑重赞同感到兴奋的；但他做的远不止这些，他分析了我书里的每一个细节。虽然它们都出自我的手，但我却没有对它们进行过仔细推敲，现在他来给我解释，它们为什么是正确的，或者为什么只能是这样的。

看他说话的样子，仿佛他在做发现旅行，而且还把我也给捎带上了。我从他那里学到了很多东西，仿佛我不是该书的作者，而是与之不相干的人。他给我指出的那些东西，几乎让我不能相信那是我自己写的。他对书中的每一个细微之处都了如指掌，仿佛是在给学生评点一篇古文。作为手稿，这本书在我身边躺了四年，而他在我和这部小说之间拉开的距离，要远甚于此。我眼前看到的是一个意蕴丰富、细节构思合理的形体，这其中既饱含着他的尊严，又有他为之所做的辩解。他的每一个观点都令我着迷，让我为之一怔，我只有一个愿望，那就是他能不停地说下去。

我慢慢领悟到他做这么详细说明的意图所在：他清楚这本书为什么会命运不济，因此，他要助我一臂之力，抵抗随之而来的攻击。

说了很多与这一意图无关的话之后，他话锋一转，为我设想了一些我可能会遭受的攻击。攻击之一，他说，别人会将这本书视作一个没有性别的老人。接着，他以精确的方式为我列举了反驳的证明。可能有人会拒斥费舍勒，因为他是犹太人，并指责作家让这个人物被当前罪恶的意识形态滥用。但这个人物是真实的，他同没见过世面、进城务工的女管家和动辄打人的看门人一样真实。当灾难过去的时候，所有这类虚荣都会背离这些人物，成为灾难发生的导火索。他说了很多，而我只提到了这一点，因为随着事态的发展，我越来越反感费舍勒这个人物；每逢此时，我就会在他给出的辩解中寻找庇护。

他为我点明了更深层次上的关联，其重要性无可比拟，但对此我只字未提。在过去的五十年里，有些已经被我说了出来。在撰写的文章和书中，我已经把松内当时说的一些事说了出来。仿佛有一个秘密库，其秘密隐藏在书里，而且是慢慢从中汲取，直到所有的秘密用尽、说完。我害怕这一刻的到来，幸好还没有发展到这个地步。松内当时给予我的宝贵财富，还有一大半存在我的心里，没有动用；每当别人对此深究，我总是避而不谈，这可能会令一些人感到疑惑。究其原因，是因为这份财富是我生命中我唯一能对之一览无余并且有意识地进行管理的。

至今还有读者对我横加指责，但他们的指责并不能真正打动我，即使他们是我钟爱的那类纯洁的人。因此，我警告他们别去阅读这本书。我的真诚请求有时能说服一些人不去看这本书。即使是亲近的朋友，也不可能长时间不让他们去读这本书。一旦他们看完这本书，我在他们的眼中就不是从前的我了。我能感到，他们怎样在我身上寻找充斥该书的那些邪恶。我也知道他们不会找到，因为我内心的恶是另一种类型的，不是书中的那种。对于他们的束手无策，我也爱莫能助。我怎么才能向他们解释清楚，松内当时是怎样将我心中的恶清理掉的呢。他当着我的面，对这本书进行条分缕析的解剖，将隐藏其中的恶捉拿出来，然后在将它与我拉开距离的情况下进行重新整合，以便不对我产生伤害。

第　四　部

格林琴

西默尔大街

在我寻找金钱难买之物的时候，在格林琴遇到了德鲁格小姐。她做了我们三年房东。这里只是我们的暂住地，但却是我所住过的最漂亮的地方；在这里我们可以住到有人愿意出钱租下整栋房子为止。我们有权使用这所房子的四个房间，在其中我们简单地放置了一些家具。楼下是一个宽敞的绘画室和画廊，其余四间房间都空着。凡有客人到访，我们总会领他们到所有的房间转一圈。这处房子的地理位置、面积、房间数量和从不同房间看出去的不同景致，令他们所有人为之倾倒。

很少有人不羡慕我们的住处，但它是不卖的。德鲁格小姐的正直不可动摇，她是我们的一把保护伞。她把那一部分房子租给我们住，但有一个条件：一旦有人愿意租下整栋房子，租金当然是不便宜的，我们就得搬出去；不然的话，我们就是唯一租户。她拒绝让别人跟我们合租，虽然不断有人向她提出这样的建议。她从不把这些说给我们听，我们还是从别人那里听来的。她如果这样做的话，就可以获得两份租金，得到可观的收益，然而她总是毫不犹豫地说“不”。这事她没有与我们约定，她说，我们肯定不会愿意这样的。她的话不多，在这不多的话中，“愿意”这个词出现的频率很高。她是蒂罗尔[①]人，习惯于发喉音，让人联想到瑞士人发的软腭

① 奥地利南部靠近意大利的地方。

音。就因了这一点，我喜欢她。这个娇小的女人凭着一大串钥匙来清点房间的数目。在这栋规划为艺术学院的楼里，哪些是空着的，哪些是住着人的，她每天都要进去一趟。除非她怕打扰我们，才会提前在前一天打招呼。这栋楼房的所有比例都很大。单一个前厅以及平缓的楼梯台阶，就让人产生被引入宫殿的感觉。然而在这里发号施令的，不是男主人，而是身材矮小、白发苍苍的驼背小姐。她拖着一大串钥匙跑这跑那，偶尔发出一声低沉的声音，听上去有些嘶哑，却不带任何恶意。

她单身一人，我从来没有见到有谁和她在一起。也许她在南蒂罗尔还有亲戚，但从来没有听她说起过。让人能从中得出与其他人有任何关联的话，她从来不说。我们见到她都是在楼里和花园里，从没有在通向外面的西默尔大街上遇见她，也从没有在这条街的商店里见到过她；没见过她买东西，只有在院子里采摘蔬菜的时候，她才会挎一只包。我们由此得出结论，她只靠蔬菜和水果生活。牛奶她可以在佃农那里得到，这人就住在大楼朝着花园的底层。也许她还让他代买面包。她住的是钟楼里的一个大房间，薇莎只有在交房租的时候才能瞧见一回。那里面摆放着很多旧东西，好像是蒂罗尔人家里的漂亮摆设，只可惜被堆放在一起，看不清大概，并且也没有条理，仿佛这里所有的东西都要堆在一起似的，因为没有地方可放。事实却是，楼里的好多大房间都是空的。她住的那里就是中心，也可以说是办公室吧。德鲁格小姐试图从那里将这处房产凝聚在一起，但这项工作远远超过了她的能力。这栋楼房已经有二十年的历史了，因此到处都需要修缮，她得从出租房屋的租金里拿出钱来做修缮工作。画家德鲁格自己的钱，好像全花在建造这所艺术学校上了，这是他一生的梦想。她从来不提这事，从不抱怨。最多一次，是她一带而过地说到有很多东西需要修缮。如同农妇维持自己的农庄那样，她试图维护自己弟弟的梦想，孤身一人，但全心全意扑在上面。

这栋可观的建筑位于西默尔大街的中间，最初规划为绘画学校，可惜从未能服务于这一目的。这所学校还没有完全建成，德鲁格就去世了；管理这处房产，就成了他姐姐的奋斗目标。大楼被分隔成六大套出租，两边各三套；但大楼还有裙楼和比较简陋的半地下室房间。楼后面的花园向三个方向延伸，有些地方修建了漂亮的台阶，边上立有雕像，让人感觉像是出土文物。其作为艺术品的价值，见仁见智。从总体上看，花园是仿照意大利式设计的，因此有着非常迷人之处。因为花园的四周是葡萄园，所以这样的风格并非不合适；它有着仿制品特有的艺术魅力。顺着长满野草的台阶拾级而上，就会到达旁边的一个平台。站在这里远眺，可以看到一望无际的多瑙河平原；视野的近处，是维也纳星星点点的屋顶。

这个住所自身的好处以及其最吸引人之处在于，它与坡下的38路有轨电车格林琴终点站和坡上的树林之间的距离一样长。人们可以选择从西默尔大街半道向上走，路经朴实无华的别墅，一直走到可以看到被称为“天上”的希菲林[①]观景台，后面就是树林了。如果不想走进树林，那就沿着不宽的一条马路向前走。这条路绕一个大圈以后通往科本策尔，从那里就又可以看到开阔的平原，视野的近处则是长满葡萄的山峦；再往前走，就能看到艺术学校壮观的建筑了。能住在那里，真是一种恩赐。

德鲁格艺校的斜对面，往坡下走一点，就是恩斯特·贝内蒂克特的住所。不久前他还是《新自由评论》的发行人和所有者。他是《火炬》杂志内部的人，对此我早有所闻，尽管我对他的了解不

---

① 维也纳郊区的一处地名。

及对他父亲莫利茨·贝内蒂克特那样。这个老贝内蒂克特是《火炬》杂志真正的几大金刚之一。我们是搬进新居之后才知道这一情况的。安娜来参观众口称赞的绘画创作室时，指给我看，说那栋房子是贝内蒂克特家的。与这种声名狼藉的人相邻而居，现在我还仍感到一阵颤栗。我们站在花园当中的观景台上，我想让她往多瑙河平原方向看，因为她喜欢开阔的视野。然而，出乎我的预料，她指着附近的一座房子说："那不是贝内蒂克特家嘛！"她去过那里的次数很少，也不特别拿这家发生的事当真。《新自由评论》的势力可能很大，但安娜母亲现在的势力更大。贝内蒂克特这个名字成为具有魔力的某个东西，这她大概也知道，因为《火炬》杂志发行了几十年。但她并不把这当回事，没有什么比讽刺更能让她反感的了。因此，有一点可以肯定，那就是她没有完整读完《火炬》上的一句话，更别说读完《火炬》的一个版面了。她说"贝内蒂克特家"，就像在说任何其他人家；但她随口说出的这句话却让我惊讶不已，我试图从她那里打听到更多有关这个危险家庭的情况，这反过来又让她感到疑惑不解。

"他们真的就是那个贝内蒂克特？"我不止一次这样问，"竟然就住在我们身边！"

"你不去看他们好了。"她说。

我慌忙转过头来，往艺校里面走；我愿意看任何东西，唯独不想再看见这栋房子。

"他那个人平淡无奇。"安娜说，"有四个女儿，会拉小提琴，拉得还蛮不错的。他的那张嘴就像蝌蚪，说话的样子有些傻乎乎的。他这个人就是话多，但没人听他说话。他总是想向别人表明自己知识多么渊博，而且在很多领域都是如此，然而他让每一个人都感到厌烦。"

“出版《新自由评论》的就是他？”

“他已经把那给卖了，跟杂志已经毫无瓜葛了。”

“那他现在做什么？”

“写东西。写历史方面的东西。出版社不愿要他所写的任何东西。所有编辑都说，他写的东西不好。”

我接着往下问，但不夹带任何目的，我只想通过说话来掩饰我内心的不安。然而，这种不安过于强烈，根本无法掩饰。此时我内心的情形，如同以前信教的那些人，得知自己附近住着一个异教徒，一个可恶的人，担心与他发生任何接触都会产生危险；但随即就又获悉，此人既不是异教徒，也不是在灵魂救赎层面上做了什么的人，而是一个没人拿他当回事、有些傻的庸人。

我的附近住着这样一个人，太让我震惊了。多年来卡尔·克劳斯灌输给我的关于这个人的印象，我一时还抹不掉。我不停地往下问，因为我不想让安娜察觉到我有些害怕与这样令人不齿的人相邻而居。尽管如此她还是感觉到了，但她并没有因此对我冷嘲热讽。她其实从来不讽刺人，讽刺在她看来不是有美感的东西。她觉得讽刺不谨慎，鉴于与她母亲打交道的经验，她特别害怕讽刺。我对与这样的人相邻而居所表现出的不安，在她看来可能根本就不值，因此她想安慰我，把话题引到其他事情上去。一般我们谈论的都是些重要、有趣的话题。

我以习惯的方式镇静下来。我给贝内蒂克特的住所下了一道驱逐令，并且不去看它。我的书和写字桌都放在对着前院和西默尔大街的房间里，从这个房间的窗户向外看，是看不见他家的。他家位于我们住处的斜下方，门牌号是55。从我们这所房子的任何房间，无人住的也包括在内，都看不到那里。必须走到花园中央的观景台上，就跟我带安娜走的那样，才能看见那所为人所不齿的房子。从安娜说出那句话开始，我就避免去观景台，她的话成了对我的威胁。幸好观景台位于花园边上，而这个花园面积又很大，大楼的前后都是花园，可供客人看的地方很多，因此不是非去那里不可的。如果我沿着马路往坡下走，大多数时候是去乘有轨电车，我就会不假思索地一直朝左边看，直到走过55号。

我们是九月初搬进来的，到隆冬来临前的四个多月时间里，这样的保护措施一直行之有效。贝内蒂克特家房子的模样，我心里大致有数。我知道房子二楼的平台是对着马路的，并且是敞开式的。窗户的位置、屋顶的形状、通向正门的楼梯，我对附近任何一家的了解都不及对这所房子那样清楚。我甚至可以把它画下来，虽然我的画技很蹩脚——但我从来不朝那里看，眼睛总是往左看，看着街的另一面。什么时候、在何种场合让我对这处房子有了这么精确的了解——在我踏进这家大门之前——我觉得还是个谜。为了将它逐出视野，我内心需要这样的一幅图画。

我当着安娜的面就把这些对薇莎说了。我的恐惧令她感到好笑。她对《火炬》的迷恋一点也不亚于我，但只是坐在卡尔·克劳斯课堂上的时候。一转身，她就去读自己喜欢的东西，并且不受克劳斯逐出教门令的影响，随心所欲去结识一些人，并且凭自己的感觉和他们交往，仿佛卡尔·克劳斯从没有说过他们什么似的。就是现在与这该死的人相邻而居，她也丝毫没有觉得有什么不妥，甚至还觉得挺好的，因为有四个姑娘——贝内蒂克特的四个女儿——在身边。她想了解她们，就像她想了解其他姑娘一样。她取笑我，说我担心的是那四个姑娘长得是否漂亮。安娜不知道怎么回答这个问题。她问安娜，我大概会爱上其中的哪一个。安娜说，她觉得我不会爱上其中任何一个，因为她们都还是乳臭未干的小丫头，和她们根本无法谈什么。安娜说，这几个姑娘长得都像妈妈，友好而朴实，不像她们的傻瓜父亲。于是薇莎及时打住，没有再继续开玩笑了。当她在一件事上清楚表明了自己的独立之后，她一贯如此，就表示要支持我；当我接着宣称自己不去看这所房屋时，她答应帮助我，自己不会因为对那几个小姑娘好奇而去搅局，或者使事情变得复杂。

这几个姑娘长相如何，对此我倒没有去费心思。无论如何，她们的“新自由评论”出身已经腐蚀了她们。

沿着西默尔大街往下走，经常会在同一时间段遇到同样的人。相对于他们来说，我的优势在于走路的速度比他们快，由于往坡上走，所以他们脚步放慢。他们走路的样子，仿佛是有意给人欣赏似的，而我自己则昂首阔步，从容地从他们身边走过。同其中的一个相遇，却是我放慢脚步，迎面走过来的姑娘则步伐匆匆。她外披一件没有扣上扣子的浅色大衣，黑发飘逸；她大口喘着气，一双黑眼睛向着我不清楚的一个目标看。她的年纪很小，也许十七岁，像黑鱼一样美丽，如果她的喘气声不是那么大的话。她的面容有些像东方人（但相对于同龄的日本女孩来说，她的个头又太高、体重太重），步子迈得很大，几乎是横冲直撞。我担心她会和我撞个满怀，因此要犹豫一下，而她却只要瞄一眼就能避开。她所瞄的这一眼会让人吃一惊，因为它意味的是诅咒。她身上散发的是奔放的生命活力。她看上去是那样年轻，使得我不敢回过头去看她，因此也就不知道她冲向何处。无论如何，她一定住在西默尔大街上坡的某一栋房子里。

她总是在中午时分走过这里。我弄不明白，她这个时候有什么事要到外面来。和这个脚步匆匆的黑发姑娘相遇几次之后，我每天几乎也在这一时间走到马路上去。虽然我留意着不要太早到达通往斯特拉瑟巷的岔道口，因为她是从那个方向过来，而我要去的地方不打那儿经过，竟然还没意识到这全是因为她的缘故。如此一来，我就不会因为她而多走一步路，我不是在迎合她，因为我走的是我自己的路；她匆匆忙忙走过来，那是她的事。我不承认自己是为了她而每天走这条路。

她的名字，无论她叫什么名字，我听了都会感到失望的，除非那是个东方人名。这一时期，我对日本的彩色木刻有了一定的了解，它们像歌舞伎一样让我着迷。我对歌舞伎的了解，源于一个日本歌舞伎剧团在大众剧院所做的为期一周的访问演出。我之所以特别喜欢歌舞伎演员木刻般洒脱的表演，是因为一连七晚观看歌舞伎在我身上发生了作用。在歌舞伎表演中，女性是由男性装扮的，而彩色木刻中的洒脱人物，也没有一个同日常生活中的形象相似，但他们给人带来的震撼，同那位让我感到不可思议、径直向前冲的姑娘是一致的。今天我认为，我之所以选择在一天中的特定时间段走上那条路，那条将我与该地、该市连接起来的路，我进城的必经之路，就是冲着这令人着迷的震撼。歌舞伎演出在这个时候——约中午一点——开始，我是准时前来观看的观众。对于幕后情形我毫无兴趣，也一点不想知道，但我坚决不错过登台亮相那一幕。

天气变冷以后，已经到了隆冬时节，这个姑娘出现时的情形变得更富戏剧性。她像蒸笼一样散发着热气，大衣敞得更开了，她的步伐也显得更急促，嘴里呼哧呼哧喷出的热气，在冷空气中变成了云团。我觉得她的步伐一次比一次快，天气也变得越来越寒冷，她嘴里呼出的蒸汽也越来越浓重。当她与我擦肩而过的时候，她的喘息声我听得一清二楚。

一旦她走过来的时间快到了，我就放下手头的事，把铅笔扔到一边，站起来，穿过连接我的房间和玄关的那扇门，神不知鬼不觉地离开住所。我沿着宽敞而平缓的楼梯往下走，走进屋前的院子，抬头向我在一楼的房间窗户看去，好像我人还在那上面似的。事实却是，我走两步就到马路上了。我总担心这个东方姑娘，一个歌舞伎人物，已经走过去了，不过这种情形还从没发生过。走出大门几步，我就要开始一直往路的左边看，遵守我自己下的禁令，避开55号，我有足够的时间；那个风风火火的人，每次都在55号至通往斯特拉瑟巷的岔道口之间与我迎面相遇，我总是尽量看个够，至少让看到的够维持到第二天的这个时候。我打听在这里见到的许多新面孔，听关于他们的情况介绍，但我从不去打听这个径直往前冲的人。看起来风风火火的她，却成为我心中的一个秘密。

最后的版本

在我们搬到格林琴之前，还住在费迪南德大街的时候，我和薇莎结婚了，时间已经过去了一年。我没有把这事告诉住在巴黎的母亲，也许她后来从西默尔大街这个新地址上察觉出来了，但她从没有挑明了说。弟弟格奥尔格知道这件事后——瞒着他是不可能的，他很了解薇莎，也没有声张出去。母亲获悉这件事，是同这本书一道的，而这本书着实让她吃惊不小。只要她谈论起这本书，这对她来说就是非同小可、低三下四的事，结婚这件事就只是所有事中的一件。我暗自希望，发生在我们之间的冲突已经过去。这些年来，我一直对她隐瞒我与薇莎之间的关系（目的是保护薇莎，同时也是避免让她遭受更大的痛苦）；我希望这一切现在都显得不那么重要了。

她以盛气凌人的方式肯定了我，说：这本书就仿佛是她写的一样，我写出这本书，是对的；把所有的事情扔到一边，也是对的；对作家来说，化学能算什么[①]！把它扔到一边去，我一定是坚定地作了抵抗，并且向她证明了自己是强者；这本书证明我的要求是合理的。这些都是她在信中对我说的话。可是，当我在巴黎再见到她，试图反抗这个“征服”的时候，这是我此前在她那里还未见识过的，我感到难以忍受，牵扯出了一连串的事。

---

① 卡内蒂大学攻读的是化学专业，并于一九二九年获化学博士学位。

她突然谈起了父亲，谈到他的死；他的死对我们后来的生活产生了决定性影响。她不想再顾及我的感受，现在她拿我认真对待了，所以要把真相告诉我。我第一次听说，这么多年来，二十三年都不止，她都在我面前不断翻新花样以掩饰这件事。去赖兴哈尔疗养时，她遇到了那个说她的语言的医生。他嘴里说的每一个字都和他这个人一样，棱角分明。她觉得自己必须做出回答，结果在内心深处发现了未曾预料的大胆东西。他让她看斯特林堡[①]的作品，打那以后她就喜欢上了斯特林堡，因为他想象中的女人糟糕透顶，跟她想的一样。她向他坦诚，谁是自己的“圣人”，那就是科里奥兰纳斯[②]，而他觉得这没什么不正常，并因此而夸奖她。他没有问，她作为一个女性怎么会追随这样一个榜样，而是向她坦白对她的爱慕之情。他为她的骄傲和美丽所倾倒。她喜欢听他说话，但并没有对他做出让步。她允许他说他想说的一切，但她的回答却都不针对他个人。他并不在她的言谈中出现，她谈话的内容涉及的都是他拿来给她看的那些书，以及从他那里听来的他作为医生非常了解的人。他对她说的一些事情，令她感到惊讶，但她并不把这些放到心里去，但他劝她与父亲离婚，并与他结婚。他为她说的德语所折服，没人能像她那样说德语，英语对她肯定不会如此重要。她两次向父亲提出延长疗养时间的请求，因为疗养对她很有益处。在赖兴哈尔，她神清气爽；当然，她很清楚是什么令她心情舒畅：这位医生所说的话。当她第三次向父亲提出延长疗养时间的时候，父亲拒绝

① 斯特林堡 (1848—1912)，瑞典作家，他的戏剧作品极大地影响了欧洲的戏剧创作。

② 科里奥兰纳斯，传说中的罗马早期（公元前 5 世纪）的英雄人物；被逐出罗马以后率领一支部队攻打该城，在母亲和妻子的请求下放弃了占领该城。莎士比亚的《科里奥兰纳斯》表现的是一个高尚而伟大的男子的悲剧命运。在战争中，他无往而不胜，但在和平时期，他面对百姓却不能克服自己的骄傲。

了她的请求，要她立即回家。

她回来了，清楚自己想都没想过要去迁就那位医生。她一点也不怕把这一切说给父亲听。她又回到他身边，她的胜利也是他的胜利。她回到家里，把发生的一切和盘托出，奉献给父亲——她的原话是这样的。她在父亲面前重复了那位医生对她的赞美之辞，并且无法理解父亲越来越难以控制的愤怒。他还想知道更多情况——他什么都想知道——把什么都对他说了以后，他还不停地问。他想让她供认自己做过的事，而她没什么好供认的。他不相信：一个已婚的女人，还有三个孩子！如果他们之间什么也没有发生的话，那么那个医生怎么会向她求婚呢？她觉得这并不奇怪，因为她知道，是那些交谈让他们走到一起的。

没什么让她感到遗憾的，她也不想收回什么，她再三强调疗养给她带来的好处，现在她觉得自己非常健康，这正是她去疗养的目的。她很高兴自己现在又回来了。可是，父亲提出了极其古怪的问题："他给你做检查了？"

"他是我的医生，这还用说。"

"你们说的是德语？"

"不说德语说什么？"

他想知道这个医生会不会说法语，她说他应该会的，因为他们也谈到了一些法语书。那你们为什么不说法语？她从来都没有明白父亲的问题。她一直在考虑这事。让赖兴哈尔疗养地的一个医生，一个以德语为母语的人，同她用另一种语言交谈！他竟然想得出来！

她竟然不清楚自己做下的事，这让我感到吃惊。因为她的不忠，恰恰就在于她将自己和父亲之间的私密语言，德语，使用在追求她的一个男人身上。所有重要的事件，他们订婚、结婚以及摆脱祖父的专制，都是用德语进行的。也许因为父亲自曼彻斯特开始努力学习英语，所以她对此的意识不再清晰。但他心里很清楚，她又热烈地回到了德语上去，并认为看到了由此而导致的后果。她如果不坦白，他就不与她说话；一整夜他都一言不发，第二天早上还是不说话。她对他做下了不忠的事，带着这样的信念他离开了人世。

我不忍心对她说，尽管她是无辜的，但仍然对此负有责任，因为她使用了自己不该使用的这一语言。她使用这一语言交谈达数周之久，而且她还对父亲隐瞒了一件事，据她说是唯一的一件事，那就是：科里奥兰纳斯。

说了他也不会懂的，她说。那时他们都还年轻，谈话从城堡剧院上演的节目开始。生活在维也纳的时候，她还是小姑娘，他们相互并不认识，但他们经常观看同一场演出。后来他们就谈论这些，并且觉得他们当时仿佛是坐在一起看的。他最喜欢的演员是索南塔尔，而她则喜欢沃尔特。他其实是冲着演员才去剧院的，而她则不是；他模仿演员，她则更愿意谈论他们。对于上演的节目，他其实说不出个所以然来；她回到家后会把所有的东西都再读一遍，而他则喜欢夸夸其谈。如果做演员的话，他会比她更出色。她思考得太多，更喜欢严肃。她不像他，不怎么喜欢喜剧。通过共同观看过的演出，他们相互加深了对对方的了解。他没有看过《科里奥兰纳斯》，可能看了也不会喜欢的，他讨厌那些狂妄自大的人。正因为她的家人目中无人，反对他们结婚，所以他与她家人的关系不好。如果他知道在莎士比亚的所有人物中，她最喜欢的是科里奥兰纳斯，他一定会伤心的。她根本没有意识到自己在避免同他谈论这一话题；当她在赖兴哈尔突然提到科里奥兰纳斯的时候，她才意识到这一点。

我问她是否对什么不满？父亲是否伤害过她？我很少问她什么，她自己会去说，她会把那些在心里藏了很久的事说出来，仿佛它们无法排遣。但这个问题一直困扰我，幸好我向她提出来了。他从没有伤害过她，没有一次。是曼彻斯特伤害了她，因为曼彻斯特不是维也纳。当父亲拿英语书给我看、跟我说英语的时候，她总是待在一旁不说话。这就是她当时为什么不与我接触的原因所在。父亲很喜欢英国是有道理的，因为英国人高贵而有教养。她认识的英国人，如果数量再多一点就好了。但她生活在没有受过什么教育的家人中间，没有一个人可以与之进行交谈，所以她病倒了，根本不是天气惹的祸。因此，赖兴哈尔，还有与那个医生进行的交谈，给了她很大的帮助。但那只是一次疗养。就这么一次疗养就已经够了。她想每年去那里疗养一次。父亲的猜忌把一切都给弄砸了。她是不是不该把真相告诉他？

她一本正经地提出这个问题，并想从我这里得到一个答案。她问得那样急切，仿佛事情刚刚才发生似的。对于与那个医生相遇的事，她没有认为有一点不妥。她没有问：我是不是不该听他的话？对他的要求置之不理，她觉得这已经够了。我给她的答案是她不愿意听的。你不应该让人知道，它们对你是多么重要，我慢吞吞地说，但听上去像是在责备。你不应该因此而洋洋自得。你应该不经意地把它说出来。

“可我心里高兴呀！”她立即说，“至今我还为此感到高兴。你以为如果不是这样我会去读斯特林堡？我可能会是另一个人，你也可能写不出你的那本书。你可能就只能写些哀怨的诗歌。没人会去理你的。你的父亲是斯特林堡。你是我和斯特林堡的儿子。我把你变成了他的儿子。我如果否认了赖兴哈尔，那你就会一事无成。你用德语写作，是因为我当时把你从英国带走了。维也纳对你的影响胜过对我的影响。你是在维也纳找到你的卡尔·克劳斯，那个我不喜欢的人的。你和一个维也纳人结了婚，现在甚至生活在酒馆林立的地方[①]，而你好像还挺喜欢这些的。一旦我的身体条件允许，我就去看你们。你对薇莎说，她用不着怕我。你会像离开我那样离开她。你给我编造的那些故事将成为事实。你必须编造，你是作家。我就因为这才相信你的。如果连作家都不可信了，那还能相信谁？难道去相信那些生意人？相信搞政治的人？我只相信作家。不过，作家应该像斯特林堡那样，持怀疑态度，看透女人。人心叵测啊。尽管如此，我还是不想在这个世上少活一小时。让他们丑陋去吧！活着多么好！看透一切丑陋还能活着，真是太妙了！”

从这些话中我推断出，父亲到底怎么了。他感到她背叛了自己，可她认为自己没什么好坦白的。一般的那种坦白也许对他的打击会轻一些。她不懂得掂量自己的心情，否则就不会一股脑儿地把自己的幸福之情倾倒到他头上。她不是无耻的人，如果她的行为有失检点的话，她也不会自鸣得意的。他怎么能够忍受发生那件事？德语是他们俩的语言，是神圣不可侵犯的，而她却把这一语言，把其中的词语给出卖了。他们所看到的舞台上的一切，对他来说都变成了爱情。他们无数次地把自己看过的东西说给对方听，从而使得狭隘的环境变得可以忍受。当我还是孩子的时候，就极其嫉妒这些陌生的词语，因为我感到自己是多余的。一旦他们开始用德语交谈，任何人对他们来说都不存在了。我因为这种被排除在外的情形而陷入恐惧，绝望地在隔壁房间练习我不懂的德语词汇。

她的坦白让我恼火，因为她误导了我。这些年来，我一直听到的是不断更新的版本。每次我都觉得，父亲死于另一个原因。她

---

① 卡内蒂居住的格林琴，当年出售新葡萄酒的小酒馆林立。

说，那是因为她要顾忌到我还年幼。其实，那是她从不同角度考量自己的过错。父亲去世后的无数个夜晚，我必须制止她寻短见；她感到强烈的自责，甚至不想活了。她把我们带到维也纳，为的是能靠近她和父亲最初相识并相知的地方。在返回维也纳的途中，她在瑞士的洛桑作短暂逗留，强迫我说从前不允许我学的那种语言。在维也纳，在与她一道度过的无数个阅读的夜晚，我就是这些阅读的结晶，她与他继续从前进行的那种交谈。不过，她开始跟他谈《科里奥兰纳斯》了，就是这出戏让她背上了罪名。住在苏黎世绍伊希策大街的时候，她每晚沉湎于黄色封面的斯特林堡作品集，那些书都是我先后送她的。后来我听见她在钢琴边低声唱歌，与父亲说话，哭泣。她废寝忘食阅读其作品的作者是父亲不认识的，她跟他说了这个作家的名字了吗？现在她视我为其不忠的结晶，随口说出我是谁。我父亲到底是谁？

在这种时刻她会撕碎一切，并且她果断勇敢；她如果过的是她本该过的日子的话，那她就应该是这个样子。她有权在我的作品中看出她自己，并且说出她自己如果写的话，也会这样的话；是她一手成就了这些，因此她重新找回了自己的大度，接受薇莎并且不计较我在这件事上对她的欺骗。但是，她在表现出大度的同时，也下了一个恶毒的预言：我会像离开她那样离开薇莎。她是随时都不会忘记报复的。她通知我们，说要来看我们，脑子里想的，却是在我们这里亲历她的预言变成现实。她这个人脑子转得快，而且变幻莫测；她肯定，占据她脑海的这本书出版以后，必将开启一个辉煌的时代，我的身边一定会美女如云；这些人会因为我在《迷惘》中“仇视女人”而崇拜我，并渴望因为自己是女人而受到惩罚。她想象，我在格林琴被一群漂亮的女人包围，而且她们还不断更替，薇莎最终会遭抛弃，被遗忘在如同她而今在巴黎住的那种小房子里。

我编造故事，以引开她对薇莎的关注，这些故事会成为现实的。至于它们什么时候成为现实，并不重要。我只是预见了一些事，并没有想蒙骗她，而且她也不会上当受骗的，因为在她的面前，任何人的丑陋都会现出原形。她有洞察的天赋，并且把这一点遗传给了我，因为我是她的儿子。

我离开巴黎的时候，以为她认可了我们的婚姻，并且还对薇莎抱有同情心，因为她将面临艰难的处境。她自以为看清了薇莎的未来，并自我感觉良好，而薇莎自己却还不敢承认这一点。我想象着她们俩之间进行的交谈，感觉松了一口气。也许这样展望未来稍稍减轻了我因父亲去世而遭受的沉重打击。

但事与愿违，是我想错了。她的变幻无常，现在发展到了无以复加的地步，而我低估了这一点。我没有顾及，她最终开口对我说出这些，会对她产生什么样的影响。直到此前为止，她一直拖着不让我知道真相。以前我们生活在一起的情景在我看来是那样真实，然而，她在那些年里总是不断变换说法，以保住她的秘密。现在她和盘托出了这一秘密，并且征求我的意见，我因对词语敏感而指责了她；当然，我指责的不是发生了的事，而是她没有顾及父亲的感受，她不愿意去感受她那自鸣得意的报道给他造成的伤害。她因此大发脾气，这并没有吓倒我，相反更坚定了我的想法，那就是：她还是从前的她，不可摧毁；在我们进行了旷日持久的斗争以后，她终于明白，有必要结束这场战斗。

我没有预料到的事，发生在几个月以后。就在同一年，她又开始对我冷酷无情，与从前贬低或者诋毁薇莎不同，她宣布不想再见我。

阿尔班·贝尔格

今天看阿尔班·贝尔格的照片，我会被深深吸引。我仍然不相信，自己能表达出当初与他接触的一些感受。现在我只想从外围提及与他的几次相遇。

我最后一次见到他，是在他去世前的几周，地点是“博物馆”咖啡店。那是晚间匆匆见的一面，是在听完音乐会以后，我感谢他给我写了一封美好的信。他在信中问，我的那本书是否已经有书评了。我对他说，大概时机还早。他好像持另一种观点，并对此表现了非常的关切。他想让我明白，当然没有直接这样说，我必须做好心理准备。他，一个自身难保的人，还想要保护我。我体会到了自我们第一次认识以来他给予我的温暖。“怎么会发生什么糟糕的事呢，”我说，“我不是收到您写来的信了吗？”他连说不敢当，虽然他听了这话心里也很高兴。“这话听起来仿佛让人觉得是勋伯格写的信，其实，它不过是我写的。”

他并不是那种不自信的人。他很清楚自己是谁。但是，有一个人，他一直毫不动摇地将他置于自己之上，那就是勋伯格。我喜欢他，正是因为他能够做到这一点。当然，我还有很多喜欢他的理由。

当时我还不知道，他身患疖病已经几个月了。我不知道他的日子不多了。圣诞节的时候，我突然听安娜说，他在前一天去世了。十二月二十八号，我在希琴墓地参加了他的葬礼。我没有见到想象中的人流，也没有见到向着某个方向行进的人。我问一个身材畸形的矮个子掘墓人，阿尔班·贝尔格的葬礼在什么地方举行。“他的尸体在左上方！”他扯着老鸭嗓子说。我心一怔，朝着他指的方向走去，看到了由大约三十人组成的队伍。恩斯特·克雷内克在里面，还有艾贡·韦雷什和维利·莱希。所有致悼词的人说的话，我只记住了一个，那就是称死者为老师的那个人。他说话的口吻是大家所熟悉的学生式的。他的话其实不多，但他对死去的老师表现出的崇敬之情，是此时唯一不令我反感的。其他那些更会说话、更镇静的人说的话，我都没有仔细去听。我不想听他们说的话，因为那些话让我无法理解我们是在这里。

浮现在我眼前的，是音乐会上的他。德彪西的那些歌曲令他感动，一脸陶醉。他身材高大，走路的时候身体向前倾。当他身心陶醉的时候，会感觉到他周围有一阵风，而他就像一根细长的芦苇。他说“妙不可言”时，词的一半含在嘴里没有出来，给人的感觉，仿佛他喝醉了酒。这含糊不清的说话，本身就是对演出的赞扬，那是陶醉的表白。

我第一次去他家里拜访——是 H.[①] 把我介绍给他的，他爽朗的接待，引起了我的注意。扬名于世界，在维也纳却被看成麻风病人——我想象中的他，一定是一个顽固不化的人。每每想到他时，我都把他和他居住的希琴割裂开来。我不去问，他为什么住在这里。我不把他同维也纳联系在一起想，除在一件事上：作为伟大作曲家的他，为了体验这座闻名的音乐之都对他的蔑视，所以来到这里。我觉得他必须这样，只有在这样的敌对环境中，他才能创作出严肃的东西来。作曲家和作家在我看来是一样的，反抗是二者共有的基本特征。我觉得，

① 此处应指赫尔曼·舍尔辛，下一章中的 H. 也是。

这反抗出自同一源头，其力量来源是卡尔·克劳斯。

我知道，这对于勋伯格及其学生卡尔·克劳斯是多么重要。也许我最初对他们的好感就因为这。在阿尔班·贝尔格那里还要添加一点，那就是他挑选《沃伊采克》作为他歌剧的表现对象。我抱着极大的期待去贝尔格家，我想象中的他完全是另外一个样子——难道能正确想象一个举足轻重的人物？不过，他是唯一让我对其寄予厚望而又没有让我失望的人。

他的自然大方让我感到不知所措。他不说大话，表现出很大的好奇心，因为他还没有听说过我。他问我都做过些什么，有没有面世的作品。我说，还没有出过书，只出过《婚礼》的剧本。他从这一刻怜爱起我来，这是我后来才意识到的。当时，我只是突然感到有一股暖流涌遍全身，因为他说："这事还没人敢做过。我能读这个剧本吗?"他的问题问得并不特别郑重其事，但他是真心诚意的，这一点毫无疑问，因为他紧接着就鼓励道："我当时也跟您一样。很快就会有东西出来的。"他并不因将自己置于同我一样的位置而失去尊严，相反，他说的这句话给了我最大的希望，让我满怀期待。这不是 H. 那种作为组织者的期待，那种期待让人不感兴趣，或者使人感到压抑，因为他要让这种期待尽快转化为权力。这是个人的期待，不烦琐，看似没有要求，其实却是以要求为前提条件的。我答应把剧本给他带来。既然他郑重其事，那我也要郑重对待他的兴趣。

我把二十六岁时偶然读到《沃伊采克》的情形描述给他听，告诉他我是怎么在一夜之间反复阅读这部残篇的。谈到后来得知，他观看《沃伊采克》在维也纳的首场演出是二十九岁。后来他又多次观看这一演出，并立即决定以此为题材创作一部歌剧。《沃伊采克》怎样导致的《婚礼》的创作，我也对他说了。虽然这两部作品之间没有直接的联系，但这一部与那一部之间是怎样的关系，我心里是清楚的。

后来，在谈话进行了一段时间以后，我多嘴对瓦格纳提了几点批评。他果断地制止了我，但语气并不严厉。他对《特里斯坦》的看法仿佛不可动摇。“您不是音乐人，”他说，“不然您就不会这么说了。”我为自己的冒失而感到惭愧，比没有答对提问的学生还要感到难为情，但我并不认为，我的这一冒失让他此前对我表示出的兴趣减少。接着他又一次提出想看我写的剧本的请求，当然也是为了不让我再感到尴尬。

他感知到我内心的躁动，不仅仅是在这样的场合。他还与许多音乐人不同，对于词语并非没有感觉。他接受词语几乎像接受音乐一样，并且他对人的了解也同他对乐器的了解一样。与他见过这一面后我就知道，他属于屈指可数的那一类音乐家，他们像作家一样观察人。我还感知到了他的爱人之心，因为我去他那里时，他还完全不认识我。他的仁爱之情是那样炙热，使得他只有通过讽刺才能抵御它。讽刺总是挂在他的嘴角，跳动在他的目光里。通过辛辣来同自己的热情划清界限，对他来说也许更容易一些。他喜欢引用他终身推崇的伟大讽刺家的话。

我很想把我与他见过的每一面都记录下来。在我们认识的短短几年中，这样的见面次数并不少。但是，他的英年早逝像阴影笼罩其上，他去世的时候还不满五十一岁，跟古斯塔夫·马勒一样。我记忆中的每一次交谈都受此影响，而且我还担心会扭曲他的爽朗，因为我一直还在为他的早逝感到悲伤。我想到了他在给学生的一封信里写的一句话，这是我很久以后才得知的：“我还能活一两个月——然后怎么办呢？——这些就是我的所思所想以及所作的曲子——我深感沮丧。”这句话关涉的不是自己的病痛，而是那逼近的苦难。而就在这同一时间，他就小说《迷惘》给我写了那封美好的信。他就是在这样的心情下读这本书的。他要承受巨大的病痛折磨，为赤裸裸的生存而担惊受怕。就算这样，他也没有把这本书扔到一边，而是克制自己，决心给作者一个正确的评价。他确实也正确评价了作者，我因这部小说而收到他写给我的第一封信，而这封信也是我所有信中最珍贵的一封。

他的夫人海伦比他多活了四十年。有人对此横加指责，特别是指责她，过去了这么多年，还仍然与他保持联系。即使她仍然深陷错觉之中，即使他只是在她的心灵深处而不是从外部对她说话，但这也是活下来的一种方式，对此我既感畏惧又感敬佩。我是在他去世三十年后又一次再见到她的，是听完阿多诺在维也纳所做的报告以后。她从报告厅往外走，身高缩短了一大截，已经老态龙钟、目光呆滞，我都有些不忍心过去与她打招呼。她没有认出我来，当我对她报出了自己的名字之后，她说："噢，是 C. 先生！我们很久没有见了。阿尔班还一直提起您呢。"

我感到既尴尬又感动，连忙向她告辞。我放弃去她家看她，虽然我很想迈进她至今仍然居住的那套位于希琴的住所。我不想打扰她同他进行的亲切交谈，她至今仍然没有走出这一幻觉。他们之间发生的一切，仍然在继续，就仿佛发生在今天。遇到涉及他的作品的问题，她总是去征求他的意见，他给她的答案其实是她自己想出来的。难道有比她更了解他的人吗？对待死者如同对待一个活人，听他说话，与他交谈，了解自己为他不断制造的愿望，这需要多大的爱啊。

相遇利利普特酒吧

这年冬天，H. 又一次来到维也纳。他让我深夜到城里与他见面。在离菜市场不远的纳格勒巷，新近开了一家酒吧。歌唱演员玛丽昂·马克思，一个身材高大、声音浑厚的热心人，同时也是这家酒吧的所有人，希望先锋人士能到此捧场，让她那取名为利利普特的酒吧洋溢轻松的情调。年轻作家对她的方式，与她的大胆设想相适应。她非常抬举他们，他们在她这里感觉很舒畅；跑堂最终拿来结账单，上面写的数目是虚构的；为了不让大家在有钱的顾客面前丢面子，就让他们象征性地支付一点，其实就等于没付。正是玛丽昂的这一善解人意的举动，赢得了我对她的好感。我一般是不逛酒吧的，但她开的酒吧我去。

我把 H. 也一道带去，他喜欢在辛勤忙碌了一天之后去酒吧坐坐。酒吧里熙熙攘攘，没有一张桌子是空的；玛丽昂见我进来，唱到最后一段就停了下来，非常热情地与我们打招呼，把我们带到一张桌子旁。“他们是我的好朋友，你们在一起会感到愉快的。我来给你们介绍一下。”有人弄来两张椅子，把它们塞进去。H. 这个人，在一般情况下是比较傲慢的，这时却表现得很顺从。出乎我的预料，他好像愿意与不熟悉的人同坐一桌。他喜欢玛丽昂，更喜欢这张桌子。玛丽昂说出了我们的名字，然后以她那匈牙利人特有的热情又说了一句：“这是我的女朋友伊尔玛·贝内蒂克特及其女儿、女婿。”

“我们早就在路上见过您了，”那位夫人说，“您的眼睛总是往别处看，就像您书里的基恩教授。我女儿才十九岁，但她已经读过您的书了。我觉得这对她来说早了一点，但是她不分白天黑夜地谈论这本书，还模仿您书中的人物来对我们施暴。我被她称为台莱瑟。她还说，这是她能对我说的最可怕的话。”

这个女人给人的感觉朴实而坦率。她虽然已经四十五岁了，却还有些孩子气。她既不颓废也不精明，与我想象中的“贝内蒂克特”家的人完全不同。从她口中听说，《迷惘》中的人物出现在她的家中，她的原话如此，我感到很震惊。我每次路过她家都把头偏过去，就是为了不接触住在里面的那些在我看来是不干净的人，而基恩和台莱瑟，他们比我更不随和，却好像已经在那里安家落户了。那个女婿完全是个木头人，看上去并不比这位母亲年轻多少。他一言不发，表情同他的衣着一样，呆板而没品位。他沉默寡言地坐在那里，好像在为什么事生气。那个过早阅读了《迷惘》的十九岁女儿是他的妻子，是过了好一阵子我才反应过来的。她肯定不愿意嫁给他，因为她背对着他，不搭理他；他们可能刚争吵过，并且以无声的方式继续争吵。

她给人的感觉很聪明，并想试着说点什么，她的双眼变得越来越明亮。然而，她试了几次都没有成功，一句话也没有说出来。我的目光因此在她身上比平时多逗留了一些时间，也许也比平时更专注，所以，她的眼睛是绿的，没能逃过我的眼睛。我并不觉得被它们深深吸引，此时我仍痴迷于安娜的那双眼。

“一般来说她是能说会道的，”母亲伊尔玛太太说，木头人女婿摇晃了一下上身，表示赞同，“她有些怕您。您先对她说几句吧，那样她就不会再胆怯了。她叫弗丽德尔。”

“我不是那个汉学家，”我说，“您真的不用怕我。”

“我也不是台莱瑟，”她说，“我想成为您的学生。我想学写作。”

“写作不是可以学会的。您写过什么吗？”

“她一整天做的就是这事，”母亲说，“她在普雷斯堡跟丈夫吵翻了，回到我们住的格林琴来。她并不是对丈夫有什么意见，但她不愿意操持家务，只想写作。他现在来接她回去，而她说不回去。”

她妈妈毫无顾忌地把家事抖了出来，让人觉得她还是半大的孩子，在谈姐姐的事。那个木头人为了强调归结到他身上的意图，把一只手搭到弗丽德尔的肩上。

“把手拿开！”她训斥道。只有在说这短短的一句时，她才向他转过身去。接着，她又满面春风地——当时看上去无论如何是这样的——向我转过身来，说：

“他总不能把我给抓起来吧。在我这里，他什么也办不到。您不也这样认为吗？”

这桩婚姻在开始之前就已经走到了尽头，一切都显得是那样地无可救药，因此我也不觉得尴尬，甚至不为那个木头人感到惋惜。瞧他把手抽回来的速度多么快。这个满怀憧憬的姑娘不适合他，她要比他小二十岁都不止。她为什么要跟他结婚？

“她想离家出走，”伊尔玛太太说，“现在她还在我们这儿躲一阵子，原因完全在于我们的邻居是名人。”

这是讽刺人的话，但说得却是一本正经，以致H. 在她身上觉得忍无可忍。他凡事习惯于以自己为中心，而现在他却成了另一个人。他粗暴打断她们的话，向一筹莫展的丈夫伸出了援手。

“您试过用鞋底抽她吗？”他说，“她这种人就是欠揍。”

这个丈夫虽然窝了一肚子气，但也觉得这话说得太过了——如果是对付男人，那他可以很果断。

“您知道个什么？”他阴沉地说，“您也不了解弗丽德尔。她不是一般人。”

这句话突然为他赢得了所有人的心。H. 试图迫使别人把注意力集中到他身上，然而没有成功。但是，伊尔玛在家里接待过许多艺术家，其中不乏著名的音乐人，因此她知道该怎么做。她转身面对着指挥家，抱歉地说，她还没有听过他指挥的音乐会；如果演奏的是现代音乐，她的脑子根本就跟不上趟。

“这是可以学会的，您现在就开始学吧！”H. 鼓励她，然而弗丽德尔不买账，她又把注意力从他身上引开。

“我想学写作。您愿意收我为学生吗？”

她又回到了她一开始说的话题上。我必须给出同样的回答，当然，做出的解释必须更详细一点：我没有收过学生，我也不认为这是可以学的事。她是否在其他什么地方学过？

“没跟任何活着的人学过，”她说，“我想跟一个还活着的人学。”

我问她特别喜欢看什么。

“陀思妥耶夫斯基。”她不假思索就说出了这个名字，“他是我的第一个老师。”

“可您不能把写的东西拿给他看。”

“对，就是。即使他看了，也不会有什么用。”

“那是为什么？”

“因为我写的跟他自己写的一模一样。他几乎不会发现那不是他写的东西。他会以为我是从他的哪部作品里抄来的。”

“您没有自己的一点见解。”我说。

“我不可能有哪怕是一丁点的见解。但在您那里，我肯定不会这样。您是无法照抄的。没有人能像您这样刻毒地写作。”

“难道这就是您所推崇的？”

“是的。我喜欢台莱瑟。所有的女人都是她那样的。”

“您仇视女人？您可别以为我是这样的人！”

“我是仇视家庭妇女的人。”

“她这是在说我呢。”母亲说，她说话的语气是那样和气、平实，我几乎怜爱起她来，虽然她嫁给了一个叫贝内蒂克特的人。

“怎么可能是说您呢，夫人！”

“说的就是她，”弗丽德尔说，“刚才那是假象。您得听听她怎么跟司机说话，那完全是另一种口气。”

H. 起身离开。他觉得没有义务半夜在酒吧里听陌生人为家务事争吵。这场面确实让人有些难堪，虽然这个姑娘的热情让我难忘，当着不知所措的证人的面表白自己的崇敬之情。还没人像她这样坚定地追随我这样一个只出版过一部书的人，而这本书的内容又是那样骇人听闻。

我也想离开。伊尔玛太太邀请我去拜访他们，我们可是邻居。弗丽德尔说到了西默尔大街之类的东西，她好像对我们的离开感到吃惊，因此将希望寄托在坡下乘有轨电车的西默尔大街。我觉得是这样的。这是她最后一句话中我唯一听懂的一个词。那个木头人坐在那里一动不动，也不与人作告别，他一句话不说。他有理由这样做，因为 H. 走的时候，也没有向任何人伸手告别。

到了外面，H. 说：“不过是一只小爬虫，竟然这样狂妄。您这是自讨苦吃，C.。”他还嫌这说得不够，因为我们分手的时候他还说：“她们家姊妹四个，对吧？等着瞧，有您好看的！只要写得够刻毒，马上就会被四姐妹缠上！”

他这样体恤我，是前所未有的。西默尔大街开始引起他的注意，而且他还记住了我们那空着一半的新住所。

驱　魔

总是在同一个地方遇到弗丽德尔，确实有些蹊跷。等我在空荡荡的 38 路有轨电车上坐好，抬起头来的时候，总会发现，她坐在我的对面。她一直坐到城里的苏格兰门站下，我则去同名的咖啡馆。等我步入咖啡馆，发现她已先我一步到了那里，与朋友一道坐在一张桌子上。她只是跟我打了声招呼，仍然和朋友坐在一起，并不来打扰我。等我回去的时候，她已经坐在有轨电车上。虽然她这次坐的是角落里的一个位置，但我仍然在她的视线之中。我埋头看书，不去理会她。但是，在格林琴下车以后，当我沿路往坡上走的时候，她会突然窜到我身边，打声招呼就迅速离开，仿佛她有急事要办似的。我很少引起女性的注意，更别说是姑娘了。因此，对于频繁遇见她我并没有去多想。可是，从西默尔大街往下走的那段路，好像突然被她和她的姊妹们挤占了。她们中的一个还大大咧咧地自我介绍道："对不起，我是弗丽德尔·贝内蒂克特的妹妹。""是吗。"我说，并不去看她，直到她走远。一般情况下，走过来的都是她自己；她一路小跑，总是急急匆匆，很快我就熟悉了她轻盈的脚步声。每次我走到坡下的那个地方，她都会毫无例外地赶上并超过我。她打招呼的方式并不令人讨厌，然而总带有恳求的成分；虽然我不想承认这一点，但还是能明显感觉到。如果她不是脚步轻盈的话，我可能就要对她发火了，因为遇到的次数太频繁了，一天可能要发生二三次。几乎没有哪一天她不是从我身边走过，或者与我迎面走来，或者与我同坐在一辆有轨电车里。

我总是在思考问题，因此大多数时候她并不妨碍我。我也无所谓她打断我的思绪，因为她不会停下脚步，也不碍我的事。

接着她打电话过来。薇莎早料到她会这样做的，因此她过去接电话。她问是否能与我说话。薇莎认为最聪明的做法是，请她过来喝茶，并且事先不与我商量。“您到我这儿来喝茶吧，”她对她说，“C. 事先是不会知道自己是否有时间的。”她的这个突如其来的决定，让我心里有些不快，但薇莎劝我说，这样做比较好。“你总不能在这种被围困的状态下生活吧，得想点办法出来。而你如果不了解她们，又能采取什么办法呢？也许这只是痴迷，也许她真的想写东西，并且认为你能帮她。”

当她坐在薇莎那间用木板装饰的小房间喝茶的时候，我过来看她们。我这里屁股还没有坐稳，她那里就把杯子里的茶泼得一桌一地。在这间小巧玲珑的房间里，这种举止让人觉得很笨拙，仿佛她连薇莎的透明茶杯都端不稳。而她这时说出的不是道歉的话，而是说：“没有打碎。您过来，我太激动了。”“您别介意，”薇莎说，“他总是过来喝茶。他喜欢这间房间。就是事先不能跟他说。”“那一定很美妙，”弗丽德尔很随意地对她说，仿佛我根本不在边上，“那您就可以一直和他说话了。”“您几位在家里不说话吗？”“说，不停地说。但他们说的那些东西，我不感兴趣。父母总是喜欢请客，请的都是社会名流。没有名气的人，是不会受到邀请的。您不认为名人也很无聊吗？”

她完全不是我想象中的这家人家女儿应有的样子，这一点很快就明确了。她的父亲也就是一个普普通通的父亲。她几乎不听他的话，根本不需要对他进行反抗；他对什么事情都要发表一通见解；

他的话太多了，因此也就毫无分量。如果我没理解错的话，她说的就是这个意思。他总是从这件事跳到那件事上，以为这样能收到预想不到的效果，其实只能让人觉得他思想不集中。他的脾气很好，孩子对他来说也不是可有可无的，但他对她们没有兴趣。他不想让她们打扰自己，因此把她们完全交给了她们的母亲。但她们为所欲为，因此，她们总是分别参加家里不断举行的宴会，偶尔才集体参加。弗丽德尔口无遮拦地讲述自己家里的事，而且讲得还挺生动的；但是，从她说出的话里你根本不会想到，她能写作或者已经写了一些东西。

她从包里取出一沓纸来，问我是否愿意看看她写的东西。一定写得很差劲，这一点她自己也清楚；如果我觉得她写得毫无意义，那她将放弃写作。她什么也不拿去给父亲看，因为他只会把一切弄得更糟；听完他的话，会比听之前还要不知该怎么办好。他一点都不会与人打交道。任何人都能说服他、骗过他。她非常希望能跟我学写作。

吸引我的，是她对家里缺少主心骨的反感。她跟踪我，只是因为写作，没有其他原因，这一点现在也清楚了。薇莎一直就是这么认为的。我接过她拿过来的一沓纸，答应她我会看的。“就是说，您不想收我为学生，”她最后说，有些灰心丧气，“那东西对您来说一定太烂了。但您会告诉我，我是该就此打住，还是可以继续写下去。”

对写作的这种执着，以及想从我这里听到真话的愿望，当时一定让我感到很满意，虽然我并没有明确意识到这一点，因为我拿着她的一沓纸走进自己的房间，就立即读了起来。我几乎不敢相信自己的眼睛：她整整抄了陀思妥耶夫斯基五十页的东西，然后将这些当作自己的东西拿给别人看！写得还挺吸引人的，就是显得有些空洞。我没有读过这些，一定是从陀思妥耶夫斯基哪份废弃的草稿中抄来的。

一想到要再见她，而且必须对她指出这些，我的头就发胀。不能这样听之任之，单单为了陀思妥耶夫斯基，就不能这样，否则就是对他缺乏敬意，而这是我认为最不能忍受的。当然，引起我好奇的还有，她竟然会认为我发现不了这一点。相同之处也太明显了。只要看一页眼前的东西，任何一个只要读过陀思妥耶夫斯基一本书的人，他不需要是作家或者教师，都能发现这一点。两天以后，当她还站在楼梯上的时候，我就把这话跟她说了，并且不想请她到我的房间来，这事太让我气愤了。

“写得很糟吗？”她问。

“既不好也不坏，”我说，“那是陀思妥耶夫斯基写的。您是从哪里弄到它们的？”

“是我自己写的。”

“您是想说，是抄来的。您是从陀思妥耶夫斯基的哪本书上抄来的？读完第一段，我就知道是谁写的了，但您从上面抄下这些东西的那本书，我没看过。”

“它们不是从哪本书中抄来的。是我自己写的。”

她坚持认为自己没有抄袭，这令我气不打一处来。我严肃规劝她，她也认真听我说话，好像感觉还挺惬意的，但她继续否认自己抄袭。这让我怒不可遏，我忍无可忍，骂起她来。您想要写书？我问她到底是怎么想的。她是否真的以为写作是从抄袭开始，并且抄袭的技巧还那么拙劣，连傻瓜都能看出来。且不说这种行为是对伟大作家的亵渎，这样做有什么意义吗？读书、写字，每个人都学过，这一招难道是她在新闻学校学来的？她是不是因为吮吸了《新自由评论》的乳汁才这样？

她兴致勃勃，一双眼睛陶醉地跟着我的嘴转。她仿佛陶醉其中，因为她突然说：“啊，您骂起人来真叫过瘾！您经常这样骂人吗？”“不！从不！现在您告诉我，到底是从什么地方抄来的，否则我就不理您！”

幸好薇莎这时过来了，她看看我，我站在楼梯上，一脸怒气；又看看弗丽德尔，她满怀期待，想听我说出更多的气话。如果不是薇莎过来解围，我真不知最终会是个什么样子。她一眼就看出，我错怪了这个姑娘，这是她后来才跟我说的；她只是不明白，这个姑娘为什么还为此感到高兴。她把弗丽德尔领到她的木板装饰的小屋，同时对我说：“我会把这事弄清楚的。你去消消气！去散一小时步，然后再到我这儿来！”

我照她说的做了，而她调查得出的结果是，那五十多页确实出自弗丽德尔之手，而非抄袭。原来如此！我说自己怎么觉得写得空洞无物，并且还说不出是从哪本书上抄来的呢。它们不是从哪本书上抄的。弗丽德尔只是全盘照搬了陀思妥耶夫斯基，一点自己的东西也没有。她像他一样写作，却不知道自己想说什么。以她小小十九岁的年纪，能说出什么呢？她只是一个劲地一页接一页往下写。虽然写的东西看上去如同出自他的手，然而却非戏仿。这种执着，犹如史书上记载的歇斯底里的修女。此前不久，我恰好研究过于尔班·格朗迪埃与卢敦地区修女的关系。如同于尔班·格朗迪埃令这些修女迷狂一样，陀思妥耶夫斯基也像魔鬼一样附体于弗丽德尔，并且他们之间的关系，也还不是三两句话就能说清楚的。

“你必须扮演驱魔师，”薇莎说，“你得把陀思妥耶夫斯基从她身上驱逐开。幸好他已不在人间，因此也不能再判处他被火烧死了。不过，四姐妹并不是人人都被他迷惑。尽管如此，这事可能还挺棘手的。”

薇莎办事一向胸有成竹，反抗与其兴趣或判断相左的任何东西，她都不用费吹灰之力。从这时开始，她将这个姑娘的事给包揽了过去。她认为这个姑娘有天赋，虽然方式有些与众不同。她是否能够去做值得一做的什么事，完全取决于她受谁的影响。她竭力成为与她父亲不同的人，不去接受各种各样的教育，不愿处在社交的中心。她性情活泼，想的尽是人间事。她只听从自己莫名其妙注意到的一个人的话。在她读完《迷惘》之后，这个人就变成了我。薇莎问我，逃避自己写的书所产生的作用，是否合适？“你不是喜欢散步吗？时不时带上她，与她谈谈。她这个人活泼、开朗，与她写出的东西完全相反。她有不少奇思妙想，我觉得她有怪诞的天赋。你得听她说说来她家做客的那些人的故事！他们跟一般人想象中的《火炬》杂志社的人完全不一样，而更多像果戈理书中描写的那样。”

“这我办不到。”我说，但薇莎知道我的致命弱点所在；在我的想象中，这个在果戈理小说描写的氛围中长大的姑娘，开朗、妩媚，现在却疯狂迷上了陀思妥耶夫斯基，“这个跟我们大家一样，从《外套》里走出来的人”，这完全就是原创的经典文学历程的翻版。也许正是在这里，我看到了将她从执着中解救出来的机遇。薇莎为我设计出的这一角色，是令人愉快的。能为果戈理增光添彩，我什么都愿意做。我也感到，薇莎想以这种很有策略的方式与《迷惘》达成和解，因为这本书也“同我们大家一样，是从《外套》里出来的”。她不再为我这本书的命运操心了，这让我松了一口气。她认可了这个姑娘看完我的书后所发生的变化，认真对待这件事，并且还请我来帮忙。

一旦薇莎的本能和她的温情共同产生作用，那她是无法抗拒的。过了不多久，我就带上弗丽德尔去散步。学写作，是不可能像学其他什么东西那样的，但可以走路、说话，发现一个人的才能。她的情绪特别高涨，有时候跑到我前头，然后再停下来等待，直到我赶上。“我得喘口气，”她说，“能和您一块儿散步，我真是太高兴了。”我让她讲，我听；她无所不谈，滔滔不绝，谈的都是与到她家里来的那些人相关的事。一段时间以来，家里来客人的时候，她可以在边上。她一点都不钦佩那些尊贵的客人，只把他们当常人看。她说的一些滑稽事，令我吃惊。这时我就装作不相信的样子，说她夸大其词，说这是不可能的。但她接下来又说了一大堆好笑的事，令我捧腹不止；而我越笑，她编造出来的东西就越多，直到我也开始跟着胡编乱造。比赛编故事，这正中她下怀。

我也给她提出“任务”：向她打听我们散步时遇到的那些她不认识的人，让她谈她对他们的看法；如果她想到什么好玩的话，也可以说说他们的故事。如此一来，我对她说的东西就能有所控制，因为我自己也看到了这些人；此外，我还可以确认她在他们身上发现了什么、漏掉了什么。我纠正她的方式，是说出我对这些路人的看法，而不是批评她粗心或者不仔细。以这种方式进行竞赛，成了她最热衷的事。不过，她的目的不是看自己能编造出什么东西来，而是看我编出什么故事来。此时我们的交谈总是无拘无束、大胆放肆。如果有什么引起了她的思考，我会感觉到的，因为这种时候她往往会不说话；偶尔，幸好只是偶尔，她还会很沮丧：“我肯定写不出东西了。我这个人太邋遢、太没有想象力了。”维也纳人用“邋遢”来表示没条理。她确实没条理，但绝不缺乏想象。她喜欢往童话上靠，这我并不反对。我所知道的年轻作家，他们中的大多数人恰恰缺少这一点。

我有时让她给我们遇到的那些人取名字，这不是她的强项，所以她也不太喜欢做这事。她更喜欢谈论别人家里的样子，以及他们在家里谈什么。他们的谈话可能是不着边际的闲聊，但她的模仿才能此时尽显无遗。突然也会冒出一些令人发指的东西，让我着实吃惊不小。说这些东西的时候，她自己一点也不感到害怕，也意识不到这是多么奇怪，与她孩童般的面容和轻盈的脚步一点也不般配。

除了婚后短暂的一段时间外，她一直住在格林琴。她是在汽车里降生的。她母亲感到阵痛的时候，父亲就让人开车送她去疗养院待产，他自己则坐在她的边上。他一如既往，一路说个不停。等他们到达的时候，孩子已经出生了，已经躺在车厢里了，而这两个人竟然都没有发现。弗丽德尔将自己的飘忽不定归结到在车上出生。她必须不断更换地方，在哪里也待不久。结婚以后，她那身为工程师的丈夫要下工厂。在家里等他，她做不到。没几天，她就跑出家门，离开住处，离开普雷斯堡，回到格林琴的西默尔大街。她熟悉这里的每一条路，跑进树林里去。她更喜欢草地，喜欢弯腰采草地上的花，然后躲进草丛中。与她一道散步的时候，有时我会发现她的目光贪婪地望着草地，但她克制住了自己，因为不是我就是她正在讲故事，而这比她对自由的向往更重要。最吸引她的，是一些不起眼的东西；对于风景，她也并非没兴趣，特别是当有桌子和凳子可以坐，并且可以买到喝的东西的时候。

当然，她最关心的还是用词语能办到的东西。我还没有见过像她这样专心听故事的孩子。要求她完成这样那样的任务以后，往往是以我讲故事告终。她听我说每一句话时表现的兴奋，对我所产生的影响比我愿意承认的要大，这也是事实。

细腻的精神

在格林琴我们只住了短短几年，但我的生活却是丰富多彩、同时也是相互矛盾的。我几乎不能确定，它们都是由哪些部分组成的。我强烈感受着一切与此相关的事。虽然我没有理由感到心满意足，但也没有受到任何威胁。我矢志不渝，按自己制定的计划去行事。我博览群书，为论述群体的那本书做了不少笔记；与每一个值得交谈的人谈论这一话题，尽一切可能紧扣这个计划。恐怕没有人能做得比我更好了。无论发生什么事——发生的事不计其数，而且是飞速地一个接一个，现行的任何理论都解释不了它们。

我置身其中的古都已不再是首都，但其独创而精心设计的社会规划却引起了世人的关注。发生的一些事情既新鲜又具有榜样的力量，而且还没有动用武力。对此人们可以引以为豪，并由此幻想着自己能够坚守；与此同时，相邻的德国狂热情绪蔓延，其代言人占据了国家的所有指挥要职。然而，维也纳行政区的权利于一九三四年二月被打破，那些曾经掌权的人个个垂头丧气，仿佛所做的一切都白做了，维也纳的特殊地位被一笔勾销，剩下的是对旧日维也纳的回忆。这个从前的维也纳距离现在并不遥远，因此还不能抹去对自己卷入其中的第一次世界大战的责任。地方上已经没希望能解决贫困和失业的问题，许多经受不住这种空虚考验的人受到德国影响，希望融入更大的群体中去，从而过上更好的生活。这样做的直接后果，将是导致一场新的战争爆发；但很多人不愿意这样去想，即使他们听认识到这一点的少数人说起这事，他们也不愿意去相信。

如前所述，我自己的生活在这一时期丰富多彩，因时代的各种矛盾而变得充实。我的庞大计划让我觉得自己的生活是合理的。我紧贴这一计划，却并不急于完成它。无论世界上发生什么，都会作为经验进入其中。这并不是肤浅的经验，因为它们不是靠阅读报纸获得的。一旦获悉当天发生了什么事，我就立即与松内就此进行讨论。他仔细研究这些事件。为了能对它们进行更透彻的分析，他经常变换角度；最终他将重点放在最合理的那一种可能性上，以此来对各种可能做一个总结。一天中的这几个钟头是最重要的：持续不断地介入世界上发生的事件，探讨它们的复杂性、可能出现的激化以及预想不到的发展。这些从来都不能让我丧失勇气继续从事自己的研究。这一时期，我比以前更仔细地研究人类学，虽然出于谦虚，我很少在松内面前谈自己所认为的这一领域新的和重要的思想。不过，在谈论宗教史话题上，我们的观点经常不谋而合。他在这一领域的知识令人叹为观止，而我也渐渐有了长足的进步，现在我不仅能够理解他的观点，有时还能就我认为不十分令人信服的地方与之进行辩论。

我对他谈自己探索群体的设想，他并没有表现出没耐心。他先静静地听我讲，接着对此进行思考，然后什么也不说。他让我心中酝酿的东西保持原样。我对群体这个概念尚无定义，而这个概念本身却越来越成为现实。要想使这个概念变得可笑，对他来说是小事一桩。当时他只需一小时时间，就可以让我的终身计划化为乌有。他从来不与我讨论群体这一话题，但他也不给我泼冷水，更不像布洛赫那样，试图让我放弃自己的计划。他小心谨慎，防止自己向我提供什么帮助。因此，在涉及群体这一话题的所有事情上，我从来没有受益于他。一次，我犹犹豫豫、其实有些不情愿地谈起这一话题，因为他的反对会对我构成很大的威胁。他认真而安静地听我讲，然后沉默，并且沉默的时间比平时我们讨论时他习惯的那样要长。然后他几乎非常温和地说："您已经打开了一扇门，现在您必须走进去。别去寻求帮助，这种事要一个人做。"

他很少说这样的话，并小心不再说类似的话。他这么做的目的，并不是拒绝为我提供帮助；如果我向他请求帮助的话，他一定不会置若罔闻的。开始的时候我并没有向他提出问题，我只是把自己已经弄清楚的事情说给他听；也许我只是希望他打断我的话，如果他认为我说得不对的话。他只用了简简单单的一个"门"字来表明他的态度，就是说，他并不认为这是错的。不过，他还是委婉地提醒了我，如他一贯所做的那样："这种事要一个人做。"他提醒我防范各种无处不在、却又不能说明问题的学说。他比任何人都清楚，这些学说是多么妨碍人们对公共事务的认识。他与布洛赫是朋友，并且尊敬他，也许还喜欢他。他如果与布洛赫交谈的话，一定会谈到布洛赫推崇的弗洛伊德。我非常想知道，松内会怎样进行反驳却又不让对方觉得没面子，抑或他是怎样忍受这些的。但是，向他提这种非常私人的问题，是不可能的。他对弗洛伊德学说的全盘否定，我亲身经历过一次，是我在他面前攻击"死亡本能"的时候，那时他说："即使这是真的，也不应该把它说出来。何况这还不是真的。如果这是真的的话，那也太简单了。"

松内与我的交往，被我视为一天中最重要的事情，我甚至认为这比我当时所写的东西还要重要。那时我不想结束手头已经开始做的任何事，是有原因的，而其中最重要的一个，大概就是意识到自己的知识水平有限。我并不认为我所从事的研究没有意义，我深信不疑的一点是：能否找到权利与群体之间的规律并且运用它，完全取决于我们自己。随着扑面而来的那些事件的发生，这项研究的规模好像不断在扩大。与松内的交谈不断增强我对未来的敏感。威胁一点也不因他而变小，相反，我发现的威胁越来越多，仿佛他给了我一架特殊的望远镜，并且能正确校正它的，只有他一个人。我同时也意识到，自己知道的东西是多么少得可怜。突发奇思妙想是远远不够的；令人引以为自豪的一闪念以及茅塞顿开的感觉，会堵塞通往真理的道路。有一种可怕的知识虚荣。原创并不是一切，力量也不是，由卡尔·克劳斯一手栽培出来的胆大妄为同样也不是。

对于当时我手头进行的一些文学创作，我经常感到不满意，因此很多东西都没有完成就给扔到一边去了。当然，我不是永远放弃它们，只是放一放而已。这大概最让薇莎感到心神不宁。一次，我们在做认真交谈，她甚至说出这样的话：松内用自己的思想来影响别人，以此使得别人出不了成果。虽然他是最优秀的批评家，这一点她最终还是承认了，但去他那儿，最好还是等东西完成了以后。每日与他交往是不适合的，他是一个放弃型的人，可能是纯粹的禁欲主义者和智者；他可以预见未来，却并不真正与之进行抗争，只是把它说出来，说说而已，这怎么会让我感到满足呢？她说，每次我从他那里回来，给人的感觉都是垂头丧气，她要费很大气力才能让我开口说话。有时她甚至觉得我在他的影响下变得谨小慎微——她的这句话给我的打击很大。我再也不把正在创作的东西读给她听了，新创作的小说没有哪章读给她听过，也不把新创作的剧本朗读给她听。如果她小心翼翼地打听这方面的情况，我的回答总是：还没有成熟到读给你听的地步，我还要修改。为什么以前就什么都可以读给她听呢？为什么我以前比现在敢作敢为呢？

这一切都是从我在安娜那里受到屈辱开始的，这一点她很清楚；而在马克辛街朗读那出喜剧所造成的影响，让她很长一段时间都心存忧虑，为此她才和安娜交朋友，目的就是要弄清她是怎样一个人，因为我是戴着有色眼镜看她的：仅把她视作她母亲的反面这一点，就已经美化了她。现在她对安娜已经相当了解了，因此有一点她是知道的：在安娜那里是不存在失败的——她喜欢一个人的方式，跟一般人的不一样，跟她母亲的更是毫无相同之处。安娜有自己的刻板原则，别人可以观察她、欣赏她，认为她的一双眼睛无与伦比，却不能认为自己被她看见。凡她目之所及，她都必然要与之进行游戏，如同游戏一个线团、一件物品，而不是活生生的东西，同时她还要赢得这一游戏。她身上最具威胁的，就是这种眼睛游戏。撇开这一点不谈，她还是一个不错的朋友，充满纯洁的信任，大度，甚至可靠。不过，有一点在她那里是做不得的：永远别试图束缚她。她是不能没有自由的，她的眼睛游戏需要自由，而非其他事情。眼睛游戏是她天性中最迫切的需要，她是永远不会改变这一点的，即使进入老年也不会改变。被上天赋予了这样一双眼睛的人只能如此，她只能听凭这双眼睛的使唤，服从它们，如同其他那些人、那些作为其猎物的人一样，而她则是猎手。

关于眼睛的这个神话让我忍俊不禁。我知道这其中有多少是真实的，我也知道薇莎与安娜交朋友帮了我多大的忙。当然，我也清楚薇莎在另一点上犯了多么大的错误。我与松内的友谊并不是因为我在安娜那里碰了壁，这份友谊是独立自主的，纯粹是我天性的需要；这份天性羞于自身的不纯洁，只有同远高于自己的精神进行严肃对话，才能完善自己或者至少证明自己的合理性。

做客贝内蒂克特家

第一次在利利普特酒吧见到伊尔玛太太，弗丽德尔的母亲，我就喜欢上了她朴实而不矫情的说话方式。她说起话来一点没有自命不凡的样子，并且可以让人不加考虑地相信她说的话。她的脸很圆，是我不熟悉的那种脸型，但并不是斯拉夫人的脸；如果换作斯拉夫人的脸，可能会更吸引人一点，但它是另一种类型的脸。现在我从弗丽德尔那里听说了，她的母亲是半个芬兰人。她可能是在维也纳出生的，早年以及后来她都不断回芬兰去，看望母亲那方面的亲戚。

母亲的一个姨妈生活自主而独立，在思想方面颇有建树，她们在家里经常谈到她。这个名叫阿丽娜的姨妈，在佛罗伦萨生活了很长时间，还把但丁的作品译成了瑞典语。她在芬兰的北部拥有一座小岛，有时会一个人躲到岛上去写作。她没结过婚，出于自尊，也是出于保持自己从事精神活动的自由。弗丽德尔是她最喜欢的侄孙女，阿丽娜姨妈打算把那个小岛留给她。弗丽德尔描绘那座小岛的神情，令人难忘。她并不是那种看重财产的人，但是想到自己拥有一座小岛，还是让她感到开心不已。她还从未去过那里，但对那里已经有了大胆的设想，特别是当冬天的暴风雪将小岛同大陆完全隔开的时候。每次她提到这个小岛，都要郑重其事地将它拱手让给我，就是说，作为一个小小的礼物，这也是她对自己引以为写作榜样的人表示敬意的唯一方式。

有时我接受小岛，有时也拒绝。无论如何，瑞典语的但丁是在那里完成的。她慷慨地送我这么一件礼物，特别是祝愿我长寿，令我很感动。当她向我描绘小岛的宁静与优美的时候，我在不经意间从她那里获悉了一些东西，它们给我留下的印象更加深刻。一次，当我们从芬兰小岛谈到瑞典事务的时候，她说，她的教母是弗丽达·斯特林德贝尔格，她母亲年轻时的好友，住在蒙特湖，经常到她家来玩；她是斯特林德贝尔格的第二个太太，她自己的名字就是从她那里来的，不过有点小小的不一样。如果她的母亲对她的邋遢感到绝望的话，就会说："这一定是你从弗丽达、你的教母那儿继承来的。看来，过继名字也会把性格过继过来。"弗丽达·斯特林德贝尔格的邋遢，是有目共睹的。当她还是孩子的时候，她去过她那里一次。那里的杂乱无章给她留下了非常深的印象，于是她让家里自己住的那间房间仿照那里的样子。每次她一个人在家的时候，她就这样做：把所有的抽屉、柜子都打开，把所有的衣服胡乱扔得到处都是，然后幸福地坐在这一堆混乱之上；这时她的房间就跟她的教母家里一样了。但她从来没有向她母亲坦白过，是什么促使她这样没条理的。这是她最大的秘密，因此她必须把它说给我听。我绝对不能搞突然袭击，去看她的房间，因为我如果在这种时候看到她的房间，一定会对她这个人产生恐惧，就会再也不带她去散步了。我根本没想过要看她的房间，也不想就此再去多想。不过，他们与斯特林德贝尔格的关系倒是刺痛了我，正是由于这个原因，我才对贝内蒂克特一家另眼相看，我想。

为了能吸引我去她们家，弗丽德尔一定让她母亲费尽心思来挑选和安排客人。她自己虽然觉得这样的社交无聊至极，因此很少参与其中——但她很快就从我们的交谈中感觉到，在她看来只是刻板、无聊的东西，却让我在其中嗅到了邪恶与不道德。她从小听到的名字都是些大名鼎鼎的人物。有一段时间，那时她已经上学了，她以为所有的大人都是名人，根本用不着介绍。如果家里经常提到一个新的名字，那只可能有两个原因：要么某人突然间出了名——怎么才能让他接受他们的邀请呢？或者某个早就出了名的人——她以为一直都有名——到维也纳来，理所当然要来她们家吃晚饭。可能还会有其他原因，这一点她从没想过，只是觉得总是老一套，因此觉得无聊。而现在，如果她在我们见面的时候提到某个与她家有私交的人的名字，就能感到我的惊讶，并且会紧接着听到我问："怎么可能！他也来你们家？"仿佛跨进她家门槛，是什么违禁的事。她也注意到我对某些名字毫无反应，这些人在她们家进进出出，我一点都不觉得奇怪，因为根据"火炬"的原则推测，他们与这家好像气味相投。不过，那些让我感到捉摸不透的人，开始引起了她的兴趣，并且她很快就明白了，只有这些人对我具有吸引力，能够把我引到她家去。当然，请到这些人，需要时间，需做长时间的准备。

"托马斯·曼今天在我们家吃的饭。"她说，并且满怀期待地看着我。

"噢，他和您父亲谈了些什么？"

我忍不住这样问了一句。等我感觉到自己问得太冒失的时候，已经晚了，因为她从这句问话中不难听出，我是多么蔑视她的父亲，仿佛我不相信他有能力与托马斯·曼进行交谈。

"谈了音乐，"她说，"他们一直谈音乐，特别是谈布鲁诺·瓦尔特。"

她一点不懂音乐，因此不能告诉我他们的谈话细节。她问我为什么不亲自去听听。她母亲非常想邀请我，但又觉得没有什么把握。她说，大家都以为我是拒人于千里之外的那种人，还说我就像小说中的基恩：蔑视妇女并且无礼。“我总是对她讲，您说的事情是多么好玩。”“他鄙视我们，”母亲说，“他带你一起散步，真让人觉得不可思议。”

尝试了几次以后，弗丽德尔终于诱使我接受了邀请。维也纳世纪之交的颓废派三星：施尼茨勒、霍夫曼斯塔尔和贝尔-霍夫曼，只剩下贝尔-霍夫曼还活着。他写的东西很少，却被认为是最独特的。几十年来他就在写一部剧本，但一直对此不满意，任何人都无法说服他完成它。这与我知道的那个只写过唯一一首诗的记者，简直是一个天一个地；就为这，我就对他充满好奇。在维也纳这种地方，他这种节制令人费解。人们不禁要问，他创作的作品那样少，为什么却能获得那么高的声望。我的推测是，他避免与一切“有辱名声”的人交往，只与志同道合的人打交道。既然其余两人都不在世了，那他现在还做什么呢？这时我听弗丽德尔说，他是她们家的常客，对人满怀兴趣；他上了年纪，但身体健壮；太太很漂亮，年纪比他小二十岁左右，但看上去比实际还要年轻。这些话引起了我的兴趣，但起到关键性作用并打破我内心坚冰的，是真正的一个“晴天霹雳”：埃米尔·路德维希，当时的红人，写一本书只用几个星期时间并且以此炫耀。他为了结识尊敬的贝尔-霍夫曼，答应来贝内蒂克特家。对于这次会面，大家都拭目以待，弗丽德尔说，我可不能错过这样一件有趣的事。在她的想象中，这两人会像两个虚构的人物一样进行交谈。她已经说服母亲，邀请我去参加，当天她就将给我打电话。这激起了我的好奇心，我表示感谢并接受了邀请。

给我开门的不是女佣，而是弗丽德尔。她说从窗户里看见我过来，并且马上说：“他们已经到了，是两个人！”仿佛我们密谋好了似的。在客厅欢迎我时，她父亲对我说了不少奉承话，当然，也就是说说而已。这个人个头不高，嘴角向两边撇，但撇得长度又不一样，因此使得那张脸看上去有些不对称。他的脑门光秃秃的，说起话来蹦来跳去的，跟跳乡村华尔兹一样。他的微笑近乎大笑，但平易近人，给我的感觉，仿佛他在用说的话和身体姿势拍打我的肩膀；他的样子并不让人觉得傲慢，倒更像是大大咧咧的。他还没有读过那本书，因为那本书正在家里——在姑娘和太太手上——传阅；今天他终于把这本书从她们手里夺了过来，现在它就放在那里——他用手指了一下一张小桌子，他不会再让她们把它拿走；今天下午他就开始读它；在进行这项冒险之前——有各种谣传，有说不好的，也有说这本书怎么吸引人的，与书作者交谈，会为他增添力量的；但看过作者第一眼之后，就觉得那些传言是不可能的。他的友善很令我感到惊讶，同样，我的和善也让他感到吃惊不小。听完关于《迷惘》的描述后，他期待的是一个魔鬼作家。当这家主人继续像跳乡间华尔兹一样，蹦来跳去地说话的时候，我试图在他的脸上找到《火炬》期刊上的诅咒印迹。

他领我去见他最尊贵的客人，贝尔-霍夫曼，一个一年写作不超过两行字的人。身材魁梧的老先生坐着没动，郑重其事地说："年轻人，我就不站起来了，您不会指望我站起来吧?"我嘟哝了几个音节，表示赞同他的观点，而这正是他所期待的。随即我就被拉到一旁站着的一个瘦小而脾气暴躁的矮个子男人那里，他没有注意到我的手，我因此也就用不着把手伸给他了。很快我就见他唾沫飞溅，对贝尔-霍夫曼极尽赞美之能事。这个人就是埃米尔·路德维希。他宣称，自己多久以来——自孩提时代起?——就开始崇拜他。在他滔滔不绝的表白中，"大师"一词，还有"完美"，甚至"尽善尽美"都无数次出现。对于一个用几十年时间写作一部普通长度的剧本，却最终还没能完成的人来说，这些话其实更显得没有分寸。贝尔-霍夫曼若有所思地晃动着脑袋，很仔细地听着，不放过任何一个词。他给人的感觉很自信。其实，面对这样一个微不足道的多产写手，销量最大、对任何采访都来者不拒的人，谁会不自信呢？——他们二人犹如泰山对鸿毛——这位体态匀称的老先生实际感觉并不自在，因为他的精雕细琢与这名瘦小男人腹泻式的写作有着天壤之别；不仅如此，旁边还有其他人在听他们说话。他打断了这人没完没了的奉承，遗憾却态度坚决地说："可惜写得太少了。"

因为他创作的东西实在太少，所以他不得不这么说。谁能对此做出回答呢？当时在场的人大约有十来个，个个都大气不敢出一声；然而，埃米尔·路德维希知道怎么回答，这次他只说了一句："如果莎士比亚只写出一部《哈姆雷特》，难道他就不是莎士比亚了吗？"

这种寡廉鲜耻，令在场的每一个人目瞪口呆。贝尔-霍夫曼也不再摇晃脑袋了。时至今日，我还怀抱这样的希望，希望他不要因自信而称自己的哪部作品为《哈姆雷特》。

放弃了自我那么长时间之后，埃米尔·路德维希接下来在饭桌上更关心的就是他自己了。他吹嘘自己泉涌的才思、多产的创作和对世界的了解，他高朋满座，在世界各国都有崇拜者。从歌德到墨索里尼，这一时间段的任何人他都认识。他绘声绘色地描述歌德在魏玛的那所普通住宅——这是他的原话——与罗马的威尼斯宫中的巨大迎宾厅之间的差别。他穿过宽阔的大厅，他将迎宾厅比作帝国的陆地，快步向墨索里尼走去，他正坐在迎宾厅尽头一张大桌子后面等候他。墨索里尼知道朝自己走来的人是谁。当路德维希经过长途跋涉，终于来到写字桌（这大概是世界上最大的一张桌子，比自己在阿斯科纳的桌子还要大）前面的时候，迎接他的是恭维话；他的谦虚不允许他复述这些话。对于路德维希这样一个世界级文学人物的重要性，墨索里尼凭直觉就感知到了；墨索里尼与他多次进行长时间交谈，这些谈话当然都在世界各大报纸上刊登了，并且还结集出版了。但这些都过去了。打那以后，他又发表了六至八部著作，最后一部是《尼罗河传》。为了创作这部作品，他去了埃及；只用了六个星期，他就完成了这部作品。坐在饭桌顶头的主人打断他的话，满脸钦佩之情，用手势邀请大家看边上的一张小桌子，那上面孤零零地放着一本大部头的《尼罗河传》。不过，路德维希并不理会这些，他已经继续往下说了。接下来的三到四个计划，他要么高调渲染，要么遮遮掩掩。这以后还有什么打算，他只字未提。他毕竟不是这里唯一的客人。“无论我们的自信是多么正当——只有骗子才谦虚——我们都不应该忘记，今天在座的人中，谁才是世纪之交青年维也纳的珍贵代表，是活着的人中唯一、也是最伟大的不朽传统的传人。”

这可不是些没有分量的话，但它代表了这家的观点，也许贝尔-霍夫曼也真的这么认为。不然的话，怎么解释他在世人面前表现的矜持。他暗示，霍夫曼斯塔尔太经受不住人间的诱惑了，一切与萨尔茨堡密切相关的东西，如歌剧脚本，以及对歌剧的兴趣，在他看来都是误入歧途。这些话我后来不止一次在他那里听到。埃米尔·路德维希一定让他感到很讨厌——整个桌上，主人和其他所有人都不令他反感，唯有他一个，但他称其为年轻维也纳三巨子中最伟大的一个，还是不能不令他感动。

说完这句话后，路德维希又将注意力引到自己身上。他必须在维也纳的歌剧院露露脸，因此预定了当晚的一个包厢。但是，没有女伴陪同，他是不愿意去的。他希望这家四个女儿中最漂亮的一个能陪他。弗丽德尔坐在他正对面，正兴趣盎然地听着他说话。她没有打断他的话，也没有笑一次，而他却以为她在欣赏自己。可能正是她做出认真聆听的样子，才使得他漫无边际地吹嘘自己。他于是请她空出今天晚上的时间，陪他去听歌剧。她早就察觉到了我对他的反感，她可能在心里问，如果她接受此人的邀请，是否会有损她在我这里的名声。直觉告诉她，她在我这里的名声不可能太好，因为她是这个该死人家的女儿。于是，她指望借此看到这个路德维希在歌剧院里的可笑举止，然后再尽情描绘给我听，让我开心。她接受了邀请。几天以后，在我们又一次一起散步的时候，她把所有的事都报告给了我听。

埃米尔·路德维希为了让观众看到自己，不停地从包厢的座位上站起来。他不停地赞美弗丽德尔。开始的时候还哼哼唧唧，随后声音越来越大。旁边包厢里的人觉得他干扰了他们，而这正是他的意图所在。他听不见别人的抗议，陪同他来的年轻姑娘让他着迷，他仿佛已经神志不清。他成功地做到将注意力从舞台转移到他的包厢。当终于有一人起身去找包厢管理员表示不满，并敦促他去制止这不受欢迎的噪声的时候，这个人才知道，这个不停站起来、靠在包厢栏杆上、又唱又手舞足蹈的小矮个原来就是埃米尔·路德维希本人。这个传言立即四散开去，当路德维希确信每个人都知道了以后，他突然安静下来。我忘记了上演的是哪一出歌剧，但弗丽德尔说，当掌声响起的时候，他不是跟着鼓掌，而是向前欠了欠身体，接受别人的欢呼。当她对他指出他的行为不合适的时候，他才不情愿地拍了两下手。

去贝内蒂克特家做过一次客后，就是贝尔-霍夫曼与埃米尔·路德维希对垒的那次，我开始对他们的邀请感兴趣。虽然不是每次，但时不时我还是接受他们的邀请。如此一来，我看到了一些我从前在维也纳避免见到的人，因为他们属于令我不齿的《新自由评论》。这些人没有一个吸引人。我本以为恩斯特·贝内蒂克特身上会潜藏着什么邪恶和危险，然而他的平庸令我失望，因此我就只能愚弄他。他雄心勃勃，要通读所有书籍。令他不能忍受的是，别人谈到的一本书他没有读过，也不管这本书是不是两千年前的。于是，我就有意在他面前提及一般不为人知的那些书籍。我下一次去他家里，一定会看到那本书放在桌上，他已经读过了，并且与我谈论该书。我最先提到的是中国的哲人。由于我真的喜欢这些人的著作，所以用它们来开这个玩笑，是不可饶恕的，因为他从来不会就此说出什么明智的东西来。他的思维是跳跃式的，并且还固执，但没有任何深度；他从来不会围绕一个问题不放手，从而让人觉得他是真正的固执。他患有炫耀各种名字的强迫症，总是要说出一长串来。在我眼中神圣的那些名字，从他嘴里“吧唧吧唧”蹦出来，算是对我亵渎行为的正当惩罚。当我实在无法忍受听他讲述某个我崇拜的人，而他又是因我而把话头引到这上头去的时候，我就只能把他的注意力引到另一个名字上。他于是迅速地接过去，埋头阅读这个人的所有著作。下一次我去拜访的时候，他已经阅读了其中的绝大多数。天晓得他是怎么做到的。谈话的时候，他习惯突然把头从一边摆到另一边。他这是在表示强调，他再没有其他表示强调的方式了。他生活在精神世界里，其方式有些像拉普人。

“我找我的同类！”

第二次去贝内蒂克特家拜访的时候，就发生了一些事，它们将这个我从前心目中魔鬼的领地变成了东方戏园。我沿着台阶向他家大门走去，按响门铃。当我听见身后匆匆忙忙、踉踉跄跄的脚步声时，我觉得有些奇怪，因为这不可能是成年客人的脚步声。我于是转过身去，我眼前看到的是一个上气不接下气的“日本”姑娘，我从心里这么称呼她，就是我几个月以来在西默尔大街遇到的那个姑娘：她大衣敞着，一缕黑发在眼前晃悠，动作剧烈而富于表现力，就像洒脱的歌舞伎演员的剧照。这个年轻姑娘，难道她也跟我一样来做客？这个问题占据了我的全部身心，使得我竟然忘记跟她打招呼了。她点了一下头，什么话也没说。大门开了，同第一次一样，是弗丽德尔开的门。她看见我们并排站在门前的擦鞋垫上，就笑了，说：“是你吧，苏西？这是 C. 先生。——她是我小妹妹苏西。”

我有一百个感到尴尬的理由，当然她也感觉不自在，因为无论我在她眼里是多么无足轻重，但有一点她是很清楚的，那就是她每天都在西默尔大街碰到我。她不是来做客的，而是刚从学校回来，并且一如既往，又回来迟了，所以才匆匆忙忙，跑得上气不接下气。她走进楼上房间以后，弗丽德尔有些不解地说：

“您已经见过苏西好多次了，但您从来没有跟我提起过。”

“我不知道她就是苏西。您跟我说您的小妹妹才十四岁。”

“她是十四岁，只是看上去像十八岁的姑娘。”

“我一直觉得她是日本人。”

“她看上去很像东方人。谁也说不清楚，她怎么会出生在我们家里。”

接着我步入客厅。有好一会儿，我感觉有些难为情。现在我终于弄清楚，在西默尔大街的相遇是我的有意而为，我总是在同一时间往坡下走，而且算好了她从斯特拉瑟巷出来的时间，不会错过她。她不过是一个放学回家的十四岁学生！我看到她风风火火、上气不接下气的样子，其实不说明任何问题：只不过是一个学生担心到家太晚，误了吃饭而已。显然，那些令我难以忘怀的日本演员强化了我的这一感觉，还有我对洒脱的木刻的喜爱。为什么她看上去像这种木刻上的演员呢？她的异国风情令人神往，而弗丽德尔代表的却是维也纳的优雅与活泼，她根本无法与妹妹身上那种令人费解的美相比。她深深打动了我，我却对此只字未提；因此，姊妹四个中没有一个知道，从这一刻起吸引我来她们家的，是这个谜一般的小妹妹。

她能不能做到同时听许多人说话，在一家坐得满满当当的咖啡馆里，我问弗丽德尔。我们四周的人都在说着话，或是在争论、唱歌。一个人能在同一时间听一件以上的事而不漏掉什么，她不愿意相信这是可能的。这时耳朵里听到两个到三个或者四个声音，最有意思的是，这些声音之间的交互作用。这些声音相互之间并不协调，而是以自己的方式说开去，像上了发条的钟，一个劲往下走，无法左右它。但是，如果将其他的声音同这个声音混到一起听，就会产生出最奇特的东西，仿佛你掌握了一把打开特殊钟表发条的钥匙，就是说把握到混合作用，而声音本身对此则一无所知。

我答应给她演示一番：她只需要经历几次就可以了，就是说，开始的时候她将自己置于我的位置上，用我的耳朵听，过后她就会很快掌握这一技巧；成为习惯了以后，不这样做都做不到。

一天深夜，我带她到科本策尔巷子里的一家咖啡馆去，每当出售新酒的酒馆关门，最后一趟38路有轨电车开走，大家就会来这里。这里的人比出售新酒的酒馆里面的人更复杂。最先到达这里的，是那些玩到十二点还觉得没有玩尽兴的人，他们想玩个通宵。加入到他们行列中来的是一些本地人，他们为别人服务了一个晚上，下班以后自己也想去一个并不陌生的环境中放松放松。这些人现在是这里的主力。从酒馆转移到这里的人不再是中心，在数量上他们既不占多数，别人也不特别关注他们。夜越深，他们越是被排挤到观众席上。在此之前，他们还为酒馆歌手演唱的歌曲干杯或者跟着他们一道唱，而现在，唱主角的是正宗的格林琴人。这些人比树枝酒馆[①]或者豪华酒馆里观众所预期的更奇特、更古怪。这里一小时内发生的事情，要比其他地方一晚上发生的还要多。晚上来这里的，大多是同一拨当地人，非当地人却在不断更换。

我们到的时候已经很晚了，我想的就是要把弗丽德尔带进完全嘈杂的环境中去；这时大家的期待已经达到巅峰。这家酒馆人满为患，烟雾弥漫，噪声像碎片敲击着耳朵；哪里也没有空位，但看在弗丽德尔的面上——她给人的感觉犹如一阵清风，又像掉进混乱中的一只猫，两眼炯炯发光——大家挤了挤，给我们挪出了一个座位，省去了我们去做一番奋斗。“我什么也听不清，”弗丽德尔说，“我耳朵里听到乱七八糟的东西，但是什么也听不懂。”“能听到本身就不错了，”我说，“马上就会发生一件事，能让事情变得明朗起来。”

---

① 奥地利出售自酿葡萄酒的酒店，门外悬挂一束树枝作标志。

我期待着我见过几次的那个男人出现。周六他一般都来，而在接下来的一周里，我脑子里就一直在想着这个人的事。过了不一会儿，门开了，一个瘦高个儿出现了。他头的形状像小鸟，深色头发，两眼突出，迈着轻盈的步伐向咖啡馆正中走；他架起双肘，却并不真正去挤；他把周围所有的人往后赶，并开始以自己为中心旋转；他双手举过头顶，像发誓那样，一边嘴里说着："我找我的同类！我找我的同类！"与其说这是在说话，不如称其为唱歌更合适。其中的"我的"显得特别突出，就像统治者口中的"我"或者"我们"。他的双手在空中抓住一个实际不存在的人，就是他的同类，然后不断旋转。他一直转啊转，不让任何人靠近他的双手，一边还唱道："我找我的同类！我找我的同类！"——像一只长腿鸟，发出苛求、哀怨的叫声。

"这不是雷默嘛！"弗丽德尔说。她认识他，她是在怎样的情形下认出他来的！她认识的是白天的他，还从来没有见过他夜晚在人群中威严叫喊的样子。白天，他守在自己和姊妹们共同拥有的格林琴游泳池边上，给泳客分配更衣间或者坐在收款台后面。有时，遇到他高兴，他也会教人游泳。他可以随心所欲。游泳池很受欢迎，来游泳的人总是很多，经常出现满员、不再放人进的局面。维也纳四面八方的人都来格林琴游泳池游泳，雷默一家被视为当地的富人之一，也许是首富。兄妹几人的富裕，要归功于他们母亲的敢作敢为。当她还是年轻漂亮的姑娘的时候——那是上个世纪的时候——她拦住皇帝的马车，向马车里的弗兰茨·约瑟夫[①]递交了一封请愿信。在信中，她请求给予雷默家建造游泳池所需用水的特权。那是在高山引水管道铺设好之后，这条管道将山中的优质水源引到维也

① 弗兰茨·约瑟夫(1830—1916)，奥匈帝国皇帝。

纳。这个勇气十足的妇人抓住了这一有利时机。皇帝同意授予她特权，他的恩赐让雷默一家如愿以偿，给格林琴游泳池带来兴旺。

这个故事人所共知，因为每个人都去那里游泳。公众有所不知的是，在这个没有皇帝的时代，皇帝的恩赐在这家所有的人身上发生的作用。“我找我的同类！”——这句保皇口号，可能让人听起来觉得有些可笑，如同写在纸上给人的感觉一样；但是，它作为那个在深夜不断以同样的语速来重复它的人的声音和运动，却并不让人觉得可笑。

他满怀对旧日的眷恋，穿梭在桌子与桌子之间，但总是很快又转到拥挤的位置当中。他不对什么人说话，也没人跟他说话，他不会因任何事而中断呼叫。没人嘲笑他，也没人试图把他的注意力从寻找上引开。他的登台尽人皆知，但他一本正经的样子好像不妨碍任何人。他手里掌管着许多水域，作为它们的主人，他是一个受尊敬的人。他不停地旋转，给酒馆带来了神秘气息。他拨开众人，往门口走，他的口号声这时也逐渐消失。他离开了，但大家的耳朵里还回荡着他的呼喊声。

过了一会儿，坐在我边上的一个种植葡萄的农民说：“法国人来了！”坐在斜对面的另一个人接过话茬，卖力地重复这句话。这是我所不清楚的新东西，我无法向陪同我前来的弗丽德尔解释这是怎么一回事儿。其他桌上的人好像也在等那个“法国人”。生活在格林琴的法国人，我一个都不认识，但那些本地人对他好像都有明确的想象。从他们嘴里说出的话来看，会觉得他是年度赛跑中的一员。弗丽德尔听了几次“法国人来了！法国人来了！”，心里充满了期待，于是就问身边一个一脸幸福的醉汉：“法国人什么时候来？”——尽管她不想让他兴奋起来，因为她要提防他，如果她的问题问得复杂一点，这个醉汉在目前的状态下肯定回答不了。“马上就来！他马上就来！”

果然，不一会儿出现了一个金发巨人，他比酒馆里任何人都要高出一个头，我觉得。一个年轻姑娘紧紧拉着他，后面跟着一班人马。“法国人到了！法国人到了！”他果然是法国人，但他后面的一班人马则是本地人。那个女的又是雷默家的，是前面那个寻找自己同类的雷默的妹妹。那个巨人设法给自己和自己的那班人马弄到座位。令人不可思议的是，已经挤得满满当当的酒馆竟然还能容得下那么多人。他们都有了座位，一起围坐在一张长条桌上——先前坐在这里的人，为他们腾出了位置，挤到其他桌子上去坐了。雷默家的那个妹妹又是坐在法国人边上，还是紧紧拉着他。现在清楚的一点是，她这样做是在制止他去做将要发生而又不该发生的事。经人指点，我知道她是他的太太。她嫁到了法国，一年回格林琴一次，看看家人，也把他带上。他是潜艇上的水手，不清楚的一点是，是在上一次战争中做水手，还是现在仍然是水手。让我觉得不可理解的是，这么高个儿的人在潜艇上工作。在我的想象中，应该挑选个头小的人去当水手。

所有人都去劝说他，可他听不懂德语。与他同坐一张桌子的人，除了对他感兴趣外不关心其他任何事情。他们相互不交谈，就只对他一个人说话。不断有人向他提问，他不知道怎么回答。于是就有人冲他大喊，以为这样他就能听懂。然而，情况没有发生任何改变。他一声不吭地坐在那里，也不用他的语言说任何东西。我还从来没有见过这么大高个儿、却又这么沉默不语的法国人。他的话越是少，别人就越是冲着他喊。其他桌上的人也试图引他开口。他的太太因为要给他翻译，因此紧挨着他。一开始，她还挺直身体，动几下嘴巴，但很快就放弃了这一努力。这是徒劳无功的事，也许是她的法语还没有好到一定的程度。不过，即使她将法语掌握到了母语一样好的程度，她也招架不住这汹涌而来的呼喊和各式各样的要求。她抓住他胳膊的手越来越紧，酒馆里形形色色的声音汇成的嘈杂变成了吼叫。酒馆的四面八方都有人冲着那个法国人喊叫。连我们桌上的嘈杂声都震耳欲聋，更何况他们那张桌子了。

我可以很清楚地看到他，并且也目不转睛地盯着他看。跟所有其他人一样，我也只关注他。我差一点用他的语言对他喊什么，但在这混乱到了极点的时候，这对他也不会有什么用。突然，他一跳站起来，吼道："我是法国人！"他两臂使劲挥舞，将身边的一切扫到一边。他奋力一跳，越过桌子，落在一个人堆里。他继续大叫大嚷。这时，大家都朝他拥过来。只听见他的嘶叫声："法国！法国！"他拨开乱麻一样的人堆——不知道他哪儿来的那么大力，即使像他这么大块头的人，也不是那么简单就能做到这一点的——挤出一条通往大门的路，四肢各拖着一个悬挂在上面的人。他的太太给挤丢了，她和自己的那帮人在一起，落后他一大截。一跃跳过桌子的时候，他就甩开了她。她在盯住他不放的那一堆怀着敌意的人群中往前挤，但仍然没有赶上抓住他胳膊和腿不放的那些人。当他摆脱这些人以后，她想走到已经在外面的他的身边。当然，发生在马路上的事，我就没看到了。几个回来的人说，他太太现在领他回家去了。作为女婿，游泳池也有他的一份，这一点好像没人否认。

他走了以后，酒馆里的人除了谈他还是谈他。那个法国人，这是原话，每年都来。大家事先都知道他来，于是就守着他，而且每年结束的方式都是这样的。我问问这个或者那个，为什么那个法国人突然要这么跳一下。得到的回答是，他一直这么做，其余的就不知道了。他总是先闷坐一会儿，然而这么跳一下。他是否知道别人对他喊什么？不知道，他一个字也听不懂。——那大家还朝他喊什么呢？——这就是这里的气氛。——他是否总是喊同样的话？——是的，每次都说："我是法国人！"他们于是就试图学着他的样子说。这家伙有的是力气。不过，不是什么都可以容忍的。

我在想，一个人挤在上百人中间，同时要听多少陌生的、完全听不懂的话才会发疯。

托马斯·曼的一封来信

这是一封手书，信写得很长，里面说的话都是经过仔细推敲的，跟他小说中的一样。信中提到的一些事情，既令我吃惊又让我高兴。我给托马斯·曼寄去装订成三册、黑色亚麻封面的小说手稿，距今已经过去了整整四年。他当时一定觉得那是一个三部曲作品。我在书里夹了一封又长语气又冷淡的信。在信中，我详尽阐述了自己创作《疯子的人间喜剧》的计划。写那封信时，我的骄傲简直发展到了无以复加的地步。我在信中对收信人没说一句赞美的话。他一定暗自忖度，是什么促使我偏偏选择他作为收信人。

薇莎对《布登勃洛克一家》的喜爱，几乎和对《安娜·卡列尼娜》的喜爱程度一样。遇到她读到兴头上的时候，她会阻拦我，不让我看书。于是，我就放下手中的书，去读《魔山》。书中的氛围我已经从母亲的叙述中熟悉，她在阿罗萨的森林疗养院度过了两年时间。光死亡这个难题，就给我留下了深刻印象，虽然我对这类事情的看法与他不同。他就此进行的讨论是详细的，与它们的意义也是相符的。当时，那是一九三一年十月，我竟不害臊，第一个就去找托马斯·曼。那时，穆齐尔的书我还没有读过。如果要说，有什么理由能让我不去这么做的话，那就是我已经读过亨利希·曼的一些作品。在我看来，他比他弟弟更适合我。但最令人吃惊的是我的自信。在写给托马斯·曼的这第一封信中，我一点没有赞美他；其实，在读过《魔山》之后，我本应该说几句赞美话的。当时我认为，他只要看一眼我的手稿，就一定会读下去；对于一个悲观的作家——我觉得他是这样的人——这本书是不可抗拒的。然而，那巨大的包裹又原封不动给寄了回来，只是增加了一封客气的信。在信中，他对自己的力不从心表示道歉。这是一个沉重的打击，因为，如果他都不去读的话，还有谁愿意去读这么晦暗的书呢？我原指望他会为此而感到欢欣鼓舞，并不只是简单的赞同；他就此发表的见解，是出于信念而非友情支持，将会为书开辟一条道路。我以为自己的前途坦荡宽广。也许正是因为我心里是这样想的，所以才轻狂地给他写了那么一封信。

他对待这种轻狂的拒绝态度，也许还是公正的，因为他没读这本书。这部手稿静静躺了四年。对于我的外在生活，它产生了怎样的影响，是不难想象的；它给我的自尊心所带来的打击则更大。我觉得，他拒绝这本书是对我的伤害，因此我决定再也不去做这种事了。作品朗读让我赢得了一些朋友，这时我才渐渐地听从朋友的劝告，到这一家或者那一家出版社去试试。自从在托马斯·曼那里遭受打击之后，我就料到这些尝试会是徒劳无功的。

现在，一九三五年十月，这本书出版了，我决定无论如何要寄一本给托马斯·曼。他给我带来的创伤还没有愈合，并且他是唯一能治愈这一创伤的人，其方式就是他阅读这本书，并认识到，当时他拒绝的那样东西是值得他尊敬的。这次我的信写得不再是恬不知耻，而是简单向他描述所发生的一些事情，由此轻易将他置于没有道理的境地。他回了一封长信。他的性格、他的认真促使他弥补这一“过失”。鉴于前面所发生的一些事，收到他的信，我还是感到很高兴。

与此同时，《新自由评论》上发表了这本书的第一篇书评，这是我完全没有预想到的。这篇书评热情奔放，可惜出自一个我看不上眼、也无法让人看上眼的作家之手。但它还是产生了作用，因为就在当天(还是第二天？)，我走进“赫仁霍夫”饭店时，穆齐尔就热情地朝我走过来。我还从没有见他这样热情过。他向我伸过手来，脸上不是荡漾着微笑，而是容光焕发。我之所以注意到这些，是因为我坚信，在公众场合他是不允许自己做出兴高采烈的样子的。“祝贺您取得了巨大成功！”他说。这部小说他才看了一部分，如果下面的部分和这前半部写得一样好的话，那我理应获得成功。从他嘴里听见“理应”两个字，让我感到陶醉。他还说了一些赞扬的话，在此我不想重复它们了，因为从后来发生的事情上看，他可能会收回这些话。我被他的话冲昏了头脑。我突然意识到，自己是多么期待他的评判，也许不亚于我对松内的期待。我既陶醉其中，又糊里糊涂，当时我一定是非常糊涂，不然我怎么会那么没分寸，犯下那么令人难堪的错误呢？

听他说完话，我立即就接口说道：“您想想看吧，我收到了托马斯·曼写来的一封长信！”他的态度瞬间发生了改变，好像又缩回到了原先的自己。他板着脸，整个人成了一个外壳。“是这样啊！”他说，只稍稍把手往我这边伸了一下，使得我只能抓到他的手指，然后粗暴地转过身去。他就这样把我送别了。

我就这样被永远送别了。他是距离方面的大师，在这方面训练有素。他一旦拒绝了谁，谁就会永远被拒。每当我在人群中遇见他，这在其后的两年里时有发生，他仍然很客气，却不与我攀谈。他不再加入到与我的谈话中来。社交时如果出现我的名字，他会沉默不语，仿佛他不知道大家在说谁，并且也没有兴趣了解相关情况。

发生了什么事？我做了什么？是什么让他不肯原谅我？我不就是在他，穆齐尔，对我表示肯定的时候提了一下托马斯·曼这个名字嘛。我说托马斯·曼写了一封信，一封长信，就在他，穆齐尔，向我表示祝贺，并且论证他祝贺的理由之后。他一定以为，我给托马斯·曼寄去了这本小说，并且像寄给他的那样，怀着崇敬的心情写了类似的题词。他不知道这件事的来龙去脉，也不知道，早在四年前我就给托马斯·曼寄过一次书了。但是，即使他清楚来龙去脉，即使他了解这件事的每一个细节，他认为我行为不当的态度也不会因此而稍稍减弱。穆齐尔的自尊心是我见过的人中最敏感的。毫无疑问，当我被幸福冲昏头脑的时候，伤害了他。他让我为此付出代价，是可以理解的。这种惩罚令我十分痛苦。当然，当时他在我情绪高涨之极那一刻拂袖离去，也一直让我不能释怀。这一惩罚正因为是他做出的，所以才得到了我的认可。我终于明白，当我在毫无思想准备的情况下得到他的认可，并因此而高兴得忘乎所以的时候，我给他造成了多么深的伤害。为此我感到羞愧。

他一定以为我将托马斯·曼置于他之上。他不能容忍，一个四处表明更看重他的人，却做出这样的事来。对他来说，尊重必须建立在精神的基础上，不然的话，就不能拿这种尊重当真。在他和托马斯·曼之间做出明确抉择，对他来说永远是重要的。如果与之相提并论的只是像斯蒂芬·茨威格那样的人，这些人的成就建立在勤奋的基础上，那就永远不会有做出抉择这样的问题出现。但托马斯·曼是谁，穆齐尔很清楚。托马斯·曼的影响，是他衡量自己成就的参照。这是惹恼他的关键所在。就在这一时期，他以自己的方式争取他的友情（对此我毫不知情）。下意识里，他认为自己更重要；从情感上讲，他有权利从他的荣誉中分得一杯羹。穆齐尔写给托马斯·曼的所有信件都是请求帮助的，但给人的感觉却像是他在提要求。一个出自内心敬仰他的晚辈，恰巧在他接受并认可其作品的那一刻，说出了一个名字，一个他有资格胜过、但——暂时——

还在徒劳赶超的人的名字，应该是另当别论的。以前我对他所表达的一切敬意，由此一笔勾销。在精神方面，这可以与对君王的亵渎相提并论，并理应受到驱逐的惩罚。

穆齐尔对我的背弃令我刻骨铭心。当他在“赫仁霍夫”掉头离开我的时候，我就感到，发生的事是无法弥补的。

不过，现在我也不想回复托马斯·曼的信。因提及它而对穆齐尔产生的影响，让我仿佛陷于瘫痪。有几天我都不想去碰这封信。我一直拖着，迟迟不回信表示我的谢意，直到实在不能再拖的时候才提笔。此时再读他的信，我感受到了更大的快乐。只要对此不做出反应，我的快乐就是鲜活的。每天我都觉得，这封信是刚刚收到的。也可能是我想让写信的人也等上一阵子，毕竟我等他的信等了四年。当然这只是站在今天的立场上所做的猜测。知道这事的朋友都问，我是怎么给他回信的，而我所能给出的回答就是：“还没回，还没有回呢！”几个月后，别人问我的问题就变成了：“您怎么解释这事？您不回复这样一封信的理由是什么？”对此我也无言以对。

一九三六年四月，在我收到信五个月之后，我从报纸上获悉，托马斯·曼要来维也纳作一场关于弗洛伊德的报告。我觉得这是我弥补自己过失的最后机会。我给他写了我平生最热情洋溢的一封信，不然我怎么说明自己的过失呢。今天我再读这封信，感到有些难为情。因为，今天我写下这些文字的时候，我已经阅读了穆齐尔的作品，《没有个性的人》的第一、二卷，它们在我看来远比作家本人要重要。我确实应该感谢托马斯·曼，因为我的那个创口愈合了。他信中的一些内容让我充满自豪。其实，我四年后所做的，同托马斯·曼做的是一致的，那就是：弥补一个过失，虽然我没有承认这一点。他读完《迷惘》后发表了自己的观点，在我写给他的第二封信中，我将对他当时理应受到的尊敬翻了好几倍，以此来抵消狂妄的第一封信。

我觉得，他为此而感到高兴，但这一次衔接得不好。我在信中说，很想在他逗留维也纳的期间见到他。他应邀去贝内蒂克特家吃饭，并向他们打听我的情况，还说很想见到我。布洛赫当时也在场。他说我就住在附近的斜对面，并主动提出要过来看看，叫我过去。到了我家，他发现，我不在家，我正好动身去“博物馆”咖啡店见松内去了。我因此与托马斯·曼擦肩而过，只听过他朗读作品。

拉斯·卡萨／洋腔怪唱

较晚的时候，一队印度人来到科本策尔巷内一家出售新酒的酒馆。五辆或者六辆豪华轿车停在酒馆门前，从里面下来大约三十人，酒馆被这队清一色的印度人占领。他们想包下一间房，供自己使用。本来坐在里面的那些客人，都客气地给他们让出地方，坐到另一间里去了。那些印度小伙子，个个一身时髦的欧洲装扮，手上的宝石戒指发出耀眼的光亮。身着沙丽服[①]的女子，个个美丽动人。所有人，无论男人还是女人，个个皮肤黝黑。他们中没一个白人。当他们含笑但肯定地用英语——他们中没一个会德语——要求将一侧的房间给他们腾出来的时候，他们给人的感觉是高贵的。

这时他们都坐了下来，酒馆艺人从另一个房间过来，并准备为他们演唱。印度人中的那个主发言人果断地挥手拒绝：他们要在这里表演自己的音乐。酒馆一角里已经传出“啾啾”声，感觉非常陌生，声音低沉。屋里一片鸦雀无声。接着，响起一阵歌声。这歌声在本地人听来抑郁忧伤，犹如酒馆艺人唱的挽歌，因此大家都默不作声。大家想知道——这支歌已经唱完了——刚才唱的是什么。那个发言人露出动人的微笑，请大家理解他们的音乐，他说：“是印

① 印度女性的传统服装。

度低歌。”没人知道这是什么意思。什么是“低歌”？印度人开唱以后，空气中就弥漫着奇怪的紧张；门框里伸进许多头来，在外面的那些人还在往里挤；不过，还没人跨进印度人包下的那个房间。低歌？低歌？接着，有人，也许是我自己，找到了答案：是情歌，一首印度情歌[①]。失望的情绪接着就爆发了出来：“一首情歌！是这么个东西呀！听见了吧！”酒馆艺人听后哑口无言。他们竟然把这种东西叫情歌！

印度人以为他们唱的歌会赢得喝彩，实际情况则恰恰相反，他们感受到的是敌意，听见的是呼叫，仿佛酒馆歌谣觉得受到了排挤和侮辱。印度人犹豫了，也许他们刚才演唱的那支歌不合适。于是，他们又唱了另一支。但是，还是没有什么起色。对于一般的耳朵来说，这支歌听起来同第一支一样。那些从外面往里挤的当地人，现在已经挤进了房间；外面的人怀着敌意看着停在那里的大轿车。印度人中的那个发言人依然面带微笑，但是人们已经感觉到，那些下等人的靠近让他感到不快。他们中的女人，虽然还坐着，但个个都低下头，也不再满面春风了。闯进里面来的人说话嗓门越来越大，也越来越粗犷；有一个印度人还在“啾啾”地唱，但没人去听他在唱什么。站在屋子当中的一个人，怀着敌意吼道：“拉斯·卡萨！”

这是一个埃塞俄比亚首领的名字，他还在同意大利人进行斗争。墨索里尼入侵了埃塞俄比亚，这个国家正在抵御飞机与炸弹。所有报纸都刊登了拉斯·卡萨的照片，他的勇敢受到钦佩。他的皮肤是黝黑的。除了皮肤颜色这一点外，在酒馆客人的眼里，他与印度人不再有相同之处。然而，他的名字一旦被喊出，产生的作用犹

---

① 印度人说的“Love-song”听起来像“Low-song”，因此而造成误会。

如战斗号角。虽然这个名字是用维也纳方言喊出来的，但印度人还是听懂了。他们感觉受到了威胁。“啾啾”声和歌声淹没在越来越高的嘈杂声中。印度人站起来，起先还犹犹豫豫，接着就匆忙往大门方向挤。他们被放了过去。又是几声“拉斯·卡萨！”口号，外面的人汇集到了大轿车周围。对如此巨大的财富的羡慕，让位于对这般奢华的蔑视。这股敌意暂时还凝固在那里，没有化为喷射的行动，但离这一步已经不远了。“拉斯·卡萨”是这场埃塞俄比亚战争中唯一可以期待的。人们以为，所有的同情都落在弱者身上，这些国家被侵略的人的一边，因为他们投身的是一场无望的抵抗。“拉斯·卡萨！”“拉斯·卡萨！”现在却成了骂人的话，成了敌意的真实表达。印度人很快钻进轿车。所有深肤色的人，现在都是拉斯·卡萨。印度人乘坐的车开走了。

夜里，我走进屋后的花园，花园一直延伸到山坡下。点点流萤照亮初夏的夜空。我试图追随一只流萤的行踪，但立即就找不到了。流萤实在太多了，它们的数目不胜枚举，仿佛一股神秘的力量将它们遣送过来，发誓要铲除黑夜。当流萤只有几只的时候，它们闪烁的亮光具有诱惑、令我陶醉；但它们的数量一旦翻上几倍，那亮光就太耀眼。它们保持在距离地面较低的位置，不会飞到很高的地方，也不会跳得很远，这令我感到满意。

洋腔怪唱从远处传来，从四面八方传来；歌声距离这儿不太近，听上去也不怎么刺耳，特别是从小镇下方传过来的。在出售新酒的酒馆里喝醉了的人，他们的歌声是无法分清谁是谁的。那“哇啦哇啦”的声音，介于兴奋与哭泣之间；不像是狼嚎，更像是喜欢在此安家落户的家养动物发出的。这只动物心满意足地坐下，沉浸在自我陶醉之中。这声音饱含更多的是对幸福的要求，而不是威胁。即使没有任何音乐天赋的人，也可以沉浸到这股喷泉之中，成为这只特殊的酒馆动物的一部分，与大家一道吼叫。

我每晚都在西默尔大街上坡的屋后花园里听这些洋腔怪调的歌声。我对此的解释是，只要我能全面捕捉到这怪腔怪调的歌声，就证明我生活在这儿。它们让我处于近乎绝望的境地，不过也不能排除我有这样的感觉，就是要战胜它们，因为我直面它们的挑战。

这是后来我称之为宴乐型群体①的一个有力的佐证。每当我与朋友一同到坡下去，在其中的一家花园酒馆里坐下，我们就以自己的方式参与到了其中。我们没有怪腔怪调地唱歌，但我们喝酒、空谈。其他桌上的另一些人也在吹牛。能听到各式各样的东西，但一切都被容忍。所听到的大都是些无稽之谈，甚至是恬不知耻之辞，但是，自己是否也跟着厚颜无耻，那是每个人自己的事。所有的谈话都集中在财富的增长上，但没人拿走其他人的东西，没有一样是经过战斗获取的；无论那些愿望多么粗俗，每个人仿佛都由衷地祝愿他人财富增长。不听劝灌下肚的酒是增加的魔法，只要还在喝酒，所有的东西都在增长；障碍、禁令以及敌人仿佛都不存在。

如果我同沃特鲁巴坐在那里，仿佛就能看到，他将要雕凿多么巨大的石头！当然，他也容忍与我们一道的一个年轻建筑师，此时建起来的一长串城市。沃特鲁巴甚至允许别人用科科什卡这个名字给自己增光添彩，这在平时是不会有好结局的。这个名字当时让维

---

① 《群众与权力》(冯文广、刘敏、张毅译，中央编译出版社，2003 年 1 月，第 37 页）一书将此译为“宴乐性群众”。德语的“Masse”一词，可以译成“大众”、“群众”、“群体”等等。“Masse”一词不单指数量上的大，它同时还表明，当人数达到一定的量以后，人就会失去自我，成为物体。在德国这个唯心主义传统悠久的国家，“Masse”还常常被作为“主体”的对立面。因此，在本书中，我将“Masse”译为“群体”。另外，我将“Festmasse”译为“宴乐型群体”，因为在 *Masse und Macht* 一书的第一章中，作者是在对群体进行分类，区分各种类型的群体。

也纳的画家和雕塑家引以为自豪，虽然科科什卡当时人在布拉格，并且不想与维也纳有任何联系。但每一个想成名成家的人，都以他为骄傲，他被认为是无法企及的。当朋友们觉得沃特鲁巴过于自信、想贬抑一下他时，就会突然把话题引到科科什卡的名字上来。虽然沃特鲁巴与他毫无相似可言——沃特鲁巴是奥地利与巴洛克有着终极渊源关系的所有流派的反面，但他感到，这个名字犹如敲向他脑袋的一根棒子。

这一点我已经发现了几次，于是他会突然软下来，仿佛害怕自己取不了这样的成就。这其实与他的性格一点不符，这时我会严肃劝告他、提醒他，不要过高估计科科什卡，而且其后期的作品，反正他也不看好。只有在酒馆里，如果又恰遇他正在巨大的石块上敲凿，他会谈到米开朗琪罗，说他想雕凿卡拉拉附近的群山，让海上的船只老远就能看见它们，而不是只把巨石运到罗马，给教皇做墓碑。此时你会感到，米开朗琪罗没能做成这件事让他多么痛心疾首——听他说话的口气，仿佛他现在还想鼓动米开朗琪罗去做这事；事实却是，他手头的那些巨石突然置于米开朗琪罗的巨石中，他直接接过了米开朗琪罗的工作——只有当这种时候响起科科什卡的名字，如果有谁愚蠢至极，像只童子鸡，傻乎乎地说出这个名字的话，沃特鲁巴才会觉得自己像群山一样巍峨雄壮。

在他身上我实实在在体验到了增长与放大，仿佛看见石头在生长。我从没有听过他唱歌，当然也就没听过他怪腔怪调的歌声了，最多也就听过他发出叽里咕噜的声音，但那是他生气时候的样子。他是不会因为不高兴才跑进酒馆的。

每当我夜间独自走进花园，听着那些洋腔怪歌，一方面我会为自己与之毗邻而居而感到羞愧，另一方面却又在不听个够、不克服掉羞耻感之前不会离开。有时我也忖度，坐在下面的人里，有没有像他那样的人，不参与到洋腔怪唱中去，从一般性的增长意愿中为合法的特殊目标汲取力量。对此我一直没有给出答案。我的朋友是独树一帜的，我对此的信念是不可动摇的。当然，我能提出这个问题，就已经打压了自以为比任何唱洋腔怪调的人更高明的窃听者的傲气。

我进入酒馆——偶尔为之，不常去——是和朋友一道的，特别是当有客人从国外来的时候。这时就难免要尽一尽作为格林琴人的地主之谊。通过这些外国人的眼睛，我才知道，这里都有些什么。在真正的乡间，坐在客人不多的宁静花园里，许多人都想到了荷兰画，想到奥斯塔德①和特尼尔斯②。还可以举出一些支持这种观点的东西来，它们稍稍减轻了我对洋腔怪调的歌声的反感。这些联想最终帮助了我，让我理解了这类娱乐究竟为什么令我讨厌。我依然钟情于勃鲁盖尔③，具有他的绘画的那种丰富多彩和规格的一切，我都喜欢，而且将一直喜欢下去。背离这种恢宏的全景，只画狭小而平庸无奇的局部，这是荷兰风俗画的风格，是我最不喜欢的；其分割与美化在我看来是错觉，只有在出现上等印度人去小酒馆、在那种地方唱情歌并因此而招致敌意那样的场面，酒馆才又突然成为勃鲁盖尔那样的真实世界。

---

① 亚德里安·范·奥斯塔德(1610—1685)，荷兰画家。

② 大卫·特尼尔斯(1610—1690)，荷兰风俗画大师。

③ 作者这里说的应该是老彼得·勃鲁盖尔(1525—1569)。

38 路有轨电车

这一段路不长，我从终点站上车，坐到终点站下车，要不了半小时。这一段行程完全可以再长一点，这段路很有意思。我最喜欢做的事，就是在格林琴“之”字形弯道那儿上车。我走到坡下车站的时候，此时晌午刚过不久，车厢几乎还是空的。我找一个空位子坐下，打开带在身边的几本书中的一本。铁轨发出的“嘎吱”声配齐了我的装备。无论我怎样潜心阅读，我的感官并不是每一个都被占用；停靠的每一个站我都知道，还能注意到坐到对面座位上的每一个人。这是观察人的合适距离。一开始，大家分开坐，相互保持一些距离。每往前开一站，相互间的空隙就会小一些。坐到我这一排位子上的那些人，我就观察不到了。离我再远一些的人，被坐在我附近的人给挡住；只有当他们再次出现，或者起身准备下车的时候，我才能见到他们。不过，我对面已经聚集了足够多的人。因为人数是慢慢多起来的，因此可以不慌不忙地去记他们；他们一个接一个上来，相互的间隔像是精心计算过一样。

第一站是卡斯壕沟，策姆林斯基在这里上车。我只知道他是指挥，不知道他还作曲。他头发乌黑，脑袋形状跟小鸟一样。他的鹰钩鼻子呈三角形，看不见他的下巴在哪儿。我常见到他，他则不注意我；他确实在埋头想问题，大概是考虑声音方面的问题，而我看书则只是装模作样。一看到他，我就会在他脸上寻找他的下巴。他只要在车厢门框中出现，我就稍稍站起来一下，并开始寻找。他现在有下巴了没有？他终于找到下巴了吗？他一直没有下巴，但一样过着积极的生活。在我眼中他是勋伯格的替代，我在维也纳的时候，勋伯格不在那里。勋伯格只比策姆林斯基小两岁，是他的学生，他崇拜并感激他。崇拜是他与生俱来的重要组成部分，他的学生贝尔格和韦伯后来也崇拜他。穷困的勋伯格在维也纳过的都是什么样的日子！有相当长一段时间，他都是在为轻歌剧配乐。他，一个为维也纳作为伟大音乐诞生地重新奠定世界声誉的人，咬着牙为维也纳的虚假辉煌做出贡献。在柏林，他可以公开教授谱曲，后因他是犹太人而遭解雇，并流亡去了美国。看到策姆林斯基，我就会想到勋伯格。他妹妹与勋伯格的婚姻关系持续了二十二年。我总是肆无忌惮地看他，我能感到这只小脑袋正在聚精会神地思考，满脑子都是纯粹的思想。他神情严肃，身体单薄；虽然身为指挥，却一点指挥的架子都没有。在有抱负的年轻人那里，勋伯格享有崇高的威望；他们从来不谈策姆林斯基自己的音乐，也许和这有关。注视他的时候，我没有意识到，他还创作了音乐。阿尔班·贝尔格将“抒情组曲”献给他，这我是知道的。贝尔格已经不在人世，勋伯格也不在维也纳，因此，策姆林斯基作为勋伯格的代表，一在卡斯壕沟上车，我的心就会为之一动。

这段行程的开始，也可以是完全另一个样子的。有时，在卡斯壕沟上车的是艾米·韦雷什，作曲家艾贡·韦雷什的太太。艾贡·韦雷什为拜占庭音乐的研究做出了贡献，并因此获得牛津大学的表彰。他是作曲家，虽然也有人提到这一点，但不像他希望的那样。这话听上去仿佛是别人责怪他在另一个领域里出类拔萃似的。他的太太研究艺术史。在一次聚会上认识她之前，我就已经观察了她一段时间。她的目光敏锐，就是太柔和了一点，仿佛决心宽容犀利的目光。与她详细交谈了之后我才知道，这宽容缘何而来。她崇拜霍夫曼斯塔尔，还认识他。谈起早年与他一起散步时的情景，那超凡脱俗的经历，她睿智而挑剔的表情就变得柔和起来，声音里充满激情，并且强忍住不让眼泪掉下来。她提起这事时的激动，给人的感觉仿佛她遇到的是莎士比亚。我觉得这很可笑。打那以后，我就不怎么拿她当一回事。很久以后我才认识到，那时的她就多么赞同这一世纪的日耳曼文学观点。当我听说一百八十八卷本的作品全集正在编纂时，我开始为自己的目光短浅而感到羞愧。如果事后能为那些泪珠的形成助一臂之力，能沐浴在她的宽容之中，让我做什么都行。

在韦尔特海姆斯泰因公园附近，38 路有轨电车岔向锡沃灵方向。有时会有一个年轻画家从这里上车，他住在哈尔特赫克大街附近。我去他的画室拜访过他一次，他拿出自己的画作给我看。他是一个皮肤黝黑、美丽动人的姑娘的主人，姑娘的魅力犹如印度从前的雅克西尼[①]，而她与印度人丝毫不沾边。她叫希尔德，从她的出生来看，她也有权叫这个名字。她像一个女奴，对他俯首听命；她含情脉脉，在身边寻找一个救世主。如果此时解救在向她招手——她的外表让任何事情都变得不那么简单——缠住她主人的皮鞭，她也决不会、无论如何也不会离开主人的身边。她吃尽了他的严厉统治的苦头，但她愿意遭这份罪。他们之间这种非同寻常的关系，我听说过。可能正是出于这个原因，我才接受他的邀请，在对他的绘画一无所知的情况下，去他的画室拜访。

他受布拉克[②]的影响，追随立体派。他以仪式化的形式创作绘

① 雅克西尼，印度语，意思为“奴仆”。

② 布拉克 (1882—1963)，法国画家。

画。放在画架上的那些画，慵倦地、无个性地、有规律地摆放在那儿，丝毫也不试图通过妩媚、讨好来俘获观者的心。因此，以平静的心来对待它们，是合适的。

我看这些画作的时候，住在同一栋楼的楼上的一个作家和他的女朋友也在场。这位作家奇怪的面部表情和超长的手臂，引起了我的注意。这是一个给人印象深刻的人，他走到离画架距离适中的地方坐下。他的女朋友一头淡淡的金发，长相一般，她以自己的方式对他表现出百依百顺。她坐到他边上，当一幅新画换上来的时候，她像他一样微笑，但笑得要含蓄得多。他对画作表现出的理解，让人感到有些腻歪；他对每一幅画都有分寸地表现出同样的兴趣与热情，仿佛他面对的是佛罗伦萨圣·马可教堂里的弗拉·安杰利科①的一幅又一幅画，这令我有些反感。他重复表演并且没有变换，这深深吸引了我，使得我更多去注意这位作家，而不是那些画作，当然这是对它们的不敬。其实，这正是这位作家的意图所在。他的出现以及喝彩表演，已成为这个小圈子里最吸引人之处。这家的女奴费尽心力，想让人注意到她所遭受的压迫，而他居然还能这么做，真是不简单。

这位作家潇洒自如、居高临下地微笑着，犹如骑在马上的骑士，对自己深信不疑，与死亡和魔鬼是老相识，并且可以与它们平起平坐。然而，对于在他不远处蠕动的那个被锁链囚禁的人，他却视而不见；我甚至觉得，他根本不看摆放到眼前的那些画，他只是不假思索而又不加变化地微笑，以表明他看到它们了。结束的时候，他为自己能饱此眼福而表示衷心感谢。他没有再多待一分钟，那个女奴徒劳地微笑着，而他则立即拉上自己的女朋友，走了。现在我才知道他叫什么名字，这个名字虽然有些滑稽，但同他奇怪的

① 弗拉·安杰利科（1387—1455），意大利早期文艺复兴画家。

面部表情还是挺般配的：多德勒[①]。

（二十年之后，我又见到他。那时情况发生了很大的改变，他已经成名，并且来伦敦拜访我。荣誉，他说，一旦它扎下了根，就会像无畏舰一样，不可抗拒。他问我有没有杀过人，我给出否定的答复后，他脸上现出不屑一顾的神情，这是他的拿手好戏，他说："那您还是少女！"）

中规中矩却又平淡地跟我打招呼的，是那个在这一站上38路车的年轻画家。他总是一个人，每当我问到他的女朋友，他就会像跟我打招呼时那样，矜持地说："她在家。她不出门。她不懂礼貌。""住在您楼上的那个长臂猿作家还好吗？"他猜出了我脑子里想的东西。"他是主人。懂礼貌。只有我邀请他，他才来。"

从彼利洛特大街站开始，上车的人就多了起来。平静地观察别人，到此也就结束了。但接下来的路程，对我还具有其他的魅力，具有历史魅力。

过了环形线，就到了威灵格大街，很快我就要路过化学研究所了。在那里，我茫无目标、一无所获地度过了几年光阴。自一九二九年开始，我就没有再踏进研究所的门槛；然而，我却没有一次不转过头去看它。我从里面逃了出来，这让我可以放松地看它。电车风驰电掣地从这里开过，我在重复逃离。对此我不胜感激。回顾过去，是多么快就能做的一件事；从过去中跳脱出来，又是多么地令人高兴！带着这份高涨的情绪，我到达了苏格兰门。每次乘车路经威灵格大街，我的情绪就会高涨一次。布洛赫来格林琴看我们时问我，这是否就是我现在住在格林琴的原因所在。如果他试图用精神分析师那种洞察一切的目光看我，我也许会同意他的说法。

---

① 多德勒(1896—1966)，奥地利作家。

第五部

召唤

不期而遇

路德维希·哈尔特，是我一九二八年在柏林的一个早场演出时认识的。他是朗诵演员，现在作为流亡者生活在布拉格，有时也到维也纳来朗诵作品。我去听过一次他的朗诵，并且像从前一样，立即被他吸引。尽管我敢肯定他不会想起我是谁了，但我还是走到后台，向他致谢。我嘴巴几乎还没有张开，他就一个箭步冲到我跟前，说出的话一箭中的，让我吓了一跳："您失去了您的偶像，而且没有出席他的葬礼！"

卡尔·克劳斯前不久去世了，我也确实没有去参加他的葬礼。一九三四年二月间发生的事，让我对他失望透顶。他拥护陶尔斐斯[①]，容忍维也纳街头爆发的内战，赞同了最可怕的事。大家，真的是所有人，都背弃了他。他只在小范围内讲课，而且是在地下进行，一般人都不知道，也不想知道。无论如何，没人试图去听他讲的课，就好像卡尔·克劳斯这个人不存在了一样。从前的《火炬》还在那里，但这两年我并没有伸手去拿它们。作为人，他在我以及许多人的心目中都已经被压抑住、被注销，根本哪儿也不存在了，就如同他当着聚集一堂的听众的面，发表了一篇矛头指向自己的伟大演说，

① 陶尔斐斯（1892—1934），奥地利政治家，一九三二年至一九三四年任奥地利总理，后被纳粹杀害。

从而将自己给毁了。即使在他生命的最后两年，人们在交谈的时候也还仍然会提到他的名字，但已经有些勉强；并且提起他名字时，给人的感觉就仿佛他已经去世。我得到他真正去世的消息时——他是一九三六年六月去世的——内心波澜不惊。我甚至没有记住他去世的日期，月份也是现在才查到的。没有一刻我想过要去参加葬礼，我也不读报纸上的任何相关报道，并且不认为这么做是错过了什么。

这个路德维希·哈尔特是第一个在我面前提起这件事的人。时隔八年，他一眼就认出了我，并且还记起了在柏林的那次谈话。在那次交谈中，我盲目地把克劳斯当作半个神来崇拜，因此而遭到耻笑。哈尔特知道其间所发生的事，并且认为我肯定不会去参加葬礼。现在我第一次感到，不参加葬礼是罪过。为了弥补自己的话给我的打击，他不请自来，到格林琴来拜访我们。

我预料会是一次尴尬的会谈，我们之间会爆发激烈争论。然而，我深深为路德维希·哈尔特的艺术所吸引，主动向他臣服。我认为，他这样的人是不可能浅薄、自以为是的。他也许会为我惋惜，并因此而期待我会做出某种表白，承认自己错看了卡尔·克劳斯。可我怎么可能否认这个人呢？我要感谢他的《人类的末日》，感谢他就内斯特罗伊、《李尔王》《泰门》和《织工》所做的无数次讲座。我就是由这些讲座造就的，这一点是无法改变的。而最后，他去世前几年发生的那件可怕的事，是令人费解的，也应该是无法解释的，对此进行讨论，是不可想象的，因此只能保持沉默。以我三十岁的年纪而论，这是我在一个伟大思想家身上经历到的最大失望，它给我留下了巨大的创伤，再过三十年，它都不会愈合。有些创伤是要跟随人一辈子的，你所能做的一切，就是遮住它，不让别人看到。当着众人的面在里面翻搅，是毫无意义的。

应该以怎样的态度和路德维希·哈尔特交谈，我心里没底。不过，有一件事是清楚的：无论如何，我决不会否认卡尔·克劳斯对我的重要性。我没有高估他，也没人高估他，是他自己发生了改变，并且死于这种改变所导致的后果，我猜想。

路德维希·哈尔特如约而至，他只字未提卡尔·克劳斯，甚至没有含沙射影提到他。他在朗诵后说的那句让我吓了一跳的话，只是为了表明他认出了我。换一个人也许会说："我还清楚记得您呢，虽然我们已经有八年没见面了。"他得立即证明这一点，以他一贯的切中要害的方式。我也还记着他，当时在那个柏林人家里，一旦他想说什么，或者朗诵海涅的作品，就会跳到桌上去。

他到我家以后，我立即就领他到我摆放书和写作的那间房间。我应该这样接待他，当然，也是不想让周围的风景分散注意力。在这个房间里什么也看不到，看不到种植葡萄的山冈，也看不见多瑙河平原和维也纳市，只能看见花园的大门和一条短短的通向家门的路。也许是我觉得在这里会更安全一些，因为我估计我们之间会发生争吵。当然，他也应该看到，我们将为他而争吵的那个人的全部作品，仍然摆放在这许多书中间。

然而，这个敏捷而瘦小的人并没有去注意这些，而是大谈布拉格。他一分钟都闲不住，而且不愿坐下来说话。他在我房间来回走动，右手一直放在上衣口袋里，并且摩挲着一样东西。我觉得那可能是一本小书。最终，他把那件东西拿了出来。果然是一本书。他郑重其事地将书递到我面前，说："您想看看我最珍贵的财产吗？我总是把它带在身边，从来不借给别人；睡觉的时候，我就把它放到枕头底下。"

这是发行于本世纪的小开本的黑贝尔[1]的《小宝盒》。我打开书，阅读扉页上的题词："赠路德维希·哈尔特，以令黑贝尔高兴，弗兰茨·卡夫卡。"

这是卡夫卡的那本《小宝盒》，他也总是把它带在身边。卡夫卡第一次听路德维希·哈尔特朗读黑贝尔的时候，深深为哈尔特所感动，于是就将自己的这本题了词送给他。"您想知道，卡夫卡当时听我朗读的是什么吗？"哈尔特问。"当然想。"我说。书这会儿在我手上，于是他就同往常一样，把作品的名字按当时朗读的顺序背给我听：《贵妇人的不眠之夜》，两个《苏瓦洛夫》剧本，《误会》和《摩西·门德尔松》，最后是《不期而遇》。

这最后一个故事，我希望每个人都听过他的朗读。这是在卡夫卡去世十二年之后，当时他从同一个人嘴里听到的同样的话，现在钻进了我的耳朵。我们两人都不说话，因为我们意识到，同一个故事发生了新的变化。接着哈尔特说："您想知道，卡夫卡对此说了什么吗？"不等我回答，他就说了出来："卡夫卡说：'这是所有故事中最美的一个！'"我自己也是这么认为的，而且将永远这样认为。不过，从卡夫卡嘴里听到这样的最高级，是不多见的；不仅如此，他还将自己的《小宝盒》送出去，以示对朗读这个故事的人的嘉奖。众所周知，卡夫卡使用过的最高级，屈指可数。

从这一天开始，我和路德维希·哈尔特之间的关系发生了改变，我们成了知己，而和我成为知己的，只有为数不多的几个。这以后他常来，只要他来维也纳，就会立即到我们这儿来。在西默尔

---

① 约翰·彼得·黑贝尔（1760—1826），德国作家，所作的《莱茵家庭之友的小宝盒》（1811）汇集了作者一八〇三至一八一一年间创作的故事和趣闻，对大众具有启蒙作用，对卡夫卡和布莱希特等后现代作家产生过影响。

大街，他一待就是数小时。他几乎不停地吟诵，他的加演节目仿佛不可穷尽，而我则永远听不够。这一切他都烂熟于心，也许我听到的，还远不是他脑子里的全部。对黑贝尔那一刻的回忆，从未淡忘。偶尔，如果我们情绪太亢奋的话，就到薇莎的小木板房去。这时他会朗诵薇莎也喜欢的其他一些东西，许多歌德的作品；接着他总是要朗诵棱茨的那首题为《乡间的爱》的泽森海默诗作，歌德在这首诗中出现，并且这首诗仿佛出自歌德[①]之手。接下来就是关于棱茨的热烈讨论。同我一样，他同情棱茨的命运。一次，当我说到这首诗蕴含着棱茨在歌德那儿的遭遇，说棱茨像弗里德丽克那样，每时每刻都在等候歌德，而歌德对此无法忍受，因此毁了他时，他一跳站起来，跑过来拥抱我。以这种方式表示同感，在他那里是很少见的。他为薇莎，当然也是为我朗诵海涅。还是在柏林的时候，他已经以此征服了我。为薇莎他朗读魏德金德[②]和彼得·阿尔滕贝格[③]。

有两件作品是我们每次都不放过让他朗诵的，一个是克劳迪乌斯[④]的战歌：

> 打仗了！打仗了！哦，上帝的天使，奋起反抗，
> 表明你的立场！
> 可惜在打仗——而我希望，
> 对此永无过错！

---

① 歌德在斯特拉斯堡求学期间，爱上近郊一个叫泽森海默地方的牧师的女儿，一个叫弗里德丽克的姑娘，由此而写出诗集《泽森海默之歌》，所以棱茨的泽森海默诗作题为《乡间的爱》。

② 弗兰克·魏德金德（1864—1918），德国剧作家。

③ 彼得·阿尔滕贝格（1859—1919），奥地利作家。

④ 克劳迪乌斯（1878—1980），德国作家。

时至今日，我还想把这首由六段组成的诗的每一段都写下来。另一件就是那首《遭狩猎的鹿写给狩猎他的王侯》。

这一首诗朗诵到结尾的时候，浮现在我眼前的变形奇迹发生了：路德维希·哈尔特幻化成了垂死的鹿。难道能怀疑，变形是人所能做到的一切中最了不起的？在人犯下那么多罪行之后，他的辩护、他的辉煌，我能异常分明地在其中感知到。哈尔特就是垂死的鹿，如果他呼出一口气活过来，重新变为路德维希·哈尔特的话，我会觉得不可思议。虽然我们的惊叹让他很得意，但他的表演给人的感受却是真实的：一头被追杀、濒临死亡的动物，它令人惊心动魄，因为它同时是人，一个因此而受到喜爱的人。

西班牙内战

我与松内两年之久的友谊，恰恰发生在西班牙内战期间。这场战争主导着我们每日的谈话内容。我认识和喜欢的所有人都站在共和者一边，大家毫不掩饰对西班牙政府的支持，并热情地将它表达出来。

只有与松内的交谈能扩展那些就每日报上所读到的内容而进行的谈话，我们会在交谈中仔细斟酌西班牙的国情，以及发生在我们眼前的这场战争将会对欧洲不远的将来所产生的影响。松内堪称西班牙历史方面的专家。他了解西班牙土地上持续百年之久的战争、摩尔人[①]统治以及基督徒反抗阿拉伯人[②]统治的所有细节。他非常熟悉这个国家的三种不同文化，仿佛它们至今尚完好存在；他仿佛生活其中，只需掌握西班牙语、阿拉伯语和希伯来语，阅读其文献，就能近距离地感知它们一样。我从他那里了解到了一些有关阿拉伯文学的情况。他信口为我翻译那一时期摩尔人的诗歌，就仿佛那是《圣经》的内容，并对我解释它们对中世纪欧洲的影响。这顺带表明，他是多么熟悉阿拉伯语言，而他自己却不这么认为。

---

① 公元七一一年至一四九二年，摩尔人统治西班牙。

② 在西班牙，基督徒反抗阿拉伯人的斗争始于公元七二二年，最终以天主教国王一四九二年占领格拉那达结束。

每当我试图用群体形成的特殊方式来解释当前以及历史上发生在这个半岛上的特殊事件时，他总是认真地听，不想让我丧失勇气。我甚至觉得，正因为这他才不对此发表自己的观点，因为他知道，我的观点还在形成中，对此进行讨论，会阻碍它的继续发展。

在当时，想到戈雅[①]和他的那些以“战争的不幸”为主题的铜版画，是不言而喻的事。因为这位现代绘画艺术第一人，也是最伟大的现代画家，是由其生活的时代经验所造就的。“他没有扭过头，不去正视时代。”松内说。他说出了我的心里话。同时我也感到，这句话对于他具有多重的分量。戈雅早期的洛可可风格画，再后来的这些铜版画，还有后期的画作！人们知道，戈雅拥有一个信念，拥护这一信念；以这样的眼光看待王室中的人，他怎么能没有信念呢！他看待所发生事件的态度，就仿佛他属于对立的双方，因为他的认识是人类的共识。他憎恶的是战争，在他之前没人这样做过，也许时至今日，也没人像他这样激烈地反对战争。他知道没有好的战争，因为人类历史上那些无可救药、最丑恶和危险的东西在每一个人身上承续。战争是无法通过战争来消灭的，只能更进一步强化人类那最令人憎恨的东西。戈雅见证的一切超越了他的立场；他所看到的是那样令人难以置信，并且甚于他自己所希望的。在克里斯图斯·格吕内瓦尔德以后，还没有人像他这样展示恐怖的：对现实不加一笔润饰，画面令人作呕，使人感到备受折磨，比任何预言都更深刻，却又不受恐怖的摆布。他强迫观众目不转睛地朝一个方向看，这是最后的希望，即使谁也不敢用这个名字来命名它。

那些还没有把从第一次世界大战中吸取的教训抛到脑后的人，他们的处境比内心的痛楚更加艰难。松内看清了西班牙内战的本质

---

① 戈雅（1746—1828），西班牙画家。

所在，也知道战争将导致什么样的后果。他这样一个痛恨战争的人，却认为，西班牙共和国捍卫自己是必然的，也是必要的。他的眼睛敏锐而警惕地注视着试图阻止这场战争在欧洲蔓延的其他势力的每一个动向。他抱怨那些民主势力，他们宣布自己不进行干预，暴露的正是自己的弱点。他们明知，另一方在欺骗自己，但也在所不惜。他知道，这一弱点源自那种对战争的恐惧心理，即竭尽一切力量阻止战争的蔓延。他们的行为方式源于与他共有的那种憎恶，但这种方式表明他们不了解敌人，而且极其短视。任何顾虑，任何犹豫，任何谨小慎微都会鼓励希特勒，这个只想试探自己到底能走多远的人，他发动战争的决心因这种对战争的畏惧而日益增长。松内认为，任何事情都不会改变希特勒发动战争的决心。他认为这种决心是天赋的品质，是这个男人遵循的自然法则(这是他从战争中获得的)，他据此获得权力。对此施加影响，他认为是多余的；打断他取得的节节胜利，则是必要的，前提是德国内部还存在对战争的反抗。这种反抗只能通过外部明确的、不受影响的行动得到强化。希特勒的胜利成为包括德国人在内的所有人的致命威胁，因为希特勒对历史的无知，必将导致他把一切势力、各国人民拖入战争。同地球上所有国家交战，德国怎么可能取胜!

我无法充分说明，松内缘何而能洞察这些事物的。他的构想领先于时代，此时的政治家只知道从一项紧急措施蹒跚到另一项。虽然即将到来的不幸在他心目中轮廓变得越来越清晰，但他还是关注西班牙事件的每一个细枝末节。最奇特的是，在这个头脑清醒的人眼里，任何事情都不是不可更改的，谁也没料到的一件不起眼的事，可能生出的新希望——人们不应忽视它，要关注一切，没一件事是不重要的。

在西班牙内战爆发期间，谈话的内容还涉及承载历史或文学记忆的西班牙人名、地名，由此也使我对它们有所了解。以这种画龙点睛的方式认识西班牙，成为我永久的美好回忆。

从前我害怕仔细研究中世纪的西班牙。我对童年的谚语和歌曲都还记忆犹新，但它们都未能起到任何作用；它们只滞留在我的脑海里，僵化在家族的傲慢中。我们这个家族自以为有权拥有西班牙的一切，只要这些东西有利于他们的等级自豪感。我认识西班牙裔犹太人中的一些人，他们像东方人那样懒散地打发日子，智力上比不过任何在维也纳上过学的人，却认为自己比其他犹太人要高贵，并因此而感到心满意足。这并非偏见，从我母亲身上就可以发现这点。她脑子里几乎装着所有欧洲文学，唯独对西班牙文学一无所知。她在城堡剧院看过卡尔德隆的剧作，自己却永远不会想到拿一本原文剧本来看看。西班牙语对她来说不是阅读语言。她从那里得到的，是对辉煌中世纪的回忆；也许因为是口头的，所以这种回忆才具有价值，并且决定着她对周围人的高尚态度。她没能给我任何推动力，带我走近西班牙文学。她的自豪含有诸多西班牙成分，但她的榜样都取自于莎士比亚，取自《科里奥兰纳斯》。她受到过令人敬佩的教育，但对其起决定作用的是维也纳，而不是她的出身。

为西班牙早期历史留下不朽之作的那些作家，我是在三十岁时才知道的，是从松内那里知道的，我母亲称他为“死亡集团”——他的家族来自奥地利的加利西亚——她自己不知道那些作家，却又不允许他用“我们的”来说那些作家。他口头为我把他们从希伯来文翻译过来，并一一给我讲解。常常就在这同一个下午，他会为我将摩尔人的诗歌从阿拉伯语翻译过来，并进行讲解。因为他是从总体上给我讲解这些，而不是为了炫耀自我将这些与它们的时代脱离开来，因此，我撇开了对一切西班牙裔犹太东西的不信任，怀着崇敬的心情看待它们。

这些交谈进行得很奇特。从报刊报道的西班牙战斗谈起，客观谈论它。猜测敌方力量，预计他们所期待的资金援助到手之时，撤退将对国外情绪产生什么样的影响——它将导致他们获得更多还是更少的援助？——政府内部的变动，一个政党越来越大的影响，区域决心自治的砝码——这是不跳过和遗漏任何东西的那种客观：我常常觉得，与我坐在一起的那个人，一手掌控着事件的发生。当然，他想让我感到，一个国家发生的这些事我应该熟悉，并帮助我熟悉它们，这一点是显而易见的。他简明扼要地将我引入西班牙所特有的精神领域，如同这场可怕的战争。

至今我还清楚记得自己阅读这本或那本著作的动机，它常常与那一时期出现的名字紧密相连。一个消息带来的震撼融入这样一本书后，就使得它不再单纯是自己的。那段时间里发生的事件，形成神秘的晶体，获得无法更改的第二种结构。

当时我偶然接触到了科维多①的《梦想》，他继斯威夫特和阿里斯托芬之后，成为我的先贤。作家需要先贤，而且对其中的几个必须了解。如果他在自己的冠名上感到窒息，那么，他就冥思这些先贤。他们可能会笑话他纠缠不休，但不会把他推开。他们也需要他人，就是说后人。他们在千万双手上辗转，没人指责他们什么；因为他们能让弱者不用战斗就保护了自己，赋予弱者力量使他们变得更强大，所以他们成了先贤。还有一些先贤，他们想稍事休息，睡上一二百年。不用担心，他们会被唤醒的。他们会突然像响彻云霄的号声，并开始想念沉睡时的孤寂。

完全沉浸在时事之中，也许让松内感到难以忍受。也许时事的发展让他难以忍受，因为他不能左右它们。他不放过任何机会，让

---

① 弗朗西斯科·德·科维多(1580—1645)，西班牙诗人。

我的出身变为现实，因为我对此不以为然。不让生命中的任何东西消失，是他所看重的。一个人触摸过的东西，他都会带上；如果他忘记的话，那就必须提醒他。这同为自己的出身感到自豪没有关系，虽然它总是有些令人生疑；这样做的目的，是不否认任何经历。一个人的价值就在于，他蕴含在自己已经经历和即将经历的一切之中。这包括他生活过的国家，使用过的语言，结识过的人，当然也包括他的出身，如果这出身有什么来历的话。他并不认为这完全是私事，它是一个人出生的那个时代和出生地点的总和。一个人孩提时代使用的某一种语言中的词汇，是浸润其中的文学的一部分。有关被驱逐的那些消息，与其前面发生的一切是联系在一起的，不只是针对一件事有效。在此之前，其他的事以其他的方式发生，但它们也隶属这一历史。以这样的方式对历史提出要求，其合理性让人难以想象。历史对于松内来说，完全是罪过的王国。只应该知道，前人都做了些什么，而不是他们都遭遇了什么；每个人都应该知道自己能做什么。为此必须了解一切，了解知识从哪方面来，与自己有着怎样的距离；应该伸手去摘取，在其中徜徉，让它保持鲜活灵动，用后来得到的其他知识对它进行浇灌、施肥。这场内战比我们所生活的城市中发生的事件更让我们感触深切，松内也不惜将它用来强化我的过去，由此而使它成为现实。当其后不久我被迫离开维也纳的时候，他还设法让我带走更多的自己。为了让我携带一种语言，紧抓它不放，让它在任何情况下都不受威胁、不遗失，他做了不少准备工作。

我心情无比激动地赶到“博物馆”咖啡店去见松内，他无言地接待了我。那一天让我难忘。他面前的桌上放着报纸，手搁在上面。他没有把报纸给我递过来。我忘记了和他打招呼，劈头盖脸就想对他说的那句话，哽在喉咙里出不来。他变成了石头人，我却觉得自己神志迷糊。以不同方式在我们身上发生作用的是同一条消息：格尔尼卡[1]遭到了德国飞机的轰炸，并被摧毁。我想从他那里听到一声诅咒，所有巴斯克人、所有西班牙人、所有人的诅咒。我不想见到石头一样的他，这是无能为力的表现；而我最受不了的，就是他的无能为力。我感到自己正在迁怒于他。我站着不动，等着他说话，然后再就座。他瞧都不瞧我一眼，像熄灭的蜡烛，仿佛早就死去，成了干尸。"木乃伊"一词在我脑海里一闪而过。"她说得对。他就是一具木乃伊。"薇莎对抗他的时候就是这么叫他的。我敢肯定，他感觉到了我的指责，虽然我没有把这话说出来。对此他也不加理会。他说："我为这些城市担忧。"他的声音低得像蚊子叫，但我知道，我没有听错。

我不能理解他。当时要理解这些，还不能像现在这么容易。他给弄糊涂了，我想，他不知道自己在说什么。格尔尼卡这一个城市被摧毁，他却说这些城市。他的糊涂让我受不了。他清醒的头脑已经成为我在这个世界上最重要的东西。我感到同时遭受双重不幸的打击：一个城市被飞机炸毁，松内疯了。我不去询问，不试图扶助他。我没说一句话就转身走了。即使走到外面的马路上，我也丝毫没觉得他可怜。我觉得——说这话我都觉得恶心——可怜的是我自己。我觉得他好像在格尔尼卡中沉没了，而我则试图理解我失去的一切。

没走多远，我突然想到：他可能身体不舒服，他的脸色特别苍白。他没有死，这个念头一下攫住了我；他还说了话，我听见他说了话，是他说的这句话令我反感。我又折回去，他同往常一样，朝我笑笑。我很想忘记刚才发生的那一幕，他却说："您想出去呼吸

---

① 西班牙北部的一个城市。

新鲜空气。我的感觉跟您一样。也许我也应该出去透透气。”他站起身，我陪他走了出去。我们于是就在外面交谈，像什么事都没发生一样。即使到了最后，他也没有再提那句让我感到震惊的话。可能正是因此我才忘不了它。几年之后，那是战争期间，当我在英国的时候，才对他说的话恍然大悟。那时我们相距遥远，但他同我一样健在。他在耶路撒冷，不过我们之间没有通信联络。我想：从没有过不想成为预言家的人。他预见这些城市将遭受怎样的命运，他还预见了其他一些东西。有足够多的事令他担忧。他没有将任何恐惧与其他的混合到一起。他走出了血亲复仇的历史。

在努斯多尔夫大街会谈

赫尔曼·舍尔辛计划用四种语言出一本杂志，将它取名为《艺术万岁》，如同他为维也纳当时举办的一系列音乐会所命名的那样。为这一系列音乐会，他还专门成立了交响乐团。这份杂志不仅服务于新音乐——文学和艺术在其中享有同等的地位。他向我打听，维也纳有哪些人可以成为杂志编委。我对他提到了穆齐尔和沃特鲁巴。雷厉风行是他的一贯作风，他立即就决定开一次四人碰头会，商谈在这样一个杂志平台上进行合作的可能性。这次碰头会应该是小范围的，不要有证人在场；在当前政治压力越来越大的情况下，去咖啡馆这样的公众场合显得不合适。沃特鲁巴平生第一次让母亲和妹妹单独住在弗洛里安街，自己则搬进了努斯多尔夫大街的新寓。他那里好像是合适的地点，位置很好，政治气氛也中立。格林琴的西默尔大街太偏僻了点。舍尔辛和他的中国太太[①]现在住在我那里，但是，穆齐尔对我比较冷淡，自一年前我不加考虑地在他面前提到托马斯·曼而因此惹恼他之后。因此，我不太好向他发出邀请。沃特鲁巴还是上次在施瓦尔兹瓦尔德学校的作品朗读会上认识他的，时间已经过去了两年。打那以后，他们见面虽然相互打招呼，但关系并没有进一步发展。不过，他们之间没有过过节，不妨

① 萧淑娴（1905—1991），音乐家，舍尔辛第三任妻子。

碍发出邀请。沃特鲁巴在与我商量后，写了一封极其谦恭的信，穆齐尔接受了邀请。

从一开始起，一切就显得很复杂：怎样做才能与穆齐尔的身份相称？况且他的夫人也在邀请之列。他不喜欢独自去一个新地方，这是众所周知的。然而，他不仅带了夫人来，还另外带了两个谁也没向他们发出邀请的人：一个是傲气十足的弗兰茨·布莱，瘦高个儿，样子有些过于高贵；另一个是谁也不认识的小伙子。穆齐尔说他是《没有个性的人》的崇拜者。他说这话的时候，一点不脸红，甚至有些兴高采烈的样子。“他名门出身！”布莱补充道。就是说，他们来了四个人。有夫人、老朋友布莱和一句话不说、但对谈论什么十分关注的年轻崇拜者的护航，穆齐尔感觉良好。布莱夸夸其谈，仿佛是他要创办一本杂志；穆齐尔则畅所欲言，想什么说什么。

这样的开头立即就让另一方感觉不爽，布莱的“优雅”做派让沃特鲁巴从心底里反感。布莱步入粉刷成白色的房间时，看到了两幅梅尔克的照片，他先是一愣，随即就开始了赞美，而他的赞美听上去简直就像是侮辱。

“他有魅力，”他说，过了一会儿又说，“是个年轻人吧？”

沃特鲁巴将他说的这个“年轻人”理解为自己，是对的；他感到布莱除了认为自己年轻以外，对自己一无所知，因此故意粗鲁地说：“哎，他跟您的年纪可是差不多！”

话说得有些夸张，因为格奥尔格·梅尔克年纪没有布莱大，与穆齐尔同辈；而一个将他的照片悬挂在自家墙上的人，一定是个年轻人。沃特鲁巴觉得他的话有些放肆，因此，当一会儿玛丽安端咖啡进来的时候，他毫不脸红地打断其他人的交谈，大声对她说：

“你知道梅尔克是谁吗？是个小伙子！”

舍尔辛开始阐述他对杂志的打算。他的目标是有特色、高质量，关注真正新颖的事物；一开始就将学术排除在外；他不想局限于某个现代流派，任何语言中的任何新事物都有一席之地；翻译的事有人去做。穆齐尔想知道文章的篇幅。舍尔辛的回答正合他意，因为他说："长短不限。"紧接着他又补充说，"可以是一部作品。我想让我的朋友卡内蒂的一个剧本在上面发表。他虽然不大愿意，但我们会说服他的。"

时隔三年多了，他还是没有忘记《婚礼》。我只想将它作为一本书来发表。但此时来说这件事，不是时候，而他只想让别人知道，对于现代作品他并非一无所知。《婚礼》在他看来仍然是"全新的事物"。

他的话几乎还没有说完，布莱就发话了："剧本不是文学。"他郑重其事地说。

他说得那样坚决，舍尔辛、沃特鲁巴和我三人面面相觑，穆齐尔则露出会心的笑容。

我觉得，他以为布莱的观点得到了证实，并且从现在起掌握了主动权。布莱也果然开始发表长篇大论，纵论这本杂志应该是什么样子。他每说一句，杂志仿佛就离他的设想更近一步。舍尔辛是个专横跋扈的人，令我惊奇的是，他居然让他说下去。沃特鲁巴怒火中烧，我担心他会一把把他拎起来，扔到窗外去。虽然我自己也很不高兴，但我还是为这个高贵的不速之客的身家性命提心吊胆。如果我早一点知道，他是罗伯特·布洛赫的发现者之一，那我会原谅他的任何轻狂之举，而不只是单单看在穆齐尔的面上才尊重他。

"我年轻的朋友和我，我们想的与您的完全不同，"他说，"您说的与我们的设想背道而驰。我们想要的是一本活泼的杂志，而非学究气的化石。您总体上赞成限制，而《艺术万岁》应该服务于拓展，我们不恐惧当代。已经有足够多的杂志服务于老掉牙的那些东西。"

认识舍尔辛这么多年来，这还是他第一次说出了我的心里话。沃特鲁巴愤愤地说：“我对布莱先生的观点毫无兴趣。他又不是请来的。我想知道穆齐尔先生对这本杂志的设想。”

沃特鲁巴说话直爽，是人尽皆知的，因此也没人为此见怪。没见过他本人的人，如果第一次见面，看到的他不是这个样子，反而会感到失望。他严肃而毫不含糊。如果他努力做出礼貌的样子，反而会显得可笑，就像他试图说一门陌生的外语那样，会显得结结巴巴。我感到穆齐尔喜欢他，并不因为布莱遭到反对而生气，虽然他不无赞同地倾听了他的高谈阔论。

就是说，现在他已经走出他的阴影，像沃特鲁巴一样说起话来心直口快。他说自己还没有想好，因此没什么好说的。他写了一篇关于里尔克的文章，可以交给这本杂志发表。也许他会想起另外一些东西的，想起来以后他会写了给杂志刊登的。他说话的口气非常肯定，与他说话的内容形成鲜明对比。他没有给出任何承诺。他拿不定主意。可是别人那样隆重地邀请、接待他，他又不想一句话就回绝了。有一帮随从陪伴，他感觉良好。弗兰茨·布莱和他是老朋友，但布莱这个人难以捉摸，并且变化无常；是他突然将布洛赫的《梦游者》上升到穆齐尔作品的高度的。没有推荐布洛赫参与创办杂志的讨论，因为他人根本不在维也纳。我们暂时不提他的名字，是因为我们清楚，穆齐尔对他有看法。如果我们中有谁提到他，那穆齐尔立即就会找借口，拒绝应邀参加商谈的。他拒绝起别人来粗暴而尖刻。关于他的拒绝，有着各种传说，沃特鲁巴和我听后觉得很开心。

在这里，在三颗卫星的陪伴下，对着巴结他的三个男人，他的这种拒绝几乎感觉不到。这是一个人犹豫不决时表现出的谨慎，不想让别人滥用自己的名声，但又不想错过一个好机会。他想要时间来考虑，因此他既不表示同意，也不表示拒绝。舍尔辛还从来没有像今天这样谦逊过，在说每一个“我”之前，他都要在前面加上“我的年轻朋友”。他是不可能讨穆齐尔的欢心的。显然，他对文学方面的事一无所知，要依仗我。我因为离经叛道，说出托马斯·曼的名字而遭遗弃。尽管如此，我仍然无怨无悔地将穆齐尔放在至高无上的位置上，最终使他接受我的在场。他深深为沃特鲁巴所吸引，特别喜欢他。沃特鲁巴与文学毫不相干，但他的话铿锵有力，像子弹一样击中要害。穆齐尔如果喜欢什么的话，就会露出惊讶的神情。这是有节制的那种惊讶，从来不会失控。他有权决定自己该做出怎样的反应，而且不会搞错。他的惊讶是有限度的，却并不因此而不纯粹。他不让它掺杂私心杂念。

如果他现在说什么的话，给人的感觉是他在等待一个反应，来自沃特鲁巴的反应，仿佛其他人的都不作数。他并不把布莱字斟句酌的宣讲当一回事。这些话他早就知道了，并且肯定已经化为己有。我感到，布莱说的东西让他觉得索然无味。他听之任之，因为它出自他的主人公之口，自己却并不去接话茬，只是微笑着表示谅解，从而表明自己与之保持距离。沃特鲁巴粗暴地拒绝布莱，并要求穆齐尔说出自己的想法，一点也没有让穆齐尔觉得有什么不妥。相反，他开始毫无顾忌地一步一步描绘这本杂志的规划。他坚持自己的观点，想就诗歌发表一些见解，因此想作进一步了解，什么在可考虑之列。

舍尔辛太太没有来参加讨论，但舍尔辛认为，穆齐尔的想法与自己太太的不谋而合。他太太对诗歌特别感兴趣。作为中国人，她生来就对此拥有发言权。诗歌对她来说胜过音乐。虽然她是舍尔辛在布鲁塞尔举办的一期指挥培训班上的学员，并因此而认识她，但她为了能跟他学，特地从中国来到布鲁塞尔。他越来越敢肯定，诗歌对她比音乐更重要。这会儿他后悔没有把她带过来。她起草了杂志的规划，只考虑了诗歌并记录下了各种可能性，称之为她的“清单”；她恨不得能立即就将这些定下来；但是别人没对他说穆齐尔先生也是诗人，因此他认为，第一次讨论就谈这些有些不合适。还好有时间，这件事得进行周密考虑。他会把自己太太的设想连同就这一主题列出的涉及大家的清单，给穆齐尔先生寄去。只是他太太只会说法语，如果实在不行的话，他可以充当翻译；说法语不是件容易的事，就是因为这，他才犹豫要不要带她来的。但是，她的书面法语在布鲁塞尔的时候就受到交口称赞。薇莎也主动表示，保险起见她也可以翻出自己的法语老底来，不会让穆齐尔先生感到不方便的。

舍尔辛这么详细地进行解释，是不多见的。一般来说，他习惯于发号施令或者说明音乐方面的事。不过，他喜欢谈他的新任中国太太，为她感到自豪，也因她而引人瞩目。她出身名门，受过非常好的教育，妩媚迷人。她经历了日本侵华战争，每谈及此事，她都要把那骇人听闻的经过演示一遍。在布鲁塞尔指挥莫扎特作品演奏的时候，她身穿中国丝绸服装，身形娇小苗条，舍尔辛就是在看到这一幕时爱上她的。不过，谈到战争，她的嘴里会发出机关枪扫射时发出的“嗒嗒嗒”声。回北京以后，她给他写了信。舍尔辛回绝了所有音乐会，登上横贯西伯利亚的火车，去了北京，并且只在北京待了五天。他抽不出更多的时间，必须在这几天之内办妥和淑娴的结婚手续。到了北京，别人对他说，这么快结婚是不行的，他必须拿出更多的时间来。然而，就是在那儿，他也说服了别人，五天之内娶了淑娴，并让她暂时住在她父母身边，自己重新登上列车，一个多月后重新回到欧洲，站在音乐会指挥台上。

几个月之后，淑娴来到这里，两人就住在格林琴我们那儿，由此也让我们亲历了他们婚姻的最初时日：他们必须用法语来进行交流。虽然挑不出什么毛病，但是，她的法语听上去是一个音节一个音节地往外蹦，而他说的是德式法语，简直就是对耳朵的残酷摧残，且错误百出，我们根本无法听懂他说的话。他立即就让她投入到工作中去，她一天到晚都在给他复制乐谱，为他的乐队调音。她什么时候能找出时间来计划《艺术万岁》杂志的诗歌主题，我感到疑惑不解。也许她只是哪次对他说起过中国诗歌，而这正好是他喜欢的，于是就让她把自己的想法写下来，他是不会放过任何可利用的机会的。这会儿讨论的时候，他自然而然想起了这事。他可以答应穆齐尔一些东西，一连串可能让他感兴趣的主题，而列出这样一张清单，对于熟悉法国文学的淑娴来说不费吹灰之力。

对这个中国太太的爱，让舍尔辛魂不守舍，他恨不得不停地谈论她。这一时期，我觉得他还不错，自斯特拉斯堡以来对他的怨恨仿佛烟消云散。事情是这样开始的，我意外收到他发来的一封电报，他急切要求我在什么什么时间赶到火车西站，他在那里换乘火车，中间有一小时间隔。我按他说的去了，不是因为对他心存好感，更多是出于好奇。他乘坐的火车进站了。车还没停稳，他就打开车窗对我说："我去北京结婚！"

等他到了站台上，一口气把他的故事说了出来。他被他的中国姑娘深深吸引。他向我描绘自己看到她身穿中国旗袍指挥莫扎特时内心发生的变化。他能把非常动人的辞藻用到另一个人身上。他几乎是当场答应了她：只要她给他写信，就和她结婚。现在她写信给他了，他感到这是对他的命令，一道穿越半个地球的命令。他盲目地服从这道命令，而且感到无比幸福，虽然他自己一直是发号施令的那种人。我还没有见过他这样，在他继续往下说的时候，我突然觉得自己喜欢上了他。

他这样一个工作狂，竟然将所有音乐会和排练撂在一边达五个星期之久，真是不可思议。

他脑子里光想着结婚，结果把好几件重要的事都给忘了。突然，小提琴手德娅·贡布里希急匆匆赶过来，她也是被通知到火车西站来的。她来晚了一点。他只对她说自己要去北京结婚，让她赶快去给他买一个领结，他忘记带结婚用的领结了。于是她又往外冲，在火车开动之前赶了回来。她从车窗将领结给他递进包厢，他满脸笑容，站在车窗前，向她致谢。此时，他的两片嘴唇看上去不像平时那样薄了。德娅刚才跑得太急了，还在大口大口喘气。当我把这个故事说给她听的时候，他已经身在前往西伯利亚的途中了。

我目睹了他心悦诚服的情形，有好一段时间我又重新对他抱有好感。如前所述，后来我们让他们在西默尔大街我们那里住了很长一段时间。薇莎特别喜欢有头脑的淑娴，无论她如何爱恋舍尔辛，却能依然实事求是地看待他，甚至还笑话他。

在讨论《艺术万岁》时他提到她，并不像他一贯那样，不放过利用一切，想在穆齐尔面前利用她，对此我毫不怀疑。我感觉他是想借她来炫耀自己，因为他还处在对她的热恋之中。也许会出现奇迹，我想，让这段婚姻不会很快告一段落，就像他那里的一切，很快都会结束一样；也许他会留在中国姑娘身边。尽管我喜欢与中国相关的一切，但我还是担心这场婚姻的结局。与他的前几任欧洲太太相比，我也更为淑娴担心，因为她生活在自己完全陌生的地方。然而，她突然生动地出现在努斯多尔夫大街进行的讨论会上。穆齐尔最大的担心是：杂志无论如何不能只刊登叙事作品，这是很明显的，因此他提到了发表抒情类作品的可能性。由于他的问题模棱两可，因此又把淑娴给牵了出来。每个人都听说了她的事，每个人都愿意想到她，她成了自己的诗意对象。杂志的事没谈出什么眉目，但我觉得，这次务虚会因为中国姑娘的缘故而给所有的人留下了美好回忆。

扈特巴／载歌载舞的农民

一九三七年六月十五日，我母亲去世。

几星期以前，五月的时候，我第一次去布拉格。那时我的心情还很好，没有负担，在文策尔广场的尤利式饭店要了一间顶层的房间。房间有一个宽敞的露台，从那里可以看到下面文策尔广场上的车水马龙，夜晚可以观赏到广场的灯火。这样好的视野简直是专为画家而设计的，我的隔壁果然就住着这样的一位：奥斯卡·科科什卡。

他五十岁生日的时候，在位于维也纳施笃本环线上的艺术博物馆里，举办了他的大型画展。从这次画展上，我对他的作品有了强烈的认识，此前我只零星知道他的一些作品。他拒绝为此前来维也纳，继续留在布拉格为马萨里克总统画像。卡尔·摩尔，他在维也纳的老前辈，叮嘱我到了布拉格去看他，并让我转交一封信给他。他要我向科科什卡讲述画展的盛况，让他知道，他在维也纳有多少崇拜者。他只是深恶痛恨奥地利官方，并不是单单因为别人不喜欢他的作品。对于一九三四年二月发生的事件，他还耿耿于怀。他的母亲，在这个世界上他最依恋的人，因为维也纳街头发生的内战而心力交瘁，离开了人世。她住的房子位于利普哈尔茨塔尔，从那里可以目击大炮朝着维也纳行政区新建的工人住宅发射炮弹。儿子出于让母亲能够远眺维也纳的目的，才给她买了这所房子。母亲从一开始就坚信，他会成功，并热情为他的绘画进行张罗。可现在，这好视线都办了什么好事！

从母亲住的地方可以清楚听见隆隆的炮弹爆炸声，母亲忍不住要去观看战斗，其后不久她就病倒了，并且从此一病不起。卡尔·摩尔见过他母亲，并且坚信，如果没有她，她儿子肯定发挥不了自己的特长。这个叫罗马娜的女人，一个很好听的名字，如果不在世，对科科什卡将是威胁。现在他将完全和奥地利断绝一切关系。对于德国新政府来说，他是颓废画家；对奥地利来说，现在倒是坦诚张开双臂、欢迎自己最伟大的画家的时机。然而，即使他们有这样的远见，郑重地请他回来，在这样一个对他母亲的死负有责任的政府管理之下，他怎么能发挥自己的专长？

此前我就听过许多关于科科什卡的事。从安娜那里，我听到了许多关于他年轻气盛时期的事。他对她母亲阿尔玛·马勒的热情，因他创作的几张画而成为传奇。那是他画得最好的画之一。阿尔玛管其中的一幅叫《卢克利齐娅·博尔吉亚》，我第一次去霍恩瓦尔特做客时见过。这幅画就悬挂在这位不知疲倦的寡妇的辉煌陈列室内，在郑重其事地介绍这幅画时她也不忘强调，这位艺术家当时还挺不错的，可惜后来没有取得什么成就——成了可怜的流亡者。

现在我是第一次见到他本人，我在自己房间的露台上看见他站在他房间的露台上。他的容貌我已经从他的自画像上熟悉了，令我吃惊的是他说话的声音。他说话时声音很低，我几乎听不见他在说什么。我聚精会神地听，不想漏掉一句他说过的话；尽管如此，还是漏掉了许多。卡尔·摩尔在直接写给他的一封信中，提到我要来拜访，但我们相邻而居，完全是巧合。他给人的感觉很谦虚，不仅仅因为说话声音低。我脑子里还想着那次大型画展，因此，他以平等的态度待我，倒让我感到不自在。他向我要我写的书，想要拜读它，摩尔在写给他的信中高度赞扬了这本书。站在露台这里，我觉得他对我有些好奇。我感到，他的章鱼眼落在我身上，但我觉得它们并无敌意。

他为自己今天晚上没空而道歉，仿佛他有义务要拿出一个晚上来陪我似的。每每想到安娜对我说过的她小时候的见闻，他的温和就越发让我感到吃惊。那时，当时她叫古基，坐在画室的角落，惊恐地听着母亲和他因猜忌而发生的争吵。他威胁母亲，如果她走开的话，就把她锁在画室里；他的威胁也许兑现过一次。安娜对我讲任何事情，都没有像讲这件事时那样激动。我在脑子里生动地想象着这一幕，以为他是一个感情激越的人，听到我讲述画展的事，他会愤怒地咒骂奥地利政府。然而，就此他只轻蔑地说了几句。就连这几句话，说的时候声音也是很轻。我觉得，他身上最具有攻击性的是下巴，其轮廓非常鲜明，几乎跟他习惯画的自画像上的一致。不过，给人印象最深的还是他的眼睛，一眨不眨，高深莫测，坚定不移地守候着。奇怪的是，我看他的眼睛，想到的总是一只眼睛。现在我写下这些时，还是这么想的。他说的话含糊不清，没有起伏，仿佛他不想说出来，或者是偶然才说这些。他与我约好明天见面后就走开了，让我感到一头雾水。无论是他的画作，还是我听到的有关他的情况，无论如何都与他的低调行为对不上号。

第二天，我在咖啡馆和他见面。他旁边坐着哲学家奥斯卡·克劳斯，弗兰茨·布伦塔诺的忠实门生。这个克劳斯是哲学教授，是布拉格的名人，并从自己导师那里继承了对谜语的兴趣。现在，当着科科什卡和我的面，他对此大谈特谈。他成功地通过各种谜语吸引住科科什卡的注意力，并且发表和谜语相关的演讲。我又一次误以为，科科什卡平易近人，甚至朴实无华，而实际上，他根本不朴实，他只是喜欢转弯抹角地思考；他也不平易近人，但在某些场合他习惯于悄无声息，仿佛他在适应此处的主色调。这种多变是他的天性，在这一点上近似于墨鱼，轻而易举且很自然地改变颜色，而他的大眼睛——如我前面说过的那样——给人的感觉像是一只独眼，正毫不留情地捕捉猎物。

坐在咖啡馆里交谈，能有什么可发现的东西呢？他与老教授克劳斯很熟，这个唠叨而特别自信的人很难令他激动。以教授这样一把年纪，还逮住任何机会引用他的老师——哲学家布伦塔诺，让人觉得有些没主见，最起码我是这么认为的。我没有研究过布伦塔诺，想象不出他有怎样的魅力。他当着科科什卡的面不知疲倦地唠叨，让我觉得这人有些不识趣，但科科什卡仿佛挺喜欢这样。他自己不喜欢说话，继续他紧张的守望。

我急切想从他那里了解一些关于格奥尔格·特拉克尔的情况，我知道他们认识。他有一幅画叫《风之新娘》，这美妙的名字就出自特拉克尔。没有这个名字，就不会有这幅画；不叫这个名字，就没有人会注意到它，对此我深信不疑。那一时期我为特拉克尔深深吸引，现代派诗人中，没有谁像他那样对我这么重要。他的命运占据了我的脑海，就像我第一次听到时的感受。面对这样一个感情贫乏、痴心谜语的人，把话头引到特拉克尔身上，时机并不合适，但我还是这样做了。我客气地问科科什卡，是否认识特拉克尔。“我很熟悉他。”他低声说，然后就没话了。即使他想多说几句，也做不到，因为那人又弄来了一个谜语，并且把它说了出来，声音像公羊叫一样。

我觉得，科科什卡自离开维也纳之后，这个城市对他就已经无足轻重了。早年，当他在阿多夫·罗斯的引导下，突然到处抛头露面的时候，维也纳还是个地方。现在不是维也纳放逐了他，而是他放逐了维也纳。几十年来为他跑断了腿的老好人摩尔，都不能让他对维也纳重新燃起兴趣。无论他怎么擅长隐匿，我还是感到，他现在隐匿只是为了不受任何人干扰。

我几乎要放弃同他进行真正交谈的希望，就在这时，他突然变得活跃起来，开始谈他的母亲和弟弟波希。

坐落在利普哈尔茨塔尔的那所房子，在母亲去世后由弟弟居住。这是目前他对维也纳唯一感兴趣的地方。他认为弟弟是名作家，并问我，认识他吗？他写了一部长篇小说，共四卷。他做过水手，去过许多地方；没有出版社愿意出这本书。我是否知道有谁会对此感兴趣。弟弟在这方面运气不佳。他并不缺乏自信，但缺少心眼。他并不认为弟弟让自己帮忙是件不名誉的事。他愿意供养他，并且毫无怨言。说起弟弟，他满腔柔情和敬意。他对弟弟的这份怜爱让我深受感动。他一直相信他，当然也相信自己。我觉得，科科什卡身上最吸引人的一点，就是他坚持让世人认为他们兄弟俩具有同等价值。

我在维也纳的同伴经常谈起他的这个弟弟。科科什卡的名气非常大，谁能找出与他有什么联系，都能让别人对自己肃然起敬。一个名叫瓦尔特·罗斯的年轻建筑师，与著名的阿多夫·罗斯同姓，却并没有血缘关系，觉得——也许因为这同姓的缘故——有义务至少认识这个弟弟。在同沃特鲁巴和我一起坐在小酒馆里的时候，他眉飞色舞地描述扫烟囱工人的女儿如何美丽动人，作为胖子波希的女朋友，又是如何地般配。又说这两人之间的关系如何动荡不定，波希的嫉妒心怎样强，他们怎么吵得天翻地覆，然后又雨过天晴一般和好；而那个扫烟囱工人的女儿虽然人见人爱，但对她的波希绝对忠实，想勾引她是不可能的。波希不愧是画家的弟弟，由于所有类似的交谈其实都是围绕画家进行，所以吃醋是波希的义务。所有与科科什卡弟弟相关的故事，沃特鲁巴都凝神静听。奥斯卡，我们这么叫年轻的罗斯，他的吹嘘一再刺激沃特鲁巴。年轻罗斯坚定不移地高举他，像高举一面旗帜，从而使得自己在我们的圈子中有了一定的地位，因为他说的其他一些东西，在我们听来都是耳边风。

现在是科科什卡主动谈自己的弟弟，他说起波希来是那样理所当然，仿佛每个维也纳人不用他的解释就知道这个人是谁一样。当我接过他的话，讲述我与年轻罗斯的经历的时候，对这个人叫这个名字他仿佛很生气。

“一个建筑师叫这个名字，不应该再有这样的事，罗斯只能有一个。”

我为我的熟人叫这个名字进行辩护，因为他毕竟是他弟弟的朋友，而不像老罗斯，是他科科什卡本人的朋友。但这也不如他的意。为此他觉得有必要赞扬自己的弟弟一番，由此我也详细了解到了这部找不到出版商的四卷本作品。那个所谓的年轻罗斯有没有提到这件事？

没有，他总是谈他对扫烟囱工人女儿的爱，还描述了他们两人间的争吵。科科什卡反应神速，立即嗅到了这与他同阿尔玛·马勒之间那些往事的关联。在我忘记分寸，想对此进行影射之前他就阻止了我。

“这完全是内斯特罗伊，”他说，“与波希没有关系，他在信中就是这么说的。他们如果厮打的话，一定会引起别人的注意，因为他们两人都胖。波希是纯洁的人，他不会打打闹闹，让人说闲话的。”

这话听上去，仿佛他要为自己从前的争吵作辩护。据他说，在德累斯顿任教授的时候，他与一个按真人大小制作的木偶一起生活，这个木偶看上去像阿尔玛·马勒，由此而使得关于他与她之间的闲话——可以这么说——成为不朽。即使那些对他的绘画除了厌恶还是厌恶的人，也都熟悉这个故事。那个木偶就是他早年与阿尔玛争吵之后还一直不能忘怀的东西。她与他并排坐在咖啡馆的桌子旁，他给她端上咖啡，传言说，后来他还哄她睡觉。波希与他的哥哥正好相反，一点不去炒作自己，因此他被称为“纯洁的人”，也因为这他才喜欢谈他。让人注意自己弟弟，仿佛他是无辜的自己。

接下来的几天，农民在文策尔广场上举行大规模的欢庆活动。从我位于尤利式饭店顶层房间的露台上，这一切可以看得很清楚。现在生活在布拉格的路德维希·哈尔特是带着太太一起来的，我请了几个熟人到这上面来观看欢庆活动。也就是这时，我认识了路德维希·哈尔特的太太。她跟他一样，个子不高，身材娇小，但自命不凡。看到两人在一起的情形，不能不让人联想到马戏团表演，仿佛随时都有可能有一匹马被牵出来，训练有素的小人儿怎样从一匹马跳到另一匹马背上，而他同时也在表演令人惊叹的节目，与她擦肩而过，却又不撞上她。

这两人现在就站在我身边，一起在楼上的露台上往下面的广场看。来自全国各地的农民身着自己的节日服装，有的骑在马上，在音乐和叫喊声中列队走过广场，仿佛乡村举行婚礼的场面。零星有几个农民开始跳舞，他们各自跳自己的；不断有人加入进来，他们侧着身子，在熙熙攘攘的人群中寻找落脚的地方，却又不失去重心。样子是那么轻松欢快，令我眼泪为之夺眶而出。为了掩饰，我扭过身去。这时，我眼睛的余光看到了科科什卡。他走到自己房间的露台上，像我们一样往下面的广场看。他看到了我流泪，热情地向我扬了扬手，仿佛在对自己的弟弟波希说话。

从队列中走出来的农民，他们跳的独舞为什么会令我激动不已，可能我当时并不清楚。他们的洒脱、他们的活力，还有那丰富的姿态，没有一样让人心情压抑。这一刻，我从所有的不祥预感中解脱出来，内心充满幸福，虽然自己并不身在他们的队列中——难道有哪一点与农民不同吗？同样令我感动的还有，我在其中认出了勃鲁盖尔画上的载歌载舞的农民。看过的绘画起了决定作用，它们作为坚实的地基以一种基础将一个人融入其中。每个人都由不同的画面构成，由此也决定了不同的生活方式。文策尔广场上农民的欢快舞蹈令我激动，令我胸怀坦荡，令我的生活多姿多彩。两年以后，布拉格沦陷，但这些人的活力及其笨拙中透出的优雅我仍将经历到。

在语言上我也有类似的感觉。我完全听不懂这里的话。维也纳有很多捷克人，但除他们外谁也不会捷克语；维也纳有无数人叫捷克名字，但这些名字的意思没人知道。沃特鲁巴，我的孪生兄弟，他的名字就是其中最好听的一个，但父辈的语言他一个字都不会。现在我人在布拉格，有时间到处走走看看。我最喜欢到由几栋房子围起来的庭院中去，那里有许多人，我可以听他们说话。我觉得这种语言听起来有些像吵架，因为所有词的重音都落在第一个音节上。因此，听稍长一些的讲话，就会感到受到一连串的轻微撞击；而且这些撞击在不断重复，直到话说完为止。

我研究过胡斯战争史，十五世纪一直令我神往。谁如果试图把握群体的某些特征，一定会绞尽脑汁去思考胡斯信徒的行为。捷克人的历史令我钦佩。很可能因为我现在是局外人，所以我才去倾听这一语言，以为在其中找到了一些东西，而实际上它们是由于我的无知才有的。但这门语言的活力是毋庸置疑的，有些词汇很奇特，令我惊奇不已。听说“音乐”叫“扈特巴”，我很兴奋。

在我知道的欧洲语言中，指称“音乐”的都是同一词：Musik，一个美丽而动听的词——如果用德语说它的话，就会感到与之一同往上跳跃。如果一种语言的重音更有规律地落在第一个音节上，那就不会有这么明显的感觉；它会先漂浮一会儿，然后再发散开去。

我喜欢这个词，几乎同我喜欢音乐一样。但是，用这样一个词表示任何类型的音乐，渐渐让我感到有些不舒服。我越经常听新音乐，就越发对“音乐”无所不包的含义感到没把握。一次，我鼓足勇气，对阿尔班·贝尔格说了我的一个想法：是否应该有其他表示音乐的词？至今还没有另外的词，是否同维也纳人对待一切新生事物顽固不化的态度有关？他们对这个词的想象与这个词完全等同，甚至到了不能容忍这个词的内涵发生改变的地步。如果用另一个词的话，他们也许更容易习惯。阿尔班·贝尔格对此不屑一顾。同其他前辈作曲家一样，他关注的是音乐，而不是其他任何东西。他今天所做的，是从前人那里传承下来的。他的学生在他这里学的是音乐，其他任何一个词都是欺骗。我是否注意到，正因为这样，这个词汇才传遍全球。他的反应相当强烈，几乎被我的“建议”所惹恼，而且态度那么坚决，弄得我再也没去提这事了。

我知道自己的音乐知识有限，所以不去说它，但心里忍不住要去想这件事。现在我在布拉格突然不经意间得知，捷克语的音乐叫“扈特巴”。我为之深深吸引，它就是表示斯特拉文斯基的“婚礼”，阿尔托克、雅纳舍克以及许多其他东西的那个词。

我着魔似的从一个庭院走进另一个。在我听来像是挑衅的话，也许只是传递一般的消息，但它们更富表现力，更强烈地打上说话者的烙印，比我们习惯的相互间的消息传递要丰富多姿。也许是捷克语所具有的力度，让我想起了小时候说的保加利亚语。我从来不去想保加利亚语，因为我已经把它给忘光了。被忘却的语言，在一个人身上还留有多少痕迹，我不能确定。可以确定的一点是，在布拉格逗留的几天，拉近了我生命中不相干的几个时期中的某些东西。我听着斯拉夫语的发音，将它作为令我莫名其妙伤感的某种语言的一部分。

我与许多人说德语，并且照从前的样子说。与我交谈的都是熟知这一语言的人，其中多数是用德语写作的作家。捷克语很有力度，他们在这种背景下坚持使用德语，其意味同维也纳使用这种语言的人是不一样的。这一点我一直能感觉到。

《迷惘》已经翻译成捷克语了，并且于前不久出版了，我就是为这才来布拉格的。一个叫 H.G. 阿德勒的年轻作家，这是今天大家所熟悉的他的名字，当时在一家公共机构工作，他邀请我来开作品朗读会。他大概小我五岁，是用德语写作的一个朋友圈子里的成员；《迷惘》在这个圈子里传阅。阿德勒是他们中最积极的一个，他到处想办法，促成这次作品朗读会。他还陪我在这个城市里四处看看，目的是让我不错过其中的精华。

他是一个高度理想主义的人，给人的感觉，仿佛根本不属于所生活的那个时代。据说，此后不久，他就成为那该遭诅咒的时代的牺牲品。德语文学传统对他起了决定性的影响。像他这样的人，在德国几乎哪儿也找不到，而他却生活在布拉格；他可以不费吹灰之力说捷克语，用捷克语阅读，尊重捷克文学和音乐；为我解释所有我不懂的东西，并使这些东西对我产生吸引力。

人尽皆知的那些布拉格名胜，我就不想去罗列了。谈论这些广场、教堂、宫殿、小巷、桥梁和河流，我几乎觉得是不名誉的事，因为与之相伴终生的是别人，对它们的体验浸润了他们的作品。这一切都不是我自己去发现的，而是别人带我看的。如果说，有谁有资格谈论我与它们的碰撞的话，那就非他莫属，是他想出并促成了这些。这个年轻作家不遗余力地想出令我惊喜的东西。还是他，充满好奇，一路上不停地向我问这问那。我愿意接受他的提问，我对他谈了我生命中的许多人，谈我对他们的看法、评价和偏见。

他当然也感觉到，就这么听别人说话，听形形色色的人说话，听他们说我听不懂的语言，但并不马上给我翻译，告诉我他们在说什么，这对我是多么重要。竟然有人看重听不懂的语言所产生的效果，这在他看来有些新鲜。这种效果与音乐产生的效果没有可比之处，它有着自身强烈的特征，因为你感到那些听不懂的话在威胁你，于是在心里思来想去，试图缓和它，然而威胁却在不断重复，并且因重复而更具威胁。他很识趣，一连几小时让我一个人独处，只是有些担心我会迷路。当然，这样一来我们的交谈就中断了，对此他一定感到有些惋惜。事后他怀着更大的好奇心听我讲述引起我关注的那些事，我努力不把所有的都说给他听，这表明我非常喜欢他。

母亲去世

我看到她时，她眼睛闭着，睡着了。她面容枯槁，皮肤苍白，瘦得只剩下一副骨架。她就这么躺在那里，眼睛深陷，像两个黑窟窿。从前，她翕动鼻翼会发出很大声响的鼻孔，现在成了两个静止的黑洞。她宽宽的额头好像变窄了，两端都萎缩了。我期望她的目光，又感觉她像是为了不看我才把眼睛闭上的。我在她身上寻找最能体现她个性的东西。因为她的眼睛是闭着的，因此我就去找她硕大的鼻孔和宽阔的额头。然而，她的额头已经不像从前那样舒展，也不包容什么东西了，她扇动鼻翼时发出的声音所折射的恼怒，因为皮肤灰暗而消失。

我吃了一惊，但充斥我内心的，还是她从前的威风，我怀疑她在我面前隐藏自己。她不想见到我，没指望我来。她感觉到我在这里，因此装睡。我脑子里想的是，如果她处在我的位置上，会怎样想，因为我就是她，我们都知道对方脑子里在想什么，那些都是自己脑子里想的东西。

我带了一把玫瑰来。玫瑰的香气让她无法抗拒。在她童年的花园里，她呼吸着家乡鲁斯丘克的玫瑰芬芳。在我们之间关系良好的那些岁月，如果我们拿她的鼻子开玩笑，说没有人的鼻子像她的那么大，她就会说，它们之所以那么大，是因为小时候她为了呼吸玫瑰香气而撑大的。她最早的记忆，是自己躺在玫瑰花中。因为大人把她抱进家，她闻不到香气了，所以大哭。后来，当她离开父亲的家和园子，她对任何香气都要进行检验，分辨真正的香气。正因为这样，她的鼻子才变得很大。

她睁开眼睛时，我说："这花是我从鲁斯丘克给你带来的。"她怀疑地看着我，并不是对我的存在表示怀疑，而是怀疑我说的玫瑰花产地。"是花园里的。"我说。对她来说，花园只有一个。在我受到外公的批评后，她领我去那里；她在那里深深呼吸，采果子来安慰我。现在我把玫瑰递给她，她呼吸到了它们的香气，这香气也在房间里弥漫开来。她说："就是这种香味。它们是园子里的。"她沉浸在这个消息中，也容忍了我——我混合在这香气之中——不问我为什么来巴黎。她的面孔恢复了旧貌，鼻子贪婪地嗅着。她的眼睛，比以前大多了，注视着我，不过她没有说：我不想见到你！你来这里做什么！我没有叫你来！我潜进她辨认出的香气中。她没有提问，完全陶醉在香气中。我觉得她的额头仿佛在变宽，仿佛她那些标志性的话语非说不可。我等待着严厉话语的到来，并且害怕她。我仿佛听见她严厉的质问，仿佛她又重新质问了一次：你们结婚了。你什么也没对我说起。你欺骗了我。

她不想见我。当格奥尔格向我拉响她病危的警报，又是发电报，又是写信，让我赶快来的时候，当我中断在布拉格为期八天的逗留，急匆匆返回维也纳，然后再继续乘车去巴黎的时候，他最担心的事，是怎样做才能让我在她眼前出现。他认为关键的是，解开那个在她生命最后时日还令她经常思考、让她备受折磨的结；他还担心她会发火，她的身体已经很虚弱了，千万不能让她发火。

到巴黎的时候，我把自己的打算对他说了，说我给她带来了"鲁斯丘克园中的玫瑰"，并说她会相信我的话。他对此表示怀疑："你敢这么对她说？这可是你对她撒的最后一个谎！"但他也想不出更好的主意来。当他感觉到，我不仅想消除她对我来访的抗拒，而且真的想给她带回那令她魂牵梦绕的香气时，他感到有些惭愧。也可能是被我的打算说服，因此他做出了让步。但他不想在边上，万一我的计划失败，让她大动肝火，他可不想损害她对自己的信任。

她把花束放到脸上，仿佛那是面具，我仿佛感到她在用力吸气。她摒弃前嫌，像从前那样相信我说的话；她认出了我是谁，但没有吐出一个带有敌意的词。她也没有说：你这么大老远赶来，你就是为这而来的？我此刻想到的，是她以前一再说起的那些事。爬上桑树之前，她习惯在那里看书，她会抓紧时间到玫瑰丛中走一圈。在玫瑰花香中她开始看书，香气在她的心头缭绕；所读到的任何东西都浸淫其中，连最骇人听闻的也变得可以接受；即使被吓得魂飞魄散，也不觉得受到威胁。

在我们关系不好的那阵子，我谴责她的这种行为。我对她说，她陶醉在花香中读到的那些东西，对我来说都毫无意义。她的恐惧不是真正的恐惧，骇人听闻之事也不再骇人听闻。我从来没有收回这些让她很受伤的话。也许是因为这，我现在才想出这么一计来。

这时她还是问了："一路旅行累吗？去休息一会儿吧！"她指的是我从老家到这里的旅行，而不是从维也纳到这里。我连忙说不累，我不想马上又和她分开。也许她以为，我来的目的，就是向她传递那里的一个消息，马上就又会离开的。这或许是更好的选择。我没想到，她认出我以后还能做出什么伤害之举，也没考虑到她在这样的身体状况下只能承受短暂的探视。很快她就说："坐到离我远点儿的地方去！"我把椅子从她的床前往后挪了挪，其实，我刚在椅子上坐下。但是她又说："再往后挪！离我再远点！"我又往后挪了一下，但她觉得这还不够远，我一直把椅子挪到这间小房间的角落里。这时我明白了，她不想说话，因此让我离她远远的。格奥尔格进来的时候，从玫瑰花摆放的样式上就看出，她接受了它们；看她的气色，他就知道她恢复了精神。过了一会儿，他发现我坐在角落里，奇怪我怎么坐那儿，却没坐在床边上。“站着不是更好吗？”他问。她摇了摇头，动作近乎剧烈。“你为什么不靠近点坐？”他又问，但是她打断他的话，替我做了回答：“坐那里更好。”

她不让他离开自己左右。他留在她身边，开始忙这忙那。他做的有些事，在我看来有些莫名其妙。这些都是她指望他做的，并且他还要按固定的顺序去做。在这事上她一点不糊涂。她忘记了我还在边上，如果我现在就走的话，她也会觉得无所谓的。看她的样子仿佛很无助，但她还能迎合他的动作，仿佛要提醒他，下一步该做什么。他用湿毛巾擦她的双手和额头，把她的身体往上拉。递一杯水到她嘴边，她顺从地喝一口。他把被单拉整齐，想把玫瑰从她的手里拿开。也许他是怕她拿着累，也许他想把花插到水里，但她就是不松手，像从前那样，狠狠地斜了他一眼。他感觉到了她的剧烈反应，为她从中汲取了活力而感到高兴。几个星期以来，他就感到她的力量在减弱，并为此担心。他让她把手放在被子上，手里拿着花。花占去很多空间，并且像他一样重要。我一直缩在角落里，怀疑她已经不记得我还在这里了。

突然，我听见她对格奥尔格说：“你大哥在这里。是从鲁斯丘克来的。你们为什么不相互问候一下？”格奥尔格朝我坐的角落看了一眼，仿佛这时才发现我。他朝我走过来，我从椅子上站起来，我们相互拥抱。我们是真心拥抱，而不像之前我迈进这个家门时那样敷衍了事。但他没说话，我听见她问：“你怎么什么也不问他？”她指望我们会就我的旅行、在园子中的见闻进行交谈。“他很长时间没去那里了。”她说。格奥尔格不喜欢胡编乱造，这时也只好硬着头皮附和我：“有二十二年了，是在第一次世界大战时期。”他是说，我自一九一五年去过鲁斯丘克以后，再没有去过。那时母亲又带我去看她童年的花园，她的父亲那时已经不在人世了，但那棵桑树还在；树后面的果园里，杏子已经成熟。

她合上双眼，我们还站在那里的时候，她就已经睡着了。他在确认了她这一觉可能会睡得比较长之后，我们就退到客厅里去了。他对我说了她目前的身体状况，说没有任何可以挽救她的可能了。很久以前，我们还是孩子的时候，她以为自己患有肺病，后来她真的就患上了肺病。他，一个二十六岁的年轻医生，为了她而专攻肺病。无论白天黑夜，他一有空就到母亲这里来。读大学的时候，他自己也患上了肺炎。他的朋友都认为，是她把他给传染的。于是，他去格雷诺布勒的山上待了几个月，在那里做医生。恢复之后，就是现在这样，他返回巴黎，重新投入到护理她的工作中。

他担心她呼吸困难，她患哮喘已经有几年了。最近几个月，她的身体状况迅速下滑，所以他才决定叫我来。他清楚我与母亲直接面对的意义，它可能带来危险的后果，但他更关心的是我们之间的和解。从目前这一刻来看，这好像是成功了。他清楚她的脾气瞬息万变，她接下来会不会发火，他没有把握，但良好的开端还是让他心里悬着的一块石头落了地。我们单独在一起的时候，他没有责怪我根本没有去过她父亲的园子，而是拿巴黎买的玫瑰来糊弄她，这让我有些吃惊。“她还是相信你的话的，”他说，“你也一直相信她的话，这就是你们之间的联结纽带。你们有能力残杀对方。你心里一定清楚，为什么不让她知道薇莎，对此我能理解。但是，这事对她产生的影响我是亲眼看见的，就为这我就不能原谅你。当然，这些现在都不重要了。对她来说，你是从她一直惦念的那个地方来。”

这套公寓房位于科恩迈兹大街，又小又吵，没有我住的地方。

我住在外面的一个地方，一天来看她几次。她看我一会儿就觉得累了，她不能够承受长时间的探视。我得不断离开她的房间，到外面等候。

我不走近她的床前。每天早上，当我第一次见到她的时候，她的眼睛总是大而有神，我被她的这种眼神深深吸引。她的呼吸在减弱，但目光却变得更有神。她目不转睛地看着，如果不想看了，就闭上眼睛。她盯着我看，一直看到对我满腹怨恨。这时她就说："走开！"这句话她每天都要说上几次，她一心要惩罚我，所以才这么说。这话令我心里很难过，虽然我清楚她现在的身体状况，也知道我此行的目的就是接受她的惩罚和屈辱——现在她需要从我这里得到的，就是这些。我坐在隔壁房间等候的时候，护士会走过来，朝我点点头，示意她让我过去。我于是就去她那里，她把目光转到我身上。她的目光令我担心，担心她为此耗去太多的力气；但她的目光越来越有神，她什么也不说，直到突然又飘来气若游丝的声音："走开！"我仿佛注定要永世远离她。我像被判刑的犯人，自知有罪，弓着身体走出去。虽然我可以肯定，一会儿她还会叫我，但我还是拿她的话当真。我没法习惯她这种说话方式，每听一次，就觉得重新受到一次惩罚。

她的体重已经所剩无几，身体的全部活力都汇集到了眼睛里；我对待她的一切不公正，也尽在其中。她抬眼望我，向我诉说；我抓住这目光，承受它，也愿意承受它。这眼神里包含的不是愤怒，而是这些年我让她牵肠挂肚，给她造成的痛苦。为了摆脱我，她觉得自己病了，去看医生，去很远的地方，去山上，去海边，去可以去的任何地方，只要我不在那里。她在那里生活，在写给我的信中，她隐瞒自己是因为我而感到患病的。几年以后，她却真的病了。现在，她将这一切展示给我，而这一切又尽在她的眼中。一会儿她就累了，就会说：“走开！”在隔壁等候的时候，我犹如一个伪忏悔者，写信给薇莎，这个母亲一直不去碰的名字，把我对母亲欠下的那份信任传递给她。

接着她昏昏入睡，然后又让我进去，仿佛我刚旅行归来似的。睡眠让她的目光重新将过去搭载上去。她又把目光转到我身上，无言地对我诉说，我为了另一个人而离开她、欺骗她、伤害她。

如果格奥尔格在边上的话，就会让我目睹他所做的一切、每件事该怎么做。他没有和任何人结合，只为她活着。他做的每一个动作都是为着她好，他也不可能做任何不好的事，因为那都是为她做的。就算他离开这里，也已经想到了要回来。他是为了她才当医生的。他之所以去医院工作，就是为了给她治病积累经验。像她一样，他也谴责我，而且是发自肺腑。她并没有让他这样对待我。小弟做了本该是大哥做的事，为了服务母亲而不惜自己的生命，甚至在劳累过度的时候，患上了与她同样的病。他进山，是为了获取生命的空气，而获取生命空气的目的，却是为了回到她身边，照料她。他跟我不一样，没有那么多要感激她的，而我完全是她的精神产物；然而我有辱使命，让一个不知是什么不着边际的幻想说服，留在了维也纳，献身于维也纳。当我后来终于编造出获得认可的东西时，结果却表明，那东西源自于她，是她授意我写的，而非幻想。如此看来，我经历的许多不幸都是多余的，我可以在她那里走自己的路，并且会得到同样的结果。

这就是一个临终之人抵御活人的力量。这样也好，弱者也可以维护自己的权利。应该允许我们不能够保留的那些东西，指责我们没有采取任何行动挽救它们。她的指责还蕴含着固执，她将这份固执传递给我们；她奇妙地幻想着我们能战胜死亡，召回那纵蛇出洞的引诱者。惩罚已经够了。生命之树是你们的。你们不应该死去。

我感觉我们仿佛是跟在棺木后面步行，穿城而过，一直走到拉雪兹墓地。

巨大的反抗充斥着我的内心，并且想把它说出来，对着这一天在城里闲逛的每一个人。我感到自豪，仿佛自己在替她出场，与所有人较量。我觉得谁也没有她那样对我好。我说的“好”，并不是指她从来没有对我好过，这是另一种她将永远保持的“好”，虽然她已经死去。两个弟弟一个走在我的左边，一个走在我的右边。我感觉不出他们和我之间的区别；只要我们还在走，我们就是一个整体，而非其他任何人。来为她送行的人，在我看来太少了，送行的队伍应该绵延整个城市，与城里的道路一样长。我诅咒路人的无知，不知道下葬的人是谁。交通没有中断下来为送行的队伍让道，我们一旦走过去，就又重新恢复繁忙，仿佛过去的棺木里躺着的是无名氏。路途遥远，一路上我的内心都在反抗着，仿佛要穿过无数人群才能开辟出一条道路来，那些牺牲者仿佛为她而在我的左右倒下；但这还不够，没人能满足她的要求。漫漫长路为她的下葬进行辩护：“你们看哪！那就是她！你们知道吗？你们知道谁躺在里面吗？她就是生命。没有她，就没有一切。没有她，你们的房屋就垮塌，身体就萎缩。”

送葬之行留在我记忆中的就这些。我看着自己在走，昂着她的头蔑视巴黎。我感到两个弟弟走在我边上。我不知道，格奥尔格是怎么走下这段路程的。我搀扶他了吗？谁搀扶了他？支撑他的也是与我一样的自豪？一路上，我没有瞧任何人一眼，不知道来送葬的都是些什么人。在公寓里，我仇恨地看着棺材上的螺丝被拧紧；只要她还在这个家里，这就好比是在对她施暴。送葬的长路上，我不再心怀仇恨，棺材就是她，没有任何东西能间离我对她的敬佩。要死就应该像她这样死，这样就会白璧无瑕、受人钦佩。这同样的感觉一直紧随我左右，大约持续了两三个小时。没有一丝顺从的意思，也许还没有悲哀，因为它们同这激越的反抗是格格不入的。为了她，我可以自己打自己，可以杀人，可以做一切事。我没有软弱无能，而是迎接挑战。我昂着她的头开辟出一条穿城的道路，四周是跌跌撞撞的人群，我期待听到一声侮辱，逼迫我为她而去战斗。

他要一个人待着，以便和她说话。我照看了格奥尔格几天，防止他伤害自己。后来他请求我，让他一个人待两三天，好让他和她在一起。这就是他的愿望，除此之外，他没有其他愿望。我相信了他，第三天才又过来。他不想离开她在此罹患疾病的房子。他坐在椅子上。以前，他晚上就坐在这张离她的床很近的椅子上。他继续说着，只要他还在说从前说的那些话，她在他眼里就是活着的。他不承认她已经听不见自己说话了。那时，她的声音已经轻若游丝，甚至连游丝都不及，但他仍能听见。他继续说着，给她讲述自己度过的时日，讲述各种各样的人，老师、朋友、大街上的行人，因为她总是想知道一切。他还像从前那样，下班回来就对她讲各式各样的事。现在他哪儿也不去了，但还是有话讲。他不责怪自己为她编造这些话，因为所有假话都是哀诉，持续的、淡淡而均匀的哀诉，他担心她可能很快就听不到了。他希望任何事情都不要中止。从前他要料理的那些事现在都化作话语。他的话唤醒了她，已经透不过气来的她，又有了呼吸。他说话的声音虽轻，却是发自肺腑，就像当时他恳求她恢复呼吸那样。他没有哭，以便一刻也不错过她。一旦他坐到这张椅子上，她就在他面前，任何会导致失去她的事，他都不会去做。他不停地恳求，声音高而纯，像一个福音传教士，但在我听来却很陌生。他让我不要听他说话，因为他想一个人待着。我担心，是否能让他一个人待着，像他希望的那样，所以就继续听他说。在做出决定之前，我长时间地检测他说的话。他的声音一直留在我的耳朵里。怎样检测声音，测量什么，什么让人感到信任。我听到的是他在与自己永远守候的死者轻声低语，但并不追随她而去。他对她倾诉着，仿佛他浑身充满力量，能支撑她，而这个力量又属于她，他把它带给她，她应该能感知到它。他的声音听起来像是在轻声对她唱歌，他不谈自己的任何事情，不诉苦；只谈她的事，只有她受了苦，只有她可以诉苦；他来安慰她，恳求她，一再向她保证，她还在这里，和他单独在一起，不和其他任何人在一起；任何人都会打搅她，所以他想叫我让他一个人待着，待上两三天。虽然她已经入土，但她还躺在这里，躺在她生病期间一直待的地方。他用言语唤回她，而她也不能离开他。